W0207103

HEYNE BÜCHER

SCIENCE FICTION

Ein vollständiges Verzeichnis aller
im HEYNE VERLAG erschienenen STAR TREK-Romane
finden Sie am Schluss des Bandes.

MARGARET WANDER BONANNO

STAR TREK
CLASSIC

DIE SONDE

Roman

Star Trek®
Classic Serie
Band 75

WILHELM HEYNE VERLAG
MÜNCHEN

HEYNE SCIENCE FICTION & FANTASY
Band 06/5475

Titel der amerikanischen Originalausgabe
PROBE
Deutsche Übersetzung von Harald Pusch

Umwelthinweis:
Dieses Buch wurde auf chlor- und
säurefreiem Papier gedruckt

Redaktion: Rainer-Michael Rahn

Erstausgabe by Pocket Books/Simon & Schuster Inc., New York

Vorabdruck unter gleichem Titel als gebundene Ausgabe
bei vgs verlagsgesellschaft, Köln
http://www.heyne.de
Printed in Germany 2000
Umschlagbild: Pocket Books/Simon & Schuster, New York
Umschlaggestaltung: Nele Schütz Design, München
Technische Betreuung: M. Spinola
Satz: Schaber Satz- und Datentechnik, Wels
Druck und Bindung: Ebner Ulm

ISBN 3-453-17109-8

HISTORISCHE ANMERKUNG

Der Roman *Die Sonde* spielt einige Zeit vor dem Film *Star Trek VI – Das unentdeckte Land.* Die in *Star Trek IV – Zurück in die Gegenwart* geschilderten Ereignisse sind für die hier erzählte Geschichte von einiger Bedeutung, daher mag es dem geneigten Leser von Nutzen sein, sich diesen Film anzusehen.

PROLOG

In den fünfhundert Jahrtausenden ihrer Existenz hatte man der Wesenheit viele Namen gegeben. Einige hatten sie Sonde genannt, andere Bote oder Wanderer. Manche, etwa die auf Silizium basierenden Wesen im Ophane-Sternhaufen, deren Metabolismus so langsam arbeitete, dass eine sinnvolle Kommunikation mit den meisten raumfahrenden Intelligenzen unmöglich war, hatten sie als Reisenden bezeichnet.

Doch von ihren Schöpfern hatte sie keinen Namen erhalten. Sie gaben Maschinen keine Namen, nicht einmal einer von dieser Größe und Komplexität, deren Bau über mehrere Jahrhunderte hinweg all ihre Energie und die Hälfte ihrer Ressourcen verschlungen hatte. Stattdessen hatten sie sie beschrieben: Sucher hatten sie die Wesenheit genannt, denn genau das war ihre Funktion – eine Rasse zu suchen, die ihrer eigenen glich. Und Kommunikator hatten sie sie genannt, denn auch das gehörte zu ihrer Funktion – nicht nur mit jenen zu kommunizieren, die ihnen glichen, sondern auch mit allen, die vielleicht eines Tages so werden würden wie sie. Als Beschützer hatten sie sie ebenfalls bezeichnet, denn auch das war eine ihrer Aufgaben, oder als Erzieher und Chronisten.

Doch zumeist hatten sie sie Sucher genannt, denn darin bestand ihre wichtigste Aufgabe: irgendwo in der Galaxis eine Rasse zu finden, die ihnen, den Schöpfern, glich und mit der sie in der Wahren Sprache reden konnten. Wenn dieser Tag kam, würde die Wesenheit zurückkehren und ihnen die Botschaft bringen, dass sie nicht länger allein in einem Universum waren, das offenbar die herumkrabbelnden Milben zu bevorzugen schien, welche vor dem Scheiden die trockenen Gebiete ihres eigenen Planeten dominiert hatten.

Doch in der halben Million Jahre ihrer Suche hatte sie noch keine derartige Rasse gefunden. In den Gewässern Hunderter von Welten hatte sie lediglich Primitive entdeckt, die vielleicht nach einer weiteren Million Jahre in der Lage sein würden, wirklich zu *sprechen* und die Wahre Sprache zu erlernen.

Auf dem blauen Planeten, den die Wesenheit vor kurzem verlassen hatte, waren derartige Primitive seit Millennien heimisch gewesen. Immer wieder war sie hierher zurückgekehrt, um ihrer sich entwickelnden Geschichte zu lauschen, ihre rudimentären Gesänge in ihr kristallenes Gedächtnis aufzunehmen, sie zu beobachten und behutsam in die Richtung der Wahren Sprache zu führen. Doch dann waren sie verstummt. Ganz gleich, wie lange und laut die Wesenheit auch rief und forschte, es kam keine Antwort mehr. Und so waren schließlich die Anweisungen der Schöpfer in Kraft getreten, die besagten: Bereite die Welt für neues Leben vor. Entferne, was auch immer der Grund für die Auslöschung der Primitiven gewesen sein mag und stelle sicher, dass er weder auf dieser Welt jemals wieder auftaucht noch sich ausbreiten und andere Welten infizieren kann.

Doch kaum hatte sie damit begonnen, diese Instruktionen auszuführen, da waren die Primitiven wieder aufgetaucht und hatten voller Freude ihre planetengebundenen Stimmen erklingen lassen.

Die Wesenheit hatte in ihrem Vernichtungswerk innegehalten und über das Rätsel nachgedacht.

Die Schöpfer hatten ihr für derartige Gegebenheiten

weder Anweisungen noch sonstige Hinweise mitgegeben. Hatten die Primitiven einen plötzlichen Evolutionssprung erlebt? Hatten sie Fähigkeiten entwickelt, die nicht einmal die Schöpfer besaßen und die sie befähigten, ihre Welt nach Belieben zu verlassen und unbemerkt zurückzukehren? Oder gab es eine andere Rasse, weiter fortgeschritten als selbst die Schöpfer, die sie entdeckt, zu einer anderen Welt mitgenommen und nun wieder zurückgebracht hatte?

Es gab keine Antworten. Die Primitiven waren immer noch primitiv und unterschieden sich kaum von ihren Vorfahren, die tausend Jahre früher gelebt hatten. Wenn die Wesenheit sie befragte, erzählten sie nur von umschlossenen Räumen und Chaos, dem die Freiheit gefolgt war. Die Maschinen, die den Weltraum durchflogen, waren genau wie die Milben, die sie benutzten, der Rede nicht mächtig; sie reagierten auf die Wahre Sprache nur, indem sie still und reglos wurden.

Am Ende hatten die Anweisungen der Schöpfer, so unzureichend sie in diesem Fall auch gewesen waren, der Wesenheit keine andere Wahl gelassen, als weiterzuziehen, ihre Suche fortzusetzen und andere Primitive auf anderen Welten zu beobachten. Doch sie würde zurückkehren, diesmal allerdings nicht erst in einem Millennium, sondern schon innerhalb einer Dekade, denn jene blaue Welt belegte nun einen besonderen Platz im kristallenen Gedächtnis der Wesenheit, einen Platz, wie ihn keine andere Welt einnahm. Hier gab es noch offene Fragen, Fragen, die sich nicht mit kleineren Unstimmigkeiten wie der genauen Position oder dem exakten Spektrum eines Sterns befassten, sondern die Möglichkeit einer Gefahr in sich bargen, die den Primitiven drohte – und vielleicht auch der Wesenheit selbst. Und sogar die Schöpfer mochten davon betroffen sein.

In den fünfhundert Jahrtausenden ihrer Existenz

war erst einmal eine derartige Bedrohung aufgetaucht. Für ein paar Millisekunden versuchte die Wesenheit die Ereignisse jener kurzen, von Gefahr und Zerstörung geprägten Periode zu rekonstruieren, doch ohne Erfolg. Das kristallene Gedächtnis war beschädigt und verlorene Erinnerungen ließen sich – anders als die physische Struktur der Wesenheit – nicht wiederherstellen.

Und so blieb der Wesenheit trotz der Fragen – und der ihnen innewohnenden Eventualitäten –, die lautlos und ohne Ende in den sich stetig weiterentwickelnden kristallenen Pfaden kreisten, nichts anderes übrig, als ihre Mission fortzusetzen.

Ohne es zu ahnen, streifte sie auf ihrem Weg den Rand der Neutralen Zone, die das Gebiet der Föderation von jenem Raum trennte, den das Romulanische Reich für sich beanspruchte.

1

Jim Kirk war froh, dass er allein nach Hause gekommen war, denn so hatte er die Chance, sich wieder bis über beide Ohren zu verlieben.

Er hatte die halbe Galaxis durchquert und innerhalb eines Jahres mehr unterschiedliche Städte gesehen, als die meisten Starfleet-Offiziere in ihrem ganzen Leben zu Gesicht bekamen – angefangen bei Metropolen, die groß genug waren, um den gesamten nordamerikanischen Kontinent zu bedecken, bis hin zu Dörfern, die so rustikal wirkten, als wären sie einer alten Schweizer Holzschnitzerei entsprungen. Und doch gab es keinen Ort, der San Francisco gleichkam.

Bereits an seinem ersten Tag an der Akademie hatte er sich entschieden, San Francisco als seine neue Heimat anzunehmen, damals, als er und Gary Mitchell die Hügel der alten Stadt hinauf- und hinabgelaufen waren. Und die Jahre, die er hier, mit einigen Unterbrechungen, seit dem Ende der ersten Fünf-Jahres-Mission der *Enterprise* verbracht hatte, hatten seine Gefühle für die Stadt und ihre Bewohner nur noch verstärkt. Das Presidio, Haight-Ashbury, der neue Ortsteil, der das Hauptquartier von Starfleet beherbergte – das alles zusammengenommen repräsentierte ein halbes Jahrtausend Geschichte und Kirk schätzte es, ein Teil davon zu sein. Früh am Morgen hatte er seine alte Wohnung aufgesucht, von der aus man die ganze Bucht überblicken konnte und war dabei an seine Zeit als Chef der Einsatzabteilung von Starfleet erinnert worden. Es kam ihm so vor, als gäbe es nur noch wenige Orte in der Stadt, die nicht irgendeine Erinnerung in ihm wachriefen, die nicht mit bestimmten Menschen oder vergangenen Ereignissen verbunden waren. Hätten Spock und McCoy seine Einladung angenommen, einige Zeit bei ihm zu verbringen, wären die letzten Tage wohl ganz anders verlaufen.

Genau aus diesem Grund bedeutete der Anblick des Golden Gate Parks an diesem, Kirks letzten Morgen auf der Erde, eine derartige Überraschung.

Überall wucherte und blühte es so üppig, dass es ihm vorkam, als spaziere er durch einen tropischen Regenwald. Rhododendron trieb über die sorgfältig angelegten Terrassen hinaus bis auf den Weg, Gras bedeckte die Schieferplatten des Pfades zu seinen Füßen und selbst die Bäume längs des Kennedy Drive schienen um mehrere Meter gewachsen zu sein – auch wenn Kirk klar war, dass dieser Eindruck lediglich seiner Einbildungskraft entsprang. Bei alledem handelte es sich um Nachwirkungen der monsunartigen Regenfälle, die die Sonde wenige Wochen zuvor ausgelöst hatte.

Wissenschaftler hatten erklärt, das stürmische Wachstum der Pflanzen überall auf dem Planeten würde noch für mehrere Jahre anhalten. Die Sonde hätte es tatsächlich beinahe geschafft, die Erde in eine neue Eiszeit zu stürzen. Weltweit gesehen waren viele der direkten Auswirkungen ihres Besuchs wieder zurückgegangen – die Dichte der Wolkendecke und die planetaren Durchschnittstemperaturen bewegten sich inzwischen wieder innerhalb der gewohnten Parameter –, doch der Nachhall der von der Sonde eingeleiteten Maßnahmen würde hier genau wie an vielen anderen Orten noch für lange Zeit spürbar sein.

Nun, dachte Kirk, sofern diese Nachwirkungen alle so aussahen, wäre das gar keine so üble Sache.

Ein plötzlicher Windstoß fuhr durch eine Schar von Seemöwen, die sich auf einem betonierten Stück Bodens um eine Brotkruste zankten. Selbst die Luft wirkte frischer, bemerkte Kirk, fast so, als hätten die Regenfälle den ganzen Planeten reingewaschen. Dieses Phänomen war ihm auch draußen in Yosemite aufgefallen – eine Ahnung von Erneuerung, die den gesamten Park umfasste, angefangen bei den alten Sequoia-Wäldern, die Spock unbedingt hatte untersuchen wollen, bis hin zum Gipfel des El Capitan. Kirk war froh, dass er die letzten Tage auf seiner Heimatwelt hatte verbringen können, doch zugleich spürte er auch, wie sich die alte Ruhelosigkeit wieder in ihm aufbaute.

Alles, was ich mir wünsche, ist ein schlankes Schiff und einen Stern, den ich ansteuern kann …

Und dieser Satz galt noch immer. Gestern Nachmittag hatte er Neuigkeiten von Starfleet Command gehört – ein neuer Sektor der Galaxis sollte erschlossen werden und man erwog, ihn und die *Enterprise* quasi als Speerspitze der Erforschung einzusetzen. Auf der Stelle hatte er einen Termin mit Admiral Cartwright vereinbart – *und du solltest jetzt besser die Beine in die Hand nehmen, wenn du vorhast, rechtzeitig zu erscheinen,* dachte Kirk mit einem Blick auf die Sonne, die schon hoch am Himmel stand –, um ihn davon zu überzeugen, dass sein Schiff die richtige Wahl für diese Aufgabe war.

Und es war tatsächlich sein Schiff – er hatte endlich seinen Frieden damit geschlossen. Die *Enterprise-A* hatte alles getan, was er ihr auf der letzten Mission abverlangt hatte – natürlich war sie nicht die alte *Enterprise,* doch andererseits (wie Dr. McCoy ihn stets zu erinnern pflegte) war er auch nicht mehr der alte Jim Kirk. Nichts war mehr so wie vor zwanzig Jahren, und er beklagte sich auch gar nicht darüber. Zwischen der Föderation und den Klingonen herrschte jetzt Waffenstillstand und selbst die Romulaner verhielten sich ruhig.

Plötzliches Kreischen und das Flattern von Flügeln rissen Kirk aus seinen Gedanken. Er schaute auf und musste feststellen, dass er mitten in das Festmahl der Möwen hineinspaziert war und dabei fast auf eines der Tiere getreten wäre.

Das kommt davon, wenn man mit seinen Gedanken im Wolkenkuckucksheim schwebt. Bleib lieber mit beiden Beinen auf der Erde und sieh zu, dass du Starfleet rechtzeitig erreichst.

Fröhlich (wenn auch falsch) pfeifend verließ James T. Kirk den Golden Gate Park und schlug die Richtung zur City von San Francisco ein.

Die aufgehende Sonne glitzerte auf der Oberfläche des Korallenmeers und versprühte ihr Licht im kristallklaren Wasser der großen Lagune zwischen dem Barrier-Riff und dem australischen Kontinent. Wäre Spock nicht gezwungen gewesen, schon in wenigen Stunden abzureisen, hätte er sich gewiss die Zeit genommen, dieses Gewässer zu erkunden, das von farbenprächtigem maritimen Leben erfüllt war wie kein anderes Gebiet in diesem Teil der Welt. Doch diesen Wunsch musste er auf ein andermal verschieben.

Heute, am Tag seiner Abreise, war der Vulkanier gekommen, um George und Gracie – die beiden Buckelwale, die die *Enterprise* aus dem zwanzigsten Jahrhundert durch die Zeit hierhergebracht hatte – in ihrem Heim im New Cetacean Institute zu beobachten, das draußen vor dem Großen Barrier-Riff lag. Von allen wissenschaftlichen Überlegungen einmal abgesehen, war Spock ganz einfach fasziniert von diesen außergewöhnlichen Kolossen, derengleichen es in den flachen, aufgewühlten Meeren Vulkans nicht gab.

Als er sich von der neuerbauten Plattform am Rand

des Riffs ins Wasser gleiten ließ, sprang George mehrere hundert Meter weiter draußen hoch in die Luft und klatschte inmitten aufspritzender Fontänen wieder ins Meer zurück. Spock stieß sich von den unterhalb des Wasserspiegels angebrachten Tauchhilfen der Plattform ab und begann zu schwimmen. In der frühmorgendlichen Stille war nur das Geräusch zu vernehmen, mit dem seine Gliedmaßen das Wasser durchschnitten.

Und dann, plötzlich, erscholl der Walgesang. Er enthielt weder Kadenzen noch Melodien, die vulkanische oder menschliche Ohren als solche erkennen konnten und doch empfand Spock trotz aller logischer Einwände, die sein Verstand automatisch vorbrachte, die Klänge als Lied.

Eine Saga. George' ›Stimme‹ ertönte klar und kräftig und man musste ihr einfach lauschen. Selbst Schwimmer, die sich am anderen Ende des Großen Barrier-Riffs, rund fünfzehnhundert Kilometer entfernt, aufhielten, hätten die Töne rein und unverzerrt vernommen. Doch es gab niemanden mehr, der ihn verstehen konnte, niemanden, dem er seine Saga, wenn es denn eine solche war, hätte mitteilen können.

Spock wusste, dass fünfhundert Jahre zuvor die Lieder Tausender und Abertausender von Buckelwalen die Ozeane der Erde erfüllt hatten. Bevor die Menschen anfingen, in großer Zahl die Meere zu befahren, oder genauer gesagt vor der Erfindung der Schiffsschraube, hatten die walartigen Lebensformen über ein außergewöhnliches Kommunikationsnetzwerk verfügt. Über Millennien hinweg war die See erfüllt von einem komplexen Klanggewebe, dessen zahllose Fäden den ganzen Planeten einhüllten, ein jeder davon eine niemals endende, sich ständig weiterentwickelnde Saga. Denn genau darum musste es sich gehandelt haben. Die Gesänge, jeder zwischen fünf und sechzig

Minuten lang, wurden auswendig gelernt und von Tier zu Tier weitergegeben. Die alten Lieder wurden wiederholt, Jahr für Jahr neue hinzugefügt. Ein Wal konnte mit einem anderen über Entfernungen von bis zu zwanzigtausend Kilometern hinweg kommunizieren – also buchstäblich jeden beliebigen Punkt in den Ozeanen des Planeten erreichen.

Und dann war die ›Zivilisation‹ gekommen. Wie Spocks Studien gezeigt hatten, machte gegen Ende des neunzehnten und Anfang des zwanzigsten Jahrhunderts die zunehmende, durch dampfbetriebene Handels- und Kriegsschiffe verursachte Geräuschkulisse – deren Vibrationen im Bereich von zwanzig Hertz lagen, genau wie die Stimmen der riesigen Lebewesen – es den Walen unmöglich, ihre Lieder weiter als nur ein paar Kilometer zu verbreiten. Möglicherweise war darin auch der Grund für die massenhafte Strandung der Tiere im Verlauf des zwanzigsten Jahrhunderts zu suchen. Sie waren desorientiert und nicht in der Lage, sich gegenseitig vor dem flachen Wasser zu warnen. Die Fäden des Gewebes zerrissen, der Klangteppich löste sich auf.

Und dann waren auch die Sänger selbst verschwunden.

Bis schließlich zwei von ihnen zurückgebracht wurden, allerdings nicht aufgrund von Gerechtigkeitssinn oder Schuldgefühlen – auch wenn der Captain zweifellos wegen des Verhaltens seiner Vorfahren im zwanzigsten Jahrhundert so empfand –, sondern aus Eigennutz. Und Selbstschutz.

Sie waren nicht um ihrer selbst willen zurückgebracht worden, sondern um die Erde vor dem Zerstörungswerk der Sonde zu schützen; und genau das hatte Georges Lied bewirkt, so einfach es auch war. Die Sonde hatte sich zurückgezogen, war in der Weite der Galaxis verschwunden, aus der sie gekommen war, um nie wieder aufzutauchen.

Zumindest gab man sich bei Starfleet alle Mühe, das zu glauben.

Spock dachte logischerweise anders darüber. Alle Anzeichen deuteten darauf hin, dass die Sonde – oder andere ihrer Art – die Erde bereits in der Vergangenheit besucht hatte. Wie sonst hätte sie von den Walgesängen wissen und sie reproduzieren können? Ihr letzter Besuch musste zu einer Zeit stattgefunden haben, als es einerseits noch viele Wale gab und andererseits die irdische Wissenschaft nicht weit genug entwickelt war, um ihre Anwesenheit zu entdecken. War das vor fünfhundert Jahren geschehen? Vor tausend? Vor zehntausend? Es gab keine Möglichkeit, das festzustellen. Doch diesmal hatte die Sonde bei ihrem Besuch eine veränderte Welt vorgefunden. Sie hatte lediglich zwei der Wesen entdeckt, die sie offensichtlich suchte und sie musste bemerkt haben, dass diese beiden aus dem Nichts aufgetaucht waren. Wenn die Sonde aber bereit gewesen war, einen ganzen Planeten nur der verschwundenen Wale wegen zu zerstören, war es nur logisch anzunehmen, dass sie sich um das Wohlergehen jener beiden Tiere sorgen und nicht erst in tausend oder zehntausend Jahren, sondern bereits nach einigen Monaten oder Jahren zurückkehren würde, mit Sicherheit jedenfalls noch innerhalb der normalen Lebensspanne dieser Wale.

Die Logik dieser Überlegung hatte Spock hierhergeführt, zu den beiden einzigen Lebewesen auf Erden, die mit der Sonde kommuniziert hatten, den beiden Lebewesen, die vielleicht irgendetwas, und mochte es auch noch so wenig sein, über die Beweggründe der Sonde und ihre Absichten erfahren hatten. Er machte sich keine Illusionen, diese Aufgabe könnte leicht sein oder er würde tatsächlich alles erfahren, was er gerne wissen wollte. Sie würden sich nicht mit Worten verständigen können, ebenso wenig wie damals, als er im

San Francisco des zwanzigsten Jahrhunderts von Gracies Schwangerschaft erfahren hatte. Zwar hatte er, als man ihn nach der Herkunft seines Wissens befragte, erklärt: »Sie hat es mir gesagt.« Doch diese Bemerkung war nicht ganz zutreffend. »Ich habe es von ihr erfahren«, wäre eine präzisere Feststellung gewesen. Auf ganz ähnliche Weise hatte er seinerzeit, inmitten der von Schmerz und Tod erfüllten Bergwerksschächte auf Janus VI, die Wahrheit über das Siliziumwesen Horta erfahren.

Im besten Fall würde er Bilder und Gefühle empfangen, die jedoch für einen hundert Kilogramm schweren, halbvulkanischen Raumschiffoffizier kaum das gleiche bedeuten konnten wie für ein fünfzig Tonnen wiegendes, luftatmendes Meerestier, das nicht einmal über Finger verfügte, um damit in seine Umwelt einzugreifen. Er würde in Erfahrung zu bringen versuchen, was immer möglich war und was George bereit oder in der Lage war, ihm mitzuteilen. Und die Ergebnisse musste er dann interpretieren. Letzten Endes, auch wenn das seinem Sinn für Logik widersprach, würde er raten müssen.

Wieder wurde das Wasser vor ihm aufgewühlt. Als hätte George nicht nur Spocks Gegenwart, sondern auch seine Absichten gespürt, war er näher gekommen, hatte in weniger als hundert Metern Entfernung die Wasseroberfläche durchbrochen, war dann wieder untergetaucht und in ein paar Metern Tiefe fast vollständig zum Stillstand gekommen. Sein großer Kopf befand sich jetzt direkt unter dem Vulkanier.

Spock holte tief Luft und tauchte.

Dajan stand bis zu den Knien in den Trümmern einer jahrtausendealten Stadt auf einer der unfruchtbarsten Kolonialwelten, die das Romulanische Reich in jüngster Zeit unterworfen hatte. Als er von der Prüfung einer vom Wetter gezeichneten Steininschrift aufblickte, bemerkte er in hohen Stiefeln steckende Füße, die auf dem Rand der Mauer über ihm aufgetaucht waren. Der Archäologe musste gegen die trübrote Sonne blinzeln, um die Umrisse der dort stehenden schattenhaften Gestalt zu erkennen.

Es handelte sich um den Sublieutenant des Wachschiffs, das sein Forschungsschiff auf dem Weg hierher keine Sekunde aus den Augen gelassen hatte. *Warum bin ich jetzt nicht überrascht?* überlegte Dajan.

»Was gibt es?«, fragte er unwirsch und benutzte dabei genau den Tonfall, den sein älterer Bruder ihm für den Umgang mit Sublieutenants und ihresgleichen angeraten hatte.

»Eine Nachricht aus der Hauptstadt, kerDajan. Alle wissenschaftlichen Missionen werden hiermit zurückbeordert.«

»Aus welchem Grund?« Dajans flaschengrüne Augen funkelten wütend. Er hatte doch mit seiner Arbeit kaum richtig angefangen! Er unterbrach die Prüfung der Inschrift und erhob sich, ohne jedoch das Vergrößerungsgerät beiseite zu legen. Am liebsten hätte er es nach oben gerichtet, die Augen des Sublieutenants damit geblendet und das Ganze später als Unfall hingestellt. Doch andererseits war er noch keineswegs voll rehabilitiert und außerdem musste er um seiner Schwester willen vorsichtig sein, denn deren Position war noch weitaus verwundbarer als seine eigene. Sie befand sich noch immer in der Hauptstadt, wo Intrigen und kleinliche Rachsucht das Leben bestimmten. Ein leises Raunen würde genügen, um sie auf die abschüssige Bahn des Abweichlertums zurückzustoßen.

»Das hat man mir nicht mitgeteilt«, antwortete der Sublieutenant mit einem selbstzufriedenen Unterton in der Stimme, »deshalb kann ich es Ihnen auch nicht sagen. Doch Ihr Schiff startet in einer Stunde. Wenn Sie dann nicht an Bord sind, werden Sie hier zurückgelassen.«

Als er sich abwandte, um zu gehen, schaffte es der Lieutenant, so viel Geröll und Schutt von der Mauerkante loszutreten, dass die Inschrift darunter fast völlig begraben wurde.

Auf der Brücke der *Enterprise-A* beobachtete Dr. Leonard H. McCoy seinen Heimatplaneten, der wie ein blauweißes Schmuckstück friedlich über den Hauptschirm glitt. *Sehr* friedlich, wenn man bedachte, was sich dort erst vor kurzer Zeit abgespielt hatte. Es kam zu vereinzelten Engpässen in der Versorgung mit Lebensmitteln oder medizinischen Hilfsgütern und in manchen Gebieten wurde der Bevölkerung noch immer empfohlen, das Trinkwasser abzukochen oder zu bestrahlen, solange das Grundwasser noch nicht als einwandfrei betrachtet werden konnte, doch im großen und ganzen hatte sich die Lage auf dem Planeten Erde wieder normalisiert.

Genau wie an Bord der *Enterprise*.

»Verfügbare Auswahltitel aus dem zwanzigsten Jahrhundert kommen jetzt auf den Schirm, Doktor.« Die Stimme mit dem starken Akzent gehörte Commander Pavel Chekov, der vor McCoy an der Wissenschaftsstation saß und auf diverse Knöpfe drückte. »Eine sehr wichtige Epoche in der Geschichte westlicher Musik. Zu den bedeutsamen Komponisten zählen« – er stoppte den ablaufenden Text, um einige der dort aufgelisteten Namen zu lesen – »Schostakowitsch, Prokofjew, Miaskowsky, Strauss…« Für einen Moment betrachtete er das Display stirnrunzelnd, bevor er fortfuhr. »Khatchaturian, Volkonsky…«

McCoy beugte sich über das Display und legte dem Commander eine Hand auf die Schulter. »Kann es sein, dass ich hier eine leichte Tendenz entdecke, Mr. Chekov?«

»Eine Tendenz, Sir?« Chekov drehte sich zu McCoy um. Der verwunderte Ausdruck auf seinem Gesicht wirkte so überzeugend, dass der Doktor sich, genau wie bei dem mitunter verstärkt auftretenden russischen Akzent, unwillkürlich fragte, ob er echt war oder nicht doch zumindest teilweise die Fortsetzung eines ›Spiels‹, das Chekov bereits während seiner Zeit als Fähnrich auf der alten *Enterprise* begonnen hatte. Doch andererseits, erinnerte sich McCoy, gab es natürlich auch Stimmen, die einen ganz ähnlichen Verdacht in Bezug auf seine Wortwechsel mit Spock geäußert hatten. Und nach all den Jahren und Abenteuern gab es Zeiten, in denen es selbst ihm schwergefallen wäre, darauf eine eindeutige Antwort zu geben.

»Nahezu jeder der von Ihnen aufgezählten Komponisten ist Russe, Mr. Chekov«, erklärte McCoy.

Chekov zuckte die Achseln. »Dass der russische Beitrag zur Entwicklung der Musik des zwanzigsten Jahrhundert von substantieller Bedeutung ist, gehört zu den bekannten Tatsachen. Das Konzept der Atonalität, dissonante Harmonien, computergenerierte Kompositionen...«

McCoy lehnte sich wieder gegen das Geländer, das den Kommandobereich der Brücke umgab und unterbrach die musikgeschichtliche Vorlesung. Vor einer halben Stunde war er mit dem Vorsatz auf die Brücke gekommen, die umfangreichen Möglichkeiten von Starbase One zu nutzen, um die schiffseigene Musikbibliothek zu erweitern. Chekov hatte Dienst gehabt und sich sofort angeboten, dem Doktor bei dieser Arbeit zu helfen. Bisher hatte die Übersicht über die auf Starbase One vorhandene Auswahl allerdings wenig hervorgebracht, was nicht einen deutlich erkennbaren slawischen Beigeschmack gehabt hätte, wie der Doktor etwas konsterniert feststellen musste.

»Soll ich den Computer anweisen, die Übertragung vorzunehmen?«, fragte Chekov. »Ich würde vor allem eine Sammlung neuerer Interpretationen von Schostakowitschs Werken vorschlagen.«

»Nein, nein«, erklärte McCoy eilig. »Suchen wir lieber weiter, Chekov. Ich bin vor allem an etwas jüngeren Kompositionen interessiert.«

»Ganz wie Sie wollen, Doktor.« Chekov wandte sich wieder der wissenschaftlichen Station zu. »Die Werke des dreiundzwanzigsten Jahrhunderts kommen jetzt auf den Schirm.«

»Ah«, meinte McCoy. Das kam der Sache schon näher. Er lächelte, als er die meisten der über den Schirm laufenden Namen wiedererkannte. »Das nenne ich Musik. Salet von Vulkan, Evanston, Penalt...« Er stutzte. »Vigelshevsky?«

»Anton Vigelshevsky, Doktor«, sagte Chekov. »Er ist der berühmteste Komponist elektronischer Musik in diesem Jahrhundert. Seine Variationen über ein Thema von Prokofiew... ich kann mir wirklich nicht vorstellen, dass Sie noch nie von ihm gehört haben.«

Bevor McCoy seine Meinung über »all das elektronische Tuten und Scheppern« äußern konnte, wurde er durch das Ertönen des Interkom gerettet.

»Wahrscheinlich Dr. Chapel«, sagte er, ging rasch zum Sessel des Captains hinüber und legte einen Schalter um. »Ich hatte ihr noch eine Führung durch die neue Krankenstation versprochen.«

Doch es war nicht Chapel.

Statt ihrer erschien das Bild eines dunkelhaarigen Starfleet-Fähnrichs auf dem Schirm.

»Starfleet-Einsatzleitung. Admiral Cartwright für Captain Kirk.«

Chekov und McCoy blickten sich stirnrunzelnd an. »Der Captain befindet sich nicht an Bord. Doch soweit mir bekannt ist, hat er bereits für heute Nachmittag ein Treffen mit dem Admiral vereinbart.«

»Danke«, sagte die Adjutantin brüsk. »Einen Moment.«

Der Schirm wurde für ein paar Sekunden dunkel, dann tauchte der Fähnrich wieder auf. »Falls der Captain sich meldet, informieren Sie ihn bitte, sich unverzüglich mit dem Admiral in Verbindung zu setzen. Starfleet Ende.«

Wieder erlosch der Schirm und blieb diesmal dunkel. McCoy schüttelte den Kopf. »Und was soll man nun davon halten?«

»Captain!«, rief Sulu und löste sich aus dem Schatten des Wissenschaftsgebäudes, dessen transparente Aluminiumverkleidung von einem Wartungsroboter poliert wurde.

Kirk lächelte, als der Steuermann zu ihm aufholte und sich seinem Tempo anpasste. Gemeinsam schlenderten sie über die weite, sonnenbeschienene Plaza des zentralen Hauptquartiers von Starfleet Command. »Mr. Sulu, wo haben Sie denn gesteckt? Ich versuche schon den ganzen Tag, Sie zu erreichen.«

»Ich war unterwegs, um die Stadt zu genießen.« Sulu grinste begeistert. »Es war zwar nicht besonders lustig, als der ganze Regen herunterkam, aber es hatte sicher auch seine guten Seiten. Sind Sie bereit für die große Führung durch Chinatown?«

»Äh… genau deshalb habe ich Sie zu erreichen versucht. Ich fürchte, wir werden unseren kleinen Ausflug etwas verschieben müssen. Cartwright hat seinen Terminkalender umgestellt und es ist mir gelungen, unser Treffen vorzuziehen.«

»Macht nichts, Captain.« Sulus Miene blieb unverändert fröhlich. »Es stört mich überhaupt nicht, hier draußen im Sonnenschein zu warten.«

»Warum kommen Sie nicht einfach mit rein?« Kirk blieb am Eingang des Hauptquartiers stehen und bedeutete dem Steuermann hineinzugehen. »Es wird sicher nicht schaden, wenn ich jemanden zu meiner Unterstützung dabeihabe.«

Sulu hielt auf der Türschwelle inne. Seine dunklen Augen waren weit aufgerissen. »Wenn Sie sicher sind, dass es den Admiral nicht stört...«

»Es wird ihn nicht stören«, sagte Kirk leichthin. Er war ziemlich sicher, dass Cartwright die *Enterprise* bereits ausgewählt hatte, um die Erforschung zu leiten und insofern würde es bei dem Treffen lediglich darum gehen, dass der Admiral seine Entscheidung offiziell verkündete und Kirk ihm dafür dankte. Cartwright hätte seine Terminplanung wohl kaum so rasch umgestoßen, nur um sich dagegen auszusprechen. »Schließlich habe ich um das Treffen gebeten.«

Die beiden Männer schritten geradewegs auf den Turbolift zu. Eine Minute später standen sie im Vorzimmer von Cartwrights Büro. Die Tür zum Zimmer des Admirals war geschlossen, doch eine Adjutantin erhob sich, als sie Kirk und Sulu erblickte.

»Captain Kirk möchte Admiral Cartwright sprechen«, verkündete Kirk und lächelte die Adjutantin an.

Doch die junge dunkelhaarige Frau, deren Miene so ernst wirkte, dass man sie für eine Vulkanierin hätte halten können, erwiderte sein Lächeln nicht. Sie wirkte im Gegenteil ausgesprochen besorgt. »Captain Kirk, Sir. Der Admiral hat bereits versucht, Sie zu erreichen.« Sie drückte einen Knopf auf der Konsole an ihrem Schreibtisch. »Admiral, Captain Kirk ist hier.«

Die Tür zum Zimmer des Admirals glitt auf.

Cartwrights sanfter Bariton drang aus dem Interkom. »Bitten Sie ihn herein.«

Kirk zog verwundert die Augenbrauen hoch und nickte Sulu zu, der einen unsicheren Blick auf die Ordonnanz warf und dann dem Captain in Cartwrights heilige Hallen folgte. Die Einwände der Adjutantin wurden abgeschnitten, als sich die Tür hinter Kirk und Sulu schloss.

Eine weitere Überraschung erwartete sie: Cartwright war nicht allein. Der Admiral saß nicht an seinem Schreibtisch, sondern am Konferenztisch. Und ihm gegenüber hatte der weißhaarige Präsident des Föderationsrates Platz genommen. Die gerunzelten Brauen der beiden Männer machten deutlich, dass es offensichtlich um eine ernste Angelegenheit ging.

»Admiral. Mr. President.« Kirk nickte jedem der Männer zu. Sulu folgte seinem Beispiel. »Ich glaube, Sie kennen beide meinen Steuermann, Mr. Sulu.«

Cartwright nickte geistesabwesend und sah dabei kaum zu Sulu hinüber. Der Präsident schien im ersten Moment gegen die Anwesenheit des Commanders Einspruch erheben zu wollen, überlegte es sich dann aber anders und begrüßte ihn mit einem angedeuteten Lächeln.

»Gentlemen, nehmen Sie Platz.« Cartwright deutete auf die Sessel. »Mir ist klar, Captain, dass wir uns eigentlich über eine ganz andere Angelegenheit unterhalten wollten, doch es gibt etwas, dass ich Ihnen mitteilen muss.« Er stand auf, ging zum Schreibtisch hinüber und beugte sich vor, um einen Schalter zu betätigen.

Statische Störgeräusche drangen krachend aus den Lautsprechern der Konsole. Cartwright verzog das Gesicht. »Tut mir leid. Die Aufzeichnung ist von miserabler Qualität, weil wir gezwungen waren, die Lautstärke extrem zu erhöhen. Außerdem ist die Stimme aufgrund der benutzten Verzerrer stark beeinträchtigt.«

Kirk bemühte sich, die Worte aus dem statischen Rauschen herauszufiltern.

»An die Freunde jenseits der Neutralen Zone: Ich habe Neuigkeiten. Sie werden sie schon bald auch über die normalen Kanäle erfahren, doch es ist besser, Sie hören jetzt davon, denn die Beziehungen zwischen uns wurden dadurch bereits verändert. Der Prätor ist tot.«

Jim Kirk sah zu Cartwright hinüber, der langsam nickte.

»Für einige Zeit«, fuhr die Stimme fort, »wird Chaos im Reich herrschen. Doch dieses Chaos bietet auch gewisse Möglichkeiten und vielleicht kann es zur Verständigung zwischen unseren Völkern kommen. Geben Sie diese Nachricht an alle unter Ihnen weiter, die sich für den Frieden einsetzen und seien Sie wachsam gegenüber jenen, die ihre Verbreitung verhindern oder ihre Bedeutung entstellen wollen: Bedauerlicherweise gehört die Zensur mit zu den vielen Gemeinsamkeiten unserer beiden Reiche.«

Die statischen Geräusche nahmen zu und übertönten nach und nach die Sendung. Cartwright betätigte den Kontrollschalter und beendete die Wiedergabe.

»Wie alt ist diese Meldung, Admiral?«, erkundigte sich Sulu.

»Sie stammt aus einer Subraumsendung aus dem Herzen des Reiches, die heute Morgen um drei Uhr aufgefangen wurde«, antwortete Cartwright. Sein scharfgeschnittenes, normalerweise dunkles Gesicht wirkte grau und legte den Verdacht nahe, dass er um diese Zeit aus dem Bett geholt worden war und die Decoder seither nicht mehr aus den Augen gelassen hatte.

Kirk schüttelte skeptisch den Kopf. »Gerüchte über den bevorstehenden Tod des Prätors gibt es schon, seit Hektor noch ein kleiner Junge war, oder zumindest so lange, wie ich bei Starfleet bin. Ich nehme an, selbst ein

Romulaner kann nicht ewig leben, aber auch wenn es zutrifft, stand er lediglich an dritter Stelle…«

»An dritter Stelle im Rang, doch an erster, soweit es die tatsächliche Macht betrifft«, unterbrach ihn der Föderationspräsident. Sein Ton deutete an, dass er den Bericht sehr ernst nahm. »Unter denen, die Bescheid wissen, steht außer Frage, dass der Prätor über das Reich herrscht. Oder geherrscht hat, als er noch lebte.«

»Sofern wir dieser Botschaft trauen können«, warf Sulu ein.

»Keinem Romulaner kann man hundertprozentig trauen«, erklärte der Präsident. »Allerdings haben wir auch früher schon Informationen aus der gleichen Quelle erhalten und die haben sich stets letzten Endes als zutreffend herausgestellt.«

»Nun, wie dem auch sei«, meinte Cartwright, »ungeachtet der privaten Gefühle, die der eine oder andere von uns hegen mag, bleibt uns keine andere Wahl, als davon auszugehen, dass die Nachricht zumindest wahr sein *kann* – und darauf müssen wir uns entsprechend vorbereiten.«

Im Reich selbst gab es keine Zweifel am Tod des Prätors. Die Menge, die sich in den Straßen der Hauptstadt drängte, zeugte davon und drohte ihrerseits, neue Todesfälle zu produzieren, indem jedes ihrer Mitglieder rücksichtslos danach strebte, Einlass in die Halle der Säulen zu finden, um den Leichnam zu sehen und seinerseits bei der Bekundung tief empfundenen Schmerzes gesehen zu werden.

Jandra würde sich ihnen bald anschließen müssen, doch zumindest musste sie sich dabei nicht der physischen Gefahr aussetzen, die von dem rücksichtslosen Mob der Klagenden ausging, den sie vom Fenster der Wohnung in der Zitadelle aus beobachtet hatte, die sie mit Tiam, ihrem Ehemann, teilte. Möglicherweise empfanden einige der Klagenden echte Trauer, dachte sie. Für die meisten allerdings war es die – zwingend erforderliche – Zurschaustellung der Orthodoxie und nicht mehr. Ihre eigenen Gedanken beschäftigten sich seit dem Moment, als sie von der ›Ehre‹ erfahren hatte, die man ihr zuteil werden lassen wollte, fast ausschließlich mit der Frage, was dieser Tod und die darauffolgende Berufung für sie zu bedeuten hätten. Diese Berufung war mit geradezu bestürzender Plötzlichkeit erfolgt, ganz ähnlich wie die ›Reformen‹, mit denen das Komitee anscheinend das gesamte Reich zu überschütten versuchte. Jahrelang hatte ihre ›Rehabilitation‹ kaum größere Fortschritte gemacht als Tiams Karriere, doch nun, innerhalb weniger Tage…

»Ein offizieller Gleiter wird dich abholen«, unterbrach Tiam ihren Gedankengang. Er bemühte sich, nicht zu offenkundig vor dem Spiegel zu posieren, während er die Trauerbänder über den Abzeichen seiner Uniform arrangierte. »Ich habe einen Teil des Daches räumen lassen, damit du dem Mob aus dem Weg gehen kannst.«

»Was für Musik werden sie wohl verlangen?«, fragte Jandra. Sie achtete bewusst darauf, dass ihre Stimme neutral klang und ihre Hände unverkrampft im Schoß lagen. Spannungen waren nicht gut für ihre Finger und würden ihr Spiel beeinträchtigen.

»Der Gleiterpilot wird die Auswahl mitbringen.« Tiam drehte sich zu ihr um. Jandras Herzschlag beschleunigte sich. Sie erinnerte sich an die Zeit, als ihre Heirat arrangiert worden war – wie sehr sie dagegen gewütet und tagelang darüber geweint hatte, als man ihr erklärt hatte, das wäre der einzig mögliche Weg, um sich und ihre Familie zu rehabilitieren. Als sie Tiam dann zum erstenmal sah, hatte sich ihre Wut etwas gelegt. *Zumindest sieht er gut aus,* hatte sie damals gedacht. Das war allerdings gewesen, bevor sie alles andere erfuhr, bevor sie begriff, dass sich die Rückkehr zur Orthodoxie überaus langsam vollzog und dass sie, obwohl ihr die Verbindung mit Tiam zwar die Rückkehr aus den Provinzen erlaubte, auch weiterhin eine Außenseiterin blieb. »Zweifellos wird man das Requiem von Lerma verlangen«, fuhr Tiam mit ernster Miene fort. »Lerma steht schon weitaus länger auf der Liste der Orthodoxen als jeder seiner Zeitgenossen.«

»Natürlich«, erwiderte Jandra gleichmütig, während sie dachte: *Lerma ist so glatt und nichtssagend, dass niemand, nicht einmal der Prätor, etwas gegen ihn hätte einwenden können.*

Da war sie also aufgefordert worden, bei der Begräbnisfeier des Prätors zu spielen. Romulaner galten als Meister der Ironie, doch das hier ging weit über jede Ironie hinaus, dachte Jandra. Dieser Prätor, ein Schwein und Mörder, der selbst nach konservativen Schätzungen für den Tod oder das ›Verschwinden‹ von mindestens einer Million Angehöriger seines eigenen Volkes verantwortlich war, ganz zu schweigen von den unzähligen Übergriffen auf Bürger anderer Rassen, dieser Prätor, auf dessen Befehl hin ihr älterer Bruder auf eine aussichtslose Mission geschickt worden war, deren Scheitern seine Exekution und den rituellen Selbstmord ihrer Eltern nach sich zog sowie ihr und ihrem überlebenden Bruder das Stigma der Unorthodoxie aufdrückte – dieser Prätor besaß die Dreistigkeit, selbst von jenseits des Grabes noch nach ihr zu greifen und zu verlangen, dass sie ihm ihre Musik darbot.

»Es ist wirklich eine Ehre«, meinte Tiam begeistert und nicht zum erstenmal. »Ich muss dir wohl nicht erklären, dass es in den kommenden Tagen gewisse... Unsicherheiten geben wird. Dank der Gunst des Prätors bin ich zum Administrator der mittleren Ebene aufgestiegen. Wer weiß, was ich unter seinem Nachfolger erreichen kann, wenn er mit mir und den Meinen zufrieden ist.« Er warf ihr einen Blick zu, als erwarte er ein Zeichen der Dankbarkeit. Als Jandra nicht reagierte, zuckte er die Achseln. »Was mich betrifft, so wurde ich bereits in etwas eingeweiht, das…« Er unterbrach sich abrupt, als wäre ihm plötzlich klar geworden, dass er sich mit seiner Angeberei auf gefährliches Gebiet gewagt hatte.

Jandra schwieg weiterhin, ohne Tiams momentane Besorgnis überhaupt zu bemerken. Sie dachte immer noch über die ›Ehre‹ nach, die ihr seiner Meinung nach zuteil wurde und fragte sich, wie er es überhaupt wagen konnte, solche Worte ihr gegenüber zu äußern. Besser als jeder andere kannte er die Vergangenheit ihrer Familie und wusste, dass sie ihn nur geheiratet hatte, um sich und ihren Bruder zu rehabilitieren. *Wie sehr muss diese Tatsache noch heute an ihm nagen,* dachte sie mit einem leisen Gefühl der Befriedigung.

Sie hob den Blick von ihren im Schoß liegenden Händen und bemerkte, dass Tiam sie stirnrunzelnd musterte.

»Das ist dir alles gleichgültig«, warf er ihr vor. »Hast du überhaupt eine Ahnung, welche Ehre dir zuteil wird?«

»Ich werde ja spielen.« Jandra bemühte sich, ihre Resignation nicht durchklingen zu lassen. »Und das ist alles, was du wissen musst.«

Commander Hiran von der Kriegsschwalbe *Galtizh* bot ein Musterbeispiel militärisch zurückhaltender Trauer, als er die offizielle Mitteilung über das Ableben des Prätors erhielt. Erst in der Sicherheit seines Quartiers gestattete er sich ein leises Lächeln, das die harten Züge seines Gesichts sanfter wirken ließ.

»Also haben sie die Meldung endlich freigegeben«, sagte Hiran. »Ob sie wohl geglaubt haben, sie könnten diese Sache für alle Zeit geheimhalten?«

Er drehte sich um und sah Subcommander Feric an, der mit hinter dem Rücken verschränkten Händen vor der Kabinentür stand. Der neuernannte Erste Offizier zuckte die Achseln.

»Seine Krankheit haben sie jedenfalls jahrelang verschwiegen.«

Hiran nickte geistesabwesend, während sein Blick über die Besatzungsliste glitt, die auf dem Computerschirm sichtbar war. Ihm fiel auf, dass er und Feric nun schon seit fast vier Jahren gemeinsam Dienst taten – wie hatte es dieser Mann nur geschafft, ihm so lange ein Rätsel zu bleiben?

Wahrscheinlich weil er jede Frage so kurz und knapp beantwortete wie gerade. Allerdings war es ungewohnt für Hiran, seinem Ersten Offizier jede Information regelrecht aus der Nase ziehen zu müssen. Unwillkürlich verglich er die langen, von Schweigen erfüllten Lücken in seinen Gesprächen mit Feric mit den lebhaften Diskussionen, die er und Ren geführt hatten. Ganz eindeutig bevorzugte er einen offenen, hitzigen Meinungsaustausch.

Doch damit stand auch außer Zweifel, dass ihm Ren weitaus lieber gewesen war.

Es war noch immer ein merkwürdiges Gefühl, auf den Dienstplan zu blicken und ihren Namen nicht direkt unter dem seinen zu finden. Noch immer ungewohnt, allein in dieser Kabine zu sein. Und – um auf die Gegenwart zurückzukommen – noch immer ungewohnt, seinem Ersten Offizier die Informationen aus der Nase ziehen zu müssen.

»Die nächsten Wochen dürften recht interessant werden«, meinte Hiran. »Glauben Sie, man wird uns zurückbeordern, Subcommander?«

»Alles ist möglich.« Feric zögerte. »Insbesondere in Zeiten des Übergangs. Es sind eine Menge Gerüchte in Umlauf.«

Hiran nickte. Zu diesem Zeitpunkt war diese Antwort wohl alles, was man erwarten konnte.

Sogar von Ren.

»Nun, Spock«, fragte McCoy, als sich die Tür der Krankenstation zischend hinter ihnen schloss, »haben Sie gerade eine neuerliche Bewusstseinsverschmelzung hinter sich, oder sind Sie einfach nur nass geworden?«

»Keine der beiden Möglichkeiten beschreibt die Begegnung zutreffend, Doktor.«

»Ich meinte damit nicht... Also schön, Spock, erzählen Sie mir einfach, was Sie herausgefunden haben. Sie haben doch irgendetwas herausgefunden, oder?«

»Natürlich, Doktor. George und Gracie sind beide mit ihrer neuen Umgebung sehr zufrieden, aber sie...«

»Über die *Sonde,* Spock! Die Sonde!«

»Wie ich gerade berichten wollte, war ich nicht in der Lage, irgendetwas definitiv festzustellen. Allenfalls vermochte ich etwas wahrzunehmen, was Menschen möglicherweise als Eindruck bezeichnen würden.«

»Die gleiche Art von ›Eindruck‹ wie damals in San Francisco, als Sie herausfanden, dass Gracie trächtig war?«

»In etwa, Doktor. Jener Eindruck war allerdings erheblich stärker und spezifischer ausgeprägt, aller Wahrscheinlichkeit nach, weil er eine natürliche biologische Funktion betraf, mit der Gracie vertraut war. Die Sonde und ihre Handlungen befanden sich hingegen völlig außerhalb ihres Erfahrungshorizontes, genau wie viele unserer eigenen Aktionen, als wir sie aus dem zwanzigsten Jahrhundert hierherbrachten. Tatsächlich sind diese beiden Ereignisse, sofern meine Interpretationen korrekt sind, für ihr Bewusstsein keineswegs eindeutig voneinander unterscheidbar.«

»Wollen Sie damit sagen, dass sie den Unterschied zwischen uns und der Sonde nicht erkennen können?«

»Bis zu einem gewissen Grad ist das richtig, Doktor. Für die Wale sind wir genau wie die Sonde mit Ereignissen verknüpft, die völlig außerhalb ihres normalen Erfahrungsbereichs liegen.«

McCoy runzelte die Stirn und meinte dann achselzuckend: »Ich glaube, es leuchtet mir ein, wie sie auf den Gedanken kommen könnten, die Sonde hätte unser klingonisches Schiff ausgeschickt, um sie abzuholen, genau wie die *Enterprise* in solchen Fällen ein Shuttle entsendet. Jedenfalls wenn sie von der *Enterprise* und von Shuttles wüssten, was aber nicht der Fall ist, oder?«

»Höchstwahrscheinlich nicht, Doktor. Einer der wenigen Eindrücke, von denen ich eindeutig sagen kann, dass er sich auf die Sonde bezog und nicht auf unser Eingreifen, vermittelte ein Gefühl von Verwandtschaft, von anderen Wesen, den Walen in physischer Hinsicht nicht unähnlich. Doch jenseits dieses Gefühls von Verwandtschaft gab es auch eines, das von Geborgenheit sprach, vielleicht auch von Sicherheit und zwar nicht nur heute, sondern auch in Bezug auf die Zukunft.«

»Und was soll das bedeuten? Dass dieses Ding von einer Rasse von Superwalen gesteuert wird und ihnen erzählt hat, es würde auf sie aufpassen?«

»Es scheint, als würden George und Gracie genau das empfinden. Es gab übrigens auch Hinweise auf etwas wie Erwartung, möglicherweise auf einen in der Zukunft liegenden Kontakt zu der Sonde oder einem vergleichbaren Objekt.«

McCoy stieß den Atem hörbar aus. »Dann kommt sie also zurück. Oder sie schickt ihren großen Bruder.«

»Ich glaube nicht, dass jemand, der mit den fraglichen Ereignissen vertraut ist, bezweifelt hat, die Sonde würde eines Tages zurückkehren, Doktor. Meine begrenzten Erkenntnisse verschieben nur den wahrscheinlichen Zeitpunkt dieser Rückkehr erheblich näher zur Gegenwart.«

McCoy schüttelte den Kopf und erinnerte sich mit einem gewissen Unbehagen an den unerklärlichen Anruf von Starfleet, dem die knappe Aufforderung des Captains gefolgt war, ihn und Commander Sulu im Transporterraum zu treffen, wohin sie gerade unterwegs waren. »Sie nehmen doch nicht an, *das* wäre der Grund, weshalb Jim uns so dringend sehen will?«

»Das glaube ich nicht, Doktor. Nachdem ich auf die *Enterprise* zurückgekehrt war, habe ich mich sofort mit den letzten Subraummeldungen vertraut gemacht, die Auskunft über Aufenthaltsort und Kurs der Sonde geben. Sie bewegt sich weiterhin in Richtung der Ersten Föderation und bisher deutet nichts auf eine Rückkehr hin.«

McCoy schnaubte. »Dann dürfen sich also vorerst andere mit diesem Problem herumschlagen. Nun, ich wünsche ihnen viel Glück.«

Spock zog die Augenbrauen hoch, sagte aber nichts, weil die Tür des Transporterraums vor ihnen aufglitt und er sah, wie Sulu und der Captain materialisierten.

Die Beerdigungsfeierlichkeiten dauerten zwei Nächte und einen Tag. In dieser Zeitspanne erschienen Tausende und Abertausende, um sich ins Totenbuch einzutragen und an der wächsern wirkenden Gestalt vorbeizudefilieren, die aufrecht in ihrem Sarkophag im Zentrum der Halle der Säulen ruhte. Die ganze Zeit über spielte Jandra, ohne zu essen oder zu schlafen und fast ebenso viele bewunderten sie wegen ihrer unermüdlichen Meisterschaft, wie es Bürger gab, die ihrem Kummer über das Ereignis Ausdruck verliehen, das ihr erst die Möglichkeit geboten hatte, diese Meisterschaft vorzuführen.

Sie wechselte zwischen den drei Instrumenten, die

am besten zu der elegischen Musik passten: der dreisaitigen Bahtain, der zwölfsaitigen Plekt und der so schwer zu beherrschenden einseitigen The'el. Und sie arbeitete sich durch das Repertoire von Lerma, Talet und Mektius, ohne eine Note auszulassen oder auch nur ein Stück zu wiederholen.

Ihre Person fesselte die Zuhörerschaft mindestens ebenso wie ihre Musik, da die Trauergäste ihre Geschichte vom einen zum anderen weitergaben. Die Frau von Subzenturio Tiam, flüsterten manche und die Zwillingsschwester von kerDajan, dem Archäologen. Ein Zwilling! wunderten sich jene, denen dieser Umstand neu war. War sie die ältere? Und wenn man ihnen sagte, dass dies tatsächlich zutraf, meinten sie erfreut: Nun, das erklärt alles!

Doch gab es da nicht auch noch einen älteren Bruder? erkundigte sich jemand.

Die Frage war durchaus berechtigt, da offensichtlich weder Jandra noch ihr Zwillingsbruder dem Militär angehörten, doch nun breitete sich Schweigen über die Reihen der Trauernden.

Nein, natürlich nicht!

Auf keinen Fall!

Das muss ein Irrtum sein!

Und die Trauernden passierten die Estrade, auf der sie spielte, richteten ihre Aufmerksamkeit wieder auf die leblose Gestalt in dem aufrecht stehenden Sarkophag, die noch immer Macht über sie ausübte und die Musik und die Musiker in den Hintergrund verwies.

Jandra spielte. Ihr Kopf schmerzte, Finger und Handgelenke wurden taub und sie war längst über die Erschöpfung hinaus. Manchmal verfiel sie in Tagräume, erinnerte sich an ein anderes Leben, als sie noch als Wunderkind gegolten und vor den großen Musikern vieler Welten gespielt hatte.

»Seid dankbar«, hatte mehr als einer von ihnen ihren

Eltern gesagt, »dass es einen Älteren gibt, um die militärischen Verpflichtungen zu erfüllen. Denn diese hier ist dazu bestimmt, Musikerin zu werden!«

Manchmal weinte Jandra und dann rannen die Tränen aus ihren flaschengrünen Augen und tropften auf den Klangkörper der The'el oder der Bahtain.

Wie anrührend! raunten die Trauernden dann. Seht, wie bewegt sie ist, dass sie um ihn weint!

Nicht um ihn! dachte Jandra grimmig. *Oder höchstens weil er überhaupt je gelebt hat. Nein, ich weine um die anderen, meine Mutter, meinen Vater, meinen Bruder…*

Auf den Welten der Föderation hingegen herrschte natürlich wenig Trauer um den Prätor. Stattdessen wurden diverse Vorbereitungen getroffen, sodass zu dem Zeitpunkt, als die von der statisch verzerrten Stimme angekündigte Nachricht auch offiziell eintraf, Starfleet die Patrouillen längs der Neutralen Zone bereits verdoppelt und die Schiffe in höchste Alarmbereitschaft versetzt hatte. Wenn das im romulanischen Imperium herrschende Chaos in eine nach außen gerichtete Aggression münden sollte, würde die Föderation bereit sein, sich zu verteidigen.

Doch dann ging eine weitere Nachricht ein, verbunden mit einer Einladung.

Einer Einladung, die nicht Krieg, sondern Frieden versprach.

2

CAPTAINS LOGBUCH, STERNZEIT 8475.3:

Was zunächst nur Starfleet Command wusste, ist nun allgemein bekannt: Der romulanische Prätor, von dem manche behaupten, er habe zwar in der Rangfolge nur an dritter Stelle gestanden, sei jedoch unter jenen, die das romulanische Imperium beherrschten, der Mächtigste gewesen, ist tot. Die offizielle Meldung, übermittelt vom romulanischen Gesandten und bestätigt durch die Interimsregierung, spricht von einem »natürlichen Tod nach langer Krankheit, verursacht durch die Belastung seines Amtes«. Romulanische Beobachter innerhalb der Föderation halten die ›lange Krankheit‹ für einen Hinweis auf ein langsam wirkendes Gift und vermutlich denken auch viele im Reich ähnlich darüber. Manche sprechen sogar von einem zu langsam wirkenden Gift. Aber die Wahrheit werden wir wahrscheinlich nie erfahren.

In einem für eine Regierung, die sich nach dem Tod ihres Führers eigentlich erst neu konsolidieren müsste, ungewöhnlichen Schritt hat das Reich ein vorsichtiges Friedensangebot an die Föderation gerichtet. Es verlangt in der typischen gestelzten Ausdrucksweise, die nur wenig Raum für Konzessionen zulässt, ein Treffen führender Köpfe auf einer unbewohnten Welt ihrer Wahl tief in der Neutralen Zone. Während die Experten das Angebot eher als ›Fühlungnahme‹ denn als echte Friedenskonferenz betrachten, besteht dennoch die Hoffnung, daraus könnte etwas ähnlich Bedeutsames erwachsen wie die andauernden Friedensverhandlungen mit dem klingonischen Imperium. Ich hege daran allerdings ernste Zweifel, die zum Teil in der ›offiziellen‹ Reaktion auf die Bemühungen der Föderation begründet sind, die Romulaner darüber aufzuklären, dass der Kurs der Sonde diese gefährlich nahe an das romulanische Raumgebiet heranführt. Die Romulaner leugneten die Existenz der Sonde und fühlten sich zudem bemüßigt, darauf hinzuweisen, dass »jeder Versuch, die Bewegung von Schiffen innerhalb des romulanischen Reichs zu überwachen, sich negativ auf die gegenwärtigen Bemühungen, Beziehungen zwischen der Föderation und dem Reich aufzubauen, auswirken könnte«.

Unterdessen ist die Enterprise ausgewählt worden, als Fährschiff bei den anstehenden Verhandlungen zu dienen, wie es Admiral Cartwright ausdrückte. Wir werden also die diplomatische Delegation der Föderation an den Konferenztisch schaffen und dann friedlich danebenstehen und dabei so viel guten Willen demonstrieren, wie das einem Schiff der Constitution-Klasse möglich ist. Wenn ich allerdings aus meinen Erfahrungen etwas gelernt habe, dann die Tatsache, dass nichts jemals so glatt läuft, wie es die Optimisten unter uns gern sehen würden – und ganz besonders dann nicht, wenn die Romulaner mit von der Partie sind. Und wenn sich zudem noch ein Joker wie die Sonde im Spiel befindet, die gegenwärtig immer tie-

fer in romulanisches Gebiet eindringt, dann ist mir Mr. Scotts Versicherung, alles an Bord der Enterprise werde ›in Ordnung‹ sein, noch bevor wir das Raumdock verlassen, willkommener als je zuvor.

Admiral Cartwrights Einsatzbesprechung war ursprünglich für alle Senior-Offiziere der *Enterprise* angesetzt worden, doch Sulu und Chekov hatten Überstunden eingelegt, um die hinteren Manöverdüsen neu zu justieren und Uhura war bereits wieder gegangen, nachdem sie kurz mit Cartwright gesprochen hatte. Chefingenieur Scott hatte dem Admiral – mit allem gebührenden Respekt – versichert, er sei jederzeit im Maschinenraum erreichbar und hoffe, der Admiral werde ihm eine etwas barsche Ausdrucksweise nachsehen, falls er dann gerade unter einer Recyclingleitung stecke und ihm Kühlflüssigkeit ins Gesicht tropfe. Somit saßen schließlich nur Kirk, Spock und McCoy an dem Konferenztisch, auf dessen anderer Seite ein finster blickender Cartwright und der Präsident der Vereinten Föderation der Planeten Platz genommen hatten.

»Guten Morgen, meine Herren.« Der Präsident ergriff das Wort, sobald Cartwright die drei Männer mit einer Handbewegung zum Sitzen aufgefordert hatte. »Der Anlass dieser Besprechung besteht darin, Ihre Befehle, die bereits in Ihren Schiffscomputer eingespeist wurden, in Bezug auf die Friedensinitiative genauer zu spezifizieren.«

Als deutlich wurde, dass niemand Fragen oder Einwände vorzubringen hatte, räusperte sich der Präsident und fuhr fort. »Eine Frage, bevor wir uns den Einzelheiten zuwenden: Ist einer von Ihnen mit dem Begriff *Perestroika* vertraut?«

Spock spitzte die Ohren, neigte leicht den Kopf und

sagte: »Ein Begriff aus dem modernen Russisch, der am besten mit ›Neuordnung‹ übersetzt wird. Wurde zuerst gemeinsam mit dem weniger eindeutig zu definierenden Begriff *Glasnost* benutzt…«

McCoy seufzte deutlich hörbar und verdrehte die Augen.

»…der je nach Zusammenhang entweder ›Offenheit‹ oder auch ›Öffentlichkeit‹ bedeutet. Verwendet wurden beide Begriffe in der zweiten Hälfte des zwanzigsten Jahrhunderts von Vertretern der Sowjetregierung, um eine weitgehende Liberalisierung der bis dahin streng hierarchisch aufgebauten sowjetischen Gesellschaft zu umschreiben. Zu dieser Liberalisierung gehörten unter anderem die Verschlankung einer unbeweglich gewordenen Bürokratie, die Ausmerzung von Korruption unter Regierungsangestellten sowie eine Steigerung von Effizienz und Produktion in sämtlichen industriellen und agrarwirtschaftlichen Bereichen. Ob dieser Versuch schließlich zu Erfolgen geführt hätte, wird diskutiert, seit der gescheiterte Umsturzversuch…«

»Ich glaube, das genügt, Mr. Spock, vielen Dank«, unterbrach Admiral Cartwright. »Genau diese Art von Neuordnung findet anscheinend – und ich betone das Wort *anscheinend* – seit dem Ableben des Prätors im romulanischen Reich statt. Unsere Informationen deuten auf radikale Veränderungen hin, die von den höchsten Rängen bis hin zum einfachen Romulaner auf der Straße reichen.

Als erstes wurden die Gefängnisse geöffnet und alle politischen Gefangenen freigelassen«, fuhr Cartwright fort. »Oder zumindest all jene politischen Gefangenen, deren Existenz die Interimsregierung zugibt. Freier Handel mit nicht zur Föderation gehörenden Welten wurde zugelassen und den Index hat man komplett gestrichen. Philosophen und Wissenschaftler, Künstler und Schriftsteller, denen es früher bei Androhung der Todesstrafe verboten war, öffentlich aufzutreten oder ihre Arbeiten zu publizieren, werden nun wieder als orthodox eingestuft…«

»Dajan!«

Der Ausruf entfloh unwillkürlich Jandras Lippen. Sie wusste, dass Tiam sie über die in die Wand eingelassene Kommunikationsanlage im Auge behielt, doch sie kümmerte sich nicht darum. Ihr und ihrem Bruder war es fünf Jahre lang nicht erlaubt gewesen, einander zu sehen. Sollte ihr Gatte doch spionieren und alles seiner Sammlung von Beschwerden hinzufügen, ihre Gefühle konnte sie doch nicht verleugnen. Sie schlug die Laken des Bettes beiseite, in dem sie die letzten Tage zugebracht hatte und lief auf ihn zu.

»Sei gegrüßt, kleine Schwester!« Er benutzte den Spitznamen ihrer Kindheit, obwohl Jandra eigentlich knapp sechs Minuten älter war als er, was in einer Kultur, die regelrecht in Zwillinge vernarrt war, einen wesentlichen Unterschied darstellte. Sie umarmten sich, und obwohl beide die gleiche Größe hatten, war er doch der Stärkere, hob sie von den Füßen und wirbelte sie herum.

Beide lachten und waren außer Atem, als er sie schließlich wieder absetzte. »Was denn, kein Geschrei: ›Meine Hände, pass auf meine Hände auf‹? Sind wir jetzt schon so abgeklärt – oder einfach nur zu müde?«

»Nur so glücklich, dich zu sehen, dass alles andere keine Rolle spielt, Bruder.«

Vorsichtig tupfte sich Jandra ein paar Tränen ab. Als sie merkte, dass ihrem Zwillingsbruder ebenfalls die Tränen in den Augen standen, trocknete sie auch sein Gesicht mit ihrem Taschentuch. »Welches Wunder führt dich hierher? Ich habe geschlafen, tagelang, wie es scheint.«

Sie warf einen Blick auf das Chronometer, das ihre Befürchtungen bestätigte.

»Drei Tage«, meinte sie mit einer Grimasse, »in denen die Trauernden die Stadt verlassen haben. Ein ›Zusammenbruch‹ aus ›Kummer‹ so heißt es, nachdem ich nicht nur bei der Beerdigung, sondern anschließend auch noch bei sieben öffentlichen Auftritten gespielt habe. Als wäre Kummer vornehmer als Erschöpfung. Aber genug davon! Du bist hier. Wie ist das möglich?«

»Liest du denn keine Nachrichten außer denen, die sich mit deinem gesellschaftlichen Aufstieg und dem ambitionierten Subzenturio Tiam beschäftigen?« Dajan sah sich in der Wohnung um und schnaubte verächtlich. Alles war in dem überladenen Stil eingerichtet, den sein Schwager bevorzugte. Von Jandras Einfluss war kaum etwas zu spüren. »Man hat mich als orthodox eingestuft, in Sekundenschnelle vollständig rehabilitiert und zudem vorgesehen für ›ein Projekt, das Ihrer außergewöhnlichen Talente würdig ist, kerDajan‹. Es ist zum Haareraufen! Ausgerechnet jetzt musste das passieren! Ich stand ganz knapp davor, jene Inschrift auf T'lekan zu entziffern, die den Schlüssel zu allem darstellt. Nun, zum Glück habe ich ein paar Kopien, über denen ich in meiner Freizeit brüten kann. Immer vorausgesetzt, mir bleibt etwas Muße zwischen all den Festen. Es wäre mir ja fast lieber, ich würde wieder ein Abweichler. Partys – bah! Wie hältst du das nur aus?«

»Ich kann es, weil ich muss.« Jandra betrachtete ihre Hände. »Es scheint unser Schicksal zu sein, entweder verdammt oder verhätschelt zu werden, Bruder. Wenn sie uns doch einfach nur in Ruhe unsere Arbeit tun ließen!«

»Die Gerüchte haben sich also als zutreffend herausgestellt, Commander.« Subcommander Feric streckte die

Hand zur Gratulation aus, als er Hirans Kabine auf der *Galtizh* betrat. »Es soll eine Friedenskonferenz stattfinden und Sie sollen mit dabeisein.«

»Möglicherweise. Es gibt noch einige Widerstände gegen die *Galtizh*, genau wie gegen die Konferenz selbst.« Hiran schüttelte grimmig den Kopf. »So sehr ich auch für den Frieden bin, ich frage mich trotzdem, ob sich diejenigen, die dieses Vorhaben planen, dabei nicht übernehmen.« Er seufzte. »Aber wenn sie es nicht versuchen, können sie auch keinen Erfolg haben. Andererseits könnten sie dann auch nicht versagen und ein Scheitern würde sie schneller vernichten als jede Aktion der Feinde.«

Feric nickte, sagte aber nichts.

Obwohl es ihn reizte, fragte Hiran seinen Ersten Offizier nicht, was er von der beabsichtigten Friedenskonferenz hielt.

»Ihre Meinung, Gentlemen?«, fragte Cartwright.

»Admiral, wenn Sie gestatten…« machte Kirk den Anfang. »Mir scheint, ein Wandel in dem gewaltigen Umfang, wie er uns geschildert wurde, kann kaum arrangiert worden sein, nur um uns zu beeindrucken.«

»Wir haben sogar nur die wichtigsten Punkte aufgeführt«, meinte der Präsident. »Weitere Beispiele ließen sich in endloser Zahl vorbringen.«

»Beispiele können nur dann endlos erscheinen, wenn einem entweder die Fähigkeit oder der Wille fehlt, sie zu zählen«, warf Spock mit ruhiger Stimme ein. »Ich möchte anmerken, dass die Frage, ob diese Perestroika echt ist oder nicht, für die Romulaner eine viel größere Bedeutung besitzt als für die Föderation. Unsere dringlichste Sorge muss gegenwärtig einer verlässlichen Antwort auf die Frage gelten, wer jetzt das Reich regiert und wie fest er im Sattel sitzt. Es ist nur logisch anzunehmen, dass der Tod des Prätors einen massiven und möglicherweise langanhaltenden Machtkampf ausgelöst hat.«

»Dazu liegen bisher noch keine verlässlichen Informationen vor«, sagte der Präsident. »Nach außen hin bieten sie jedenfalls wie immer eine geschlossene Front. Es gibt ein sogenanntes Komitee, das die Pflichten des Prätors wahrnimmt, aber wir wissen nicht, um wen es sich dabei handelt.«

»Die Einsetzung eines Interimkomitees deckt sich mit entsprechenden Vorgehensweisen in der Vergangenheit«, bemerkte Spock.

»Ein Komitee, meine Herren«, wiederholte der Präsident. »Namen und Anzahl der Mitglieder unbekannt. Und zugleich unser einziger offizieller Kontakt mit dem Reich, nicht nur in Hinblick auf die geplante Friedenskonferenz, sondern auch in Bezug auf den begleitenden wissenschaftlichen und kulturellen Austausch.«

Auf McCoys Stirn zeigten sich Zornesfalten. »Wenn Sie mich fragen, ist das verdammt unhöflich. Nicht einmal ein Gesicht, das man ansprechen könnte.«

Cartwright, der offensichtlich nicht in der Laune war, auf McCoys halb gespielte Knurrigkeit einzugehen, zog die Augenbrauen zusammen. »Welche Vorbehalte wir insgeheim auch immer hegen mögen, wir sind jedenfalls gezwungen, das Angebot als aufrichtig anzusehen und entsprechend zu reagieren. Der mögliche Gewinn – die Chance eines dauerhaften Friedens zwischen unseren Kulturen – ist einfach zu groß, als dass wir anders handeln könnten.«

»Ganz recht«, stimmte der Präsident rasch zu, dem Kirks fast unmerkliches Lächeln und der schnelle Blick, den er mit dem Doktor tauschte, nicht entgangen waren. »Und exakt aus diesem Grund sind wir hier, meine Herren – um sicherzustellen, dass wir das Beste aus dieser Chance machen.«

»Und das möglichst, ohne uns dabei das Fell über die Ohren ziehen zu lassen«, fügte McCoy hinzu, was ihm ein weiteres Stirnrunzeln Cartwrights einbrachte.

»Ohne uns dabei das Fell über die Ohren ziehen zu lassen«, wiederholte der Präsident und musste selbst dabei lächeln, während Cartwright lediglich nickte, seine finstere Miene aber beibehielt. »Können wir weitermachen? Es gibt ein paar Punkte auf der von den Romulanern vorgeschlagenen Tagesordnung, die Ihnen vermutlich ein wenig sonderbar erscheinen werden. So scheinen sie offenbar fest entschlossen, das Ganze nicht etwa nur als ersten Schritt einer Friedensinitiative anzulegen, sondern einen umfangreichen kulturellen und wissenschaftlichen Informationsaustausch daraus zu machen. Die kulturelle Seite wird dabei durch ein ganzes Orchester vertreten und sie erwarten von uns, dass wir damit gleichziehen. Die Vorstellungen sollen abwechselnd auf der *Enterprise* und dem von den Romulanern ausgesandten Schiff stattfinden.«

»Ein Vorwand, um eine ganze Schiffsladung Romulaner an Bord eines Föderationsraumers zu bringen«, wandte McCoy ein.

»Wir werden entsprechende Vorsichtsmaßnahmen ergreifen, Doktor, dessen können Sie sicher sein«, sagte Cartwright in scharfem Ton. »Ebenso wie sich die Romulaner zweifellos absichern werden, wenn ihr Schiff von Föderationsangehörigen überschwemmt wird.«

»Sie haben noch andere ›sonderbare‹ Aspekte erwähnt, Mr. President«, schaltete sich Kirk ein und kam damit einer weiteren Bemerkung McCoys zuvor.

Der Präsident nickte. »Ich fürchte, einen davon werden Sie eher provokativ als nur absonderlich finden. Es geht um ihre Bedingungen bezüglich des Botschafters, der uns bei der Konferenz vertreten wird.«

Die Besatzungsmitglieder der *Enterprise* zogen unisono die Augenbrauen hoch. »Sie meinen damit doch wohl nicht, dass sie uns vorzuschreiben versuchen, wen sie als Botschafter wünschen!«, sagte Kirk ungläubig.

Der Präsident schüttelte den Kopf. »Sie haben lediglich eine Empfehlung ausgesprochen, wen wir *nicht* entsenden sollen.«

»Das vereinfacht die Dinge für uns beträchtlich«, bemerkte McCoy. »Ich würde sagen, unsere beste Wahl ist derjenige, den sie nicht haben wollen.«

»Sind Sie da ganz sicher, Doktor?«, fragte Spock. »Ich glaube, es gibt eine menschliche Fabel, in der es um ein Kaninchen und ein Dornengestrüpp geht…«

»Ich weiß nicht, ob die Romulaner eine ähnliche Fabel kennen«, unterbrach ihn der Präsident, »aber sie passt jedenfalls nicht zur gegenwärtigen Situation. Bei dieser Forderung handelt es sich nicht um eine Art diplomatischen Muskelspiels. Sie beharren darauf – und wir haben keinen Anlass, an dieser Aussage zu zweifeln –, dass sie nicht an einer Konferenz teilnehmen werden, bei der dieser spezielle Botschafter die Föderation vertritt.«

»Haben sie einen Grund dafür genannt?«, erkundigte sich Kirk.

»Das haben sie und ich muss zugeben, dass eine gewisse diplomatische Logik darin erkennbar ist. Falls Gespräche abgebrochen werden sollten, an denen ein Botschafter von derart hohem Rang und hervorragender Reputation beteiligt ist, käme das einer Katastrophe gleich, wohingegen bei einem Unterhändler von geringerem Rang…«

»Man sollte nicht ganz oben anfangen«, bemerkte Kirk. »Wenn man dort scheitert, gibt es keinen Weg mehr, um weiterzumachen.«

Der Präsident nickte. »Genauso ist es. Auf der Erde kamen die Staatschefs üblicherweise erst zusammen, nachdem untergeordnete Vertreter beider Seiten den Weg geebnet und alle Detailfragen geklärt hatten.«

»Und wer ist nun diese hochrangige Persona non grata?«, fragte Kirk.

»Jemand, den Sie gewiss alle kennen«, sagte der Präsident mit einem raschen Blick auf Spock. »Botschafter Sarek von Vulkan.«

McCoy blinzelte überrascht und stieß dann ein Schnauben aus. »Ich hatte also recht. Sie wollen ihn nicht haben und es ist leicht zu erkennen, weshalb. Wenn überhaupt jemand in der Lage ist zu durchschauen, was die Romulaner tatsächlich vorhaben, dann Sarek.«

Kirk musste ihm in diesem Punkt beipflichten. »Mr. President, allein die Tatsache, dass sie sich weigern, mit Sarek zu verhandeln, verrät uns einiges.«

»Dass sie nämlich nicht auf dieser hohen Ebene verhandeln wollen!«, ergänzte McCoy.

»Höchstwahrscheinlich. Allerdings könnten auch noch andere Gründe vorliegen. So könnten sie beispielsweise zwar bereit sein, sich mit der Föderation an einen Tisch zu setzen, nicht aber mit ihren Cousins, den Vulkaniern. Aber was auch immer zutreffen mag, wir müssen diese Chance jedenfalls wahrnehmen. Für uns bedeutet die ganze Angelegenheit nur, dass wir noch mehr auf der Hut sein sollten, falls das überhaupt möglich ist.«

»Und wer ist nun der akzeptable Vertreter aus der zweiten Reihe?«, fragte Kirk.

»Jemand, den Sie, wie ich glaube, ebenfalls kennen«, sagte der Präsident, während ein leises Lächeln in seinen Augen aufblitzte. »Einer von Sareks Protegés. Er müsste jeden Moment auftauchen. Genaugenommen hätte er sogar schon vor ein paar Minuten hier sein sollen. Sein Name lautet Riley.«

Commander Kevin Thomas Riley vom diplomatischen Corps Starfleets befand sich mittlerweile in den Vierzigern und sein üppiger Bart war graumeliert, doch er konnte immer noch die gleiche Agilität, den gleichen übersprudelnden irischen Witz und Charme an den Tag legen wie in seinen jungen Jahren. Unter normalen Umständen jedenfalls. Im Moment waren die Umstände jedoch alles andere als normal und er hatte sich noch nie weniger witzig oder charmant gefühlt. Und um das Maß voll zu machen, würde er sich auch noch verspäten – zu spät kommen zu einer Einsatzbesprechung mit dem Präsidenten der Föderation, an der zu allem Überfluss auch noch die Senior-Offiziere der *Enterprise* teilnahmen. Natürlich musste er ausgerechnet dann in einen Verkehrsstau geraten, als er auf dem Weg zum Cairo-Terminal war, um den Transporterplatz zu nutzen, den er mit viel Mühe hatte ergattern können, nachdem er zu der Besprechung geladen worden war. Und nun auch noch dieser Lift, der ihn zum Konferenzraum bringen sollte – ganz gewiss handelte es sich dabei um den langsamsten der ganzen Föderation! Das alles verhieß nichts Gutes für seine neue Aufgabe.

Nicht, dass er nicht schon böse Vorahnungen gehabt hätte, bevor diese Serie von Omen begann. Kevin Riley zurück auf der *Enterprise:* diese Aussicht war nicht gerade dazu angetan, seine Nerven zu beruhigen und die von Captain Kirk höchstwahrscheinlich auch nicht.

Es spielte keine Rolle, dass es sich nicht um das gleiche Schiff handelte, dass zwanzig Jahre vergangen waren und er auch nicht mehr der nervöse junge Lieutenant von damals war. All die vertrauten Gesichter würden dort sein – Scotty, Spock, Uhura und all die anderen –, und das allein würde schon die sonderbarsten Empfindungen auslösen. Außerdem handelte es sich immer noch um die *Enterprise* – zumindest in einem gefühlsmäßigen Sinne –, und so würde er dort auch auf die Erinnerungen treffen, Geisterbilder, die sich über die blitzblanken neuen Korridore legten, wenn er dort entlangging.

Doch mit diesen Dingen würde er umgehen können. Was Kevin Riley wirklich zu schaffen machte, war sein Status als wichtigste Person an Bord des Schiffes, als der Mann, um den sich die gesamte Mission drehen würde. Und wenn er es schon schwer fand, damit fertig zu werden, was mochte dann James T. Kirk darüber denken.

Riley war noch ein eifriger Fähnrich gewesen, als er dem Captain zum erstenmal begegnete. Kirk hatte ihn gedrängt, sich zu spezialisieren und dafür gesorgt, dass er schon sehr früh zum Lieutenant aufstieg. Als Malik bei einem Landeunternehmen unter seinem Kommando gestorben war, hatte Kirk ihm darüber hinweggeholfen. Und als seine Karriere in Trümmern lag, hatte Kirk ihn wieder auf die Beine gestellt und ihm eine ganz neue Karriere verschafft. Wenn man genauer darüber nachdachte, hatte er ihm tatsächlich das Leben gerettet. Und nun sollte er als Vertreter der Föderation auftreten und damit zumindest nominell zum Vorgesetzten von Kirk und seiner Crew werden.

Er wusste nicht, ob er damit fertig werden würde.

Doch andererseits hatte er auch seine Lehrzeit bei Botschafter Sarek überlebt, rief er sich ins Gedächtnis. Und jener Aufgabe hatte er sich mit weitaus größerer Besorgnis genähert, erinnerte er sich, zumal seine erste Begegnung mit dem Botschafter zumindest Rileys Meinung nach alles andere als vielversprechend verlaufen war.

»Sie berichten hier von einem Zwischenfall während Ihrer aktiven Dienstzeit«, lauteten die ersten Worte des Vulkaniers, als er Rileys Personalakte durchsah. Riley, der noch nicht aufgefordert war, Platz zu nehmen, stand schwitzend vor ihm. »Sie hatten das Kommando über ein Landeunternehmen, in dessen Verlauf ein Mannschaftsmitglied von einem einheimischen Raubtier getötet wurde. Sie haben die Verantwortung für den Tod des Mannes übernommen und sich anschließend für einige Zeit aus dem aktiven Dienst zurückgezogen.«

Genaugenommen war das keine Frage, doch ganz offensichtlich erwartete der Botschafter irgendeine Antwort. Riley schluckte und begann: »Als verantwortlichem Offizier des Landetrupps fiel es in meine Verantwortung...«

»...jedes eventuell mögliche Ereignis vorherzusehen? Zukünftige Geschehnisse vorauszuahnen, um sie zu verhindern? Ich glaube nicht, Mr. Riley. Setzen Sie sich.«

Riley nahm Platz, schwitzte aber weiterhin. Als er um Versetzung zum diplomatischen Corps nachgesucht hatte, hatte er bestenfalls mit einer Position gerechnet, wie er sie unter seinem früheren Captain innegehabt hatte – eine bessere Sekretärstelle im Büro irgendeines Commodores auf einer zweitrangigen Welt, wo er die erforderlichen Fähigkeiten erwerben konnte, um dann vielleicht, wenn er in den Fünfzigern war, als stellvertretender Kommandant auf einer abgelegenen Starbase zu landen, vorzugsweise an einem Ort, dessen Eingeborene überwiegend weiblich und dunkelhaarig waren. Dass er Sarek zugeteilt werden würde, hätte er nie erwartet und schon gar nicht hätte er geglaubt, Sarek könnte einen Nichtvulkanier als Verbindungsoffizier zu Starfleet akzeptieren.

»Menschen besitzen eine gewisse... Spontaneität..., die ich häufig als wertvoll empfunden habe«, lautete die einzige Erklärung, die Sarek jemals zu diesem Punkt abgab und auch das erst Wochen später, als

Riley nach einem besonders frustrierenden Tag bemerkt hatte, seine Berufung auf diesen Posten sei vielleicht ein Fehler gewesen, das Ergebnis einer Computerfehlfunktion oder einer bürokratischen Verwechslung. »Wenn Sie sich in Ihrer Stellung nicht wohl fühlen«, hatte Sarek gesagt, »können Sie jederzeit um eine Versetzung nachsuchen, ausgenommen wir befinden uns gerade in einer Krisensituation.«

An jenem ersten Tag hatte Sarek allerdings gar nichts gesagt, während er gleichmütig Rileys Akte von Anfang bis Ende durchlas. Schließlich, Riley kam es so vor, als wären Stunden vergangen, hatte der Vulkanier aufgesehen und seinen neuen Assistenten zum erstenmal gemustert.

»Sie haben keine Familie, Mr. Riley.« Wieder keine Frage, sondern eine Feststellung, die dennoch mehr als ein Kopfnicken als Antwort zu verlangen schien.

»Nein, Sir, das ist richtig. Angesichts der vielen Reisen, die ich unternehmen muss, schien es mir nicht fair, eine dauerhafte Bindung einzugehen. Und meine Eltern wurden auf Tarsus IV getötet.«

»Ich bin mit den genauen Umständen vertraut«, sagte Sarek. »Glauben Sie, dass dieses Ereignis Ihre Berufswahl beeinflusst hat?«

Riley nickte. *Zum Teufel, ja,* hätte er am liebsten gerufen. Doch er nahm an, dass der Gebrauch derartiger Ausdrücke in Gegenwart eines Botschafters nicht statthaft war. Insbesondere nicht bei diesem Botschafter.

»Ich möchte meine Fähigkeiten gerne einsetzen, um Zwischenfälle jener Art unmöglich zu machen, die Monster wie Kodos hervorbringen.«

Diese Antwort schien Sarek zufriedenzustellen, der jetzt die Hände auf dem Schreibtisch verschränkte und Riley schweigend musterte.

Riley war der Ansicht, er wisse alles über das vulkanische Schweigen; immerhin hatte er dergleichen schon vor Jahren bei Spock mehrfach erlebt. Ihm war klar, was von ihm erwartet wurde. Er sollte geduldig auf seinem Platz verharren, ganz gleich, wie lange es auch dauern mochte und zwar ohne den Blick abzuwenden, nervös herumzuzappeln, gelangweilt dreinzuschauen oder auf andere Weise den Eindruck zu erwecken, dass seine kostbare Zeit verschwendet wurde. Wie lange Sareks Schweigen andauerte, hätte er nicht zu sagen gewusst, obgleich es ihm fast wie ein ganzes Jahr vorkam. Tatsächlich war die Stille im Raum so absolut, dass es Riley mitunter so vorkam, als könne er seinen Bart wachsen hören. Und schließlich begann er zu überlegen, ob nicht etwa dieser Bart das eigentliche Objekt der Prüfung sei.

Er hatte ihn sich während seiner Zeit als Kirks Sekretär wachsen lassen und war ziemlich stolz darauf. Insbesondere faszinierte ihn das Farbspektrum, das von Braun über Rot bis hin zu einem seiner Meinung nach auch heute noch vorzeitigen Grau reichte. Zwar wäre er nicht so weit gegangen zu behaupten, der Bart ließe ihn distinguierter erscheinen, doch er kam sich damit zumindest nicht mehr so jungenhaft vor, was für einen Diplomaten nur von Vorteil sein konnte, zumindest im Umgang mit Humanoiden, die Gesichtsbehaarung mit Reife und/oder Würde gleichzusetzen pflegten. Jedenfalls hätte ihm die Vorstellung, sich von seinem Bart trennen zu müssen, ganz und gar nicht gefallen.

»Bei den Vulkaniern gibt es ein Sprichwort, Mr. Riley«, sagte Sarek schließlich. »Es lautet: ›Ein Bart enthüllt oftmals mehr, als er verbirgt.‹ Aus diesem Grund werden Sie nur selten auf einen bärtigen Vulkanier treffen. Haben Sie vor, dieses … Gewächs zu behalten?« Natürlich gab es weder in Sareks Stimme noch in seiner Miene auch nur die geringste Spur von Emotionen zu entdecken, nichts also, was Riley einen Hinweis auf die korrekte Antwort geliefert hätte.

»Ich kann ihn abnehmen, wenn er Ihnen missfällt, Botschafter«, bot Riley rasch an.

Und ebenso schnell erkannte er, dass das die falsche Antwort gewesen war.

»Wenn Sie mein Verbindungsoffizier zu Starfleet sein sollen, müssen Sie eines wissen, Mr. Riley: Ich habe nichts für Unentschiedenheit übrig. Einer Ihrer hochverehrten Religionsgründer hat einmal gesagt, ›Sei entweder heiß oder kalt. Sei nicht lauwarm, denn sonst speie ich dich aus.‹ Das ist vielleicht keine sehr geschmackvolle Metapher, aber eine, an die auch ich mich halte. Sie dürfen unsicher sein, Mr. Riley, aber niemals unentschieden. Verstehen Sie den Unterschied?«

»Ich glaube schon«, hatte Riley nach einer langen Pause gesagt.

»Das glaube ich auch«, hatte Sarek erwidert. Damit war dieser Punkt erledigt und Riley behielt den Bart.

Und er lernte. Das Lernen nahm niemals ein Ende.

Botschafter Kevin Riley hatte die Arme um sich geschlungen, als er den Lift verließ und nachdem er sich nur ein einziges Mal verlaufen hatte, fand er schließlich zum Konferenzraum.

Wie aufs Stichwort, nur Sekunden nach der Erklärung des Präsidenten zur Identität von Sareks Ersatzmann, eilte eben dieser Ersatz verspätet und unter vielen Entschuldigungen zur Tür herein. Allgemeines Händeschütteln setzte ein, wobei der Händedruck im Fall von Kirk und McCoy vielleicht ein wenig wärmer und herzlicher ausfiel. Admiral Cartwright unterbrach schließlich die Begrüßung und informierte Riley knapp über die Dinge, die bereits vor seinem Eintreffen besprochen worden waren.

Nachdem der Admiral seine Erläuterungen beendet und Riley schweigend zwischen McCoy und Cartwright Platz genommen hatte, wandte sich Spock an den Präsidenten. »Ich glaube, Mr. President, Sie haben angedeutet, es gäbe noch andere romulanische Forderungen, die man als ›sonderbar‹ auffassen könnte.«

Der Präsident nickte. »›Ungewöhnlich‹ oder vielleicht auch ›unerwartet‹ wären möglicherweise passendere Begriffe. Zudem könnte man einige davon ebensogut als ›günstige Gelegenheiten‹ wie als ›Forderungen‹ betrachten.«

»Wann hätte man je gehört, dass die Romulaner jemandem eine ›günstige Gelegenheit‹ einräumen?«, schnaubte McCoy. »Außer natürlich der Gelegenheit zu sterben!«

»Die Konferenz wird auf einem Planeten beziehungsweise in dessen Orbit stattfinden, den die Föderation als Temaris Vier bezeichnet«, sagte Admiral Cartwright. Während der Admiral sprach, formte sich dank eines der versteckt im Konferenzraum angebrachten holografischen Projektoren ein orangefarbener Globus in der Luft über dem Tisch.

»Die Neutrale Zone«, stieß Riley verblüfft hervor, als er die Daten des Navigationsgitters ablas, das neben dem Globus erschienen war. »Weshalb so weit draußen, Sir?«

»Damit sie uns alle zum Frühstück verputzen können«, meinte McCoy sarkastisch. »Ich weiß nicht, wie es Ihnen geht, aber für meinen Geschmack wird der Gestank von Ratten immer deutlicher.«

Admiral Cartwright drehte sich um und sah McCoy direkt an. »Was für ein Gestank, Doktor?«

»Commander McCoy«, warf Kirk rasch ein und warf seinem Schiffsarzt einen scharfen Blick zu, »wollte nur noch einmal auf seinen Argwohn in Bezug auf die Motive der Romulaner hinweisen.«

»Ganz genau«, stimmte McCoy zu.

»Ungeachtet der romulanischen Motive bietet sich uns hier eine ganz bemerkenswerte Gelegenheit«, versuchte Spock die Wogen zu glätten. »Temaris Vier ist sowohl für die Romulaner wie für uns eine archäologische Fundstätte von großer Bedeutung, doch da sich der Planet in der Neutralen Zone befindet, hat keine der beiden Seiten dort in den letzten hundert Jahren Forschungsarbeiten vorgenommen. Wenn die Romulaner eine derartige Welt als Tagungsort für Verhandlungen mit der Föderation vorschlagen und wenn die Föderation darauf eingeht, dann kann man das zumindest als bedeutsame symbolische Geste beider Seiten betrachten.«

»Sehr richtig, Mr. Spock«, sagte der Präsident. »Tatsächlich ist diese Geste keineswegs nur symbolisch zu sehen. Die Romulaner schlagen vor, im Rahmen der Konferenz eine gemeinsame Ausgrabung zu unternehmen. Oder vielleicht sollte man es besser eine Wiederausgrabung nennen. Soweit ich weiß, wurden dort die Überreste einer ganzen Stadt entdeckt, bevor der Krieg die Einstellung der Arbeiten erzwang.«

»Das ist korrekt, Admiral und dieses Angebot wäre in der Tat weitaus mehr als nur eine Geste, insbesondere, wenn die Ausgrabungen auch über das Ende der Konferenz hinaus fortgesetzt werden dürften.« Obwohl Spocks Stimme so gleichmütig wie stets klang, war es für Kirk und McCoy offenkundig, dass der Vulkanier einen für seine Verhältnisse fast unverhüllten Enthusiasmus an den Tag legte. »Die Ruinen auf Temaris sind von großer historischer Bedeutung, Captain«, fuhr er fort. »Den Unterlagen der ursprünglichen Expedition zufolge stellt die Stadt, die sie entdeckt hat, nicht nur das größte Zeugnis der erisianischen Herrschaft dar, sondern zugleich auch das jüngste und damit besterhaltene. Die Erisianer selbst sind ebenfalls

Gegenstand zahlreicher Debatten und Spekulationen. Es gibt verschiedene Theorien über ihren ursprünglichen Herkunftsplaneten sowie den Grund für ihren augenscheinlichen Rückzug aus diesem Teil der Galaxis. Einige dieser Theorien stellen sogar die Mutmaßung auf, sie seien keineswegs verschwunden, sondern vielmehr die entfernten Vorfahren der Erdenmenschen oder aber der Vulkanier und Romulaner.«

McCoy stieß ein verächtliches Schnauben aus. »Jede Spezies diesseits von Antares hat früher oder später versucht, die Erisianer als Vorfahren oder Mentoren für sich zu reklamieren. Allerdings lassen sich derartige Spekulationen weder bestätigen noch widerlegen, solange niemand auch nur einen Zehenknochen oder eine Statue oder …«

»Vielen Dank, Gentlemen«, fiel ihm Cartwright ungeduldig ins Wort. »Der springende Punkt ist jedenfalls, dass uns diese gemeinsame Ausgrabung, mag sie nun eine Stunde andauern oder ein ganzes Jahrhundert, zu einer weiteren der ›sonderbaren‹ romulanischen Forderungen führt.«

»Diese ganze Geschichte ist ziemlich ›sonderbar‹«, meinte McCoy kopfschüttelnd, »und wenn Sie mich fragen, gibt das alles mehr als genug Anlass zu ernsten Zweifeln. Als nächstes werden sie uns wahrscheinlich auch noch vorschreiben wollen, welche Archäologen wir dorthin schicken sollen.«

Cartwright runzelte die Stirn und warf dem Präsidenten einen argwöhnischen Blick zu. »Tatsache ist«, fuhr er fort, »dass sie genau das tun. Jedenfalls soweit es den Leiter des Teams betrifft.«

»Das ist doch ein Witz!«, brauste McCoy auf, bevor Kirk ihn mit einem finsteren Blick zum Schweigen brachte. Rileys Miene verriet Überraschung, doch er zog es vor, diplomatisch zu schweigen.

»Dr. McCoys Reaktion mag ein wenig … unbeherrscht

gewesen sein, Admiral«, sagte Kirk, »doch in der Sache muss ich ihm Recht geben. Ich kann noch verstehen, dass man einen bestimmten Botschafter ablehnt, aber das hier… Wieso kennen die Romulaner überhaupt einen speziellen Archäologen der Föderation?«

»Sie hatten schon früher mit ihm – oder besser: mit ihr – zu tun«, warf der Präsident ein, »und das war ein höchst unerfreulicher Vorgang. Sie *sagen*, ihre Bitte – und anders als bei der Ablehnung Sareks handelt es sich nicht um eine Forderung – sei ein Versuch, ich zitiere das Komitee jetzt wörtlich, ›wenigstens in geringem Umfang die Kränkung wiedergutzumachen, die ihr und ihren Kollegen im Namen des romulanischen Reichs zugefügt worden ist‹. Natürlich haben sie mit keinem Wort erwähnt, welche besondere Symbolik dieser Situation innewohnt, doch zweifellos sind sie sich dessen durchaus bewusst und willens, die entsprechenden Vorteile daraus zu ziehen.«

»Um wen handelt es sich denn?«, wollte Kirk wissen. »Und hat sie schon eingewilligt, als Symbol herzuhalten?«

»Ihr Name lautet Dr. Audrea Benar. Und ob sie einverstanden ist oder nicht, wird Commander Uhura herausfinden.«

Uhura blieb vor der säulenverzierten Fassade der Lincoln Center's Philharmonic Hall stehen, als ihr abermals bewusst wurde, dass sie das, was sie jetzt vorhatte, eigentlich gar nicht tun wollte. Diese Empfindung wurde nur leicht durch die Erkenntnis gelindert, dass, hätte sie sich nicht freiwillig gemeldet, jetzt jemand anderer an ihrer Stelle hier stehen würde, jemand, der die ganze Angelegenheit vermutlich weitaus geschäftsmäßiger hinter sich gebracht hätte. Admiral Cartwright möglicherweise, oder vielleicht sogar der Präsident persönlich. Wäre Dr. Benar von einem dieser beiden Männer direkt aufgefordert worden, wäre ihr kaum eine Wahl geblieben. Trug dagegen ein untergeordneter Commander die gleiche Bitte vor und bot sich zugleich an, als eine Art Puffer zu dienen, falls die Archäologin eher ablehnend reagierte…

Uhura schlang die Arme um sich, betrat das Gebäude, eilte zielstrebig durch die prachtvolle Eleganz der Lobby und marschierte durch die schallschluckenden Türen in den Konzertsaal. Abrupt wurde sie von dem kaum kontrollierten Chaos einer Konzertprobe eingehüllt. Beethovens Siebte, erkannte sie einen Moment später, nachdem sich ihre Ohren auf die Akustik des Saales eingestellt hatten, die natürlich ganz erheblich unter dem Fehlen einer den Klang dämpfenden Zuhörerschaft litt. Sie blieb an der Tür stehen, vor sich den mit plüschigem Teppichboden belegten Gang, der zu der hohen, aus hellem Holz erbauten Bühne hinunterführte und lauschte den dort übenden Streichern.

Es gibt doch ein paar Dinge, die *niemals* aus der Mode kommen, dachte Uhura mit einem plötzlichen Gefühl der Wärme und die live aufgeführten Werke Ludwig van Beethovens gehörten mit Sicherheit dazu. Selbst nach mehr als vier Jahrhunderten verging nicht ein einziges Jahr ohne ein irgendwo stattfindendes Beethoven-Festival. Wenn nicht hier, dann in Salzburg oder Wien, Tokio oder Sydney, ganz zu schweigen von den Aufführungen auf anderen Welten, bei denen mitunter Instrumente und Arrangements benutzt wurden, die der Komponist sich wohl in seinen kühnsten Träumen nicht hätte ausmalen können. Es war nur schwer vorstellbar, dass es jemals eine Zeit gegeben hatte – auch wenn die Geschichtsbücher von einer solchen Epoche berichten –, in der die computerisierten Weiterentwicklungen des Moog-Synthesizers mit ihrer absoluten Perfektion so in Mode gewesen waren, dass Live-Konzerte, ob von Beethoven oder anderen Komponisten, praktisch nicht mehr stattfanden. In den Tagen vor der Konzertrenaissance des zweiundzwanzigsten Jahrhunderts wäre es sogar unmöglich gewesen, genügend professionelle Musiker aufzutreiben, um ein klassisches Orchester wie dieses hier zu besetzen.

Während Uhura die Musiker beobachtete, bewunderte sie die Koordination und die Disziplin, die erforderlich waren, um all diese unterschiedlichen Individuen und Klänge zu einem größeren Ganzen zu vereinen. Sie verstand etwas von Musik und hielt sich selbst für eine ganz passable Spielerin, allerdings nur, solange sie allein und zum Vergnügen musizierte. Als Mitglied eines professionellen Ensembles, insbesondere eines dieser Größe und Komplexität, wäre sie hoffnungslos überfordert gewesen.

Schließlich kehrte Stille im Saal ein, nur unterbrochen durch das leise und doch nachdrückliche Klopfen eines Taktstocks, als die schlanke, weibliche Gestalt auf dem Podium ihrer Unzufriedenheit mit dem, was sie gerade gehört hatte, Ausdruck verlieh. Uhura freilich konnte nicht nachvollziehen, was es zu bemängeln gab.

»Celli«, sagte die Frau, deren leiser, klarer Kontra-Alt bis zu Uhura trug. »Ich bin mir der schwierigen Tempi in diesem Abschnitt durchaus bewusst, aber ich versichere Ihnen, dass sie bewältigt werden können. Darf ich Sie daran erinnern, dass die Notation für die fragliche Stelle poco sostenuto vivace verlangt. Das, was Sie gerade zu Gehör gebracht haben, lässt sich jedoch beim besten Willen nicht als ›vivace‹ bezeichnen.«

Die trockene Bemerkung rief vereinzeltes Gelächter hervor.

»Also noch einmal, bitte.« Sie hob den Taktstock,

während die Musiker ihre Instrumente zurechtrückten. »Von Anfang an…«

»Ist sie nicht herrlich?«, flüsterte jemand neben Uhura.

Der Commander erkannte in der kleinen plumpen Gestalt mit dem silbernen Haarkranz Maestra Carmen Espinoza, die künstlerische Leiterin der Philharmonie. Überlebensgroße Hologramme der Künstlerin hatten die Eingangshalle geschmückt. Die Frau war außer Atem, als wäre sie gerade über die ganze Plaza gerannt.

»Sie müssen Commander Uhura sein. Aber Sie sind zu früh! Man hat mir gesagt, Sie kämen erst am Nachmittag.« Die Maestra schalt Uhura mit der munteren Vertraulichkeit eines Menschen, der sich seiner eigenen Talente und seines Platzes in der Welt bewusst ist. »Wissen Sie denn nicht, dass Künstler keine Morgenmenschen sind?«

Ohne auf eine Antwort zu warten, sprach sie weiter. »Kommen Sie. Nicht einmal ich wage es, eine von Audreas Proben zu unterbrechen. Ich fürchte also, Sie werden in meinem Büro warten müssen, aber dort kann ich Ihnen wenigstens eine Tasse Tee anbieten.«

Uhura nahm die Einladung – den Aufschub – mit einer gewissen Erleichterung an und folgte der älteren Frau durch ein Labyrinth von Korridoren, vorbei an der nach Sägemehl und Farbverdünner riechenden Bühnenbildnerei, wo gerade eine mächtige Dekoration für die diesjährige Othello-Aufführung entstand, bis hin zu einem Raum, bei dem es sich offensichtlich um das Büro der Leiterin handelte.

»Bitte entschuldigen Sie das Durcheinander«, sagte die Maestra und schien dabei das Cello anzusprechen, das den Platz auf ihrem Schreibtischsessel eingenommen hatte und nun in eine Ecke des Zimmers verbannt wurde. Nachdem sie einen Stapel von Notenblättern beiseite geräumt hatte, damit Uhura auf dem Diwan

Platz nehmen konnte, programmierte sie den Synthetisierer auf Tee. »Ich nehme an, ich muss Sie fragen, weshalb Sie hergekommen sind, obwohl ich es mir eigentlich schon denken kann. Starfleet hat kürzlich versucht, mein gesamtes Orchester zu requirieren, aber ich habe mich diesem Ansinnen nicht gebeugt. Und wenn ich die letzte geheimnisvolle Nachricht richtig interpretiert habe, sind Sie nun gekommen, um aus irgendeinem geheimen Grund meine beste Dirigentin dienstzuverpflichten. Aber bevor Sie versuchen, sie mir wegzunehmen, muss ich Ihnen erzählen, was für ein Schatz Audrea ist.«

Ein leiser Glockenton des Synthetisierers, der perfekt den Kammerton A traf, zeigte an, dass der Tee fertig war. Maestra Espinoza schenkte ein, ohne dabei in ihrem Monolog aus dem Takt zu geraten.

»Wie Sie zweifellos wissen, kam sie unter etwas… ungewöhnlichen Umständen zu uns, daher ist es vermutlich ganz passend, wenn sie auf die gleiche Weise wieder verschwindet.« Espinoza lächelte und stellte die Kanne wieder in den Synthetisierer. »Kennen Sie die Geschichte?«

»Ich fürchte, nein«, erwiderte Uhura, die an dieser Information tatsächlich interessiert war. Wie die meisten Menschen wusste sie zwar, was sich auf Kalis Drei zugetragen hatte, aber nur wenig mehr und schon gar nicht, wieso eine der bedeutendsten Archäologinnen der Föderation hier gelandet war und nun die New Yorker Philharmoniker dirigierte. Die Medien hatten natürlich reißerisch aufgemachte Berichte über die jahrelange Gefangenschaft von Dr. Benar und ihrem Team gebracht und ausgiebig von den ›Experimenten‹ erzählt, die die Romulaner an den Mitgliedern des Teams durchgeführt hatten, von der brutalen Ermordung ihrer Kollegen und ihres Bruders sowie ihrer schließlich gelungenen Flucht. Doch nachdem sie auf

Vulkan Zuflucht gesucht hatte, war sie aus dem Blickfeld der Öffentlichkeit entschwunden. Ihre Bemühungen, mithilfe vulkanischer Logik ihre Psyche und ihr Leben neu aufzubauen, galten offenbar nicht als annähernd so spannend wie die Ereignisse, die diese Rehabilitation erst nötig gemacht hatten.

»Nun gut!« Espinoza lehnte sich in ihrem Sessel zurück und legte die in Strümpfen steckenden Füße auf den Schreibtisch. »Vor ungefähr einem Jahr – oder waren es zwei? Nun, spielt keine Rolle – plante die Philharmonie eine Retrospektive der Werke außerirdischer Komponisten. Wenn ich mich recht entsinne, waren insgesamt sechs Aufführungen vorgesehen, von denen jede einem bestimmten Künstler gewidmet sein sollte. Wir hatten ein höchst anspruchsvolles vulkanisches Stück von Salet ausgewählt, das die Verwendung eines altertümlichen Instruments, einer Tlakyrr, vorschrieb und waren schon fast entschlossen, es durch ein anderes Instrument zu ersetzen, da es uns, ehrlich gesagt, unmöglich schien, einen Virtuosen der Tlakyrr aufzutreiben. Doch dann empfahl uns jemand, wir sollten uns mit der xeno-archäologischen Abteilung des Smithsonian Instituts in Verbindung setzen. Und dort brachte man uns mit einer Spezialistin für alte vulkanische Musik in Kontakt: Audrea Benar. Was für ein Talent! Ich erfuhr dann, dass sie mittlerweile auch angefangen hatte, sich mit alter irdischer Musik und dort insbesondere mit der Kunst des Dirigierens zu beschäftigen. Ich muss Ihnen wohl nicht sagen, wie selten diese Kunst selbst unter Menschen in diesem vollautomatisierten Jahrhundert geworden ist. Erfreulicherweise hatte sich Audrea bei ihren Studien vor allem auf Beethoven konzentriert, was im Grunde nicht sehr verwundern kann, wird er doch von den Vulkaniern unter allen irdischen Komponisten am meisten geschätzt. Irgendwann muss ich unbedingt herausfinden, weshalb das so ist.« Sie lächelte. »Audrea ist natürlich ein Mensch, keine Vulkanierin, aber nach all den Jahren, die sie dort verbracht hat, benimmt sie sich so sehr wie eine von ihnen, dass ich dazu neige, diese Tatsache zu vergessen.«

Uhura nickte lächelnd und fragte sich, was Spock zu einer derartigen Pauschalisierung des vulkanischen Musikgeschmacks gesagt hätte. Er hatte einmal erwähnt, der Lieblingskomponist seines Vaters sei nicht Beethoven, sondern Mozart. Allerdings hatte er nicht gesagt, ob diese Vorliebe schon immer bestanden hatte oder sich erst dank der gegenseitigen kulturellen Beeinflussung nach seiner Heirat mit Amanda entwickelte.

Maestra Espinoza nippte an ihrem Tee. »Ich fürchte, ich verschwende Ihre kostbare Zeit mit meinem Geschwätz, nicht wahr? Aber so ist das nun mal mit den darstellenden Künstlern: Wir sind so sehr daran gewöhnt, für unseren Lebensunterhalt zu singen, dass wir gar nicht mehr wissen, wann wir den Mund halten sollten.

Nun, um es kurz zu machen: Audrea ist inzwischen eine unserer Dirigentinnen geworden – die beste von allen, sollte ich hinzufügen. Die Musiker respektieren sie; wenn sie die Proben leitet, wird weitaus weniger genörgelt und herumgealbert als sonst. Sie wissen ja, wie sich Musiker mitunter aufführen.«

Espinoza unterbrach sich, als ein schwacher Glockenklang, exakt eine Oktave höher als der des Synthetisierers irgendwo in dem vollgestopften Büro ertönte. Etwas von der strahlenden Begeisterung, die bisher ihr Gesicht erfüllt hatte, verschwand, als sie in Richtung Tür blickte und aufstand. »Ich glaube, dass war das Signal, dass die Probe zumindest vorerst beendet ist. Wenn Sie mein Büro benutzen möchten, um mit Audrea zu reden...«

Uhura erhob sich ebenfalls und schüttelte den Kopf. »Vielen Dank, aber das ist nicht nötig. Es wird nicht lange dauern.« *Wie immer es auch ausgehen mag,* fügte sie in Gedanken hinzu.

Aber es dauerte doch lange. Oder zumindest kam es Uhura so vor, sobald Espinoza sie auf der nun verlassenen Bühne mit Dr. Benar bekanntgemacht und sich dann diskret zurückgezogen hatte. Die Sekunden dehnten sich zu Minuten, als Uhura erst ihre Bewunderung, dann ihre Sympathie zum Ausdruck brachte und alles nur, um den entscheidenden Augenblick hinauszuzögern.

Schließlich saßen sie dann im Licht der Probenbeleuchtung einander auf Klappstühlen gegenüber. Benar hatte den Kopf etwas geneigt. Ihre blauschwarzen Augenbrauen hoben sich als schmale Striche von der ansonsten glatten Stirn ab. Espinoza hatte Recht gehabt: Es fiel einem tatsächlich schwer, sich an Audreas irdische Herkunft zu erinnern. Ihr Verhalten und ihre Ausdrucksweise waren eindeutig vulkanisch, kühl, zurückhaltend und präzise. Wären nicht ihre Ohren gewesen, hätte man sie mit dem schwarzen Haar und der schlanken, hochgewachsenen Gestalt leicht mit einer Vulkanierin verwechseln können. Und selbst im Sitzen hielt sie sich so gerade, dass ihr Rücken die Lehne des Stuhls nicht berührte.

»Ich nehme an«, sagte Uhura, deren Stimme ihr selbst auf dieser leeren Bühne unangenehm laut erschien, »Sie wissen von den Geschehnissen, die sich während der letzten Tage im romulanischen Reich zugetragen haben.«

»Ich weiß, dass der Prätor tot ist, Commander.«

»Und sonst nichts?«

»Ich habe keine weitergehenden Informationen abgerufen.«

Verständlich, dachte Uhura, aber ihre Aufgabe wurde

dadurch nicht gerade erleichtert. So umfassend wie möglich berichtete sie von dem romulanischen Komitee, den offenbar stattfindenden Umwälzungen und Reformen innerhalb des Reiches und schließlich von der Einladung, die an die Föderation ergangen war.

»Ich darf wohl als sicher voraussetzen«, sagte Benar, als Uhura ihre Erklärung beendet hatte, »dass ich nicht die erste wäre, die dringend zu Vorsicht rät.« Sie sprach in dem gleichen, trockenen Tonfall, den sie gegenüber den Cellisten angeschlagen hatte, doch jetzt klang in ihrer Stimme eine Spur von Anspannung mit, die vorher eindeutig nicht dagewesen war.

»Und auch nicht die letzte«, stimmte Uhura zu. »Das Problem besteht allerdings darin, dass die Föderation zumindest so tun muss, als würde sie die Einladung und alles andere als dem Augenschein entsprechend akzeptieren. Wenn die Romulaner es auch nur halbwegs ernst meinen und die Föderation sich sperrt, könnten wir damit jede Chance auf einen echten Frieden für Jahrzehnte verspielen. Und selbst wenn dieses sogenannte Komitee nur eine Partei innerhalb des Reiches repräsentiert, müssen wir diese Partei so gut wie möglich unterstützen.«

»Starfleet rechnet also mit einem Machtkampf im Reich?«

»Soweit wir wissen, findet dort immer ein Machtkampf der einen oder anderen Art statt«, meinte Uhura mit einem schiefen Lächeln. »Der Tod des Prätors hat die Lage wahrscheinlich nur verschärft. Aber wir verfügen natürlich nicht über verlässliche Informationen aus erster Hand. Und alles, was über die offiziellen Kanäle kommt, vermittelt ein einheitliches – und reformwilliges – Erscheinungsbild.«

»Und worin besteht nun meine Rolle, Commander? Ich vermute, meine Erfahrungen mit einer kleinen Gruppe von Romulanern auf Kalis Drei reichen nicht aus, um von Starfleet als Expertin für das Reich betrachtet zu werden, die man konsultieren muss, bevor man sich für oder gegen eine Annahme der Einladung entscheidet.«

Uhura lachte leise. »Damit haben Sie zwar recht, aber die Einladung ist tatsächlich der Grund, weshalb ich hier bin. Und zu einem Teil hängt die Reaktion der Föderation jetzt von Ihnen ab, Dr. Benar.«

Uhura schilderte die Sachlage und beendete ihre Ausführungen mit der Versicherung, sie habe Verständnis dafür, wenn sich Dr. Benar angesichts der besonderen Umstände zu einer Ablehnung gezwungen sähe. »In dem Fall werde ich natürlich alles tun, damit Starfleet ebenfalls Verständnis zeigt.«

»Das wird nicht nötig sein, Commander«, sagte Benar, nachdem sie einen Moment lang nachgedacht hatte. »Es wäre sowohl unlogisch als auch unhöflich, ein derartiges Angebot abzulehnen.«

»Sind Sie sicher, Dr. Benar?«, fragte Uhura, der die leichte Anspannung in der Stimme der Archäologin bei dem Wort *unhöflich* ebenso wenig entgangen war wie die winzige Veränderung ihres Gesichtsausdrucks. »Ihr Team – das Team der Föderation – wird mit den Romulanern Seite an Seite an der Ausgrabungsstätte arbeiten. Sie würden also Tag für Tag in engem Kontakt mit ihnen stehen.«

»Ich verstehe Ihre Bedenken, Commander. Aber verstehen Sie auch die Bedeutung dieses Angebots?« Zum erstenmal schien eine Andeutung von Emotionen, ein Aufblitzen von Gelehrsamkeit, die Maske vulkanischen Gleichmuts zu durchdringen. »Es war das Mysterium der erisianischen Herrschaft, das mich ursprünglich zu meiner Berufswahl bewog. Ich habe selbst auf zwei erisianischen Welten Ausgrabungen vorgenommen und sämtliche Ergebnisse aller anderen Fundstellen studiert, darunter auch jene Aufzeichnungen, die vor dem Krieg auf Temaris gemacht wurden, bevor die Neutrale Zone sowohl für die Romulaner als auch für die Föderation weitere Forschungen unmöglich machte. Ich bin sicher, Ihnen ist bekannt, dass auf Temaris zumindest eine ganze Stadt existiert, deren Ruinen besser erhalten sind als die auf jeder anderen erisianischen Welt innerhalb oder außerhalb der Föderation. Zugang zu dieser Grabungsstätte zu erhalten, ist selbst unter diesen Umständen eine Gelegenheit, der ein Archäologe ebenso wenig widerstehen kann wie ein Diplomat einem Verhandlungsangebot von anscheinend friedlich gesonnenen Romulanern. Und ich glaube, meine Chancen, unser Wissen über die Erisianer wenigstens um ein geringes zu erweitern, stehen erheblich besser als die der Diplomaten, einen vergleichbaren Erfolg zu erzielen.«

Benar erhob sich mit einem leisen, eindeutig menschlichen Seufzen von ihrem Klappstuhl und ließ ihren Blick so versonnen durch den leeren Konzertsaal schweifen, als würde sie ihn zum letztenmal sehen.

»Ich bin bereit«, sagte sie feierlich. »Teilen Sie das Ihren Vorgesetzten mit.«

Uhura spürte einen Kloß in der Kehle. *Spock wäre stolz,* schoss es ihr durch den Kopf. *Ich hoffe nur, sie wird ihren Entschluss nicht bereuen oder wenigstens nicht zu sehr.*

»Sie können es ihnen persönlich mitteilen«, erklärte sie. »Mein Shuttle wartet draußen.«

Nach der Einsatzbesprechung zogen sich Kirk, Spock und McCoy in die Offizierslounge des Raumdocks zurück, wo Spock für alle thirellianisches Mineralwasser bestellte. Kirk lächelte, während er an seinem Glas nippte und mit halbem Ohr seinen Freunden lauschte, die sich darüber unterhielten, wie sinnvoll und ernst gemeint die romulanischen Vorschläge und Forderungen sein mochten. Das eigentliche Objekt seiner Aufmerksamkeit befand sich jedoch jenseits des Fensters aus Klarstahl am höchsten Punkt des Docks. Hell erleuchtet hing es dort im Antigravfeld wie ein ätherischer Christbaumschmuck: die *Enterprise.*

Fliegen Sie einfach nur das Schiff, hatte Cartwright gesagt. Mit anderen Worten, überlassen Sie Kevin Riley die Rolle des Diplomaten. *Die Rolle, in die ich ihn praktisch hineingedrängt habe,* dachte Kirk, als er sich daran erinnerte, dass Riley damals noch zu unreif und undiszipliniert gewirkt hatte, um sich überhaupt für das diplomatische Corps qualifizieren zu können.

Doch das war vor vielen Jahren gewesen; seitdem hatte Riley nicht nur den Weg ins Corps geschafft, sondern sich auch mehr als einmal ausgezeichnet, wahrscheinlich dank der Ausbildung, die er in seiner Zeit bei Sarek genossen hatte. Aber was für eine höllisch interessante Aufgabe war Riley jetzt zugefallen, nachdem die Romulaner Sarek als ungeeignet abgelehnt hatten – diplomatischer Leiter der ersten Friedenskonferenz mit dem Reich!

Verärgert über sich selbst seufzte Kirk lautlos. Eifersucht war nicht logisch, hätte Spock jetzt vermutlich bemerkt. Wichtig war nicht, wer den Ruhm erntete. Was jetzt zählte, war Zusammenarbeit, damit es überhaupt Ruhm – und nicht Schande – zu ernten gab, wenn das alles erst vorüber war.

Kirk nahm einen weiteren Schluck Mineralwasser und richtete seine Aufmerksamkeit wieder auf das Raumschiff hinter dem Fenster aus Klarstahl, das dort auf ihn wartete. Auf sie alle wartete. Und auf ihre Mission.

Commander Kevin Riley – trotz allem staunte er immer noch hin und wieder über diesen Rang – hatte gerade sein Gepäck in seiner Kabine an Bord der *Enter-*

prise untergebracht, als er Schritte auf dem Gang hörte, die sich der offenen Tür näherten.

»Kevin?«

Riley sah auf und dort stand Sulu, ehemals Schwertkämpfer auf der Brücke.

»Ich dachte mir, du hättest vielleicht Lust, mit in die Lounge im Raumdock zu kommen. Wir könnten dort etwas essen«, sagte Sulu mit dem für ihn typischen breiten Lächeln. »Außerdem soll dort heute Abend eine Art Party stattfinden, ein Festival oder etwas in der Richtung.«

»Hört sich gut an«, meinte Riley und erwiderte das Grinsen. Er machte einen Schritt in Richtung Tür und blieb dann abrupt stehen. »Déjà vu«, sagte er und warf Sulu einen argwöhnischen Blick zu. »Das ist doch nicht etwa wieder eine von Mr. Scotts Überraschungspartys, oder? So wie die, zu der du mich in meinem ersten Jahr auf dem Schiff geschleppt hast. Wie nannte sich das doch gleich?«

»Robert Burns Geburtstag«, half ihm Sulu auf die Sprünge, der sich ebensogut wie Riley an diese Geschichte erinnerte und insbesondere an das grauenvolle Essen, das Scotty stolz als Haggis* bezeichnet hatte. »Mach dir keine Gedanken wegen Mr. Scott. Der kümmert sich noch darum, dass Chekovs Navigationscomputer akzentfrei mit den Sensoren reden kann.«

»Also dann los«, sagte Riley und klopfte dem Brückenoffizier auf die Schulter. »Geh voraus.«

Hiran war alles andere als begeistert von Zenturio Tiam, dem frisch ernannten Delegierten für die Konferenz mit der Föderation. Der jüngere Mann stand, den Rücken Hiran zugewandt, vor der einzigen schmalen

---

* In Hammelmägen gekochtes Gericht aus Herz, Lunge, Leber, Nierenfett und Hafermehl. – *Anm. d. Übers.*

Sichtluke des Raums und tat so, als wäre er in die Betrachtung des langsam wandernden Sternenfeldes versunken, obwohl sie sich noch im Orbit um die Heimatbasis befanden. Tiams Assistent Kital, alt für einen Subzenturio und so mager, dass er fast wie ein Skelett wirkte, stand neben der Tür. Er hatte die Kapuze hochgeschlagen und sein undeutbarer Blick war auf einen Punkt zwischen Hiran und Subcommander Feric gerichtet.

Die beiden stellten ein Paar dar, das man besser im Auge behielt, dachte Hiran unbehaglich.

Den Akten nach zu urteilen, zu denen Hiran Zugang hatte – und in Verbindung mit ein paar Gerüchten und einer gewissen Portion Intuition –, hatte Tiam nicht nur den Tod des Prätors überlebt, sondern sogar davon profitiert, und zwar offensichtlich dank einer Mischung aus Glück und Opportunismus. Bemerkenswerterweise hatte er nie an irgendeiner Kampfhandlung teilgenommen, weder an Grenzscharmützeln noch an der Niederschlagung ziviler Unruhen, deren es dank des unbarmherzigen Regierungsstils des verstorbenen Prätors mehr als genug gegeben hatte. Bis zu seiner kürzlich erfolgten Beförderung hatte Tiam in der mittleren Verwaltungsebene gearbeitet, keine Tätigkeit also, bei der man sich auszeichnen konnte, doch offenbar war er entschlossen, die verlorene Zeit aufzuholen. Die Art und Weise, wie er in Hirans Quartier stolziert war, hatte das sehr deutlich gezeigt und bisher hatte sich der Commander nur höchst selten in der Beurteilung derartiger Verhaltensweisen geirrt. Das sogenannte Einsatzpapier, das Tiams Assistent ihm auf den Tisch geworfen hatte, hatte Hirans Einschätzung nur bestätigt. Der Zenturio betrachtete die *Galtizh* als seinen Kampfplatz und jeden Abgesandten der Föderation würde er als seinen Feind ansehen. Was der so undurchschaubar wie eine Sphinx wirkende Assistent dachte, ließ sich nicht abschätzen.

Hiran legte das Einsatzpapier auf seinen Schreibtisch. »Delegierter Tiam.«

Der Zenturio drehte sich mit kalkulierter Langsamkeit um. »Ja, Commander?«

»Delegierter Tiam«, wiederholte Hiran und deutete auf das Papier, »wenn es etwas gibt, was ich wirklich nicht brauche, dann ist das eine Belehrung über die Bedeutung unserer Mission beziehungsweise über die wenig vertrauenswürdige Haltung der Föderation.«

Tiam ging mit einem Achselzucken über den kaum kaschierten Verweis hinweg. »Ich habe es auch nicht als Belehrung gedacht, Commander, sondern lediglich als Zusammenfassung der Voraussetzungen, von denen ich ausgehen werde. Wenn wir im Sinne des Reichs handeln wollen, müssen wir genauestens über unsere… Gegner im Bilde sein.«

Hiran unterdrückte ein Seufzen und fragte sich, wer im Komitee für die Auswahl Tiams verantwortlich war. Zweifellos handelte es sich wieder einmal um einen Kompromiss: notwendig, aber nichtsdestotrotz ärgerlich. Doch es hatte keinen Sinn, diesen Punkt weiter zu verfolgen. Am besten wäre es sicher, auf ein weniger verfängliches Gebiet auszuweichen. Er war an Tiam gebunden und Tiam an ihn. Daran würde sich auch nichts ändern. Also würde er das Beste daraus machen müssen, genau wie Tiam auch.

»Ich hoffe, Sie sind zufriedenstellend untergebracht? Es kommt nicht oft vor, dass wir Zivilisten an Bord beherbergen. Die übrigen Musiker konnten wir zwar auf die Quartiere der Kadetten verteilen, doch wir mussten drei Zwischenwände ausbauen, um eine genügend große Suite für Sie und Ihre Gattin zu schaffen. Ich hoffe, es gefällt ihr dort?«

»Sie wird zurechtkommen«, antwortete Tiam etwas irritiert darüber, dass sich der Commander um seine privaten Angelegenheiten zu kümmern schien. Was Jandra anging…

Er war sicher, dass seine Frau keinen Gedanken an ihre Unterbringung verschwendete. Erst hatte sie jahrelang als Abweichlerin in den Provinzen gelebt, danach kamen Jahre der Rehabilitation, gefolgt schließlich von den Jahren, in denen sie weitgehend auf die Zitadelle beschränkt gewesen war. Die Aussicht, nun überall hingehen zu können, hatte sie derart begeistert, dass man sie fast schon unter Beruhigungsmittel setzen musste. Selbst ein Zelt im Maschinenraum wäre ihr recht gewesen, solange nur eine ausreichende Entfernung zwischen ihr und der Zitadelle lag.

»Ich wollte Ihnen danken, Commander, dass Sie uns drei getrennte Räume zur Verfügung gestellt haben. Die regelmäßigen Übungen meiner Frau würden mich sonst zu sehr von meiner Arbeit ablenken.«

»Mhm«, brummte Hiran unverbindlich. Das war also auch kein unverfängliches Thema. Er hatte Tiams Frau, die Musikerin, bisher noch nicht kennengelernt, aber sie besaß schon jetzt seine ganze Sympathie. Er erhob sich, um das Ende des Gesprächs anzudeuten. »Ich freue mich darauf, sie spielen zu hören.«

Tiam, der ebenso wenig wie Hiran an einer Fortsetzung ihrer Unterhaltung interessiert war, ging auf den versteckten Hinweis ein und verließ den Raum nach einem letzten Blick durch die Sichtluke. Sein Assistent folgte ihm auf dem Fuß.

»Gibt es sonst noch etwas, Commander?«, fragte Feric.

Hiran zögerte. Er hätte sich gern mit Feric über Tiam unterhalten, über den Argwohn, den er bezüglich des Botschafters hegte und über die Konferenz auf Temaris. Doch nein, das stimmte nicht. Er wollte gar nicht mit Feric reden.

Er wollte mit Ren reden.

»Nein, nichts«, sagte Hiran schließlich. Er richtete seinen Blick auf Feric. Der Ausdruck in den stahlgrauen Augen des Ersten Offiziers war undeutbar. »Sie können gehen.«

Feric nickte knapp und verließ den Raum.

3

CAPTAINS LOGBUCH, STERNZEIT 8478.4:

Die *Enterprise* und ihre Crew bereiten sich weiter auf den Abflug vor. Niemand rechnet mit irgendwelchen Problemen, die uns hindern könnten, den vorgesehenen Zeitplan einzuhalten, nach dem wir uns in zehn Tagen mit dem romulanischen Schiff *Galtizh* treffen sollen. Spock steht täglich in Kontakt mit dem Starfleet-Team, das die Sonde verfolgt und versucht, aus der Unmenge von Sensordaten schlau zu werden, die während ihres verhängnisvollen Weges durch das Föderationsgebiet aufgezeichnet worden sind. Man hat ihm die Genehmigung erteilt, eine vollständige Kopie dieser Aufzeichnungen in die Speicherbank der *Enterprise* zu überspielen. Im Gegensatz zum Starfleet-Team scheint er eine Theorie über die Natur der von der Sonde erzeugten Energiefelder zu haben, doch bisher hat er seine Vermutungen noch niemandem mitgeteilt. »Es bedarf weiterer Untersuchungen«, erklärt er, doch worauf träfe das angesichts seiner Maßstäbe nicht zu?

Was die diplomatische Front betrifft, so befinden sich Commander Riley und sein Stab bereits an Bord, ebenso wie der größte Teil von Dr. Benars Archäologen-Team und die Musiker. Von den wichtigen Personen fehlt als einziger der

Dirigent des ›Orchesters‹, ein gewisser Andrew Penalt. Glaubt man jenen, die ihn kennen, so liebt er große Auftritte in letzter Minute.

Die bereits an Bord befindlichen Passagiere stellen ein interessantes Beispiel von Vielfältigkeit dar. Sowohl die Archäologen wie die Musiker scheinen nicht nur nach ihren Kenntnissen und Fähigkeiten ausgewählt worden zu sein, sondern auch, um den eher homogenen Romulanern Anschauungsunterricht in gemischtrassiger Harmonie zu geben. Dies ist zumindest eine der Theorien. In beiden Lagern ist es bereits zu hitzigen Wortgefechten darüber gekommen. Ich hoffe nur, dass Dr. Benar, deren Fähigkeiten als Mittlerin sowohl im musikalischen wie im wissenschaftlichen Bereich tatsächlich ähnlich ausgeprägt erscheinen, wie Uhura behauptet hat, sich weiterhin durchsetzen kann. Und dass sie in der Lage ist, ihre nachgerade vulkanische Objektivität aufrechtzuerhalten, wenn sie erst auf Temaris Vier allein unter Romulanern ist.

»Penalt und sein Stab sind bereit, an Bord zu beamen, Sir. Commander Riley erbittet höflichst Ihre Anwesenheit im Transporterraum. Und Mr. Spock meldet, dass das letzte der Archäologen-Shuttles angedockt hat.«

»Danke, Lieutenant.« Kirk nickte Uhuras Vertretung an der Funkstation zu – Kittay lautete der Name, fiel ihm wieder ein. »Sagen Sie Mr. Riley, ich bin auf dem Weg.« Der Captain erhob sich und deutete mit einer Kopfbewegung auf den mittleren Sitz.

»Mr. Chekov …?«

»Aye, Captain.« Chekov übernahm das Navigationspult, ohne dabei die Computerdaten über den Zustand der Kühlaggregate des Hauptflussgenerators aus den Augen zu lassen.

Riley wartete in Begleitung zweier Fähnriche im Transporterraum. »Ich dachte, Ihr Dirigent sei schon unterwegs«, meinte Kirk, als er die leere Transporterplattform bemerkte.

Riley zuckte die Achseln und gab dem Lieutenant an den Kontrollen ein Zeichen. »›Impresario‹, wenn es recht ist. Und er ist unterwegs – da Sie jetzt hier sind, um ihn an Bord zu empfangen.«

Kirk runzelte die Stirn. »Vermutlich sollte ich dann auch wissen, wer er ist. Ich muss zugeben, dass ich den Namen Penalt noch nie gehört hatte, bevor er auf der Passagierliste auftauchte.«

»Da stehen Sie nicht allein da, Captain. *Symphony for the Nine* ist seine einzige Komposition, die einen breiten Bekanntheitsgrad erlangte. Und es gibt Stimmen, die behaupten, seine damalige Frau habe mehr als nur die ›moralische Unterstützung‹ zu dem Werk beigetragen, für die er sich bei der Erstaufführung bedankte.«

Kirk schüttelte den Kopf. »Tut mir leid, aber bei dem Namen klingelt trotzdem nichts. Allerdings bin ich auch kein Musikkenner.«

»Es reicht völlig, wenn man weiß, dass er Komponist, Dirigent und Pianist ist und an Bord alle drei Fertigkeiten ausüben soll: das Orchester dirigieren, einen Solo-Auftritt am Piano absolvieren und mit der Komposition einer Art ›musikalischer‹ Impression der gesamten Unternehmung beginnen.«

»Also tatsächlich eine dreifache Bedrohung?«

»Zumindest erwecken seine PR-Maßnahmen diesen Eindruck. Es gibt allerdings auch Leute, darunter seine Exfrau, die behaupten, seine politischen Verbindungen und sein Ego seien weitaus besser entwickelt als sein Talent.«

Bevor Kirk darauf antworten konnte, erklang das Signal, mit dem die Bodenstation den Transport ankündigte und Riley setzte eilig eine Miene auf, die in diplomatischen Kreisen einen respektvollen Empfang ausdrückte.

Kirk verzog das Gesicht, bemühte sich dann aber, es Riley gleichzutun. Sekunden später materialisierten zwei Gestalten auf der Plattform. Die eine war ein stämmiger, aber nicht sehr großer, bärenhaft wirkender Mann, dessen Äußeres einen, wie Kirk annahm, absichtlich etwas zerzausten Eindruck machte. Neben ihm stand eine dunkelhäutige, gertenschlanke Frau, vermutlich halb so alt wie er und höchstens ein Drittel so schwer. Noch eine Musikerin, vermutete Kirk, als er ihre unkonventionelle Kleidung betrachtete: ein regenbogenfarbener Kaftan, der sie wie ein Nebelschleier einhüllte und bei jeder Bewegung die Farben wechselte.

»Maestro Penalt.« Riley deutete eine Verneigung an. »Commander Kevin Riley vom diplomatischen Corps Starfleets, zu Ihren Diensten. Darf ich Ihnen Captain James T. Kirk vom Raumschiff *Enterprise* vorstellen?«

Penalt drückte Kirks Hand mit einem Griff, der die Knochen knirschen ließ. »Nennen Sie mich Andy«, sagte er mit einem Akzent, der nach Mittelwesten klang und echt sein mochte oder auch nicht.

Kirk schaffte es, nicht zusammenzuzucken, als er den Händedruck erwiderte und nahm sich vor, dafür zu sorgen, dass Penalt die Gelegenheit erhielt, auch mit Spock einen Händedruck zu tauschen, bevor diese Reise vorüber war. »Willkommen an Bord, Mr. Penalt.«

»Und das ist…?« Riley lächelte die junge Frau an.

»Hm? Oh, ja, mein Protegé, Anneke.« Penalt sah kaum zu ihr hin, während er sie vorstellte. Stattdessen konzentrierte er seine Aufmerksamkeit auf den Commander. »Riley… Riley… Dachte immer, Iren wären ständig betrunken. Habe sogar mal eine Operette darüber geschrieben.«

Kirk warf einen besorgten Blick in Rileys Richtung,

doch der Diplomat behielt seine höfliche Miene unverändert bei. »*The Drunken Irishman;* das Stück ist mir bekannt. Und ich verstehe die Kritiker, die es verrissen haben«, antwortete Riley mit sanfter Stimme. »Werde mein Bestes tun, um diese Theorie während unserer Reise zu widerlegen, Sir.«

»Da werden Sie mit einer langjährigen Tradition brechen müssen, Mr. Riley.« Penalt wandte sich den beiden Fähnrichen zu und fixierte den weiblichen Offiziersanwärter, eine hübsche Brünette. »Nun, es wäre mir sehr recht, wenn mich jetzt jemand zu meiner Unterkunft führen würde.«

»Fähnrich Smith wird Ihnen gern zu Diensten stehen«, sagte Kirk und nickte dem männlichen Offiziersanwärter zu. »Fähnrich Carver«, fügte er an die Frau gerichtet hinzu, »Sie melden sich bei Commander Scott auf dem Shuttle-Deck. Ich bin sicher, er kann bei der Abfertigung des Archäologen-Shuttles, das gerade eingetroffen ist, Hilfe brauchen.«

»Kirk…«

»Ja, Mr. Penalt… Andy?« Ein deutlicher Unterton schwang in Kirks Stimme mit, als er den Vornamen benutzte. »Stimmt etwas nicht?«

Penalt runzelte die Stirn, zuckte dann die Achseln und schien sich zu entspannen. »Nein, alles in Ordnung. Ich freue mich darauf, mit Ihnen zusammenzuarbeiten. Es sieht so aus, als stünde uns eine interessante Reise bevor, finden Sie nicht auch, Captain?« Er tippte grüßend mit zwei Fingern an seine Stirn, drehte sich um und marschierte in Richtung Korridor. Sein ›Protegé‹ und Fähnrich Smith eilten ihm nach.

Kirk schüttelte nachdenklich den Kopf, als er und Riley den Transporterraum verließen und den nächsten Lift ansteuerten. »Was haben wir nur getan, um ›Andy‹ Penalt zu verdienen?«, fragte er rhetorisch. »Ist er wenigstens ein guter Dirigent, Kevin? Nicht dass das noch etwas retten würde, wenn er die romulanischen Diplomaten bis aufs Blut beleidigt.«

»Wir werden dafür sorgen müssen, dass so etwas nicht geschieht«, meinte Riley, doch seine Miene wirkte nicht sehr zuversichtlich.

Wenigstens würden die Musiker nicht in der gleichen Weise mit den Romulanern zusammenarbeiten wie die Archäologen, dachte Kirk. Doch der Himmel mochte wissen, was Penalt sagen würde, wenn er auf der Bühne stand und das von ihm ausgewählte Stück ankündigte.

In diesem Moment öffneten sich die Türen des Turbolifts zischend und Uhura wurde sichtbar.

»Captain, Commander.« Ganz auf ihre Arbeit konzentriert, blickte sie nur kurz von ihrem elektronischen Notizblock auf, als die beiden Männer die Kabine betraten.

Kirk erwiderte den Gruß mit einem Nicken und schaute ihr über die Schulter, um zu sehen, was sie notierte. »Beschäftigt?«

»Oh, nur mit dem Zustand der Instrumente«, erwiderte Uhura geistesabwesend, während sie weiterschrieb. »Der Musikinstrumente, meine ich. Es sieht so aus, als wäre der Steinway beim Durchgang durch den Transporter etwas verstimmt worden. Daraufhin hat mir der Klavierstimmer spezielle Anweisungen gegeben, damit wir die anderen Instrumente sicher heraufschaffen können. Jetzt bin ich auf dem Weg zum Frachttransporter, um alles zu überwachen.«

Kirk fragte sich, was ein Steinway sein mochte, hakte aber nicht nach. Er hatte schon genug Probleme damit, sich Methoden auszudenken, wie er Penalt unter Kontrolle halten konnte, ohne dabei jene Föderationsvertreter übermäßig zu verärgern, die dafür verantwortlich waren, dass der Dirigent an dieser Mission teilnahm. Und er hoffte inständig, dass Penalt kein Gegenstück in der romulanischen Delegation hatte.

»Stell es dir nur vor, kleine Schwester«, rief Dajan, während die *Galtizh* ihrem Rendezvous mit dem Föderationsschiff entgegeneilte. »Wir dürfen uns nicht nur wiedersehen, wann wir wollen, wir sind auch noch beide für diese Reise ausgewählt worden! Rehabilitiert, reingewaschen, orthodoxe Mitglieder unserer Rasse, für wert befunden, den Erdenmensehen gegenüberzutreten und sie mit unseren Fähigkeiten zu beschämen. Und jetzt müssen wir all die Gespräche nachholen, die wir in den letzten Jahren nicht führen konnten. Meinst du, wir könnten es leid werden, so oft beisammen zu sein?«

»Wenn wir erst einmal auf diesem öden Felsen angekommen sind, bezweifle ich, dass wir uns überhaupt sehen«, sagte Jandra müde. Sie und Tiam hatten sich an diesem Morgen wieder gestritten. Wahrscheinlich hatte man die Auseinandersetzung sogar noch im mehrere Decks tiefer liegenden Maschinenraum gehört. Sie empfand es als demütigend, wenn ihr Privatleben praktisch vor dem ganzen Schiff ausgebreitet wurde, doch die Schotten waren nicht schalldicht und Tiam neigte dazu, laut zu werden. Und wenn er brüllte, war sie natürlich gezwungen, ebenfalls zu schreien. Jetzt war sie heiser und schlecht gelaunt. Tiam hatte ihr Quartier verlassen, um zu schmollen oder diesem Provinzler Hiran von seinen Problemen zu erzählen. Sie konnte sich nicht einmal erinnern, worum der Streit ursprünglich gegangen war, aber das war schon fast die Regel. Wie es schien, reichte jeder Grund aus. Einmal hatte sie ihn lediglich nach der Herkunft einer Computeraufzeichnung gefragt, die er in seiner Kabine abgespielt hatte, eine kakophone Mischung Tausender scheinbar nicht zusammenpassender Klänge, die sie aber trotzdem irgendwie berührt hatte. »Rede nie wieder davon!« hatte er sie angeschrien, fast schon so, als müsste er sich verteidigen. Sie hatte das Thema nie wieder erwähnt, obwohl sie die Töne heute noch im Ohr hatte.

»Du wirst doch sicher nicht dermaßen beschäftigt sein«, wandte ihr Zwillingsbruder ein. »Zumindest wirst du mal eine Pause einlegen müssen, damit die Musiker aus der Föderation ebenfalls etwas aufführen können.«

Doch dieser Einwand überzeugte Jandra nicht. »Dann werde ich vermutlich in irgendeinen provisorischen Übungsraum eingesperrt, wo ich mir die Finger wund spielen darf und zwar nicht, weil es nötig wäre, sondern weil diejenigen, die uns beobachten, meinen Fähigkeiten noch immer misstrauen. So war es immer, die ganze Zeit über, all die Jahre der Buße in den Provinzen. Und du wirst in deinen kostbaren Ruinen auf Lihalla nach Gott weiß was graben müssen.«

Dajan setzte eine vorwurfsvolle Miene auf. »Temaris, nicht Lihalla. Wir haben zugestimmt, der Einfachheit halber die Bezeichnung der Föderation zu übernehmen – Temaris.«

»Wie auch immer!«, sagte Jandra gleichgültig, deren Gedanken sich mit ganz anderen Dingen beschäftigten. »Ob es wohl einen Flügel an Bord dieser *Enterprise* gibt?«

»Wenn du mir verrätst, was das ist, kann ich dir sagen, ob sie vermutlich einen haben«, bot Dajan an, dessen gute Laune nicht durch die düstere Stimmung seiner Schwester beeinträchtigt wurde. »Ist das eines dieser unorthodoxen Instrumente, mit denen du dich in den Provinzen beschäftigt hast?«

»Unorthodoxer als du ahnst. Es stammt von der Erde, erzählte man mir, eine Trophäe aus den Anfangstagen des Kriegs. Wundersamerweise scheint es aber jetzt so, als wäre es ebenso schnell und problemlos für orthodox erklärt worden wie wir beide.«

Dajan lachte. »Vermutlich wollen sie nur mit dir angeben. Es sollte mich nicht wundern, wenn diese einst unerwünschte Fertigkeit einer der wesentlichen Gründe war, weshalb du wieder zu Ehren gekommen bist und man dir erlaubt – ja sogar befohlen – hat, vor Publikum zu spielen. Welchen besseren Beweis für die Überlegenheit der romulanischen Kultur könnte es geben als eine Romulanerin, die die Menschen auf einem von ihnen selbst entworfenen Instrument übertrifft. Und ich bezweifle nicht, dass du dazu in der Lage bist, kleine Schwester. Ein Kulturbanause wie ich weiß allerdings trotzdem nicht, was für ein Instrument so ein Flügel ist.«

Jandra drehte sich zu dem Terminal um und fragte sich, ob die Computerbibliothek ebenso ›neugeordnet‹ sein mochte wie die Gesellschaft, in der sie lebte. Sie tippte »Musik: Fremdrassen« ein und versuchte dann, den Begriff *Flügel* aufzurufen. Der Computer verweigerte den Zugang. Jandra seufzte.

»Es handelt sich um ein Tasteninstrument«, sagte sie und versuchte, Einzelheiten zu schildern sowie Größe und Form anzudeuten. »So ähnlich wie ein Tra'am, andererseits aber auch wieder nicht.«

»Ah!«, meinte Dajan, seine übliche Art zu antworten, wenn er nicht zugeben wollte, dass er eine bestimmte Sache noch nicht völlig verstanden hatte. »Aber wenn dieser Flügel ein, wie du sagst, auf der Erde weitverbreitetes Instrument ist, dann wird unter den Musikern der Föderation, die an Bord der *Enterprise* zu uns kommen, doch zumindest einer sein, der darauf spielen soll. Und deshalb werden sie auch bestimmt einen Flügel mitbringen.«

»Vielleicht«, meinte Jandra, doch ihre Stimme klang pessimistisch.

Dajan seufzte. »Nach allem, was geschehen ist, bestehst du immer noch darauf, stets das Schlimmste zu erwarten. Ich weiß, dass Tiam eine Last sein kann, aber er ist jetzt nicht hier. Nur du und ich, kleine Schwester, nur du und ich und die Chance, die Musiker der Föderation auszustechen.«

»Es geht nicht nur um Tiam«, erwiderte Jandra.

Dajan kannte diesen Blick. »Trauerst du noch immer, selbst nach all dieser Zeit?«

Jandras Augen bekamen einen finsteren Ausdruck. »Genau wie du es tun solltest, es sei denn, dein Verlust wäre aus irgendeinem Grund geringer als meiner.«

»Würde Trauer sie denn zurückbringen?«, wehrte Dajan den Vorwurf ab. »Das Leben gehört den Lebenden, kleine Schwester. Solange wir leben, werden wir danach streben, ihre Ehre wiederherzustellen, aber das ist nur durch Handeln möglich, nicht durch endloses, unproduktives Brüten.«

Im Shuttle-Hangar herrschte Chaos. Musikinstrumente von verschiedenen Welten, untergebracht in vollgestopften Behältern, kämpften mit ganzen Shuttle-Ladungen archäologischer Geräte um den begrenzten Platz, während schrill gekleidete Musiker mit dezenter angezogenen Archäologen in einer Lautstärke schwatzten, dass die Stimmen von den Schotten widerhallten. Dr. Benars Assistent Sharf, ein dürrer Andorianer, der Kisten verschob, die für seine Statur viel zu schwer erschienen, begrüßte Kirk und Riley.

»Morgen, Captain, Commander. Dr. Benar musste wieder hinunterbeamen, falls Sie vorhatten, mit ihr zu sprechen. Irgendein Ausrüstungsstück scheint unauffindbar zu sein. Wie das immer so geht. Ich werde ihr ausrichten, dass Sie hier waren.«

»Nicht so wichtig«, meinte Kirk. »Erinnern Sie sie nur an die Einsatzbesprechung morgen früh.«

»Wird gemacht, Captain.«

Scotty stand mit verschränkten Armen fast genau im Mittelpunkt des Hangars und behielt alles im Blick.

»Hierher damit – aber vorsichtig, Bürschchen. Pass auf, dass es nicht umkippt.« Scott eilte hinüber, um dem Andorianer zu helfen, eine schwer aussehende Kiste auf einen Antigrav-Schlitten zu wuchten. »Na also.« Er klatschte in die Hände. »Das sollte reichen.«

»Mr. Scott, unser Mann für das Unmögliche«, lächelte Kirk und legte seinem Chefingenieur eine Hand auf die Schulter.

»Aye, Sir«, erwiderte Scotty stolz. »Commander Riley, schön Sie nach all den Jahren wiederzusehen.« In seinen Augen funkelte es, als er Riley die Hand schüttelte. »Nun, Commander, haben Sie vor, uns auf dieser Reise wieder mit einem Lied zu erfreuen?«

Der Teil von Rileys Gesicht, der nicht vom Bart bedeckt war, lief rot an, doch sein Lächeln bewies, dass er die Bemerkung mit Humor nahm. »Das hatte ich eigentlich nicht vor. Aber es wird Sie vielleicht trotzdem erleichtern zu wissen, dass ich seitdem Gesangsstunden genommen habe.«

»Und hoffentlich auch Ihr Repertoire erweitert«, murmelte Kirk und lächelte dünn, als er sich daran erinnerte, wie oft er Rileys wahrhaft schauerliche Version von ›I'll Take You Home Again, Kathleen‹ hatte anhören müssen.

»Nun, wie auch immer«, fuhr Scotty fort, »ich muss Sie jedenfalls warnen: Ich habe den Schiffskonstrukteuren von jenem kleinen Zwischenfall berichtet, als Sie sich in der Hauptkontrolle des Maschinenraums verbarrikadiert hatten… und Sie haben dafür gesorgt, dass eine Wiederholung dieses Vorfalls praktisch unmöglich ist. Ich habe jedenfalls nicht vor, mir auf dieser Reise wieder einen Weg durch die Zwischenwände brennen zu müssen.«

»Also haben Sie mich wieder ausgetrickst«, meinte Riley fröhlich. »Nun, Scotty, dann werde ich wohl etwas einfallsreicher sein müssen, wenn ich mir das nächstemal eine Krankheit einfange, die zu vorübergehender Unzurechnungsfähigkeit führt und ich wieder versuche, die *Enterprise* zu übernehmen. Nicht wahr, Captain?« Er zwinkerte Kirk zu.

»Nicht auf meinem Schiff«, sagte Kirk lächelnd. »Versuchen Sie es besser bei dem eines anderen.«

»Ach, übrigens, vor ein paar Minuten war ein Fähnrich hier, der nach Ihnen gesucht hat«, wandte sich Scott an Riley.

»Handler«, erwiderte Riley.

»Genau, so hieß er. Ein großer, nervöser Bursche.«

»Ja, da hinten ist er.« Riley drehte den Kopf in die entsprechende Richtung. »Danke, Scotty.«

Der Ingenieur nickte und machte sich wieder daran, die Arbeiten zu überwachen.

Ein Stück vor ihnen drängte sich ein hochaufgeschossener junger Fähnrich mit maisgelbem Haar wie ein Footballspieler durch die schwatzenden Zivilisten. Als wäre es der Ball, hielt er dabei etwas schützend gegen den Körper gepresst, das aussah wie eine offizielle Auftragsmappe des diplomatischen Corps. Kirk und Riley schauten zu, wie der Fähnrich kurz in dem Gedränge steckenblieb und sich dann mit einem unaufhörlichen: »Entschuldigen Sie, Verzeihung bitte!« durch die Zivilisten drängte, die sich wie eine Schafherde vor ihm teilten. Riley schnitt eine Grimasse.

»Ihr neuer Assistent?«, fragte Kirk und unterdrückte ein Lächeln.

»Ungeschickter Bengel!«, knurrte Riley statt einer direkten Bestätigung von Kirks Frage. »Er meint es gut, ist aber einfach ungeschickt. Ich wollte, ich könnte diesen Berufsberater in die Finger kriegen, der ihn davon überzeugt hat, er sei für das diplomatische Corps geeignet – das ihn dann in seiner unendlichen Weisheit ausgerechnet mir zugeteilt hat…!« Er seufzte und verdrehte die Augen zum Himmel.

»Klingt vertraut«, murmelte Kirk, der sich an einen anderen wohlmeinenden, aber ungeschickten Jungen erinnerte, dem er einst geholfen hatte, in den diplomatischen Dienst einzutreten.

»Handler, Ryan J.«, stellte Riley den Fähnrich vor, der atemlos und schwitzend kaum zehn Zentimeter von seiner Nase entfernt zum Stehen kam und die Mappe in Rileys ausgestreckte Hand drückte.

Riley tippte den korrekten Code ein, öffnete die Mappe und überflog den Inhalt an Ort und Stelle, während der Fähnrich unbehaglich danebenstand, den Blickkontakt zu Kirk vermied und nicht recht wusste, was er mit seinen Händen anstellen sollte – oder mit den Füßen. Riley schloss die Mappe und räusperte sich. Handler erstarrte.

»Haben Sie sich schon auf der Krankenstation untersuchen lassen?«, fragte Riley. »Die Abreise findet in weniger als einer Stunde statt.«

»Nein, Sir, ich… die Nachricht hatte höchste Priorität… keine Zeit.« Handlers Stimme überschlug sich und ihm gingen die Worte aus.

»Handler?«, sagte Riley mit einem drohenden Unterton. Nur Kirk bemerkte das belustigte Funkeln in seinen Augen.

»Sir…?«

»Sie sind ja immer noch hier.«

»Sir!« Handler drehte sich auf dem Absatz um und verschwand in die gleiche Richtung, aus der er gekommen war, obwohl es mindestens zwei kürzere Wege zur Krankenstation gab.

»Der arme Junge ist stark kurzsichtig«, bemerkte Riley. In seiner Stimme klang plötzliche Sympathie mit, während er den Rückzug des Fähnrichs beobachtete.

»Beinahe hätte er deswegen die Akademie nicht geschafft und jetzt benötigt er alle sechs Monate eine Retina-Korrektur. Aber trotz seiner guten Noten glaube ich nicht, dass er für das diplomatische Corps taugt. Was meinen Sie?«

Kirk versuchte das amüsierte Funkeln in seinen Augen zu verbergen. »Es sind schon sonderbarere Dinge geschehen.«

Nach und nach meldeten alle Abteilungen Bereitschaft. Handler ließ sich untersuchen, Scotty kehrte in den Maschinenraum zurück, Penalt hielt sich verdächtig ruhig und schließlich stand Kirk wieder einmal auf der Brücke.

Das Verlassen des Raumdocks verlief dank der sicheren Führung Sulus glatt und ohne Zwischenfälle – und unterschied sich damit ganz erheblich von einigen Starts in der jüngeren Vergangenheit. Ein voll funktionstüchtiges Schiff, eine komplette Besatzung und ein grünes Licht an den Toren des Docks hatten etwas Beruhigendes an sich, dachte Kirk. Er freute sich sogar auf ihre Mission. Auch wenn es sich im Grunde um einen einfachen Transportauftrag handelte mochte, so konnte er doch sowohl für die Föderation wie für das Reich von höchster Bedeutung sein.

Sie passierten die Docktore. Sulu steuerte das Schiff mit Impulskraft, bis sie sich oberhalb der Ekliptik befanden, weit entfernt von Planeten und Asteroiden und ging dann auf Warpgeschwindigkeit.

4

›Gemäßigte‹ Romulaner! Ja, Captain, das würde ich gerne mal erleben!« Commander Scott verdrehte die Augen und sah dann zu McCoy und Spock hinüber. Er war sicher, sie würden ihm beipflichten.

Außer den vier Männern hielt sich niemand im Konferenzraum auf. Sie alle waren frühzeitig zu Kirks Einsatzbesprechung an diesem zweiten Morgen seit dem Verlassen des Raumdocks erschienen. Bereits auf dem Weg von der Brücke hatten sie heftig über den Anlass der Besprechung diskutiert, die jüngste Mitteilung von Admiral Cartwright, die erst vor wenigen Minuten eingegangen war.

»Trotzdem müssen wir, sofern wir dem anonymen Informanten des Admirals Glauben schenken, davon ausgehen, dass eine derartige Gruppe die Interimsregierung kontrolliert und die Mehrheit der Sitze des Komitees hält«, erklärte Spock.

»Selbst wenn es wahr ist«, warf McCoy ein, »wird es nicht lange so bleiben. Das hat auch Cartwrights romulanischer Freund zugestanden. Es gibt ein Dutzend anderer Gruppierungen, die schon in den Startlöchern sitzen und der einzige Grund, weshalb die Reformer überhaupt so weit gekommen sind, besteht in der Reaktion auf den Tod des Prätors. Das war selbst nach romulanischen Maßstäben ein ganz übler Kunde und diese neue Gruppe nutzt die Situation aus, umso weit wie möglich vorzupreschen, bevor die Gegenbewegung einsetzt.«

»Was willst du damit sagen, Pille?«, fragte Kirk. »Dass wir ihr Angebot hätten ignorieren sollen?«

»Natürlich nicht!«, erwiderte McCoy. »Ich sage nur, was ich die ganze Zeit über gesagt habe – und was auch Cartwrights Freund meint, so wie die jüngste Nachricht klingt. Selbst wenn diese Reformer es ehrlich meinen, übernehmen sie sich möglicherweise mit dieser ›Konferenz‹. Wundere dich also nicht, wenn dir die ganze Geschichte um die Ohren fliegt. Und sei auch nicht überrascht, wenn es der Opposition gelungen ist, ein paar ihrer Anhänger in die Delegation zu schmuggeln, die dann, falls die Dinge wundersamerweise ohne größere Probleme anlaufen sollten, für ein paar Störungen sorgen.«

»Ich nehme deine Paranoia zur Kenntnis«, lächelte Kirk. »Nun, Mr. Spock, ich glaube, Sie waren im Begriff, uns in Ihre Hypothese bezüglich der Sonde einzuweihen.«

»Tatsächlich, Captain?«

»Nun kommen Sie schon, Spock«, meinte McCoy, der jetzt einen lockeren Gesprächston anschlug. »Oder wollen Sie Ihre Theorie für sich behalten, bis dieses verdammte Ding versucht, einen anderen Planeten zu vernichten?«

Kurz bevor Cartwrights Nachricht eintraf, hatte Spock sie über den Kurs der Sonde informiert. Nachdem sie sich am Rand der Neutralen Zone entlangbewegt und dabei die Starbases Neun und Dreizehn in mehreren hundert Parsec Abstand passiert hatte, beschrieb sie jetzt einen weiten Bogen durch das Territorium der ehemaligen Ersten Föderation. Die Subraummeldungen deuteten darauf hin, dass die Sonde sich derzeit passiv verhielt und offenbar damit zufrieden war, eine Rundreise durch die Erste Föderation zu machen. Interessanterweise sah es allerdings so aus, als würde die Sonde, sofern sie weder Kurs noch Geschwindigkeit änderte, ungefähr zur gleichen Zeit in romulanisches Gebiet eindringen, zu der die *Enterprise* und die *Galtizh* den Orbit um Temaris Vier erreichten.

»Pille hat recht, Spock«, sagte Kirk. »Jede Theorie, selbst eine halbgare, ist besser als gar keine, insbesondere wenn dieses Ding wieder durchdreht. Und wer weiß, vielleicht fällt uns ja auch etwas ein, wenn wir erst einmal wissen, was Sie denken.«

»Ganz wie Sie wünschen, Captain. Allerdings würde ich nicht so weit gehen, meine Spekulationen als Theorie zu bezeichnen.«

»Nennen Sie es, wie Sie wollen!«, rief McCoy. »Aber reden Sie endlich.«

»Selbstverständlich, Doktor. Wie Ihnen bekannt ist, Captain, hat das Starfleet-Team eine gründliche Analyse aller Sensordaten vorgenommen, die während der Aktivitäten der Sonde in Erdnähe aufgezeichnet wurden.«

Kirk nickte. »Und sie haben nicht herausfinden können, auf welche Weise die Sonde ihre Aktionen durchgeführt hat.«

»Ganz recht, Captain. Genaugenommen haben sie nicht einmal unwiderlegbare Beweise dafür gefunden, dass die Sonde für jene Phänomene verantwortlich war, die sich während ihres Aufenthalts ereignet haben.«

McCoy runzelte die Stirn. »Aber wir alle haben doch gesehen und gehört, wie...«

»Wir haben die Effekte gehört und gesehen, Doktor. Wir haben gesehen, wie die Ozeane kochten. Wir haben die Töne gehört. Doch weder wir noch einer der Sensoren war in der Lage, irgendeine Form von Energie festzustellen, die von der Sonde selbst ausging.«

»Das ist doch verrückt!«, protestierte McCoy. »Wollen Sie damit sagen, etwas *anderes* sei für all das verantwortlich, was geschehen ist?«

»Natürlich nicht, Doktor, obgleich auch diese Möglichkeit besteht. Doch es ist weitaus logischer anzunehmen, dass die Sonde dafür verantwortlich ist, aber eine Energieform verwendete, die nicht nachweisbar ist, abgesehen von den Auswirkungen auf die Materie, auf die sie gerichtet ist. Das wäre etwa vergleichbar einem Phaserstrahl, der an der Mündung der Waffe verschwindet und erst wieder auftaucht, wenn er sein Ziel erreicht. In dem Fall könnten Sensoren, die auf den dazwischenliegenden Raum gerichtet sind, die Energie des Strahls nicht registrieren. Die Energie ließe sich nur durch ihre Auswirkungen auf das Zielobjekt erkennen.«

»Das bedeutet, man könnte nicht einmal feststellen, aus welcher Richtung diese Energie kam«, warf Kirk ein. »Richtig?«

»Präzise, Captain. Ebenso wenig könnte man ihre Ausbreitungsgeschwindigkeit messen. Bei elektromagnetischen und Subraum-Energien lässt sich die Zeit, die zwischen der Entladung und dem Auftreffen auf dem Zielobjekt vergeht, messen. Bei dieser unbekannten Energieform gab es jedoch keine Möglichkeit festzustellen, wann die Energie von der Sonde abgestrahlt wurde, sondern nur, wann sie am Ziel auftraf. Allerdings deutet eine Analyse der bewirkten Effekte darauf hin, dass man fast gleichartige Wirkungen auch mit einem modifizierten Traktorstrahl bewirken könnte.«

McCoy riss die Augen auf. »Wollen Sie damit sagen, dieses Ding hätte mehrere Kubikkilometer Meerwasser mit einem Super-Traktorstrahl in Dampf verwandelt?«

»Im Grunde ja, Doktor. Die Aufzeichnungen legen den Schluss nahe, dass die Aufheizung durch eine direkte physikalische Beschleunigung der Wassermoleküle erreicht wurde, so wie durch einen unglaublich komplexen Traktorstrahl, der in der Lage ist, nicht nur Milliarden einzelner Moleküle gleichzeitig zu beeinflussen, sondern darüber hinaus auch noch die Polarisation mehrere tausendmal pro Sekunde nach einem Zufallsmuster umzukehren.«

»Klingt reichlich ineffizient«, sagte McCoy, der offensichtlich noch nicht überzeugt war.

»Ganz im Gegenteil, Doktor, es wäre sogar außerordentlich effizient. Hitze ist lediglich ein Maß für den Energielevel – die Bewegung der Moleküle einer Substanz. Versetzt man diese Moleküle direkt in Bewegung, statt beispielsweise einen Phaserstrahl zu benutzen, der diese Aufgabe nur indirekt erfüllen kann, eliminiert man damit zumindest ein Glied in der Kette, was somit zu einer potentiell erhöhten Effizienz führt. Allerdings wäre der gesamte Vorgang außerordentlich komplex.«

Kirk, der mit nachdenklicher Miene zugehört hatte, sagte: »Das klingt so, als würde man eine Sanddüne mit Millionen winziger Pinzetten, von denen jede ein einziges Sandkorn hält, bewegen – statt einfach einen Bulldozer zu benutzen.«

Spock überlegte kurz und nickte dann. »Ihre Analogie ist grundsätzlich korrekt, Captain. Was die Töne betrifft, die die Sonde ins Wasser – und in einige Raumschiffe – projizierte, so wurden sie etwa auf die gleiche Weise erzeugt. Mit dem Unterschied allerdings, dass die Luft- und Wassermoleküle nicht nach einem Zufallsmuster in verschiedene Richtungen beschleunigt wurden, um Hitze zu erzeugen, sondern in großer Zahl gezwungen wurden, sich gleichmäßig vor und zurück zu bewegen und dadurch Klangwellen hervorzurufen. Entsprechende Computersimulationen haben ergeben, dass die Traktorstrahlen der *Enterprise* mit geringfügigen Modifikationen in der Lage wären, diesen Effekt zu duplizieren.«

»Und wie lautet nun Ihre Theorie, Spock?«, fragte McCoy ungeduldig. »Bisher haben Sie es nur geschafft, die ganze Geschichte noch unglaublicher klingen zu lassen, als sie es vorher schon war.«

»Meine Spekulation, Doktor, geht dahin, dass es sich bei der von der Sonde benutzten Energie um eine Form mentaler Energie handelt, vergleichbar etwa der Telekinese. Diese Spekulation beruht zum einen auf der bisher nicht nachweisbaren Natur dieser Energie und zum anderen aus den Eindrücken, die ich über George von der Sonde gewonnen habe. Wie Sie sich vielleicht erinnern, bezog sich einer der wenigen Eindrücke, die ich in Georges Geist finden konnte und die sich ausschließlich auf die Sonde bezogen, auf Wesen, die ihm ähnlich waren.«

»Ihre Superwale. Ja, ich erinnere mich«, sagte McCoy. »Und was hat das mit Telekinese zu tun?«

»Wenn wir annehmen, dass dieser Eindruck zutreffend ist und wenn wir des weiteren annehmen, dass diese Wesen tatsächlich die Erbauer der Sonde sind, dann müssen wir uns fragen, wie sie in der Lage sein sollten, eine Sonde – oder irgendetwas anderes – zu bauen, wenn sie nicht über Organe verfügen, mit denen sie andere Objekte manipulieren können.«

McCoy schnaubte. »Für jemand, der so viel von Logik hält wie Sie, Spock, gibt es in Ihrer Geschichte aber ein paar recht große Gedankensprünge. Sie haben nie einen den Fingern gegenüberliegenden Daumen entwickelt, also entwickelten sie stattdessen telekinetische Kräfte? Und was dann? Haben sie anschließend Maschinen gebaut, um diese Kräfte zu verstärken?«

»Das wäre logischerweise der nächste Schritt, Doktor, genau wie Wesen mit Daumen Maschinen bauten, um die Kräfte ihrer Muskeln zu verstärken.«

»Und wie wir Computer entwickelten, um die Fähigkeiten unseres Verstandes zu verstärken«, nickte Kirk. »Wenn man die grundlegende Prämisse akzeptiert, ergibt das einen Sinn.«

McCoy brütete noch über seinem nächsten Einwand, als sich die Tür des Konferenzraums öffnete und Riley und Sulu eintraten. Beide lächelten energiegeladen und Riley trug den Becher mit seinem Morgenkaffee vorsichtig vor sich her. Ihnen auf dem Fuß folgten Dr. Benar und Commander Uhura, beide in ein angeregtes Gespräch vertieft.

»Es gibt einige Hinweise«, sagte Benar gerade, deren kantiges Gesicht eine Lebhaftigkeit zeigte, die viel von der vulkanischen Aura verschwinden ließ, die sie ansonsten einhüllte, »dass die sogenannten erisianischen Kulturen einige signifikante Züge mit bestimmten irdischen Kulturen teilten, auch wenn diese irdischen Gemeinwesen natürlich weitaus einfacher strukturiert waren. In einigen der ersten Schriften zu seiner Entdeckung hat Dr. Antonin Erisi selbst auf eine Parallele zu den australischen Aborigines hingewiesen. Diese glaubten, dass ihre Vorfahren bei ihren Wanderungen das Land nicht nur geographisch, sondern auch musikalisch erfasst und die Wege in ihren Liedern niedergeschrieben haben. Wenn also jemand tausend Jahre später diese Lieder erlernte, war er in der Lage, auch Gebiete, die er nie zuvor gesehen hatte, zu durchqueren, ohne sich zu verirren. Erisianische Städte wiederum wurden unter Benutzung von Prinzipien geplant und erbaut, die anscheinend auch gewissen Aspekten der Musik vieler Kulturen zugrundeliegen, die der Erde eingeschlossen. Unglücklicherweise ist bis heute niemand trotz gründlicher mathematischer Analysen in der Lage zu behaupten, er könne diese Prinzipien vollständig verstehen oder sie auch nur präzise erkennen. Trotzdem sind sie fähig, Muster hervorzubringen, die Menschen wiedererkennen und in seltenen Fällen sogar vorhersagen können. Diese Muster waren es auch, die Dr. Erisi zu der Vermutung brachten, es könnte eine Verbindung zwischen den einzelnen Herrschaftswelten geben.«

Benar verstummte und nahm gegenüber von Spock Platz. Als sich ihre Blicke trafen, schien sie seine emotionslose Miene regelrecht zu absorbieren und ihre eigene Mimik daran auszurichten.

»Und wie passen diese ›Exodus-Hallen‹, die Sie vorhin erwähnten, in die Geschichte?«, fragte Uhura, während sie sich ebenfalls setzte. »Soweit ich weiß, gibt es auf jeder der Herrschaftswelten eine davon und möglicherweise kann man dort einen Hinweis finden, wohin die Erisianer verschwunden sind.«

Benar nickte und ihre Gesichtszüge ließen schon wieder einen unvulkanischen Enthusiasmus erkennen. »Gegenwärtig ist das kaum mehr als eine Hoffnung. Bis heute ist noch keine dieser Hallen unversehrt entdeckt worden, doch wenn die Berichte über Temaris zutreffen, finden wir vielleicht dort die erste. Bisher ist man immer nur auf Ruinen gestoßen und die dort gesammelten Informationen haben keine Hinweise auf Welten geliefert, auf die sich die Erisianer möglicherweise zurückgezogen haben, sondern nur zu einem halben Dutzend Schlackekugeln – vor Jahrzehntausenden vernichtete Welten, die untergingen, als ihre Sonnen Perioden der Instabilität durchliefen und zu Novae aufflammten. Einige meiner Kollegen sind sogar so weit gegangen, diese Bauwerke nicht Exodus-Hallen zu nennen, sondern...«

»Sie sprechen von den Erisianern, richtig?« Andrew Penalts laute Stimme füllte den Raum, noch bevor sich die Tür hinter ihm und dem etwas geistesabwesend wirkenden Chekov geschlossen hatte. »Jemand hat mir erzählt, unser Zielort sei eine ihrer Welten gewesen. Aber wer waren sie?«

Kirk unterdrückte den Impuls, die Augen nach oben zu verdrehen. »Also schön«, sagte er und richtete sich in seinem Sessel auf. »Nachdem nun alle hier sind, können wir ja anfangen.«

Als Reaktion schaltete Spock den Bildschirm auf dem Tisch ein, doch bevor er das Wort ergreifen konnte, sprach Penalt schon. »Eine gute Idee. Sehen Sie, Admiral, ich will ja niemandem einen Schrecken einjagen, aber ich habe mir inzwischen das ›Orchester‹ angeschaut, das ich dirigieren soll und ich will Ihnen ein kleines Geheimnis verraten – das ist gar kein Orchester. Teufel auch, ich glaube, nicht mehr als zwei oder drei von ihnen haben sich überhaupt schon einmal gesehen, bevor sie an Bord verfrachtet wurden.«

»Alle von ihnen sind ausgebildete Musiker«, sagte Riley rasch, »und jeder von ihnen kann auf jahrelange Arbeit in großen Orchestern zurückblicken. Zugegebenermaßen haben diese Musiker noch nie zusammen gespielt, doch für jemanden Ihres Talents, Maestro, dürfte es ein leichtes sein, sie zu einem einheitlichen, um nicht zu sagen brillanten Ganzen zusammenzuschweißen.«

Die finstere Miene wich einem jovialen Lächeln, als Penalt sich zu Riley umwandte. »Genau was ich sagen wollte, Botschafter.« Er warf einen Blick in die Runde. »Ich wollte Ihnen nur für den Fall, dass einer von Ihnen zufällig Zeuge einer unserer ersten Proben werden sollte, mitteilen, dass es einen Grund für eventuelle Missklänge gibt. Aber bis zu dem Zeitpunkt, an dem wir mit den Romulanern zusammentreffen, werde ich alle Schwierigkeiten bereinigt haben.«

Audrea Benars Lippen öffneten sich, als wollte sie etwas sagen, doch einen Moment später schloss sie den Mund wieder und richtete den Blick auf den Bildschirm neben Spock.

»Ich verstehe, Mr. Penalt«, sagte Kirk. »Mr. Spock, wenn Sie nun fortfahren würden?«

»Danke, Captain.« Der Vulkanier hielt kurz inne und wartete, bis sich jeder auf den Bildschirm konzentriert hatte, der das Abbild eines romulanischen Commanders zeigte. »Alle Informationen, über die wir verfügen, sind uns von den Romulanern als Teil des ursprünglichen Verhandlungsangebots zugegangen.«

»Was bedeutet, es könnte sich auch von Anfang bis Ende um ein Märchen handeln«, warf McCoy ein.

»Es ist richtig, Doktor, dass wir keine Möglichkeit haben, die Dinge zu überprüfen, aber das bedeutet noch nicht, dass alle oder auch nur einige der Daten nicht der Wahrheit entsprechen. Es stimmt allerdings, dass wir uns nicht auf den Wahrheitsgehalt verlassen können. Die Daten werden hier so präsentiert, wie sie der Föderation übermittelt wurden. Ob sie zutreffen oder nicht, lässt sich nicht feststellen.«

McCoy zuckte die Achseln. »Vermutlich können wir schon froh sein, dass sie uns überhaupt etwas gegeben haben.«

»Dies hier ist Commander Hiran«, fuhr Spock fort und deutete auf das noch immer auf dem Schirm sichtbare Abbild des Romulaners. »Er entstammt einer Familie, deren militärische Tradition mütterlicherseits über sieben Generationen zurückreicht. Da er aus den Provinzen stammt und über keinerlei gesellschaftliche Verbindungen verfügte, gründet sich seine Karriere ausschließlich auf seine Verdienste und nicht etwa auf Beziehungen – zweifellos kein leichter Weg. Für seine derzeitige Aufgabe hat er sich durch sein Eingreifen bei einer Revolte qualifiziert, deren Niederschlagung nur geringfügige Opfer forderte. Ein einziges Opfer, um genau zu sein.« Spocks Augenbrauen hoben sich. »Sein Erster Offizier. Zugleich seine Frau.«

Kirk empfand ein plötzliches Mitgefühl für den Mann.

»Ich hätte nicht gedacht, dass ein Romulaner befördert wird, weil er die Zahl der getöteten Gegner niedrig hält«, meinte McCoy skeptisch.

»Das ist möglicherweise auch der Grund, weshalb

sich seine bisherigen Aufträge hauptsächlich auf Patrouillenflüge längs der Grenzen und Kartographierungsarbeiten beschränkt haben, Doktor. Es könnte ebenfalls erklären, warum er gegenwärtig das Kommando über eine Kriegsschwalbe hat und nicht über ein größeres Schiff wie etwa einen Schlachtkreuzer.«

»Wie ich sehe, sind seine Kommandos auch bemerkenswert frei von internem Blutvergießen gewesen«, sagte Kirk, während er den Text überflog, der am unteren Rand des Bildschirms erschienen war. »Dort sind sogar einige Offiziere aufgelistet, die ihm von seinem früheren Kommando auf die *Galtizh* gefolgt sind. Und in keinem seiner Kommandos ist jemand aufgrund unerwarteter Todesfälle unter den Vorgesetzten die Rangleiter emporgeklettert. Was allerdings nicht heißen soll, derartige Vorfälle stünden in diesem Publicity-Paket der Romulaner, selbst wenn sie stattgefunden haben sollten.« Er betrachtete das breite, lächelnde Gesicht auf dem Schirm. Merkwürdig, aber er konnte sich nicht erinnern, jemals zuvor einen lächelnden Romulaner gesehen zu haben. Hiran schien etwas schwerer gebaut zu sein als der durchschnittliche Romulaner; ein recht freundlich dreinblickender Bursche ungefähr in Kirks Alter, wenn seine Schätzung richtig war.

»Ein geradliniger Typ«, sagte er, und während er sprach, merkte er, dass er eine unerklärbare Wertschätzung für seinen Gegenspieler entwickelte, den Commander des romulanischen Schiffes *Galtizh. Intuition?*, fragte er sich. *Oder Wunschdenken?* Nach der letzten Nachricht von Cartwright, derzufolge man mit der Möglichkeit einer infiltrierten romulanischen Delegation und einer Schiffsbesatzung von zweifelhafter Loyalität rechnen musste, hieß die Parole erhöhte Wachsamkeit. Und dennoch…

Das nächste Bild auf dem Schirm löste eher gegenteilige Empfindungen aus. Hier gab es nichts, was einen hätte hoffen lassen können. Harte Züge, die ein anderer Romulaner möglicherweise als gutaussehend bezeichnet hätte, doch geprägt von einem anmaßenden, selbstzufriedenen Gesichtsausdruck, der schon fast wie ein spöttisches Lächeln wirkte. In Commander Hirans Gesicht hatte es nicht die geringste Spur einer vergleichbaren Überheblichkeit gegeben.

»Zenturio Tiam«, erklärte Spock. »Bis vor kurzem noch Subzenturio. Er wurde gleichzeitig mit seiner Ernennung zum Chefunterhändler bei den Verhandlungen mit der Föderation befördert. Diese Beförderung erscheint insofern ungewöhnlich, als darin keinerlei Kampferfahrung erwähnt wird, die ja üblicherweise als Voraussetzung für den Rang des Zenturios angesehen wird.«

»Wahrscheinlich weiß er, in wessen Schränken die Skelette liegen.« Diese Bemerkung kam natürlich wieder von McCoy.

»Möglicherweise, Doktor. Die uns übermittelten Unterlagen deuten jedenfalls auf eine ausgezeichnete akademische Karriere hin. Unter anderem hat er einen Abschluss in Politischer Wissenschaft gemacht und Preise im Fechten und in Leichtathletik gewonnen. Darüber hinaus hat er Auszeichnungen für seine Arbeiten über Linguistik und Etymologie erhalten.«

Spock sah zum Captain hinüber, als Tiams Bild durch das einer erstaunlich schönen romulanischen Frau ersetzt wurde. »Jandra, die Frau von Zenturio Tiam. Sie wird als erstklassige Musikerin betrachtet und beherrscht eine nicht näher genannte Zahl von Instrumenten, darunter auch den Flügel.«

»Flügel?« Gleich mehrere der Anwesenden zogen überrascht die Augenbrauen hoch, doch wie so oft äußerte sich McCoy als erster. »Wie zum Teufel könnte ein Romulaner Klavierspielen lernen?«

»Wenn wir den uns vorliegenden Informationen Glauben schenken, Doktor, gehörten mehrere in der Föderation verbreitete Musikinstrumente, darunter mindestens ein Flügel, zu der Beute – auch wenn die Romulaner es nicht so nennen –, die ihnen in der Anfangszeit des Krieges oder kurz zuvor in die Hände fielen. Aber wie dem auch sei, sie soll jedenfalls eine ganze Reihe von Instrumenten virtuos beherrschen, aber ganz besonders den Flügel.«

Ein verächtliches Schnauben war zu hören, das aber diesmal nicht von McCoy stammte. Es kam von Penalt. Kirk kannte diese romulanische Frau zwar nicht, hoffte aber, dass sie tatsächlich so perfekt war, wie die Biographie behauptete – und dass sie Andy Penalt mit ihrem Spiel gründlich in die Schranken verwies.

»Und dies«, fuhr Spock fort, während er ein weiteres Bild auf den Schirm holte, »ist Jandras Bruder Dajan. Er ist der Leiter des romulanischen Archäologenteams, Dr. Benar.«

Kirk blickte verstohlen zu Benar hinüber, die jetzt zum erstenmal ihren Gegenpart sah, jenen Romulaner, mit dem sie zumindest für die Dauer der Konferenz eng zusammenarbeiten würde. Bildete er sich das nur ein, oder entdeckte er tatsächlich eine kaum merkliche Spannung in ihrer scheinbar ausdruckslosen Miene, während sie das Bild betrachtete?

Verrat! Tiam würde laut aufschreien, könnte er ihre Gedanken lesen. Und es wären nicht nur ihre eigenen Gedanken, die ihn schreien lassen würden, denn es war einer aus dem Stab von Speichelleckern in der Zitadelle, der sie erst auf diese Idee gebracht hatte.

Es sei denn, es handelt sich einfach nur um eine von Tiams Methoden, meine Loyalität zu prüfen. Jandra erschauderte bei dem Gedanken. So etwas würde ihm ähnlich sehen; als gäbe es nicht schon mehr als genug

Dinge, die sie auseinanderbrachten und ihm genügend Munition für seine täglichen verbalen Attacken lieferten.

Doch nein, sie weigerte sich, etwas Derartiges zu glauben. Dieser Mann war lediglich jemand, der, anders als Tiam, die Bedeutung von Freiheit begriffen hatte, auch wenn sie ihm selbst abging. *Wahrscheinlich ist genau das sogar der Grund, weshalb dieser Mann Freiheit so schätzt und erkannt hat, dass es mir trotz meiner scheinbar ›bevorzugten‹ Stellung daran mangelt. Und er spürt, dass ich, im Gegensatz zu ihm, auch eine Chance habe, sie zu erringen.*

Sie erschauerte wieder.

Aber was war mit ihrem geliebten Zwillingsbruder? Die Handlungen ihres älteren Bruders hatten die ganze Familie zerstört und dabei hatte er nicht einmal Verrat begangen, sondern schlimmstenfalls die Absichten seiner Vorgesetzten falsch beurteilt. Würde das, worüber sie jetzt nachdachte, nicht ganz ähnliche Auswirkungen auf ihren Bruder haben, ganz gleich, ob sie nun Erfolg hatte oder versagte? Selbst im besten Fall würde er wieder als Abweichler eingestuft, vielleicht sogar getötet werden. Wenn sie es nur wagte, Dajan von ihrem Plan zu erzählen…

Ein Zittern überlief sie, teils aus Furcht, teils aber auch aus Ärger über ihre eigene Unentschlossenheit. Sie war Musikerin, keine Politikerin oder Soldatin. Nichts außer der Musik sollte für sie zählen, weder in dieser noch in einer anderen Welt. Sie sollte sich nicht mit solchen Entscheidungen auseinandersetzen müssen, Entscheidungen, die ihr Leben retten oder vernichten könnten, die ihren Bruder zu erneutem Exil oder Schlimmerem verurteilen mochten.

Könnte sie doch nur zu den unschuldigen Tagen ihrer Kindheit zurückkehren, als Musik wirklich noch alles war, was zählte.

Ihre Gedanken wanderten zurück zu jenem Tag, an dem sie zum erstenmal mit ihren winzigen Fäusten auf die Tastatur des stilvollen Tra'am gehämmert hatte, das ihre Mutter im zweiten Wohnzimmer aufgestellt hatte (ausschließlich um des Effektes willen; niemand in der Familie konnte darauf spielen oder beabsichtigte auch nur, es zu lernen). Gleich darauf hatte Kalih, ihre Erzieherin, sie dort weggeholt und ihr mit strengen Worten klargemacht, wohin schmutzige kleine Mädchenfinger auf keinen Fall gehörten. War es tatsächlich am gleichen Abend gewesen – oder kam es ihr nur so vor, weil Kinder die Fähigkeit besaßen, bestimmte Ereignisse in der Erinnerung miteinander zu verknüpfen –, als ihr Vater Gäste mitgebracht hatte, von denen einer auf dem Tra'am spielen konnte?

Jandra hatte sich hinter den dünnen Wandbehängen versteckt und, so kam es ihr jedenfalls vor, stundenlang zugesehen und gelauscht, bis Kalih sie entdeckt und zurück ins Bett gescheucht hatte. Später, als die meisten Gäste schon gegangen waren und nur die wichtigsten noch im anderen Wohnraum auf den Diwanen ruhten, über Ernteerträge und Handelsembargos diskutierten, war sie den langen Korridor entlanggeschlichen, der von den Schlafräumen zum zweiten Wohnzimmer führte, hatte den Sitz vor dem Tra'am erklommen und verschlafen, aber dennoch fest entschlossen alle Stücke, die der Besucher vorgetragen hatte, Note für Note nachgespielt. Als sie, höchst zufrieden mit sich selbst, zum Ende kam, bemerkte sie die Ministerialbeamten, darunter auch ihr Vater, die mit offenen Mündern in der Tür standen und das Wunderkind anstarrten.

Darauf folgten Lehrer, Unterrichtsstunden, Reisen und die Zusammenarbeit mit anderen Musikern, darunter einem, der seine junge Schülerin heimlich mit den besten Werken fremdrassiger Musiker bekanntmachte: Bach, Mozart, Beethoven – die Hinterlassenschaft eines menschlichen Schmugglers, dessen Schiff auf einem romulanischen Planeten abgestürzt war. Der Pilot war dabei umgekommen, doch die Tonaufzeichnungen hatten überlebt und veränderten Jandras Leben für alle Zeit.

Ein Auftritt nach dem anderen folgte, und als sie acht Jahre alt war, spielte sie zum erstenmal in einem großen Konzertsaal. Doch die prachtvolle Umgebung beeindruckte sie nicht; für sie besaß lediglich Dajans Meinung Gewicht. Und lange bevor sie verstand, was es für ihre Familie bedeutete, wenn sie vor den Ministern, den Höflingen und den Spitzen der Gesellschaft spielte, hatte sie für sich selbst erkannt, dass nichts außer der Musik wirklich für sie zählte.

Die Musik blieb sich selbst immer gleich, ob sie nun allein für sich und Gott spielte oder für Mutter und Vater, sofern diese einmal Zeit hatten, wirklich zuzuhören, statt darauf bedacht zu sein, sie abermals irgendeinem ausgewählten Publikum zu präsentieren, oder für ihren Zwillingsbruder, wenn der einmal den Kopf aus einem seiner Maulwurfslöcher streckte und den Klängen lauschte, die durch die offenen Fenster nach draußen trieben.

Die größte Herausforderung stellten die Auftritte vor staatlichen Würdenträgern dar – gelangweilte, übersättigte Funktionäre, die nach zu üppigen Mahlzeiten und zu vielen stimmungsaufhellenden Drogen hauptsächlich damit beschäftigt waren, Klatsch und Tratsch auszutauschen. Doch sie lernte es, sie in ihren Bann zu schlagen, und als sie zu einer anziehenden jungen Frau heranwuchs, spielte sie für sie alle, Romulaner wie Fremdrassige – der Stolz des ganzen romulanischen Reiches. Sogar vor dem Prätor hatte sie gespielt, der, selbst verborgen hinter einer Spiegelwand, ihr hatte ausrichten lassen, dass ihm ihr Vortrag gefallen habe.

Das war noch in der Zeit vor seiner Krankheit gewesen, die zuerst seine Gesichtszüge verwüstet und dann sein Gehör zerstört hatte. Dekrete wurden erlassen, die Konzerte auf Tra'ams und allen anderen Tasteninstrumenten untersagten. Erst wurden nur öffentliche Vorstellungen verboten, dann auch das private Spiel. Die Instrumente wurden konfisziert, verbrannt, vernichtet. War es eine echte Erinnerung oder nur ihre Einbildung, dass sie sich an das kostbare Tra'am ihrer Eltern geklammert hatte, als es hinaus in den Garten getragen wurde, um dort verbrannt zu werden? Sie erinnerte sich daran, fortgezerrt worden zu sein, als ihr Haar und die Kleidung schon versengt waren. Und am Handgelenk trug sie noch immer eine Narbe.

Für geraume Zeit war sie untröstlich, doch dann wandte sie sich auf Geheiß des Prätors den Saiteninstrumenten zu und da sie Jandra war, meisterte sie alle, die einheimischen wie die von anderen Welten. Sie besaß ein irdisches Cello und eine vulkanische Ka'athyra und bei öffentlichen Auftritten spielte sie trotzig ebenso darauf wie auf Plekt, The'el und Bahtain. Sie war der Liebling aller und unangreifbar. Und nichts zählte außer der Musik.

Dann fiel Reelan in Ungnade und ihre Eltern begingen rituellen Selbstmord, der noch verschlimmert wurde, indem man sie und Dajan daran hinderte, in ihren letzten Stunden bei ihnen zu sein und es ihnen sogar verwehrte, auch nur die sterilen, traditionellen Abschiedsworte zu sprechen. Und noch bevor die Leichen ihrer Eltern erkaltet waren, hatte man sie und ihren Zwillingsbruder ins Exil geschickt und sie, wie sie damals glaubte, dazu verdammt, ihr Leben lang in der Provinz zu spielen. Und sie durfte sich glücklich schätzen, erklärte man ihr wieder und wieder, dass ihr wenigstens das gestattet war. Wäre der Prätor nicht so großzügig, dürfte sie überhaupt nicht mehr spielen, nicht einmal für sich selbst.

Und dort, in einer der abgelegenen Provinzen, hatte sie einen ihrer größten Schätze entdeckt, einen irdischen Flügel. Niemand wusste genau zu sagen, wie er dorthin gekommen war, außer dass er aus der Zeit des Krieges stammte, vielleicht sogar noch älter war. Geschichten von verschollenen Föderationsschiffen umrankten ihn wie die Noten, die sie darauf spielte. Und während sie spielte, entdeckte sie zu ihrer Überraschung, dass sie hier das Instrument gefunden hatte, für das die Musik jener geschmuggelten Aufzeichnungen ursprünglich komponiert worden war. Und wieder zählte nichts als die Musik.

Und nun gerade das! dachte Jandra. Erneut hatte sich das Rad gedreht, hatten die Götter ihre wankelmütige Meinung geändert. Erst war sie an Tiam gekettet und damit teilweise rehabilitiert worden und nun, plötzlich, hatte man ihre Ehre vollständig wiederhergestellt und sie ausgewählt, um vor den Aliens zu spielen, den Menschen und ihren Verbündeten. Zumindest im Moment wurden ihre zuvor heimlich erworbenen Fertigkeiten lediglich als eine weitere Facette ihres Genies betrachtet, als etwas, mit dem die Romulaner die Menschen beeindrucken konnten.

Doch sie wusste nur zu gut, wie schnell ihre Welt wieder auf den Kopf gestellt werden konnte. Und sie war sich bewusst, dass man sie nicht als eigenständiges Wesen betrachtete, sondern erwartete, dass sie sich, wie Tiam, als Geschöpf des Reichs zeigte, ohne eigenen Willen.

Ohne Freiheit.

Wieder erschauerte sie. Sie würde sich bald entscheiden müssen. Bald, oder gar nicht.

»Wir wollen zumindest den Eindruck erwecken, als würden wir ihnen trauen, auch wenn das vielleicht nicht den Tatsachen entspricht«, sagte Riley. Die Einsatzbesprechung hatte sich von der Vorstellung der romulanischen Delegation zu einer Diskussion der Vorgehensweise verlagert, die man nach Erreichen des Orbit von Temaris Vier einschlagen wollte. »Der erste persönliche Kontakt wird auf der Oberfläche des Planeten stattfinden. Wir beamen nach unten, nehmen aber nur Kommunikatoren mit. Keine Waffen. Ein Sicherheitsteam steht in Bereitschaft, wird aber nur auf direkte Anweisung von Captain Kirk oder mir hinuntergeschickt.«

»Mir gefällt das alles nicht besonders, Commander«, wandte Chekov sofort ein, der offensichtlich an Cartwrights Nachricht dachte, klugerweise aber nicht direkt darauf Bezug nahm. Die Offiziere und das Sicherheitspersonal kannten den Inhalt der Meldung, die Zivilisten jedoch nicht.

»Mir ebenfalls nicht«, meldete sich Sulu zu Wort.

»Aber so wird es durchgeführt«, beendete Riley die Debatte, wenn auch mit einem um Verständnis bittenden Blick. »Wenn zwei Raumschiffe, die sich gegenseitig belauern, nicht als Abschreckung genügen, können wir ebensogut umkehren und nach Hause fliegen. Irgendwo müssen wir schließlich beginnen. Captain Kirk?«

»Ich stimme Ihnen zu, Commander«, sagte Kirk und dachte dabei an das lächelnde Gesicht von Commander Hiran, »jedenfalls solange die Romulaner am gleichen Strang ziehen.«

»Sie haben dem Vorschlag zumindest inoffiziell zugestimmt«, erklärte Riley. »Dieses erste Treffen soll ausschließlich dem Kennenlernen dienen. Alle schütteln sich die Hände, die Leiter der beiden archäologischen Teams erhalten die Möglichkeit, sich ein wenig umzusehen und dann ziehen wir uns wieder auf unsere Schiffe zurück, bis die Konferenz am nächsten Tag offiziell beginnt. Nach dem gleichen Muster werden im übrigen alle Tage verlaufen. Niemand, von keiner Seite, wird nach Sonnenuntergang auf dem Planeten bleiben.«

»Und unsere Transporterchefs sind angewiesen, jeden von uns jederzeit im Transferfokus zu halten«, ergänzte Kirk. »Ich nehme an, die Romulaner werden es bei ihren Leuten nicht anders machen.«,

Riley nickte und wandte sich an die Archäologin. »Dr. Benar, bei diesem ersten Treffen werden Sie Ihr Team hier oben lassen. Und machen Sie Ihren Leuten klar, dass sie ihre Kommunikatoren jederzeit bei sich tragen müssen, sobald sie hinuntergebeamt werden.«

»Selbstverständlich, Commander«, erwiderte Benar. »Wir werden sämtliche Sicherheitsanweisungen strikt befolgen.«

»Die Musiker bleiben ebenfalls an Bord«, fuhr Riley fort, während Kirk insgeheim dachte: *Ganz besonders Andy Penalt.* Beide Männer waren erleichtert, dass der Komponist offenbar nicht vorhatte, gegen diesen Punkt aufzubegehren. Insbesondere Kirk hatte schon befürchtet, Penalt würde erklären, wenn der Leiter des Archäologenteams mitkam, müsste auch der Leiter der Musiker anwesend sein.

»Das erste Arbeitstreffen findet am nächsten Tag auf der *Galtizh* statt«, setzte Riley seine Erläuterungen fort. »Vorausgesetzt, der Karren bleibt nicht schon zu Anfang stecken, wird die nächste Begegnung am darauffolgenden Tag an Bord der *Enterprise* abgehalten. Diese Treffen werden dann abwechselnd auf beiden Schiffen fortgesetzt, bis wir zu irgendeiner Art von Übereinkunft gelangt sind oder beide Seiten die Nase voll haben. Und fragen Sie mich jetzt bloß nicht, was für eine Übereinkunft das sein könnte oder was dazu führen würde, die ›Nase voll zu haben‹. Ich kann dazu nur sagen, ich hoffe, wir schaffen es, letzteres zu vermeiden und ersteres zu erkennen, wenn wir es sehen. Bis dahin wird der kulturelle Austausch – die Unterhaltung, wenn Sie so wollen – die Abende beanspruchen. Am Abend nach der ersten Begegnung auf dem Planeten werden die Föderationsmusiker eine Vorstellung an Bord der *Enterprise* geben. Am nächsten Abend spielen dann die Romulaner auf der *Galtizh*, danach kommen die Romulaner auf die *Enterprise*, um dort aufzutreten und schließlich musizieren unsere Leute auf der *Galtizh*.«

Riley warf einen Blick in die Runde. »Irgendwelche Fragen?«

Als sich niemand meldete, sah er zu Kirk hinüber, der ebenfalls noch einmal alle Anwesenden kurz anschaute und sich dann erhob.

»Nun, dann wären wir fertig«, sagte er. »Spock, Mr. Sulu«, fügte er hinzu, als die anderen aufbrachen, »bleiben Sie bitte noch einen Moment hier.«

Nachdem sich die Tür hinter dem letzten Teilnehmer der Besprechung geschlossen hatte, wandte sich Kirk an Spock. »Sie haben Dr. Benar beobachtet, als der romulanische Archäologe auf dem Bildschirm gezeigt wurde. Irgendwelche Anmerkungen?«

»Meinen Sie etwas Spezielles, Captain?«

»Sie wissen, was ich meine, Spock. Es ist noch nicht allzulange her, da musste sie mit ansehen, wie einige ihrer besten Freunde von den Romulanern gefoltert und getötet wurden, während sie selbst nur mit knapper Not entkommen konnte. Sie hat zwar eine vulkanische Ausbildung hinter sich, aber sie ist menschlich – und zwar hundertprozentig, nicht nur zur Hälfte. Wird sie damit fertig werden, dort unten Seite an Seite mit einer Gruppe von Romulanern zu arbeiten?«

»Das kann ich nicht sagen, Captain. Wenn es sich um eine gründliche Ausbildung gehandelt hat und Dr. Benar wirklich aufnahmebereit war, dann ist es absolut möglich, dass sie mit dieser Situation fertig wird. Allerdings sollten Sie als Mensch eher als ich qualifiziert sein, ihre Fähigkeiten einzuschätzen.«

Kirk nickte. »Sie haben recht, Spock, wie immer.« Er wandte sich an Sulu. »Sobald wir Temaris erreicht haben, gibt es für einen Steuermann nicht mehr allzuviel zu tun, Mr. Sulu. Was halten Sie davon, den Archäologen-Sitter zu spielen?«

Sulu sah einen Moment verdutzt drein und fing dann an zu grinsen. »Sie meinen, ich soll immer dicht bei Dr. Benar bleiben? Wird mir ein Vergnügen sein, Sir. Um die Wahrheit zu sagen, ich hatte schon nach einer Möglichkeit gesucht, wie ich Ihnen erklären könnte, dass ich lieber auf dem Planeten nach erisianischen Artefakten suchen würde, als hier oben mit Ihnen und Kevin den Diplomaten zu spielen.«

»Es freut mich, dass dieses Arrangement Ihren Vorstellungen entspricht, Commander. Aber versuchen Sie Ihre Begeisterung für das Buddeln im Zaum zu halten. Bleiben Sie dicht bei Dr. Benar, zumindest wenn sie mit den Romulanern zu tun hat.« Kirk runzelte die Stirn. »Ich nehme an, Ihnen ist auch schon der Gedanke gekommen, dass die Romulaner möglicherweise nicht auf Dr. Benars Anwesenheit bestanden haben, weil sie ihr früheres Verhalten ›wiedergutmachen‹ wollen, sondern um es auszunutzen?«

Sulu nickte. »Als Teil der Sabotage, die der Admiral und sein zahmer Romulaner befürchten, Captain? Durchaus möglich, wenn derjenige, der sie vorgeschlagen hat, zur Gegenpartei gehört.«

»Genau das habe ich mir auch überlegt. Spock?«

»Die Möglichkeit besteht definitiv, Captain. Allerdings muss man zu diesem Zeitpunkt fast jede Möglichkeit in Betracht ziehen.«

»Das ist bedauerlicherweise wahr. Tun Sie, was Sie können, Mr. Sulu, ohne dabei zu auffällig zu wirken. Und halten Sie mich auf dem laufenden, alle beide.«

Er sah hinter ihnen her, als sie gingen. Ob Dr. Benar nun aus Gründen der Wiedergutmachung oder mit dem Hintergedanken der Sabotage ausgewählt worden war, es kamen so oder so harte Zeiten auf sie zu.

5

Die Wesenheit unterbrach ihre Reise und fuhr ihren kristallenen Sensor aus. Daten, die Struktur und Inhalt des sie umgebenden Raums beschrieben, jagten durch die mikroskopisch kleinen, glitzernden Pfade, die sich wabenförmig in ihrem riesigen Innern erstreckten. Billionen von Berechnungen liefen in jeder Mikrosekunde ab, verglichen den früheren mit dem jetzigen Zustand, überprüften die eigenen Voraussagen an der bestehenden Realität und schließlich wurden die Ergebnisse dem fast unendlich großen Datenspeicher zugeführt. Mehrere Sterne hatten sich um fast die Hälfte ihres eigenen Durchmessers von der vorherberechneten Position entfernt, registrierte die Sonde. Der Energieausstoß anderer Sonnen war um winzige Beträge größer geworden, ihre energetischen Spektren hatten sich minimal verschoben. Und die Planeten…

Der Verfeinerungsprozess der Berechnungen würde niemals enden, nicht in der für die Wesenheit vorgesehenen Existenzspanne. Die gegenseitige Beeinflussung der Gravitationsfelder von Milliarden Sternen und zehnmal so vielen großen Planeten, die Effekte der diffusen Felder, erzeugt von noch größeren Massen unsichtbarer und auch ansonsten nicht aufspürbarer Materie, waren zu komplex, um jemals eine vollständige Analyse zu erlauben. Und auch die in den Herzen der Sterne tobende Hitze entzog sich der Beobachtung durch den kristallenen Sensor. Nicht alles war bekannt und nicht alles würde jemals bekannt sein.

Die Wesenheit modifizierte ihren Kurs, wie sie es schon millionenmal seit dem Beginn ihrer Reise getan hatte und setzte ihren Weg fort. Sie wusste nicht, dass sie jetzt das Gebiet der Föderation verließ.

Weit draußen, fast schon außerhalb der Reichweite des kristallenen Sensors, erregte eine andere Welt ihre Aufmerksamkeit, eine Welt, deren primitive Bewohner ebenso ein Versprechen in sich bargen wie jene der blauen Welt, die sie vor kurzem verlassen hatte. Mit einer besonderen Aufnahmebereitschaft, die man bei einem lebendigen Wesen sowohl als Vorfreude wie auch als Besorgnis hätte bezeichnen können, suchte sie nach der Stimme jener fernen Welt.

CAPTAINS LOGBUCH, STERNZEIT 8488.7:

Ein Schiff der Ersten Föderation, die *Guarnerius*, hat gemeldet, dass die Sonde plötzlich die Neutrale Zone durchquert hat und in den romulanischen Raum eingedrungen ist. Die Vorstellung, sie befinde sich auf einer Art ›Spazierflug‹, ist damit gründlich widerlegt worden. Sie hat den leicht gekrümmten Kurs, dem sie auf ihrem Weg durch die Erste Föderation folgte, abrupt verlassen und fliegt jetzt entlang einer absolut geraden Linie. Darüber hinaus hat sie ihre Geschwindigkeit mehr als verdoppelt.

Logischerweise erhebt sich jetzt die Frage, warum sie sich so verhält.

Ob sich irgendwelche signifikante Welten – oder Außenposten auf ihrem gegenwärtigen Weg befinden, ist nur den Romulanern bekannt und die äußern sich nicht dazu, all den angeblich

durch Perestroika und Glasnost hervorgerufenen Umwälzungen zum Trotz. Die von der *Guarnerius* übermittelten Informationen wurden an die romulanische Interimsregierung weitergeleitet, doch die einzige Reaktion des Komitees bestand darin, die Existenz der Sonde abermals in knappen Worten zu leugnen, verbunden mit der noch unfreundlicher gefassten Wiederholung der Warnung, Föderationsschiffe sollten sich vom Gebiet des Reichs fernhalten.

Scotty betrachtete nachdenklich die auf dem Bildschirm abgebildete *Galtizh.* Am unteren Rand des Schirms war ein schmaler Streifen der rötlichgrauen Oberfläche von Temaris Vier sichtbar. Er und Kirk hatten von der Navigationsstation aus zugesehen, wie das romulanische Schiff, ohne die Tarnvorrichtung zu benutzen, am Rand des Temaris-Systems aus dem Warp-Transit gefallen war, sich unter Impulskraft genähert hatte und in den gleichen Orbit wie die *Enterprise* gegangen war. Dort hatte das Schiff gewendet und seine gegenwärtige Bug-zu-Bug-Position eingenommen, kaum zehn Kilometer von der *Enterprise* entfernt.

»Aus welchem Grund haben die wohl ein kleineres Schiff geschickt«, fragte Scotty schließlich, »dem wir, wie sie genau wissen, überlegen sind?« Der Chefingenieur hielt argwöhnisch nach unerwarteten Problemen Ausschau, seit ihm ein Kribbeln im Nacken einen Sekundenbruchteil vor der offiziellen Mitteilung durch den Computer verraten hatte, dass sie in die Neutrale Zone eingedrungen waren.

»Möglicherweise eine vertrauensbildende Maßnahme«, meinte Riley, der neben Uhuras Station stand. »Immerhin soll hier eine Friedenskonferenz stattfinden und kein Duell. Oder sie wollen uns angesichts der vielen Zugeständnisse, die wir gemacht haben, zeigen, dass sie keine Angst haben, unserem größten Schiff mit einer kleineren Einheit zu begegnen.«

Scott atmete tief aus und tauschte einen Blick mit Kirk. *Unschuldsvolle Jugend!* schien seine Miene zu sagen. *Einem Romulaner trauen? Das fehlt gerade noch!*

»Man könnte es natürlich auch als Beleidigung auffassen«, stieß McCoy ins gleiche Horn. »Ihr habt allen unseren Forderungen nachgegeben, worüber sollten wir uns also Sorgen machen?«

»Oder sie wollen damit lediglich andeuten, dass diese Konferenz nur von sehr geringer Bedeutung für sie ist«, meinte Kirk mit ruhiger Stimme und wünschte sich, ihr geheimer romulanischer Informant stünde zu einer Rücksprache zur Verfügung. »Falls etwas schiefgehen sollte, können sie auf diese Weise rückblickend ihr Gesicht wahren. Dahinter könnte die gleiche Überlegung stehen wie bei der Entscheidung, Riley anstelle von Sarek einzusetzen.« Er sah zu dem Diplomaten hinüber. »Sollte keine Beleidigung sein, Kevin.«

»Habe ich auch nicht so aufgefasst, Captain. Mein Ego müsste schon genauso aufgebläht sein wie das von Penalt, wenn ich mich selbst in die gleiche Klasse einreihen wollte wie Sarek.« Riley richtete sich auf und holte tief Luft. »Wünschen Sie uns Glück, Commander«, sagte er, als er von der Kommunikationsstation fortging und dabei leicht mit den Fingern über Uhuras Schultern strich.

»Viel Glück, Botschafter Riley«, antwortete sie mit einem ernsten Lächeln.

»Also gut, Leute.« Er schaute nacheinander die beiden Captains, Sulu und Benar an. »Es ist an der Zeit, Geschichte zu schreiben.«

Kirk und sein Team – Spock, Sulu, Riley und Benar – standen sechs förmlich-steifen Romulanern gegenüber. Beide Gruppen befanden sich auf einer Anhöhe über den wüstenähnlichen Überbleibseln dessen, was einst ein terrassiertes, fruchtbares Tal gewesen war. Direkt unter ihnen am Eingang des Tals wirkten die einfachen Hütten, die gerade von den Frachttransportern der *Enterprise* und der *Galtizh* heruntergebeamt worden waren und den Archäologen-Teams als Hauptquartier dienen sollten, wie gedrungene mechanische Eindringlinge in dieser sanftwelligen alten Welt. Hinter ihnen, im eigentlichen Tal und eingefasst von Hügeln, die einst von Grün bedeckt gewesen sein mussten, bevor die halbe Welt in eine Wüste verwandelt worden war, erstreckten sich die Ruinen fast bis zum sandigen Horizont.

Wir müssten hier eine Ehrengarde haben, dachte Kirk, *eine Kapelle oder irgendetwas in dieser Art. Das hier sieht nicht wie eine internationale Friedenskonferenz aus; eher wie eine Totenwache.* Das auffällige Fehlen entsprechenden Gepränges bestätigte Kirks Vermutung, die Romulaner wollten damit zu verstehen geben, dass die Konferenz für sie keine besondere Bedeutung besaß, vielleicht nicht mehr als eine kleine Zerstreuung für die Bevölkerung daheim war, etwas, um ihre Gedanken von den unvermeidlichen Lebensmittelrationierungen und der Tatsache abzulenken, dass sie ihr halbes Leben damit verbrachte, nervös über die Schulter zu schauen und auf die Auswirkungen der in den höheren Rängen stattfindenden Machtkämpfe zu warten.

Doch immerhin konnte er während der gegenseitigem Vorstellungen erfreut registrieren, dass die Romulaner wie nach einer unausgesprochenen Übereinkunft ebenfalls unbewaffnet erschienen waren. Vielleicht hatte er diesen Hiran doch zutreffend eingeschätzt.

»Und natürlich, Commander Riley«, sagte Hiran, der lächelnde Romulaner, »ist es mir eine Ehre, Ihnen Zenturio Tiam vorzustellen.« Kirk war sich nicht ganz sicher, aber er hatte den Eindruck, als wäre noch etwas anderes als nur das Lächeln in Hirans Gesicht aufgeflackert, als er das Wort ›Ehre‹ aussprach. Und er fragte sich, ob seine Miene einen ähnlich verräterischen Ausdruck zeigen würde, wenn es an der Zeit war, Maestro Andy Penalt mit den Romulanern bekanntzumachen.

Schließlich waren die durchgängig formell und steif vorgetragenen Begrüßungen beendet. Dajan und Dr. Benar verschwanden in Begleitung des begeisterten Sulu, um ein paar Quadratmeter der Ruinen zu ›erkunden‹, während Zenturio-und-Botschafter Tiam schweigend und ohne eine Miene zu verziehen neben dem scheinbar entspannten Riley stehenblieb. Spock und Hiran flankierten Kirk, während Subcommander Feric, Hirans Erster Offizier – ein stahläugiges Rätsel – respektvoll einen Schritt Abstand wahrte.

Einer von Tiams Assistenten, ein junger Subzenturio namens Jutak, folgte den ›Forschern‹ in diskretem Abstand und Kirk fragte sich, ob dieser Mann für Tiam oder Hiran die gleiche Aufgabe erfüllte wie Sulu für Kirk, wenn auch mit deutlich weniger Begeisterung. Subzenturio Kital, der andere Assistent, war alles andere als jung und schon fast krankhaft dünn. Er blieb ständig dicht bei Tiam und gab sich noch steifer und förmlicher als der Botschafter selbst. Lediglich seine Augen bewegten sich, die aber zuckten ständig hin und her, als hinge sein Leben davon ab, dass er jederzeit über Standort und äußere Erscheinung eines jeden Teilnehmers genauestens im Bilde war. *Eher ein Leibwächter als ein Assistent?*, überlegte Kirk. Doch was immer dieser Mann auch sein mochte, er wirkte jedenfalls noch unversöhnlicher als Tiam selbst.

Wie aus einem plötzlichen Impuls heraus wandte sich Hiran an Kirk. »Wie es aussieht, wird es für Sie und mich recht wenig bei dieser Mission zu tun geben,

Captain Kirk. Ich zumindest habe keine diplomatische Ausbildung genossen, noch verstehe ich besonders viel von Archäologie oder Musik. Geht es Ihnen ähnlich, oder ist meine Annahme voreilig?«

»Keineswegs, Commander Hiran. Ich glaube zwar nicht, dass ich hier völlig überflüssig sein werde, aber es wird mir sehr Recht sein, die Verhandlungen und alles andere den Experten zu überlassen.«

»Ich sehe das ganz genauso, Captain. Aber natürlich gibt es auch Dinge, die mich besonders interessieren, wie das bei Ihnen vermutlich auch der Fall ist.« Als Kirk ein leises Nicken andeutete, fuhr Hiran fort. »Gut. Dann wäre es mir eine Ehre, Sie durch mein Schiff zu führen, wenn Sie das gleiche auch für mich tun.«

Zenturio Tiam lauschte dem Gespräch schweigend. Etwas, das man bei einem Menschen vielleicht als kühles Lächeln bezeichnet hätte, umspielte seine Mundwinkel. Sein Assistent Kital hatte mit der systematischen Beobachtung der gesamten Szenerie aufgehört und konzentrierte sich jetzt auf Kirk und Hiran. Seinem Gesicht konnte man jedoch nicht ansehen, was er davon hielt, sofern er sich überhaupt Gedanken darüber machte. McCoy meinte später, es wäre ihm so vorgekommen, als habe der Bursche seine eigene kleine Tarnvorrichtung mitgebracht.

»Ich werde Sie persönlich herumführen, Commander«, sagte Kirk und sah Hiran dabei direkt an. Er hoffte – und spürte –, dass er keinen Fehler machte.

6

So weit, so gut, dachte Kirk, als er seinen Blick über die Mischung aus bunter Zivilkleidung und regulären Starfleet-Uniformen schweifen ließ, die sich inmitten eines Klangteppichs aus Dutzenden gleichzeitig redender Stimmen bewegte, der hin und wieder durch schallendes Gelächter aufgerissen wurde. Oberflächlich betrachtet stellte dieser erste Empfang im größten Gemeinschaftsraum, den die *Enterprise* zu bieten hatte, ein echtes Wunder nach hundert Jahren des kalten – und mitunter auch gar nicht so kalten – Krieges dar. Selbst Dr. Benar, die in etwas so Unvulkanisches wie Gelächter einstimmen musste, schien sich wohl zu fühlen – oder wenigstens nicht unwohl –, während sie in eine Fachsimpelei mit den Archäologen vertieft war. Kirk hatte sich bisher nur einmal Sorgen machen müssen und das nicht wegen Dr. Benar, sondern weil eine stämmige, silberhaarige Catullanerin einem schmächtigen Romulaner mehrmals mit dem Finger gegen die Brust stieß, um ihren Standpunkt zu unterstreichen. Doch gerade in dem Moment, als Kirk damit rechnete, der Romulaner würde wütend reagieren, brach er stattdessen in Gelächter aus. Faszinierend, wie Spock zweifellos bemerkt hätte. Der Anblick eines lachenden Romulaners stellte, selbst nachdem er den lächelnden Commander Hiran kennengelernt hatte, eine ausgesprochen angenehme Überraschung dar. Trotzdem würde es wohl eine Weile dauern, bis er sich wirklich daran gewöhnt hätte.

Auf der anderen Seite gab es aber auch noch Tiam, der wie ein Eisberg inmitten der Schiffahrtslinien wirkte. Selbst Riley hatte es nach ungezählten Versuchen aufgegeben, ihn in ein belangloses Gespräch zu verwickeln.

Commander Hiran, der gleich rechts neben Kirk stand und das Geschehen ebenfalls beobachtete, stieß einen Seufzer aus. »Mein Lieblingsdiplomat scheint sich derzeit ausgesprochen undiplomatisch zu benehmen«, sagte er. »Bitte entschuldigen Sie mich, während ich mal ein ernstes Wort mit ihm rede.«

»Selbstverständlich, Commander«, nickte Kirk. »Niemand mag einen Trauerkloß auf einer Party«, setzte er hinzu und fragte sich dabei, wie der Translator in Hirans Ohr diesen Begriff wohl ins Romulanische übertragen würde. Aber wie auch immer die Übersetzung aussehen mochte, dem Commander schien sie jedenfalls zu gefallen.

»Das ist köstlich, Kirk«, meinte Hiran lachend. »Bei meiner nächsten Stabsbesprechung werde ich daran denken!«

Mit diesen Worten bahnte sich der Commander einen Weg durch das Gedränge und raunte Tiam etwas ins Ohr. Der Botschafter versteifte sich, seine Augen blitzten, doch schließlich nickte er mit zusammengebissenen Zähnen. Während Hiran sich zu Kirk zurückarbeitete, sah sich Tiam in dem Raum um, als suche er nach einem geeigneten Objekt, dem er sich widmen konnte. Wie es der Zufall wollte, betrat genau in diesem Moment Anneke, Penalts hübsches ›Protegé‹, den Raum. Wenige Minuten später hing sie kichernd an Tiams Arm. Der Botschafter wiederum produzierte ein Lächeln, das durchaus mit dem Hirans konkurrieren konnte und lachte sogar einmal laut über eine ihrer Bemerkungen. Tiams Frau Jandra schien sich nicht daran zu stören; eher wirkte sie erleichtert, auf seine Gegenwart verzichten zu dürfen.

Tiams Assistent Kital hingegen schien ganz und gar nicht erfreut zu sein. Er wandte dem Paar abrupt den Rücken zu und starrte Hiran an, der wieder neben Kirk stand. Und zum erstenmal durchdrang eine Gefühlsregung den ›privaten Tarnschirm‹, den McCoy erwähnt hatte: Ein Blick voller Gift und Galle, der nicht Kirk, sondern ausschließlich Hiran galt. Doch selbst dieser Moment war sofort wieder vorbei.

Kirk unterdrückte den Impuls, Hiran zu fragen, was er über den Assistenten wusste, nippte an seinem Ale und versuchte, etwas von den Dutzenden einander übertönenden Gesprächen rings um ihn mitzubekommen. Und je mehr er hörte, desto stärker fiel ihm auf, dass es trotz des munteren, fast schon frivolen Tons, der vorherrschte, eine ernste Unterschwingung gab, ein sich ständig wiederholendes Grundthema, das lautete: Was wäre, wenn…?

»Was wäre, wenn eine Vereinbarung unterzeichnet würde und wir hier bleiben könnten?«, fragten die Archäologen beider Teams einander sehnsüchtig, wobei Dajan diesen Wunsch am stärksten zu empfinden schien. »Allein Temaris wäre schon Jahrhunderte der Forschung wert, ganz zu schweigen von den sechs anderen erisianischen Welten in der Neutralen Zone. Was wäre, wenn…?«

»Was wäre, wenn wir uns den Menschen gegenüber ebenso verhalten würden, wie wir es all die Jahre bei den Klingonen getan haben?«, wollte Commander Hiran von McCoy wissen, der es gewagt hatte, einen entsprechenden Vorschlag zu machen. »Glauben Sie denn, unsere Widersacher säßen nur in der Föderation? Wir haben so viele Gegner, wie Grenzen an unser Gebiet stoßen. Was wäre, wenn…«

»Was wäre, wenn die Menschen aufhören würden, uns als gesichtslose Aggressoren, als Rädchen in der gewaltigen Militärmaschinerie zu sehen?«, überlegte einer der romulanischen Musiker. »Was wäre, wenn sie zu uns kommen und erkennen würden, dass auch wir Familien und Freunde haben, dass auch wir wichtigere Künste als die des Krieges pflegen, genau wie sie? Was wäre, wenn…?«

Die Muster veränderten sich kaleidoskopartig; Gruppen lösten sich auf und bildeten sich neu, bis es schließlich Zeit für die Musik war. Ein Solo für Klavier, vorgetragen von Maestro Andrew Penalt.

Ursprünglich hätte das gesamte Orchester auftreten sollen, doch Penalt hatte um Aufschub gebeten. Die Integration sei noch nicht so weit gediehen, wie er sich das wünsche, obgleich sich keiner der Musiker, mit denen Uhura gesprochen hatte, ›unintegriert‹ fühlte. Sie hätten im Gegenteil bereits am zweiten Probentag nahezu fehlerlos zusammengespielt, berichtete Uhura, als hätte es nur des Kennenlernens am ersten Tag bedurft, um eine Art gemeinschaftlichen Musikgefühls zu entwickeln. »Es war ungefähr so wie in einer Gruppe von Raumfahrtveteranen, die sich fast augenblicklich zu einer Mannschaft zusammenfügen, wenn sie auf ein neues Schiff versetzt werden«, sagte sie in dem Versuch, dem Captain den Vorgang in vertrauteren Bildern zu schildern, »ganz gleich, auf wie vielen verschiedenen Schiffen sie vorher gedient haben. Nur gibt es sozusagen einen Klingonen in der Gruppe, und das ist Penalt.«

Allerdings hatte auch keiner der Musiker gegen die Verschiebung protestiert. Sie genossen alle noch die Möglichkeit, die *Enterprise* zu erkunden, denn keiner von ihnen war bisher an Bord eines vergleichbaren Schiffes gewesen. Einige hatten sogar noch nie zuvor die Erde verlassen und die anderen waren mit den üblichen Charterschiffen geflogen. »Soll Andy doch seinen Spaß haben«, meinte einer der Geiger und gab zu verstehen, dass es ›Andy‹ ganz schlicht darum ging, die Bühne am ersten Abend für sich allein zu haben.

»Der erste Musiker zu sein, der als Solist vor einem romulanischen Publikum aufgetreten ist, wird sich in seiner Vita ausgezeichnet machen – auch wenn er notfalls etwas nachhelfen muss.«

Natürlich übernahm Riley die Ankündigung, als Penalt schließlich neben dem Steinway auf der erhöhten Plattform in der Mitte des Raums stand. Dank seines diplomatischen Geschicks erweckte er den Eindruck, als sei Penalts Soloauftritt von vornherein geplant gewesen.

Nachdem Penalt für den höflichen Applaus gedankt hatte, nahm er Platz, gab das Zeichen für den Einsatz der computerisierten Begleitung, die er arrangiert hatte und begann zu spielen. Donnernd. Spektakulär.

Von den rauschenden Eröffnungsklängen eines aus dem zweiundzwanzigsten Jahrhundert stammenden Marsches von Coulson bis hin zu den bravourösen Schlussakkorden – allegro assai, ›sehr schnell‹ – aus Mozarts dreiundzwanzigstem Klavierkonzert schien Penalt mindestens ebenso daran gelegen, physische Kraft und Gewandtheit zu demonstrieren, wie die Musik selbst zu präsentieren. Es gab Augenblicke, in denen Kirk sich fragte, ob die Tasten wohl der Gewalt standhalten würden, mit der Penalts Finger darauf hämmerten. Wann immer das Tempo es erlaubte, hoben sich seine Hände bis in Höhe der Schultern oder noch darüber und sein ganzer Oberkörper unterstützte den Schwung, mit dem sie wieder hinabschmetterten. Und selbst wenn das Tempo für derartige Einlagen zu hoch war, zuckten Kopf und Schultern, als sei diese Bewegung, ebenso wie die sich mitunter schmerzlich verzerrenden Gesichtszüge, zwingend erforderlich, um den begleitenden Computer zu einer noch packenderen Darbietung zu bewegen.

»Liberace Bernstein lebt«, murmelte einer der Musiker während einer kurzen, leiseren Passage, doch der einzige Nichtmusiker in Hörweite, der über diese Bemerkung grinste, war Sulu. Die anderen schauten sich nur fragend an.

Als Penalt seinen Auftritt mit dem Stück von Mozart beendet hatte – eine Mischung aus pyrotechnischem Blitzen und Funkeln und fliegenden Fingern –, erhob er sich mit einer schwungvollen Bewegung und verneigte sich zum Applaus, in den auch die Musiker einfielen, wenn auch nicht mit der gleichen Begeisterung wie die übrigen Zuhörer.

»Gut ist er schon... oder nicht?« Kirk sah Uhura und Sulu fragend an.

»Er muss auch ziemlich gut sein«, meinte Uhura grinsend, »um so herumzuzappeln und trotzdem meistens den richtigen Ton zu treffen.«

»Gut, aber nicht so gut, wie er selbst glaubt«, fügte Sulu hinzu. »Niemand könnte *dermaßen* gut sein.«

Als der Applaus verklang, bemerkte Kirk mit plötzlicher Besorgnis, dass Tiam sich auf dem Weg zur Plattform befand. Penalt wirkte ähnlich besorgt, als sich der Romulaner in seine Richtung bewegte.

»Das fehlt uns gerade noch, diese beiden Idioten zusammen«, knurrte Kirk, stellte sich auf die Zehenspitzen und schaute sich im Saal um. »Hat irgendjemand gesehen, wo Commander Hiran steckt?«

Einen Moment später entdeckte Kirk den romulanischen Commander. Hiran befand sich auf der gegenüberliegenden Seite des Raums, war aber schon in Richtung Tiam unterwegs. Etwas verspätet setzte sich auch Kirk in Bewegung, um Tiams Ziel – Penalt – zu erreichen.

Doch bevor einer von ihnen eingreifen konnte, betrat Tiam bereits die Plattform. Er hatte die Hand ausgestreckt und zwar nicht als Drohung, wie alle plötzlich erkannten, sondern um das speziell den Menschen eigene Ritual des Händeschüttelns zu vollziehen.

Penalt erholte sich rasch von seinem anfänglichen Schrecken, setzte das gewohnte Lächeln wieder auf und ergriff die dargebotene Hand. Kirk hielt Ausschau nach einem Hinweis auf den knochenzerquetschenden Kampf, in den Penalt ein Händeschütteln gerne verwandelte, doch wenn ein derartiger Kampf stattfand, zeigte sich davon keine Spur in den Mienen der beiden Kombattanten.

»Eine hervorragende Darbietung, Maestro, absolut brillant«, sagte Tiam mit lauter Stimme und Penalt nahm das Lob dankbar, aber auch mit einer gewissen Selbstzufriedenheit an.

»Vielen Dank, Botschafter Tiam«, erwiderte Penalt in gleicher Lautstärke. »Das von Ihnen zu hören, ist wirklich ein Kompliment. Soweit ich weiß, ist Ihre Gattin ebenfalls Musikerin.«

»Das ist sie«, stimmte Tiam zu. »Tatsächlich«, fuhr er fort und senkte seine Stimme zu einem normalen Gesprächston, »ist sie der Grund, dass ich mir die Freiheit genommen habe, mich Ihnen zu nähern.«

Penalt, der zweifellos nicht nur die grünäugige romulanische Schönheit, sondern auch Annekes Verhalten gegenüber Tiam bemerkt hatte, lächelte. »Und um welchen Grund handelt es sich genau, Botschafter?«

»Es geht um den Flügel, Maestro Penalt. Sie müssen wissen, das Klavier ist eines ihrer Lieblingsinstrumente, doch es ist schon Jahre her, dass sie Zugang zu einem derartigen Instrument hatte. Ihr Spiel nun hat sie so inspiriert, dass sie überlegt hat, ob sie vielleicht ... auf diesem Gerät ihrer Leidenschaft nachgehen dürfte.«

Penalt zögerte und sah zu Kirk und Hiran hinüber, die inzwischen den Rand der Plattform erreicht hatten. Jandra stand ein Stück weiter im Hintergrund und es war nicht eindeutig zu erkennen, ob sie die Stirn gerunzelt hatte oder nicht. Ihr Bruder Dajan befand sich nicht weit von ihr und beobachtete Tiam nachdenklich.

»Mir ist bewusst, dass es sich um eine ungewöhnliche Bitte handelt, Maestro«, fuhr Tiam entschuldigend fort, als Penalt weiterhin zögerte, »doch gewiss …«

»Aber selbstverständlich«, gab Penalt plötzlich nach und unterbrach den vereinzelten, ermutigenden Applaus, der hauptsächlich von den Föderationsmusikern ausging. Er verließ die Plattform, ging zu Jandra hinüber und nahm ihren Arm. Für einen Moment widersetzte sie sich ihm nervös und warf einen finsteren Blick zu ihrem Gatten hinüber, doch dann setzte der vereinzelte Beifall wieder ein. »Also gut«, sagte sie, weniger an Penalt als an Tiam gerichtet und ließ sich von dem Maestro zum Flügel begleiten.

»Wenn ich Ihnen in irgendeiner Weise behilflich sein kann …« Penalts Stimme verstummte, als sie vor der Tastatur Platz nahm.

Einen Augenblick lang saß sie regungslos da, dann strichen ihre Finger leicht über die Tasten, verharrten schließlich und drückten so sanft auf das Elfenbein, dass kein Ton erklang, während Jandra die Augen schloss und sich etwas vorbeugte. Mehrere Sekunden lang blieb sie so sitzen, was in Kirk kurz den absurden Eindruck erweckte, sie würde mit dem Instrument eine Art Gedankenverschmelzung eingehen.

Dann erklangen Töne, als ihre Finger sich hoben und wieder auf die Tasten trafen. Es waren simple Tonleitern, doch selbst die hörten sich auf dem Steinway und unter ihrem Anschlag wie eine Melodie an.

Wieder wurde es still. Sie sah zu Penalt auf, der noch immer neben dem Flügel stand. »Dieses Stück, mit dem Sie Ihren Vortrag beendet haben, der Schlusssatz von Mozarts dreiundzwanzigstem Klavierkonzert«, sagte sie. »Könnte Ihr Computer auch den zweiten Satz begleiten? In einem etwas anderen Tempo?«

»Selbstverständlich. Ich habe das Programm selbst zusammengestellt. Es ist so ausgelegt, dass es der Führung des Spielers folgt.«

»Wie sinnreich«, bemerkte Tiam und wandte sich dem Rand der Plattform zu, um sich wieder unter die Zuhörer zu mischen. »Dann kann ich dich ja jetzt allein lassen.«

Einen Augenblick später schloss sich Penalt ihm an, während die Computerbegleitung einsetzte.

Und Jandra spielte.

Sie spielte, ohne einen Einsatz zu verpassen oder eine falsche Note anzuschlagen.

Der Gegensatz zu Penalt hätte nicht größer sein können.

Wo er gedröhnt hatte, flüsterte sie.

Wo er sich mit dem ganzen Körper in das Spiel gestürzt hatte, als müsse er dem Instrument die Töne gewaltsam entreißen, blieb sie auf fast unheimliche Weise regungslos, als besäßen ihre Finger ein Eigenleben und könnten den Ton aus den Tasten herausschmeicheln und dabei jede einzelne Note filigran formen.

Wo Penalt gerannt war, schlenderte sie gelassen durch das Adagio, ließ die Klänge aus dem Instrument heraustreiben und ihre Zuhörer einhüllen, zog sie eher in ihren Bann, als sie in dem verzweifelten Bemühen, ihre Aufmerksamkeit zu erringen, mit Tonfolgen zu bombardieren.

Und sie zog sie wirklich in ihren Bann. Als sie nach dem Schlussakkord ihre Finger von den Tasten hob, herrschte absolute Stille, nur die unvermeidlichen Hintergrundgeräusche der *Enterprise* selbst waren zu vernehmen, die sich bemühte, ihre mehr als fünfhundert Passagiere und Crewmitglieder heil und wohlbehalten durchs All zu befördern. Die Stille hielt mehrere Sekunden an, als würden alle mit angehaltenem Atem darauf warten, dass sie weiterspielte.

Und dann brach der Applaus los, angefangen bei den Musikern.

Und Sulu, der wieder neben Kirk stand und in den Beifall einfiel, meinte lachend: »Sie ist so gut, wie Penalt von sich glaubt, er wäre es.«

»So ungefähr dachte ich mir das schon«, meinte Kirk, der erleichtert feststellte, dass seine Beurteilungskriterien, die im wesentlichen auf dem Satz basierten, ›ich verstehe zwar nichts von Musik, aber ich weiß, was mir gefällt‹, ihn diesmal nicht in die Irre geführt hatten. Als der Beifall verklang und die Gespräche wieder auflebten – und sich gewiss alle um das gleiche Thema drehten –, sah er sich suchend nach Penalt um.

Eine Sekunde später hätte er nur noch das strahlende Lächeln des Maestro erblickt, doch jetzt, in diesem Moment, war die Mischung aus Wut und Demütigung in seinem Gesicht noch nicht vollständig verschwunden. Kirk war froh, diesen Augenblick nicht verpasst zu haben.

Nunmehr wieder lächelnd, eilte Penalt zurück zur Plattform. Er ergriff Jandras Hand, als sie sich vom Flügel erhob.

»Das war beeindruckend, meine Dame, absolut beeindruckend«, raunte er. Dann wandte er sich an die Menge – und an Tiam, der ganz in der Nähe stand – und hob die Stimme. »Botschafter Tiam, die Vorstellung Ihrer Gattin hat unserer Mission eine ganz neue Bedeutung verliehen, zumindest soweit ein bescheidener Musiker wie ich davon betroffen ist. Sie und Ihre Kollegen *müssen* einfach zu einer erfolgreichen Einigung gelangen, wenn das die einzige Möglichkeit ist, damit auch die Welten der Föderation der Begabung Ihrer Frau teilhaftig werden können.«

Selbst Tiam schien von Penalts Überschwenglichkeit überrascht zu werden, doch er hatte sich schnell wieder gefasst. »Jandra und ich danken Ihnen, Maestro

Penalt«, sagte er mit festem Lächeln. »Und wir werden in den nächsten Tagen alles tun, um die Föderation nicht zu enttäuschen.«

»Und was Sie betrifft, meine Dame«, wandte sich Penalt an Jandra, »wenn der Tag kommt, an dem Sie eine Konzerttournee durch die Föderation machen können, wäre es mir eine Ehre, Ihnen als Sponsor und Ratgeber dienen zu können.«

»Und als ihr Agent, für eine üppige prozentuale Beteiligung«, murmelte Uhura leise, was ihr ein breites Grinsen von Kirk eintrug, der sich nun daran machte, dem verwirrt dreinschauenden Hiran das Konzept eines Agenten zu erklären.

Tiam verließ strahlend die Konzertplattform und wäre dabei fast über Subzenturio Kital gestolpert, der eine finstere Miene zog.

»Ja?«, fragte Tiam ungehalten und innerlich noch ganz von den Gedanken an Jandras triumphale Vorstellung und den Ruhm, den er dadurch zweifellos ernten würde, erfüllt. Er war wirklich nicht in der Laune, sich ausgerechnet jetzt mit Kital und dessen Problemen zu beschäftigen.

»Commander Hiran«, begann der Assistent steif. *Himmel, warum musste dieser Mann nur immer so langsam reden?* »Er…«

»Was ist mit Hiran?«, unterbrach ihn Tiam. Gleichzeitig drehte er sich um und entdeckte den Commander und seinen Ersten Offizier in eine lebhafte Unterhaltung mit Kirk und einem halben Dutzend Offiziere der *Enterprise* vertieft. Zweifellos sprachen sie über die hervorragende Darstellung seiner Frau.

»Angesichts der Zeit, die er mit dem Föderations-Captain verbringt«, sagte Kital, »möchte ich vorschlagen, ihn daran zu erinnern, dass Sie – und nur Sie – bevollmächtigt sind, für das Reich zu sprechen.«

»Ich werde ihn daran erinnern – wenn ich es für notwendig erachte, *Sub*zenturio.« Tatsächlich war ihm die Verbindung zwischen den beiden Männern schon selbst aufgefallen, insbesondere zu dem Zeitpunkt, als Hiran ihn ermahnt hatte, sich nicht wie ein Trauerkloß aufzuführen, was immer dieser lächerliche Ausdruck auch bedeuten mochte. »Wenn es ansonsten nichts gibt, was meiner Aufmerksamkeit bedürfte…«

Ohne eine Antwort abzuwarten, ließ Tiam den vorwitzigen Assistenten stehen und mischte sich unter die Menge.

Als Jandra später in ihrer Kabine die Vorhänge vor dem Klarstahlfenster zuzog, hatte sich das Bild des dahinter sichtbaren Föderationsschiffs fest in ihre Gedanken eingebrannt.

Und sie erkannte, dass sie ihre Entscheidung bereits getroffen hatte. Wann war der Moment des Entschlusses gewesen?

Mit Sicherheit nicht, als dieser Angeber Penalt ihr sein ›Angebot‹ gemacht hatte, denn sie hatte seinen Gesichtsausdruck am Ende ihrer Vorstellung bemerkt. In diesen Momenten war seine Wut direkt spürbar gewesen, bevor er seine Züge wieder unter Kontrolle brachte. Er war nichts anderes als eine menschliche Ausgabe Tiams, ausschließlich an dem interessiert, was er durch eine Partnerschaft gewinnen konnte und jederzeit bereit – sogar begierig –, sie zu vernichten, sofern er nur davon profitieren konnte.

Es war auch nicht jener Moment gewesen, als der spontane Applaus losbrach, denn ähnliche Beifallsstürme hatte sie oft genug in den Provinzen erlebt, ohne dass sich dadurch ihre Ansicht über das Reich oder dessen Führer auch nur um ein Jota geändert hätte.

Vielleicht war der entscheidende Zeitpunkt später

gekommen, inmitten der Menge. Nicht etwa, als die Menschen ihr erzählten, wie sehr sie ihre Darbietung ergriffen hätte, sondern als sie sich mit ihr über andere Dinge unterhielten, mehr über ihr Leben, ihre Wünsche und Hoffnungen erfahren wollten. Als sie sie nicht wie einen Künstler, wie ein Besitztum oder auch nur wie ein Alien behandelten, sondern einfach als lebendes Wesen wie sie selbst.

Oder vielleicht hatte es auch an dem Captain gelegen, nicht dem zurückhaltenden Vulkanier, sondern dem Menschen namens Kirk. Und dem Botschafter Riley. Und den Commanders Uhura, Sulu, Scott und McCoy. Zwischen ihnen existierte eine Kameradschaft – die sogar den Vulkanier einschloss –, wie sie sie bisher nur unter Musikern erlebt hatte, jedoch niemals in den hierarchischen romulanischen Strukturen, ganz gleich ob im zivilen oder militärischen Bereich. Es wäre absolut undenkbar für einen Romulaner, seine Untergebenen auch nur wie Mitmenschen, geschweige denn als gleichwertig zu behandeln. Der einzige Romulaner, dessen Haltung wenigstens entfernt an die der Föderationsoffiziere erinnerte, war Hiran und der wurde, zumindest von Tiam, als leichtgläubiger Narr betrachtet.

Die Entscheidung war also gefallen.

Doch sie musste immer noch in die Tat umgesetzt werden. Und der erste, vielleicht sogar schwerste Schritt bestünde darin, mit Dajan zu reden. Sie wagte es nicht, einfach zu handeln und es ihm zu überlassen, mit den Konsequenzen fertig zu werden. Um Tiam machte sie sich keine Gedanken. Was immer aus ihm wurde, war sein Problem. Er war ebenso wie jeder andere für ihren Wunsch verantwortlich, er und tausend andere wie er auf allen Ebenen der Hierarchie.

Doch ihr Zwillingsbruder…

Sie musste es riskieren. Er musste gewarnt werden

und die Möglichkeit erhalten, ihr den absurden Plan auszureden.

Oder die Chance bekommen, sich ihr anzuschließen.

Ihr Herz klopfte bei diesem Gedanken schneller, so unwahrscheinlich diese Vorstellung auch war.

Viel eher würde er ihr erklären, wie dumm sie sich benahm und sie wäre nicht einmal in der Lage, das zu leugnen. Es war sogar möglich, dass er sie verriet, denn immerhin war auch er ein Romulaner. Er trauerte nicht mehr um seine Eltern so wie sie. Er wollte nur die Ehre der Familie – unter Romulanern – wiederherstellen und ihr Entschluss würde sie für alle Zeiten ruinieren.

Und was mochte er für die Friedenskonferenz und die Hoffnungen der Menschen bedeuten…

Sie schlang die Arme um sich und ging durch den karg ausgestatteten Korridor zur Kabine ihres Bruders. Der mit sich selbst äußerst zufriedene Tiam war gleich nach ihrer Rückkehr vom Föderationsschiff eingeschlafen und gab ihr dadurch die Möglichkeit, unbemerkt aus ihrem Quartier zu schlüpfen und Dajan aufzusuchen. Einen Moment stand sie draußen vor Dajans Tür und kämpfte gegen den Drang, sich einfach umzudrehen, wegzulaufen und die Entscheidung rückgängig zu machen.

Sie klopfte – und erschrak über die Plötzlichkeit, mit der sich die Tür öffnete.

»Kleine Schwester! Was… Nein, komm herein. Komm schnell herein!« Die Tür schloss sich hinter ihr. »Ich hatte also recht! Sie wollten mit dir angeben, die romulanische Überlegenheit selbst auf den weniger wichtigen Gebieten wie der Musik demonstrieren. Und dieser Narr Penalt…«

»Ich muss mit dir reden, Bruder«, unterbrach sie ihn. Wenn sie zögerte, wäre sie verloren, das wusste sie. Der kurze Anflug von Mut, der es ihr gestattet hatte, an seine Tür zu klopfen, würde sie verlassen, um nie wieder zurückzukehren.

»Natürlich, kleine Schwester und ich mit dir. Du warst die Überraschung des Abends und …«

»Ich habe mich entschlossen«, unterbrach ihn Jandra abermals, während die Worte nur so aus ihr herausströmten. »Ich habe mich entschlossen, zur Föderation überzulaufen!«

Für einen langen Moment herrschte Stille. Das Gesicht ihres Bruders wirkte wie eingefroren, sein Mund stand noch halb offen, um die Worte herauszulassen, die nie gesprochen werden würden.

Und plötzlich fing er an zu lachen.

»Ich habe das nicht als Scherz gemeint«, protestierte Jandra ärgerlich, doch dann wurde sie von den Füßen gerissen, umarmt und in dem winzigen Raum noch heftiger herumgewirbelt als bei ihrem Wiedersehen.

»Und ich habe nicht über dich gelacht!«, sagte Dajan, als er sie schließlich wieder absetzte. »Es war nur dein bemerkenswertes Timing, genau wie es sich für einen Musiker gehört. Ich bin hier eine schiere Ewigkeit auf und ab gegangen, um endlich den Mut aufzubringen, dir genau das gleiche zu sagen!«

7

CAPTAINS LOGBUCH, STERNZEIT 8489.1:

Das erste ›diplomatische Arbeitstreffen‹ ist für heute Morgen 0900 Uhr auf der *Galtizh* angesetzt. Nach dem gewaltigen Eindruck, den die Frau des romulanischen Botschafters gestern Abend auf dem Empfang hinterlassen hat, sind die Hoffnungen möglicherweise etwas gestiegen, aber niemand hält deswegen den Atem an. Selbst Penalt, der offensichtlich genau weiß, dass man Fliegen mit Honig fängt, zeigt sich von seiner besten Seite. Hätte ich sein Gesicht nicht direkt nach Jandras Darbietung gesehen, hätte ich sein Angebot vielleicht sogar als ehrlich und altruistisch eingestuft, statt den schlichten Opportunismus zu erkennen.

Der erste Einsatz der Archäologen-Teams ist ebenfalls für 0900 Uhr vorgesehen, obwohl die Forscher, ginge es nach Dr. Benar und den anderen, am liebsten bereits beim ersten Sonnenstrahl anfangen würden. Tatsächlich scheint es eine ›informelle‹ Übereinkunft zwischen beiden Teams zu geben, denn der Transporterraum wurde schon vorgewarnt, dass spätestens ab 0700 Uhr mit Verkehr in Richtung Temaris zu rechnen sei. Wenn die Verständigung zwischen den Teams unten auf Temaris ebenso glatt verläuft wie auf dem Empfang, wo diese Übereinkunft offenbar ausgeheckt

wurde, dürfte sich Mr. Sulu keine Sorgen machen müssen, seine ›Buddelei‹ könnte durch Fehlverhalten seitens Dr. Benars oder anderer gestört werden.

»Die von der Föderation übermittelten Informationen haben sich bestätigt, Commander«, meldete der Subcommander des romulanischen Schiffes *Azmuth.* Ihr Blick konzentrierte sich auf die Scanneranzeige. »Es nähert sich uns tatsächlich ein unidentifiziertes Objekt exakt auf dem angegebenen Kurs. Ich vermute, es ist vor etwa vier Stunden in romulanisches Gebiet eingedrungen.«

Stirnrunzelnd erhob sich die Kommandantin aus ihrem Sessel, um ihrer Stellvertreterin über die Schulter zu blicken. »Masse? Antrieb? Lebensformen?«

»Unbekannt, Commander. Unsere Instrumente reagieren, als würde das Objekt eine Art Tarnvorrichtung einsetzen.«

»Dann ist es also ein romulanisches Schiff?« Das würde zumindest erklären, weshalb die Interimsregierung die Existenz des Objekts sonderbarerweise bestritten hatte.

»Nein, Commander. Es handelt sich zumindest nicht um eine Art Tarnvorrichtung, mit der wir vertraut wären. Sie beeinflusst unsere Sensorwerte eher, als sie abzublocken. Möglicherweise handelt es sich dabei um einen Nebeneffekt des Antriebssystems des Objektes.«

»Wie kommen Sie darauf?«

»Als es beschleunigt hat, vergrößerten sich auch die Abweichungen in den Sensordaten.«

»Aber dieser Effekt, worum immer es sich auch handelt, beeinträchtigt nicht unsere Möglichkeiten, das Objekt aufzuspüren?«

»Nein, Commander. Es kommt jetzt in optische Reichweite. Soll ich…«

»Natürlich!«

Eine dunkle, zylindrische Form erschien auf den Schirmen der *Azmuth*. Das Objekt muss mindestens so groß sein wie ein kleiner Planetoid, dachte der Commander. Auf diese Entfernung, an der Grenze der optischen Reichweite, würde die *Azmuth* selbst kaum größer als ein kleiner Punkt erscheinen. Was immer dieses Ding auch sein mochte...

»Commander! Ein anderes Schiff – ein romulanisches Schiff – befindet sich auf der Spur des Objekts.«

»Was? Was für ein Schiff?« Die Gedanken des Commanders überschlugen sich. »Nein, warten Sie! Wir ziehen uns zurück! Sofort! Bringen Sie uns außer Sensorreichweite dieses Schiffes! Aber verlieren Sie nicht das Ding aus den Augen, dem es folgt!«

Wo war sie hier nur hineingeraten? Handelte es sich bei dem anderen Schiff lediglich um eines, dass sich genau wie die *Azmuth* zufällig zur richtigen Zeit am richtigen Ort befunden hatte, um die Nachricht der Föderation aufzufangen? Oder war es auf Befehl der Interimsregierung oder eines anderen, vergleichbaren Machtblocks hier, der bereits über dieses Objekt Bescheid wusste, worum es sich auch handeln mochte? Doch was immer zutreffen mochte, es wäre jedenfalls klüger, ihre eigene Anwesenheit verborgen zu halten – wenn es nicht schon zu spät war.

Eine Mischung aus Furcht und Erheiterung durchflutete den Commander, als sie zu ihrem Sessel zurückging. Was dieser Koloss auch darstellen mochte, mit seinem Erscheinen waren auf jeden Fall gewisse Möglichkeiten verbunden, Möglichkeiten, die von sprunghaftem Aufstieg bis hin zu plötzlichem Tod reichten. Solche Gelegenheiten hatte es immer für jene gegeben, die in der Lage waren, sie zu nutzen, die improvisieren konnten und dabei nicht die Nerven verloren. Doch noch nie waren die Aussichten so vielfältig gewesen wie jetzt, nach dem Tod des Prätors.

Viele Jahre lang hatte der Prätor die Macht verkörpert und die Netzwerke der Intrigen, die alle Ebenen umspannten, hatten ihre Zentren fast stets bei ihm gehabt und waren für jene deutbar, die es verstanden, darin zu lesen. Doch nun herrschte Chaos, während der Kampf um seine Nachfolge tobte. Loyalitäten galten nicht mehr, weder bei den jüngsten Offizieren noch im Zentrum der Zitadelle. Die Befehle wurden noch von den vertrauten Stimmen gegeben, die zu vertrauten Gesichtern gehörten, doch wie lange noch? Mit Sicherheit waren schon einige verschwunden und zweifellos würden weitere folgen, um von jenen ersetzt zu werden, die bereit und fähig waren, die Möglichkeiten zu nutzen.

In den frühen Tagen des Reiches hatte man die Leichen derer, die gestürzt waren, als Warnung auf die Straßen gelegt, doch heutzutage bevorzugte man verfeinerte Methoden. Körper und Stimmen verschwanden zusammen mit den Namen, die sie getragen hatten und jetzt, nach dem Tod des Prätors, sogar noch schneller als zu seinen Lebzeiten; sie wurden einfach ersetzt durch neue, andere Körper, andere Namen, andere Geheimnisse, andere Machtverhältnisse.

Und dieses Objekt, von dem die Interimsregierung behauptet hatte, es existiere gar nicht? Wie passte es ins Bild? War es etwas, das man kontrollieren konnte? Steuern? Konnte man von ihm lernen? Wie konnte sie die Kontrolle darüber erlangen, vorausgesetzt, es wurde nicht schon von jemand anderem beherrscht? Und wenn es bereits unter der Kontrolle eines anderen stand, wie konnte sie dann Nutzen daraus ziehen?

»Wir befinden uns außer Sensorreichweite, Commander. Das Objekt wird jedoch, wie verlangt, noch immer von uns erfasst.«

»Verstanden. Gehen Sie auf Parallelkurs zu dem Objekt und wahren Sie Subraumstille.«

»Wir können mit seiner gegenwärtigen Geschwindigkeit nicht Schritt halten, Commander. Innerhalb eines Tages werden wir es verlieren.«

Der Commander warf der Frau einen finsteren Blick zu, sagte aber nichts. Immerhin, überlegte sie einen Moment später, würde das andere Schiff, das dem Objekt folgte, als erstes abgehängt werden. Und dann gab es eine kurze Zeitspanne, in der die *Azmuth*, die sich jetzt vor dem Objekt befand, das einzige Schiff in Reichweite sein würde. Mindestens eine Stunde lang und zwar in der Nähe von Wlaariivi, würde sie das Objekt ganz für sich allein haben. Sie musste sich nur überlegen, was sie damit tun würde – oder versuchen würde zu tun…

Audrea Benar und der romulanische Archäologe Dajan standen neben dem aus Fertigteilen zusammengesetzten ›Hauptquartier‹ am Eingang des Tals, als die beiden Teams ausschwärmten und sich so rasch und effizient wie möglich einen Weg durch die Ruinen suchten, wobei ihre Augen zwischen den sandbedeckten Straßen und den Anzeigen ihrer gemeinsam genutzten Tricorder hin- und herwanderten. Am Vorabend hatte die ›Fachsimpelei‹ auf dem Empfang schnell zu der Übereinkunft geführt, dass Romulaner und Föderationsangehörige jeweils paarweise vorgehen würden, wobei jedes Paar einen der Tricorder benutzte, von denen selbst die Romulaner – oder zumindest die romulanischen Archäologen – zugaben, dass sie ihren eigenen Geräten überlegen waren. Die Tricorder konnten innerhalb weniger Minuten die gleichen Informationen liefern, für deren Erwerb die Expeditionen vor dem Krieg noch Tage oder Monate hatten aufwenden müssen. An diesem Morgen hatte sich jeder buchstäblich im gleichen Moment in die Arbeit gestürzt, in dem sie herabgebeamt worden waren. Keiner wusste, wieviel Zeit ihnen blieb und niemand wollte auch nur einen Moment davon verschwenden. Zunächst stand ein rascher Überblick über das gesamte Tal auf dem Programm, wobei alle Tricorderdaten am Ende eines jeden Tags sowohl an die *Enterprise* wie die *Galtizh* übermittelt werden sollten. Bis jetzt hatte niemand auch nur eine vage Vorstellung, wie viele Tage dieser erste Überblick beanspruchen mochte, doch alle waren fest entschlossen, diese Arbeit hinter sich zu bringen, um sich anschließend auf die vielversprechendsten Bereiche zu konzentrieren – auch wenn ihnen die Vorstellung schwerfiel, es könne hier überhaupt Gebiete geben, die *nicht* vielversprechend waren.

»Lihalla«, sagte Benar aus Höflichkeit gegenüber ihrem Begleiter und überlegte gleichzeitig, wieso der romulanische Name weicher und melodiöser klang als die Bezeichnung der Föderation. Es war eine altersschwache, verfallende Welt mit einer schwachen Sonne, die düster und ablehnend wirkte, doch für die Augen eines Archäologen war der Anblick von atemberaubender Schönheit. Trotzdem stellte Audrea fest, dass es, wenn sie die Augen schloss, nur zu einfach war, sich vorzustellen, sie stünde inmitten der Ruinen von Kalis Drei, mit einem anderen Romulaner an ihrer Seite...

»Temaris«, gab Dajan erfreut zurück. Wie die meisten Romulaner war er kleiner und leichter gebaut als ein durchschnittlicher Vulkanier und damit kaum größer als sie selbst. Auch das farbliche Erscheinungsbild wirkte heller: bleiches, lockiges Haar umrahmte ein Gesicht, in dem dunkelgüne Augen leuchteten. Ein Gesicht, das überraschend vertraut wirkte. Audrea vermutete, dass Dajan nicht nur ein Bruder, sondern der Zwilling jener Musikerin war, deren Darbietung am Vorabend jedermann in ihren Bann gezogen hatte.

Er sah sowohl nach menschlichen wie romulanischen Gesichtspunkten gut aus, obwohl das natürlich nichts zu besagen hatte. Der Romulaner auf Kalis Drei hatte sogar noch besser ausgesehen und die Folterung und Ermordung ihrer Freunde und Kollegen – und ihres Bruders! – hatte ihr buchstäblich die Gesundheit geraubt. Lediglich ihre Verwandten, die Vulkanier, waren in der Lage gewesen, ihren Verstand wiederherzustellen. Und noch mehr: Sie hatten sie die vulkanische Gedankendisziplin gelehrt und dadurch hatte sie die dauerhafte Herrschaft über ihre Emotionen gewonnen. Mit der Hilfe der Vulkanier hatte sie gelernt, mit der Wut und dem Hass umzugehen. Gleichermaßen aus Dankbarkeit wie aufgrund der Notwendigkeit hatte sie sich der Logik verschworen – zumindest so weit, wie das die menschlichen Schwächen erlaubten. Und sie hatte Frieden gefunden.

Es war niemals leicht gewesen, doch über die Jahre hatte sie es gelernt, ein labiles Gleichgewicht aufrechtzuerhalten. Selbst während jener ersten Sekunden, als der dunkelhäutige Commander von der *Enterprise* ihr den Grund ihres Besuchs erläutert und die fast unglaubliche Reise nach Temaris erwähnt hatte, war es ihr gelungen, ihre Emotionen zu beherrschen.

Doch nun, da sie sich nicht mit der Theorie, sondern mit der Realität konfrontiert sah, fragte sie sich, ob sie tatsächlich stark genug sein würde, ob sie auch wirklich genug von der vulkanischen Disziplin in sich aufgenommen hatte. Sie hatte geglaubt, sie könnte ihre Gefühle kontrollieren oder zumindest unterdrücken. Andernfalls hätte sie die Einladung der Föderation gar nicht erst angenommen, nicht einmal für eine Gelegenheit wie diese.

Doch nun, da der Romulaner tatsächlich neben ihr

stand, nah genug, um den Arm auszustrecken und ihn zu berühren und seine Züge die Erinnerung an jenen anderen weckten, da spürte sie, wie alles zurückkehrte: die Angst, der Hass, der *Abscheu,* der in ihr in jenem Jahr auf Kalis Drei gewachsen war, als sie mitansehen musste, wie einer nach dem anderen starb, ermordet durch die Hand eines Mannes, der der Bruder des neben ihr stehenden Romulaners hätte sein können. Die Angst konnte sie kontrollieren; das war eine animalische Reaktion, eine simple Antwort auf bestimmte Impulse, eine Funktion des Stammhirns und daher leicht zu beherrschen.

Der Hass war ein schwierigeres Problem. In jenem Jahr hatte er jede einzelne Faser ihres Selbst durchdrungen und war beinahe zu einer Art Instinkt geworden. Aller Wahrscheinlichkeit nach war die Stärke, die er ihr verlieh – das hatten selbst die logisch denkenden Vulkanier zugegeben – genau jene Stärke gewesen, die es ihr erlaubt hatte, dort zu überleben, wo so viele andere gestorben waren. *Ich will überleben, um dich tot zu sehen!,* hatte ihr Mantra gelautet und es hatte funktioniert.

Doch das hier war eine andere Welt, eine andere Zeit und auf dieser Welt und in dieser Zeit konnte das Mantra sie vernichten, statt sie zu retten. Es konnte sie um die größte Chance ihres ganzen Lebens bringen.

Vor allem aber war es unlogisch. Dajan war nicht für die Ereignisse auf Kalis Drei verantwortlich. Er war Archäologe wie sie selbst, kein militaristischer Tyrann und Folterer wie jene Kreatur auf Kalis Drei. Nicht zum erstenmal sehnte sie sich danach, eine Vulkanierin zu sein und kein willensschwacher Mensch, frei zu sein von den Gefühlen, die sie quälten, obwohl sie genau wusste, dass auch Vulkanier, sofern sie sich nicht der gleichen Ausbildung und Disziplin wie sie selbst unterzogen, den Emotionen ebenso leicht unterliegen konnten wie ein Mensch. Tatsächlich war es sogar eben diese Schwäche gewesen, die sie vor langer Zeit dazu gebracht hatte, ihre Disziplin zu entwickeln.

Sie sog die warme Luft ein, atmete tief aus und stellte sich dabei vor, all ihre Emotionen würden zusammen mit dem Atem ausgestoßen. Es war an der Zeit, sich auf die vor ihnen liegende Aufgabe zu konzentrieren. Dies hier war Temaris und die außerordentlichen wissenschaftlichen Möglichkeiten, die hier warteten, überwogen bei weitem den augenblicklichen – und zudem völlig unlogischen – Schmerz, der an ihr nagte.

»Kommen Sie«, sagte sie unvermittelt, drehte sich um und marschierte zum Fuß der Hügel, die das Tal schützend flankierten. »Es gibt ein Bauwerk, das mir wichtiger ist als alles andere.«

»Die Exodus-Halle«, erwiderte Dajan spontan, ohne darüber nachzudenken.

»Ja, ich habe…«

Sie blieb stehen, hielt mitten im Satz inne und wandte sich zu dem Archäologen um. »Woher wussten Sie das? Soweit ich mich erinnere, wurde dieser Punkt in den Unterlagen nicht angesprochen und mir war nicht bewusst, dass meine Theorien bis in die romulanischen archäologischen Zeitschriften vorgedrungen waren.«

Dajan schluckte schwer und stieg zu ihr hinauf. »Das sind sie auch nicht«, gab er zu, als er näher kam, »aber es gibt eine Art Untergrundaustausch, dessen wir uns hin und wieder bedienen können. Ich nehme an, in der Föderation wird das ähnlich gehalten.«

Dr. Benar schwieg für ein paar Sekunden und nickte dann nachdenklich. Ihm musste natürlich bewusst sein, dass so eine Information in den falschen Händen nicht nur zu seiner Verhaftung, sondern auch zu der seiner Kollegen, seiner Mitverschwörer, führen konnte.

Romulaner machten gewiss keine Unterschiede, was die Art der Informationen betraf, wenn es zu einem Wissensaustausch mit Nichtromulanern kam. Ob es um archäologische Fragen oder Konstruktionszeichnungen von Waffen ging, war für sie einerlei. Was ihnen gehörte, gehörte ihnen und jeder, der mit dem Feind sprach, war selbst ein Feind – und sehr bald tot. Oder setzte Dajan so viel Vertrauen in die Veränderungen innerhalb seiner Regierung, dass er es wagte, sich selbst derart bloßzustellen? War er so sehr davon überzeugt, dass diese sogenannte Friedenskonferenz tatsächlich Früchte tragen würde?

»Ich will das nicht bestreiten«, sagte sie schließlich, »aber es überrascht mich, dass Sie das nicht tun.«

»Es wäre nicht sehr effizient, bereits bestehende Wahrheiten zu leugnen, wenn wir alle hier sind, um neue Wahrheiten zu finden.«

»Das klingt beinahe vulkanisch.«

Dajan zuckte die Achseln. »Trotz allem sind die Vulkanier unsere Vettern.«

Audrea zuckte innerlich zusammen, ließ sich jedoch nichts anmerken. Dass die Vulkanier, ihre Retter, mit den Romulanern, den Folterern, verwandt waren, gehörte nicht zu den Dingen, mit denen sie sich gern befasste. Die Vorstellung, dass tief unter der disziplinierten Oberfläche der Vulkanier das Potential zu der gleichen Art von Grausamkeit schlummerte, wie sie die Romulaner tagtäglich vorführten, war nicht sehr angenehm; denn sie barg die unausweichliche Schlussfolgerung in sich, dass man, wenn man nur tief genug grub, in jeder Rasse und in jedem Lebewesen den gleichen Schrecken finden würde. Sogar in ihr selbst. Insbesondere in ihr selbst, denn nach den Ereignissen auf Kalis Drei würde man bei ihr nicht einmal besonders tief graben müssen.

»Dann kommen Sie mit«, sagte sie. »Wenn Sie meine

Bezeichnung für das Bauwerk kennen, dann wissen Sie auch, was ich darin vermute und auf welche Weise ich es zu entdecken hoffe.«

»Nicht ganz genau«, gab Dajan zu. »Was ich gelesen habe, war nicht vollständig und vermutlich auch noch schlecht übersetzt. Vollständigkeit und Genauigkeit sind zwar hochgeschätzt, aber nur schwer zu erreichen, wenn Verschwiegenheit das höchste aller Güter ist.«

Audrea hätte beinahe gelächelt, als sie an die romulanischen Daten über die Dozadi-Welten dachte, die sie einmal zu Gesicht bekommen hatte, oder auch an die mancherorts noch immer kursierenden Gerüchte über Artefakte, die angeblich aus der mysteriösen Talos-Sterngruppe stammten, obwohl Starfleet die Allgemeine Order 7 rigoros durchsetzte.

»Sehr schön«, meinte sie, »während wir weitergehen, können Sie mir ja Ihre unvollständigen und ungenauen Kenntnisse mitteilen und ich erzähle Ihnen, was durch die Übersetzung verlorengegangen ist.«

»Es wäre mir eine Ehre.«

Zusammen stiegen sie weiter hinauf und der puderfeine Sand knirschte leise unter ihren Stiefeln, während sie sich unterhielten.

»Bemerkenswert, Captain.« Commander Hiran schaffte es, in diesen Worten die obligatorische Geringschätzung mitschwingen zu lassen, während sein Lächeln nur leisen Neid über die Bäume, das Gras und die Vielzahl von Pflanzen ausdrückte, die entlang der gewundenen Wege des botanischen Gartens der *Enterprise* wuchsen.

»Das ist nur einer der kleineren Vorzüge, die man genießen darf, wenn man einem Schiff der Constitution-Klasse zugeteilt wird, Commander«, versicherte Kirk ihm. Auf Hirans Wunsch hatte die Führung schon sehr früh begonnen, bevor sein freundschaftliches Verhältnis zu Kirk durch Tiams Eröffnungssalven an der diplomatischen Front getrübt werden konnte.

»Und Sie sagen, jedes Mitglied Ihrer Mannschaft, nicht nur die Offiziere, darf sich hier aufhalten?«

»Die gesamte Mannschaft und diesmal natürlich auch die Passagiere.« Ein halbes Dutzend Musiker wanderte die Wege entlang oder stand an den zu beiden Seiten angebrachten Panoramafenstern und beobachtete den Planeten Temaris, der sich langsam unter ihnen drehte, während die *Enterprise* und die *Galtizh* im Standardorbit kreisten.

»Bemerkenswert«, wiederholte Hiran kopfschüttelnd und diesmal fehlte der geringschätzige Unterton, »wirklich bemerkenswert. Etwas Vergleichbares werden Sie auf der *Galtizh* nicht finden.«

»Es ist ein kleineres Schiff«, meinte Kirk freundlich. »Weniger Platz für Annehmlichkeiten.«

Hiran hätte beinahe aufgelacht. »Annehmlichkeiten, ja. Zenturio Tiam und seine Frau genießen ein paar, aber für den Rest bleibt wenig übrig. Aber verraten Sie mir, Captain Kirk, verbinden Sie irgendwelche Hoffnungen mit diesem Unternehmen, dem wir beide zugeteilt sind?«

Kirk dachte einen Moment nach. »Hoffnungen, ja. Erwartungen, nein.«

Hiran nickte. »Genauso sehe ich es auch.« Der Romulaner hielt inne und warf Kirk einen forschenden Blick zu, als frage er sich, ob er weitersprechen sollte. Schließlich schien er zu einem Entschluss gekommen zu sein. »Ich will Ihnen ganz offen sagen, Captain, dass meine Hoffnungen zu Beginn der Reise größer waren – bevor ich Zenturio Tiam kennenlernte – als jetzt. Überrascht Sie das?«

Kirk lächelte. »Nur dass Sie es zugeben.«

Hiran zuckte die Achseln. »Dann will ich noch etwas

zugeben und das wird Sie vielleicht wirklich überraschen. Ich hoffe insgeheim, die Archäologen werden nachweisen können, dass die Erisianer die Vorfahren der Menschen waren. Wissen Sie, warum?«

Kirk schüttelte den Kopf, ohne seinen Gesichtsausdruck zu verändern. »Nein, weshalb?« Hiran hatte Recht gehabt. Das war wirklich eine Überraschung.

»Weil dann meine Regierung nach den von ihr selbst aufgestellten Bedingungen verpflichtet ist, der Föderation Zutritt zu dieser Welt zu gestatten. Wir werden dafür verantwortlich sein, dass der erste Pfad durch den Wald der Neutralen Zone geschlagen wird. Es würde ein Anfang sein.«

»Ich hoffe, meine Regierung wird die Dinge ebenso sehen, wenn sich stattdessen herausstellen sollte, dass die Erisianer Ihre Vorfahren sind«, sagte Kirk und fragte sich dabei, ob die Föderation tatsächlich so verfahren würde. Noch fraglicher erschien ihm jedoch, ob die Romulaner sich tatsächlich an die Verpflichtung halten würden, die sie laut Hiran eingegangen waren.

»Das hoffe ich auch. Aber da wir gerade schon Geheimnisse austauschen, verraten Sie mir doch, wie real diese sogenannte Sonde ist, deren Existenz meine Regierung leugnet.«

»*Sehr* real, Hiran«, erklärte Kirk und erschauerte unwillkürlich bei der Erinnerung. »Und sehr gefährlich.«

»Tatsächlich? Haben Sie sie selbst gesehen?«

»Das habe ich. Und ich habe sie gehört. Ich habe gesehen, wozu sie fähig ist. Ich könnte Ihnen die Aufzeichnungen zeigen, die wir auch Ihrer Regierung angeboten haben.«

»Ich würde sie gerne sehen, doch ich fürchte, dadurch würde sich nichts ändern. Tiam wird mir nicht mehr Glauben schenken als Ihnen. Ebenso wenig wie jene, deren Anweisungen er befolgt.«

»Die Interimsregierung?«

Hiran zuckte die Achseln. »Selbst unter optimalen Bedingungen spricht die Regierung nie mit einer einzigen Stimme. In Zeiten wie diesen sind es tausend verschiedene und nicht eine davon kann man einem Gesicht oder einer klar definierten Absicht zuordnen.«

»Wir haben gehört, dass ein Machtkampf stattfindet, aber...«

»Wann fände der nicht statt? Im Moment verfügen die reformwilligen Kräfte – reformwillig in dem Sinn, wie ich ihn verstehe – über den größten Einfluss. Oder zumindest verhielt es sich so, als ich zuletzt in der Zitadelle war. Doch zweifellos ist ihre Organisation, genau wie jede Gruppierung, von Leuten durchsetzt, die gegenteiliger Ansicht sind.« Hiran schüttelte den Kopf. »Wer immer für die Auswahl von Zenturio Tiam verantwortlich war, ist kein Anhänger der Reform, das kann ich Ihnen verraten.«

Kirk war verblüfft über diese Offenheit und fragte sich plötzlich, ob Hiran wirklich aufrichtig war. Seine Instinkte sprachen dafür seit dem Moment, als er das Bild des lächelnden Romulaners gesehen hatte, doch...

Kirk sah auf und bemerkte, dass Hiran zögernd mit der Stiefelspitze über das Gras strich, das am Rand des Weges wuchs. »Ist es erlaubt, die Wege zu verlassen?«

Kirk blinzelte, als er für einen Moment die beiden Wege vor sich sah, jenen zu ihren Füßen und den größeren, weitaus eingeschränkteren, den zu verlassen sich Romulaner und Menschen so oft weigerten.

»Es wird nicht unbedingt gefördert«, meinte Kirk lächelnd, »aber erlaubt ist es sicher, insbesondere einem so gern gesehenen Gast wie Ihnen.«

Kirk übernahm die Führung, als sie den Weg verließen und auf den Rasen hinausgingen.

»Ihre dritte Formel hat in dem Material, das ich gesehen habe, völlig gefehlt«, sagte Dajan. »Kein Wunder, dass ich Probleme hatte, mir ein Bild des gesamten Effektes zu machen.«

Sie hatten sich mehr als eine Meile vom Taleingang entfernt und blickten von einem der höchsten Punkte der westlichen Hügel herab. Die rund zwei Dutzend Archäologen aus der Föderation und dem romulanischen Reich, die sich paarweise durch die Ruinen unter ihnen bewegten, wirkten wie Insekten, die in einem endlosen Irrgarten herumkrochen. Von hier aus wurde die wahre Ausdehnung des Ruinenfeldes noch deutlicher als von der Stelle, an der man sie herabgebeamt hatte. Es war die bei weitem größte Erisianische Fundstätte, die jemals untersucht worden war und daher…

»Es gehört mehr als nur die Formeln dazu, um sich ein Bild zu machen«, erklärte Audrea, »genau wie eine Symphonie nicht nur aus den mathematischen Beziehungen zwischen den einzelnen Noten besteht. Die Formeln sind lediglich Hilfsmittel, um bestimmte wesentliche Beziehungen darzustellen, sie gewissermaßen aus dem Ozean der anderen, weniger bedeutsamen Beziehungen herauszufischen, so wie ein Musiker das Hauptthema und die zugrundeliegende Struktur erkennt und heraushört. Das letztendliche Aussehen des fertigen Produktes ist trotzdem noch eine Frage der Intuition. Zumindest bei mir verhält es sich so, obwohl ich hoffe, eines Tages über genügend Daten zu verfügen, um Gleichungen für alle Aspekte entwickeln zu können.«

»Lassen Sie das bloß nicht meine Schwester hören«, meinte Dajan grinsend. »Für sie besteht Musik nur aus Mysterien und Intuition. Die Vorstellung, sie mit etwas so Profanem wie der Mathematik zu analysieren, erschiene ihr wie ein Sakrileg.«

»Bedauerlicherweise empfinden viele Menschen ebenso wie sie.«

»Aber Sie sind ebenfalls ein Mensch und denken doch anders darüber.«

»Menschen lassen sich nicht so einfach einordnen. Davon abgesehen habe ich mich einer vulkanischen Ausbildung unterzogen. Vielleicht ist dabei ein Teil meiner Menschlichkeit verlorengegangen.«

Abrupt wurde ihr bewusst, dass sie sich auf gefährlichen Boden begab. Außerdem verschwendete sie kostbare Zeit mit der Diskussion irrelevanter Dinge. »Dort drüben«, sagte sie und deutete auf ein Segment der Ruinen auf der gegenüberliegenden Seite des Tals, »das ist einer der Knotenpunkte. Er ist größer als jeder andere, den ich je gesehen habe, doch andererseits ist diese Fundstätte auch größer als alle anderen. Können Sie ihn erkennen?«

Dajan blickte in die angegebene Richtung und suchte die Ruinen ab. »Ich bin mir nicht sicher«, gab er dann zu.

»Diese einzelne Wand«, erklärte sie, »die von den Bruchstücken anderer umgeben ist, das ist das Zentrum. Wenn die anderen Wände noch stehen würden…«

»Ja, jetzt erkenne ich es«, rief Dajan. »Bemerkenswert, Dr. Benar. Ich hätte selbst in tausend Jahren nicht gemerkt, worum es sich handelt, nicht einmal mithilfe Ihrer dritten Formel.«

»Es ist nur eine Frage der Übung. Ich habe selbst zwei erisianische Welten besucht und die Unterlagen der übrigen studiert und darüber hinaus auch alles, was sich auftreiben ließ, über jede Kultur, die auch nur eine entfernte Ähnlichkeit zu der der Erisianer aufweist. Mit der Zeit werden Sie diese Dinge ebensogut erkennen.«

»Vielleicht. Allerdings fürchte ich, dass Sie meine Fähigkeiten überschätzen, Dr. Benar. Doch wenn das einer der Knotenpunkte ist, jedoch nicht der wichtigste, dann müsste es noch andere geben…« Seine Stimme wurde leiser und verklang, während seine Augen die

Ruinen absuchten und den Mustern folgten, die selbst nach Jahrtausenden noch klar erkennbar waren. Nirgendwo ließen sich rechte Winkel entdecken, und selbst gerade Linien existierten nicht, ausgenommen die nähere Umgebung von Knotenpunkten.

»Dort«, sagte er plötzlich und deutete auf eine Ansammlung zusammengebrochener Mauern in der Nähe der Talmitte.

»Aller Wahrscheinlichkeit nach, ja. Und der Hauptknotenpunkt, bei einem Muster dieser Größe…«

»Wenn Ihre Formeln stimmen, müsste es zwei geben.«

Audrea nickte. »Ja, genau.«

Wenige Minuten später hatten sie die beiden Hauptknotenpunkte lokalisiert und ein Triumphgefühl überflutete Audrea, das die sich immer weiter entfernenden Schreie von Kalis Drei fast ertränkte. Und die Exodus-Halle…

Dort war sie! Doppelt so groß wie jede andere, die sie bisher gesehen hatte und zudem das am besten erhaltene Bauwerk im Tal. Vielleicht dieses Mal…

Sie setzte sich in Bewegung und stieg den Hang hinab, ohne auch nur daran zu denken, ihren Partner zu informieren.

Als Handler, den die Aufregung fast die ganze Nacht über wachgehalten hatte, um 0900 Uhr den Konferenzraum betrat, unterdrückte er verstohlen ein Gähnen. Riley bemerkte es und tat so, als hätte er nichts gesehen. Dies hier war Handlers erste große Konferenz und Riley war sich sicher, das er wusste, wie sich der junge Mann jetzt fühlte. Ihm war es mehr als einmal ebenso ergangen. Außerdem hatte er, um der Wahrheit die Ehre zu geben, in der letzten Nacht selbst nicht besonders gut geschlafen.

Auf der anderen Seite wirkten Zenturio Tiam und

seine Assistenten, darunter auch der undurchschaubare Subzenturio Kital, ausgesprochen munter und ausgeruht und zeigten nicht die geringste Tendenz zu gähnen. Allerdings konnte Riley sich einen gähnenden Kital auch beim besten Willen nicht vorstellen. Genaugenommen konnte er sich nicht einmal vorstellen, dass Kital jemals etwas anderes tat, als mit düsterer Miene im Hintergrund zu stehen. Und was Tiam selbst betraf, so hielt er es mit dem Gähnen vermutlich wie mit allem anderen: Er würde nur dann gähnen, wenn er sicher war, dass es seinem Vorteil diente. Riley hatte Tiam am Abend zuvor beobachtet, während seine Frau Jandra die Menge mit ihrem Spiel bezauberte. Tiam hatte weder wie ein begeisterter Zuschauer noch wie ein wohlmeinender Ehemann gewirkt, sondern eher wie ein Geschäftsführer, der seinen Blick wandern ließ und kühl die Reaktionen der anderen abschätzte. Riley hatte auch Jandras Gesichtsausdruck bemerkt, als sie früher am Abend neben Tiam stand, und später wieder, als ihr Mann Penalt angesprochen hatte, um ihn zu bitten, ihr zu gestatten, seinen Flügel zu benutzen. Das waren die Gründe gewesen, weshalb Riley sich gezwungen hatte – und er hatte sich wirklich zwingen müssen –, seine Aufmerksamkeit von Jandra und ihrem Spiel auf Tiam zu lenken. Und wenn es etwas gab, dessen sich Riley sicher war, dann die Tatsache, dass es Tiams und nicht Jandras Idee gewesen war, sie dort und zu diesem Zeitpunkt spielen zu lassen. Und dass es keine Liebe zwischen den beiden gab. Tiam hatte sie zur Schau gestellt und Jandra hatte gehorcht.

Doch sobald sie Platz genommen hatte und anfing zu spielen… In diesem Moment hatte ihm der Ausdruck auf ihrem Gesicht verraten, dass sie sich jetzt außer Reichweite ihres Gatten befand. Außer Reichweite von allem, ausgenommen der Musik.

Riley schob die Erinnerung entschlossen beiseite und

nahm seinen Platz am Konferenztisch ein. Vor ihm lag ein kleiner Tricorder und Fähnrich Handler, der links neben ihm saß, hielt zusätzlich ein elektronisches Notizbuch bereit. Zwei Mannschaftsmitglieder der *Galtizh* hatten Wasserkaraffen sowie runde und quadratische Gläser in der Mitte des Tisches abgestellt. Wenn die Gespräche am nächsten Tag auf der *Enterprise* weitergeführt wurden, würde man dort frisch destilliertes Quellwasser servieren.

Sofern es am nächsten Tag überhaupt noch weitere Gespräche gab.

Riley war sich dessen nicht so ganz sicher. Andererseits war er das nie. Trotz seiner zahlreichen und mitunter sogar beeindruckenden Erfolge war er nie hundertprozentig davon überzeugt, dass nicht alles in dem Moment zusammenbrach, in dem er den Mund öffnete. *Aber genau diese Unsicherheit und die daraus erwachsende Wachsamkeit und Gründlichkeit sind es, die Ihnen die nötige Schärfe verleihen,* hatte Kirk Jahre zuvor gesagt. *Sie müssen stets absolut sicher wirken, doch an dem Tag, an dem Sie sich tatsächlich absolut sicher fühlen, sollten Sie die Arbeit an den Nagel hängen, denn dann stehen Sie dicht davor, einen Fehler zu machen.*

Riley hatte die letzten Tage damit zugebracht, sich den Kopf mit romulanischer Psychologie, mit Angewohnheiten, Überzeugungen und auch Klischees vollzustopfen, doch er hatte den Verdacht, dass ihm diese Dinge im Umgang mit Tiam nur wenig nützen würden. Derartige Untersuchungen, die eine ganze Rasse und nicht etwa ein Individuum betrafen, waren nur selten von Nutzen, ebenso wenig wie ein Studium der gesamten Menschheit jemanden abschätzen lassen konnte, wie etwa Dr. McCoy auf eine bestimmte Situation reagieren würde. Wie stets bereitete Riley sich daher innerlich darauf vor, sich auf etwas zu verlassen, das ihm sowohl Captain Kirk als auch Botschafter

Sarek bereits vor langer Zeit, wenn auch mit unterschiedlichen Worten, nahegelegt hatten.

Vertrauen Sie Ihren Instinkten, hatte der Captain gesagt.

Und Sarek hatte diesen Rat bestätigt und damit der mitunter nützlichen ›menschlichen Spontaneität‹ leisen Tribut gezollt.

Und heute riet der Instinkt Kevin Riley: Fang mit der Darstellung der Realität an. Er und Tiam konnten den ganzen Tag damit zubringen, höfliche oder auch nicht ganz so höfliche Platitüden auszutauschen und sich sogar gegenseitige Versprechungen machen, doch nichts davon würde etwas zu bedeuten haben, solange sich nicht beide Seiten im gleichen Universum aufhielten – im realen Universum.

Die Reaktion der romulanischen Interimsregierung auf die Daten bezüglich der Sonde, die sich romulanischem Gebiet näherte, bewies eindeutig, das irgend jemand in dieser Regierung sich nicht im realen Universum aufhielt. Im realen Universum existierte die Sonde. Sie hätte beinahe die Erde zerstört. Sie hatte Schiffe der Föderation und der Klingonen funktionsunfähig gemacht. Als man sie zum erstenmal bemerkte, war sie aus der Richtung der Neutralen Zone gekommen und auf dem gleichen Weg kehrte sie nun dorthin zurück.

Die Romulaner hatten, vermutlich ohne auch nur den Versuch zu unternehmen, die von der Föderation übermittelten Informationen auf ihren Wahrheitsgehalt hin zu überprüfen, die Existenz der Sonde schlicht und einfach geleugnet und zwar nicht nur einmal, sondern gleich zweimal. Andererseits hatte Kirk, als sie die jüngste romulanische Reaktion und Rileys beabsichtigte diplomatische Realitätsüberprüfung besprachen, zu bedenken gegeben, dass die Romulaner die Existenz der Sonde vielleicht gar nicht mehr überprüfen mussten...

»Botschafter Tiam«, begann Riley, »erst vor wenigen Stunden haben wir neue Daten über den Aufenthaltsort und den Kurs jenes Objektes erhalten, das wir inoffiziell als ›die Sonde‹ bezeichnen. Wissen Sie über dieses Objekt Bescheid? Kennen Sie die Informationen, die wir Ihrer Regierung bereits übermittelt haben?«

Tiams Augen weiteten sich für einen Moment, bevor er eine etwas ungehaltene Miene aufsetzte. »Natürlich bin ich mit dieser Fiktion vertraut, die die Föderation offenbar aufrechtzuerhalten sucht. Ich fürchte allerdings, ich bin nicht mit dem Grund vertraut, aus dem die Föderation auf diesem Versuch beharrt.«

Riley seufzte schwer. »Wir bestehen aus dem gleichen Grund darauf, Botschafter Tiam, aus dem ich darauf bestehe, in diesem Sessel zu sitzen, statt durch ihn hindurch auf den Boden zu fallen. Der Stuhl existiert. Die Sonde existiert. Sie hat auf der Erde schwere Schäden angerichtet. Sie hat zeitweilig eine Reihe von klingonischen und Föderationsschiffen funktionsunfähig gemacht. Und sie hat ihre Fähigkeit bewiesen, ganze Welten innerhalb von Tagen, wenn nicht gar Stunden, zu vernichten. Mittlerweile hat sie die Neutrale Zone passiert und ist in romulanisches Gebiet eingedrungen – vielleicht sogar erneut eingedrungen. Außerdem hat sie kürzlich beschleunigt und könnte jetzt in kaum mehr als einem Tag die unmittelbare Umgebung Ihrer Heimatwelten erreichen.«

»›Erneut eingedrungen‹, Commander Riley? Behaupten Sie jetzt gar, Ihre Fiktion habe ihren Ursprung im Reich?«

»Ganz und gar nicht, Botschafter Tiam. Wenn wir das glaubten, wenn wir der Ansicht wären, die Sonde sei von Romulanern gebaut worden, würden wir vermutlich heute nicht hier sitzen.«

»Also schön, Commander Riley. Wenn Sie nicht die Absicht haben, das romulanische Reich im Zusammenhang mit dieser Fiktion in irgendeiner Weise zu beschuldigen, sehe ich keinen Anlass, weiter darüber zu diskutieren.«

»Ich aber schon, Botschafter Tiam.« Riley schob ein Schriftstück über den Tisch zu den Romulanern hinüber. »Das hier sind die jüngsten Koordinaten, zusammen mit einer präzisen Vorausberechnung des Weges, vorausgesetzt, die Sonde ändert ihren Kurs nicht. Sie wird sich bald außerhalb der Reichweite aller Föderationsschiffe auf unserer Seite der Neutralen Zone befinden, sodass ihre weitere Verfolgung Sache des Reiches wäre.«

»Sie wünschen, dass wir Ihre Fiktion verfolgen, Commander Riley? Sicher erwarten Sie doch keine Genehmigung, romulanisches Territorium zu betreten, um die Verfolgung selbst durchzuführen?«

»Das könnten wir nicht, selbst wenn wir es wollten und Ihre Regierung uns die entsprechende Genehmigung erteilen würde, Botschafter Tiam. Schon jetzt befindet sie sich fast außer Reichweite unserer Sensoren und ihre Geschwindigkeit ist so hoch, dass wir sie unmöglich einholen könnten.«

»Demnach möchten Sie Ihre Fiktion also jetzt auf uns übertragen? Ist es das, was Sie damit sagen wollen, Commander Riley?«

»Nein, Botschafter Tiam, das ist nicht das, was ich sagen will.« Riley hielt kurz inne. Dieses Gespräch führte nirgendwohin. Er und Tiam konnten noch stundenlang derartige Beteuerungen und Widersprüche austauschen, ohne dass irgendetwas dabei herauskam. Oder aber er akzeptierte Tiams Weigerung, die Tatsachen zur Kenntnis zu nehmen und wandte sich anderen Dingen zu, was ihnen allerdings noch weniger weiterhelfen würde.

Vertraue auf deinen Instinkt.

»Was ich sagen will, Botschafter Tiam, ist folgendes:

Die Sonde, oder wie immer Sie sie nennen möchten, ist keine Fiktion. Sie ist eine Realität, möglicherweise sogar eine sehr schreckliche Realität. Seit dem Zeitpunkt, zu dem Ihre Regierung über ihre Existenz und ihren Kurs informiert wurde, ist sie zumindest an einem Ihrer Außenposten in Sensorreichweite vorbeigeflogen. Ihre Regierung oder deren Außenposten wissen inzwischen, dass die Sonde eine Realität ist. Und solange unsere Regierungen – oder zumindest Sie und ich – nicht zu einer Übereinstimmung in einer so grundlegenden Angelegenheit wie der unbestreitbaren Realität dieses speziellen Objektes gelangen können, sehe ich keinen Sinn darin, auch nur zu versuchen, über eines der zahllosen Themen zu diskutieren, die tatsächlich Raum für *begründete* Meinungsunterschiede bieten. Wir würden damit lediglich unsere Zeit verschwenden.«

Mit diesen Worten erhob sich Riley und verließ den Raum, begleitet von einem höchst aufgeregten Handler.

»Ein sonderbares Spiel, Kirk«, bemerkte Hiran. »Eine massive Kugel auf eine Reihe entfernt stehender Holzstücke zu werfen, statt auf den Gegenspieler.«

Sie befanden sich jetzt auf dem Gemeinschaftsdeck und schauten zu, wie einer der Musiker und ein Fähnrich auf Freiwache eine der Bowlingbahnen benutzten.

»Menschen haben viele sonderbare Spiele, Commander«, stimmte Kirk zu. »Wenn sich die Gelegenheit ergibt, sollten Sie sich mal mit meinem Wissenschaftsoffizier darüber unterhalten. Er hat dazu eine ganze Reihe interessanter Theorien auf Lager.«

»Ah, ja, Mr. Spock. Er ist doch zugleich auch Ihr Erster Offizier, nicht wahr?«

Kirk nickte, doch Hiran sprach nicht weiter. Seit dem Zeitpunkt, zu dem der Beginn der diplomatischen Gespräche festgesetzt war, wirkte der Romulaner geistesabwesend und überprüfte alle paar Minuten die Uhrzeit.

»Haben Sie sich das hier eigentlich immer gewünscht, Kirk«, fragte Hiran plötzlich. »Beim Militär zu sein?«

Kirks Augen weiteten sich ein wenig. »Captain eines Raumschiffs zu sein? Ja. Was das Militär betrifft…« Er zuckte die Achseln.

»Gehört nicht beides untrennbar zusammen?«

»In gewisser Weise schon, nehme ich an«, sagte Kirk. »Starfleet ist heutzutage weniger militärisch orientiert als früher und in Zukunft wird sich diese Tendenz noch verstärken. Insbesondere wenn die derzeitigen Gespräche erfolgreich verlaufen.« Das war zwar eine Platitüde, aber trotzdem die Wahrheit.

»Ich selbst habe nie eine militärische Karriere angestrebt«, erklärte Hiran. »Meine ältere Schwester hatte bereits die vorgeschriebene Quote erfüllt. Doch damals war es, genau wie heute, die einzige Möglichkeit, die Provinzen zu verlassen. Universitätsabschlüsse sind noch immer ausschließlich Veteranen und den Kindern privilegierter Eltern vorbehalten – worunter jene zu verstehen sind, die der jeweils herrschenden Partei nahestehen. Verhält es sich in der Föderation auch so?«

Kirk schüttelte den Kopf. »Ich selbst bin das, was Sie einen Provinzler nennen würden. Ich stamme aus einem landwirtschaftlichen Gebiet, einer Gegend namens Iowa.«

»›Iowa‹«, wiederholte Hiran das nicht übersetzte englische Wort, als gefalle ihm dessen Klang und Kirk dachte geistesabwesend an die Ähnlichkeit mit dem romulanischen Namen der Welt, die sie umkreisten, Lihalla.

»Unser Erziehungssystem basiert zumindest theoretisch ausschließlich auf den Fähigkeiten des einzelnen«, fuhr Kirk fort, »auch wenn dieses Prinzip nicht immer eingehalten wurde.«

»Dann werden wir vielleicht auch eines Tages die darin liegende Weisheit erkennen«, seufzte Hiran. »Ich wollte immer Ingenieur werden. Ich wollte Dinge bauen. Stattdessen bin ich hier. Doch andererseits wäre ich vielleicht niemals Menschen begegnet, wenn ich Ingenieur geworden wäre.« Seine Stimmung schien sich bei diesem Gedanken zu verbessern.

»Haben Sie schon viele Menschen kennengelernt?«

»Sie und Ihre Kollegen sind die ersten!«, erklärte Hiran fröhlich und klopfte Kirk freundschaftlich auf die Schulter. Fast im gleichen Moment ertönte Scottys Stimme über das Interkom der *Enterprise.*

»Captain Kirk, bitte zur Brücke.«

Und dann meldete sich auch Hirans Kommunikator.

Während er antwortete, blickten sich die beiden Captains an und Kirk wurde sich plötzlich etwas zu deutlich der Uniform bewusst, die sein Gast trug.

Obwohl die Entfernung zwischen dem Aussichtspunkt auf dem Hügel und dem als Exodus-Halle identifizierten Bauwerk kaum mehr als drei Kilometer betrug, brauchten Dajan und Dr. Benar mehr als eine Stunde, um sie zu erreichen. Teilweise lag das an dem Sand, der das Vorwärtskommen erschwerte, vor allem aber am Fehlen eines direkten Weges zu ihrem Ziel. Allenfalls hätten sie sich zu einem der Schiffe und von dort aus zur Exodus-Halle beamen lassen können, doch davon wollte Dr. Benar nichts wissen und Dajan hatte keine Einwände erhoben. Sich so durch die Ruinen zu bewegen, wie die Erisianer durch die unversehrten Straßen gegangen waren, bot eine weitere Möglichkeit, die Dinge so zu sehen, wie sie sich den ursprünglichen Bewohnern dargestellt hatten, die Muster nicht von oben, sondern in Bodenhöhe in sich aufzunehmen, also wie ein Musiker im Orchester, nicht wie ein Zuschauer von seinem Platz auf dem Balkon aus.

Nicht dass einer von ihnen jemals wirklich ein Künstler werden könnte. Mit der Hilfe der Mathematik konnten sie die Muster ausmachen. Wenn sie die Straßen entlanggingen, konnten sie spüren, dass diese Muster existierten, konnten um eine Biegung gehen und tatsächlich einen Aspekt der Ruinen erkennen, den zu erwarten sie das Muster gelehrt hatte. Doch sie hätten die Muster niemals selbst ersinnen können. Nicht einmal neue, geringerwertige Muster, Variationen des Themas, konnten sie sich ausdenken, ebenso wenig wie sie die bestehenden verändern könnten, ohne sie bis zur Bedeutungslosigkeit zu zerstören.

Wir können sehen und erkennen und bewundern, dachte Benar, als die Exodus-Halle schließlich vor ihnen auftauchte, *doch wir können nicht erschaffen. Das ist etwas, wozu nur die Erisianer fähig waren – bisher jedenfalls. Doch wenn wir sie finden und von ihnen lernen…*

Unter normalen Umständen hätte sie Tage damit verbracht, die Umgebung der Halle zu untersuchen und bis auf die molekulare Ebene zu dokumentieren, bevor sie auch nur den Versuch unternahm, sie zu betreten, doch dies waren keine normalen Umstände. Sie waren im Gegenteil höchst ungewöhnlich und sie erlaubten ihr einen Blick durch ein Fenster, das dank Tiam und jener, die ihn kontrollierten, jederzeit wieder zugeschlagen werden konnte. So wandte sie sich nach einem kurzen Überblick über die Umgebung des gedrungenen, mit einer flachen Kuppel versehenen Bauwerks jener Stelle zu, die nach Auskunft des Tricorders den geringsten Widerstand bot. Es handelte sich um einen schmalen Ausschnitt in der gewölbten Wand, ein kleines, igluähnliches Anhängsel, das seit hundert Millennien dem sandbeladenen Wind ausgesetzt war und dicht vor dem endgültigen Zusammenbruch stand.

Benar holte ein kleines, phaserähnliches Gerät von geringer Reichweite aus ihrem Tornister. Es gehörte zu den Dutzenden von Werkzeugen, die benutzt wurden, um vergrabene Artefakte und organische Überreste freizulegen. Dies spezielle Gerät war so programmiert, dass es zwischen anorganischem und organischem Material unterscheiden konnte, selbst wenn es sich bei letzterem um Versteinerungen handelte. Üblicherweise wurde es eingesetzt, um Fossilien aus den Gesteinsschichten zu befreien, in die sie eingebettet waren. Zehn Minuten mit diesem Gerät, das dabei ununterbrochen mit einem Tricorder überwacht werden musste, konnten Dutzende von Arbeitsstunden mit winzigen Meißeln, Pinzetten und Bürsten ersetzen.

Audrea stellte das Gerät auf volle Leistung und hielt es dicht an die Stelle, bei der es sich nach Auskunft des Tricorders um die schwächste dieser insgesamt nicht sehr stabilen Sektion handelte. Sie drückte auf den Auslöser, fühlte, wie das Gerät vibrierte und sich in ihrer Hand erwärmte und hörte das leise Sirren, als die Oberfläche der Wand reagierte. Die oberste Schicht verschwand in dem grünlichen Glühen, das die Fläche im Umkreis von mehreren Zentimetern einhüllte. Sand knirschte unter Schritten, die sich ihr von hinten näherten…

Audrea Benar versuchte den Schrei zu unterdrücken, als Bilder aus einer anderen Zeit über sie hereinbrachen, Bilder, von denen sie gedacht – gehofft – hatte, die Jahre auf Vulkan hätten sie für immer gebannt. Ein ähnliches Gerät befand sich in ihrer Hand, doch sie hielt sich im Innern eines Gebäudes auf, nicht draußen, und die Schritte hallten durch den Korridor vor ihrem Zimmer – ihrer Zelle – und sie wusste, dass Reelan wieder zu ihr kam und…

Etwas berührte ihre Schulter. Audrea wirbelte herum und sah Reelans verhasstes Gesicht über sich. Sie sprang auf, hob das Ausgrabungsgerät, richtete es auf ihn und schrie ihre Wut und Verwirrung laut hinaus.

Sulus erster Fehler bestand nicht darin, den Computer aufzufordern, ihm alle verfügbaren Informationen über die erisianische Herrschaft zur Verfügung zu stellen, sondern in dem Versäumnis, ihm die Anweisung zu erteilen, seine Nachforschungen zu unterbrechen, sobald die archäologischen Teams bereit waren hinunterzubeamen. Die Worte *Unglücklicherweise war Dr. Erisi nicht in der Lage, Temaris aufzusuchen, bevor der Krieg ausbrach,* brachten ihm plötzlich wieder den Grund zu Bewusstsein, weshalb er sich überhaupt mit diesem Thema beschäftigte und erinnerten ihn gleichzeitig daran, dass er jetzt schon seit mehr als drei Stunden hier saß. Zweifellos befanden sich Benar und Dajan seit mindestens der Hälfte dieser Zeitspanne bereits unten auf Temaris und zwar ohne ihn.

»Computer, Programm unterbrechen und auf dem momentanen Stand abspeichern«, befahl er, eilte aus seiner Kabine und rannte zum Transporterraum.

»Sie halten doch einen Transferfokus auf Dr. Benar?«, fragte er, als er außer Atem in der Tür des Transporterraums erschien. »Und auf den Romulaner, der bei ihr ist?«

»Auf Dr. Benar schon, Commander«, erwiderte der Fähnrich an den Kontrollen, »aber welcher Romulaner…«

»Der Chef des romulanischen Archäologen-Teams.«

»Auf den nicht, Sir. Aber übernimmt das nicht das romulanische Schiff…«

»Vermutlich schon. Passen Sie auf, Sie bringen mich jetzt einfach dorthin, wo sich Dr. Benar befindet.« Sulu sprang auf die Plattform und stellte sich in einen der Kreise.

»Jawohl, Sir. Sie befindet sich inmitten der Ruinen

und ist in Bewegung. So wie die Dinge liegen, könnte es etwas schwierig werden.«

»Sie sollen mich auch nicht genau über ihrem Kopf absetzen. Schicken Sie mich in etwa hundert Metern Abstand hinunter.«

Sulu wollte Benar nicht erschrecken oder in ihr den Eindruck erwecken, er würde sie im Auge behalten, obwohl er ja genau das tat – oder zumindest tun sollte. Und das war sein zweiter Fehler. Ein Teil der Texte, die er an diesem Morgen gelesen hatte, beschäftigte sich mit den ›Mustern‹, nach denen die Erisianer ihre Städte gebaut hatten und zudem war er bei Benar und Dajan gewesen, als sie am Vortag einen ersten Blick auf die Ruinen geworfen hatten. Doch nichts von alledem hatte ihn auf das vorbereitet, was ihn erwartete, als das Transporterfeld ihn absetzte. Zwar waren so viele Gebäude zusammengebrochen, dass er tatsächlich einen Blick auf die beiden Archäologen erhaschen konnte, doch andererseits gab es auch noch genügend ganz oder teilweise erhaltene Bauwerke, dass er sie schon wenige Sekunden später wieder aus den Augen verlor. Und als er losmarschierte, um die beiden einzuholen, hatte er binnen weniger Minuten völlig die Orientierung verloren.

»Muster!«, murmelte er vor sich hin. »Einen Irrgarten sollte man das besser nennen.«

Für einen Moment glaubte er, Dajan zu sehen, doch als die Gestalt kurz in seine Richtung schaute, bevor sie um eine Ecke bog, erkannte Sulu, dass es sich um einen der Assistenten des Botschafters handelte. Jutak, wenn er sich recht erinnerte. Derjenige jedenfalls, der während der Einführungsveranstaltung ständig hinter Benar und Dajan hergetrottet war. Doch statt der Uniform eines Subzenturio trug der Assistent jetzt die gleiche zerknitterte und nicht gekennzeichnete Kleidung wie die meisten der Archäologen. Verwirrt marschierte

Sulu weiter, aber als er die Ecke erreichte, war der Assistent ebenso verschwunden wie Benar und Dajan.

Etwas später begegnete er zweien der aus Romulanern und Föderationsmitgliedern gebildeten Paaren, doch das war auch schon alles. Er überlegte kurz, ob er Benar über den Kommunikator anrufen sollte, entschied sich aber dagegen. Zum einen würde das auch wieder so aussehen, als würde er sie überwachen. Und zum anderen bezweifelte er, dass es ihm helfen würde, wenn sie ihm mitteilte, in welche Richtung sie gegangen war. Außerdem kam er sich bei dieser ganzen Geschichte natürlich ziemlich dumm vor.

Schließlich ließ er sich wieder auf die *Enterprise* beamen. »Was ist passiert, Sir?«, fragte der Fähnrich unschuldig.

»Wo befindet sich Benar jetzt?«

Der Fähnrich unterdrückte ein Lächeln und überprüfte seine Instrumente. »Etwa einen Kilometer von ihrem ursprünglichen Standort entfernt, Sir. Aber sie scheint sich jetzt weitgehend an einem Ort aufzuhalten. Wollen Sie es noch einmal versuchen, Sir?«

Sulu nickte und lächelte reumütig. »Und diesmal etwas näher, Fähnrich.«

»Jawohl, Sir.«

Als das Transporterfeld ihn diesmal freigab, hatte er Dr. Benar und ihr romulanisches Gegenstück deutlich im Blick. Beide hatten ihm den Rücken zugewandt und gingen langsam um ein niedriges, jedoch massives überkuppeltes Bauwerk herum, das besser erhalten schien als alles, was er auf seinem früheren Ausflug gesehen hatte. Benars Augen klebten förmlich an der Anzeige ihres Tricorders, während der Romulaner ein paar Schritte hinter ihr ging und dabei eine fast prähistorisch erscheinende Version des gleichen Gerätes in der Hand hielt.

Sie blieben stehen. Benar führte ihren Tricorder über

eine Stelle, an der die sanft gekrümmte Wand sich um drei oder vier Meter vorwölbte, ungefähr wie eine Blase, die zu entkommen suchte. Während Dajan zuschaute, legte Benar den Tricorder beiseite und holte ein kleineres Gerät aus ihrem Rucksack. Sulu, der alles aus der Ferne beobachtete, hielt es für ein Grabungswerkzeug.

Sulu setzte sich in Bewegung und bemühte sich, ein möglichst unschuldiges Gesicht zu machen. Als er näherkam, kniete Benar nieder und hielt das Werkzeug dicht an die Wand. Einen Moment später breitete sich ein grünlicher, phaserartiger Schimmer über mehrere Zentimeter der Wand aus. Der Romulaner, der in ungefähr einem Meter Abstand hinter ihr gestanden hatte, trat näher heran und beugte sich vor, um besser sehen zu können und dabei stieß seine eigene Tasche gegen Benars Schulter.

Zunächst geschah gar nichts. Doch dann, als Sulu nur noch ein paar Schritte entfernt war und sich darauf vorbereitete, ihnen zuzuwinken und seine Anwesenheit so zufällig wie eben möglich erscheinen zu lassen, versteifte sich die Frau.

Und stieß einen Schrei aus, eine tierhafte Mischung aus Kreischen und Knurren.

Sie fuhr herum, noch halb im Knien und richtete das noch immer glühende Werkzeug auf das Gesicht des Romulaners.

Sulu reagierte rein instinktiv – »Achten Sie auf alles, was Ärger machen könnte«, hatte Kirk gesagt und das hier sah eindeutig nach Ärger aus – und stürzte vorwärts, so gut das auf dem Sandboden möglich war. Der Romulaner wich zurück, während Benar aufsprang und mit dem glühenden Gerät nach seinem Gesicht stieß. *»Reelan!«*, brüllte sie und ihre Stimme klang jetzt eindeutig eher nach einem Knurren als nach einem Schrei.

Ihre Stimme brach ab, als Sulu sie von hinten packte und ihre Arme gegen den Körper presste. Für einen Moment wehrte sie sich gegen den Griff und kämpfte so wütend, dass Sulu sich wünschte, er wäre in der Lage, Spocks Nervengriff zu erlernen.

Und dann, von einer Sekunde auf die andere, hörte sie urplötzlich auf zu kämpfen und stand völlig regungslos da. Ihr Körper fühlte sich wie versteinert an, als sich jeder einzelne Muskel spannte.

Genauso abrupt entspannte sie sich wieder, wurde völlig schlaff, das Werkzeug – die Waffe – landete mit einem dumpfen Laut im Sand neben ihren Füßen und ihr Atem drang stöhnend über ihre Lippen.

»Was zum Teufel geht hier vor?« Sulu hielt Benar weiterhin fest, während er in seinem Gedächtnis nach dem Namen des Romulaners suchte. »Dajan, ist alles in Ordnung?«

»Ich... ich glaube schon.« Dajans Stimme zitterte, sein Gesicht färbte sich grau, als stünde er dicht vor einem Kollaps.

»Dr. Benar?«

Die Frau erschauerte, doch ihre Stimme klang ruhig. »Commander Sulu?«

»Richtig.«

»Sie können mich jetzt loslassen. Es geht schon wieder.«

Zögernd lockerte Sulu seinen Griff und bückte sich dann rasch, um das Werkzeug aufzuheben. Benar trat ein paar Schritte zur Seite. Ihr Körper war wieder steif aufgerichtet und ihr Gesicht wirkte so teilnahmslos, wie es Sulu selbst bei Spock nur selten erlebt hatte.

»Also schön«, sagte Sulu und sah vom einen zum anderen. »Möchte mich vielleicht jemand einweihen? Was ist passiert?«

»Sie hat mich Reelan genannt«, erklärte der Romulaner, dessen Gesicht noch immer ungewöhnlich blass aussah.

»Das ist demnach ein Name?« Sulu blickte zu Benar hinüber, die kaum merklich nickte. So, wie sie den Namen herausgebrüllt hatte, hatte es mehr nach einem Fluch geklungen.

»Auf Kalis Drei«, sagte sie. »Ich hatte gedacht, meine Zeit auf Vulkan hätte die Tür zu jener Episode verschlossen, doch offensichtlich ist das nicht der Fall. Für einen Moment...« Sie unterbrach sich und presste die Lippen zusammen.

»Sie hatten einen Flashback«, stellte Sulu fest, der diesen Ausdruck in einem populärwissenschaftlichen Artikel über Psychologie gelesen hatte. »Etwas erinnerte Sie an jene Zeit und plötzlich waren Sie wieder dort, in Gedanken jedenfalls.«

Dr. Benar schluckte schwer und nickte. Sie sah zu Dajan hinüber. »In Zukunft werde ich vorsichtiger sein.«

Dajan war noch bleicher geworden, sofern das überhaupt möglich war. »Sie waren auf Kalis Drei?«

»Das war sie«, antwortete Sulu an ihrer Stelle. »Aber das ist nichts, worüber sie gerne reden möchte, wenn Sie verstehen.«

Für einen langen Moment schwieg der Romulaner. Nur sein Atmen war zu hören, das ihm offenbar plötzlich sehr schwer fiel. Er schloss die Augen, als wolle er so seinen Atem und sein klopfendes Herz wieder unter Kontrolle bringen.

»Reelan«, sagte er und schaute Benar an. »Ich hätte nicht gedacht, dass ich diesen Namen jemals wieder hören würde.«

Dr. Benar nickte. »Er war der Kommandant der Streitkräfte auf Kalis Drei.«

Dajan seufzte und senkte den Blick auf den Sand zu ihren Füßen. »Er war auch mein Bruder.«

8

Obwohl die Wesenheit noch Hunderte von Parsec entfernt war, entdeckte sie die Stimme der Welt.

Die Distanz war noch zu groß für den kristallenen Sensor, um die Stimmen der Primitiven zu unterscheiden oder einzelne Lieder zu erkennen, doch selbst auf diese Entfernung stellte sie eine Veränderung fest. Innerhalb einer Millisekunde analysierte sie die Veränderung und verglich die alten Daten mit den neuen. Eine weitere Millisekunde später hatte sie der Veränderung eine Bedeutung zugeordnet: Es handelte sich um eine Emotion, die ihre Schöpfer als Trauer, vielleicht sogar Verzweiflung bezeichnet hatten.

Und die Stimme war schwächer. Normalerweise hätte der direkt auf das Ziel ausgerichtete kristallene Sensor eine zwar leise, aber fröhliche Symphonie aufgezeichnet. Doch jetzt empfing er, selbst wenn er bis an die äußersten Grenzen seiner Leistungsfähigkeit ging, nicht mehr als ein kaum wahrnehmbares Klagelied.

Die Wesenheit erhob ihre eigene Stimme zu voller Stärke und sandte sie tonlos durch die Leere des Alls, um die Moleküle in der Luft und im Wasser jener fernen Welt in Schwingungen zu versetzen, die die Sprache der in den Ozeanen lebenden Primitiven reproduzierten, einer Sprache, die zu formen sie vor Jahrtausenden selbst geholfen hatte, genau wie die Sprachen auf unzähligen anderen Welten. Keiner der Primitiven auf dieser oder einer anderen Welt würde innerhalb der nächsten tausend Lebensspannen für die Wahre Sprache reif sein. Nur einige wenige hatten bisher die ersten Hinweise dafür geliefert, dass sie die Macht der Sprache entwickeln würden. Die meisten klammerten sich weiterhin an die rohen, materiegebundenen Stimmen, die ihnen lediglich die Macht verliehen, zu kommunizieren und sich zu erinnern, doch nicht die essentielle Macht, die Welt um sie herum zu kontrollieren.

Doch die Hoffnung bestand weiterhin, dass die Mission der Wesenheit eines Tages erfolgreich sein und sie mit dieser Nachricht zu ihren Schöpfern zurückkehren würde. Die Anweisungen der Schöpfer besagten, dass es so sein würde.

Plötzlich veränderte sich die Stimme der näher rückenden Welt.

Das Tempo steigerte sich. Die Lautstärke nahm zu, als die Primitiven allesamt ihre Stimme erhoben, um dem fernen Ruf zu antworten.

Die Trauer wurde durch Hoffnung ersetzt, aber auch durch Furcht.

Ein einzelner Schrei ließ den kristallenen Sensor vibrieren, nicht der Aufschrei eines einzelnen Primitiven, sondern einer, der gleichzeitig von allen ausging, die auf der fernen Welt noch lebten:

Rette uns!

»Ich komme, Mr. Scott«, sprach Kirk in die nächsterreichbare Kommunikationseinheit, »zusammen mit Commander Hiran.«

»Es tut mir leid, Captain«, sagte der romulanische Commander mit düsterer Miene, »aber das wird nicht möglich sein.« Er deutete auf seinen Kommunikator. »Das war das Signal, das besagt, ich werde auf der *Galtizh* gebraucht.«

Kirk zögerte. »Wahrscheinlich aus dem gleichen Grund, aus dem man mich auf der Brücke sehen will, Commander, was immer das auch sein mag.« Er drehte sich wieder zu der Kommunikationseinheit um. »Streichen Sie den letzten Satz, Scotty. Commander Hiran ist auf sein Schiff zurückgerufen worden. Ich begleite ihn zum Transporterraum.«

»Aye, Captain.«

Kirk wandte sich um und schlug den Weg zum nächsten Lift ein. »Was glauben Sie? Ärger bei den Verhandlungen?«

Hiran nickte. »Höchstwahrscheinlich.« Der Romulaner runzelte die Stirn, als sich die Lifttüren schlossen. »Dieser Tiam versteht von Diplomatie genauso viel wie ich von Archäologie.«

»Sie klingen aber nicht sehr optimistisch.«

»Dazu habe ich auch angesichts unseres Freundes Tiam wenig Grund.«

»Es gibt immer noch Sie und mich.«

Hiran stieß ein Schnauben aus. »Was immer das nützen wird!«

»Zumindest kann es nicht schaden«, sagte Kirk, als sich die Lifttüren öffneten und sie hinausgingen.

Hiran warf Kirk einen forschenden Blick zu, während sie den Korridor entlangeilten. »Ich hoffe, Sie haben recht, Föderations-Captain.«

»Das hoffe ich auch, Hiran«, sagte Kirk leise, als sie die Tür des Transporterraums erreichten und eintraten. »Das hoffe ich auch.«

»Ankommender Transport, Sir«, warnte der Fähnrich an den Kontrollen und Kirk legte eine Hand auf Hirans Arm, um ihn zurückzuhalten.

Sekunden später tauchten Riley, Handler und zwei Fähnriche flimmernd auf der Plattform auf.

»Alles in Ordnung, Sir«, meldete der Transporter-Techniker und Hiran trat auf die Plattform. Sein Blick glitt scheinbar gleichmütig über Rileys Gesicht, als die beiden aneinander vorbeigingen.

Hiran stellte sich in einen der Kreise und richtete sein Gesicht auf Kirk. »Wir reden weiter miteinander«, erklärte der Romulaner, »ganz gleich, was die anderen sagen.«

Kirk nickte. »Das werden wir.«

Als Hiran verschwand, drehte sich Kirk zu Riley und Handler um, die an der Tür warteten. Die Fähnriche in ihrer Begleitung waren bereits davongeeilt.

»Ich nehme an, Botschafter«, sagte Kirk, als sie gemeinsam den Weg zum Lift einschlugen, »dass Ihre frühe Rückkehr nicht unbedingt auf eine rasche und freundschaftliche Beilegung sämtlicher Differenzen schließen lässt.«

Riley zuckte zusammen. »Sie haben recht, Sir.« Dann erläuterte er kurz und knapp, was geschehen war und weshalb er sich zu diesem Vorgehen entschlossen hatte. Als sein Bericht endete, hatten sie die Brücke erreicht.

Kirk wandte sich an Spock, als Riley verstummte. »Was halten Sie davon, Spock? Besteht die Möglichkeit, dass die Romulaner tatsächlich nichts von der Existenz der Sonde wissen? Einmal abgesehen von dem, was die Föderation ihnen erzählt hat.«

»Dass sie aufgrund eigener Beobachtungen Kenntnis von der Sonde haben, darf angesichts des Kurses, den sie eingeschlagen hat, praktisch als gesichert angesehen werden.«

»Praktisch?«

»Wie Ihnen zweifellos bekannt ist, Captain…«

»Ich weiß, Spock – *nichts ist jemals absolut sicher.* Nach normalen menschlichen Maßstäben heißt das also, sie wissen mit Sicherheit davon.«

»Nach menschlichen Maßstäben, ja, Captain.« Eine leicht hochgezogene Augenbraue deutete Spocks Ansichten über menschliche Maßstäbe an. »Weniger gewiss ist allerdings, ob Zenturio Tiam über diese Beobachtungen informiert worden ist.«

Riley stieß einen irischen Fluch aus. »So viel also zum Vertrauen auf den Instinkt!«

»Bevor Sie und Ihr Instinkt resignieren, Kevin, warten Sie lieber noch einen Moment, damit Ihr Verstand Sie einholen kann«, meinte Kirk. »Sie haben so oder so richtig gehandelt. Wenn Tiam über die Sonde Bescheid weiß, dann lügt er und Sie haben ihm das zu Recht vorgeworfen. Weiß er nichts davon, dann ist er belogen worden und zwar von seinen Vorgesetzten. Irgendjemand hat gelogen und ob das nun Tiam selbst oder sein Chef in der Zitadelle ist, er muss begreifen, dass wir das wissen.«

Riley schwieg einen Augenblick, schüttelte dann den Kopf und grinste. »Darauf wäre ich auch gekommen, Sir. Im Lauf der Zeit jedenfalls.« Er räusperte sich. »Die Frage ist, was wir tun, wenn Tiam sich weigert nachzugeben? Wenn er weiterhin darauf besteht, dass die Sonde nicht existiert? Weigern wir uns dann ebenfalls, die Gespräche fortzusetzen?«

Kirk zuckte die Achseln. »Sie sind der Botschafter. Es ist Ihre Entscheidung.«

Riley drehte sich zur Kommunikationsstation um und wandte sich an Lieutenant Kittay. »Ich nehme an, Sie können Admiral Cartwright oder den Präsidenten erreichen?«

Kittays Augen wurden bei der Erwähnung des Präsidenten etwas größer, doch sie nickte. »Ja, Sir.«

Bevor Riley ihr jedoch weiter Anweisungen erteilen konnte, erforderte ein eingehender Ruf die Aufmerksamkeit des Lieutenants. Nachdem sie kurz gelauscht hatte, wandte sie sich an Kirk.

»Es ist Commander Sulu, Captain«, sagte sie. »Etwas…«

»Über die Lautsprecher, Lieutenant.«

»Aye, aye, Sir.«

»Kirk hier, Mr. Sulu.«

»Captain, ich dachte, Sie und Hiran wären…«

»Waren wir, doch die Verhandlungen wurden ausgesetzt und Hiran musste zurück auf die *Galtizh.* Was ist dort unten bei den Archäologen los?«

»Um die Archäologie geht es eigentlich weniger, Captain. Ich glaube, Sie sollten herkommen und sich das selbst ansehen.«

»Auf dem Planeten?« Kirk runzelte die Stirn.

»Ja, Sir. Sie erinnern sich doch an den kleinen Auftrag, den Sie mir gegeben haben?«

Aha. Darum also geht es. »Botschafter Riley und ich sind gleich unten.«

Wenige Minuten später materialisierten Kirk und Riley im Schatten der Exodus-Halle. Sulu wartete neben Dr. Benar und dem Leiter des romulanischen Archäologen-Teams. Dajan? Hieß er so? Auf alle Fälle war er Jandras Bruder und ein Bruder der Frau, die Penalt so gründlich ausgestochen hatte, musste einfach zu den Guten gehören.

»Also, Mr. Sulu, berichten Sie.«

Kurz und bündig fasste Sulu zusammen, was er beobachtet hatte. »Sie hatte einen Flashback, der sie zurück nach Kalis Drei brachte«, beendete er seine Ausführungen. »Bei einem ihrer Fluchtversuche benutzte sie ein ähnliches Gerät und der romulanische Commander überraschte sie dabei.«

»Dr. Benar kann man das nicht vorwerfen«, mischte sich Dajan nervös ein. »Es lag an mir. Ich bin ihr zu nahe gekommen, während sie arbeitete. Von ihren Erlebnissen auf Kalis Drei hatte ich keine Ahnung. Hätte ich davon gewusst…«

»Ja«, fuhr Sulu fort, als der romulanische Archäologe den Blick senkte und verstummte, »wie es scheint, steckte mehr hinter der Forderung der Romulaner, Dr. Benar sollte das Team der Föderation leiten, als nur der Wunsch, ›Wiedergutmachung‹ für Kalis Drei zu leisten.« Er nickte zu Dajan hinüber. »Das ist der jüngere Bruder von Reelan, der auf Kalis Drei die Verantwortung trug.«

Kirk hätte angesichts dieser plötzlichen Erkenntnis beinahe laut aufgelacht. Vor seinem geistigen Auge tauchten Bilder von ränkeschmiedenden Romulanern und einem Dr. McCoy auf, der sich ins Fäustchen lachte und wieder einmal erklären konnte: »Ich habe es dir ja gleich gesagt!«

»Demnach«, stellte Kirk fest und dachte an die Warnungen, die sie aus dem Reich selbst erhalten hatten, »ist diese sogenannte Friedensinitiative, selbst wenn sie ehrlich gemeint war, von vornherein sabotiert worden.« Er drehte sich zu dem Romulaner um. »Und was haben Sie uns zu sagen?«

Dajan schluckte nervös. »Nicht sehr viel, fürchte ich. Ich kann Ihnen höchstens versichern, dass nicht alle Romulaner die wahnsinnigen Vorstellungen unserer Führer teilen, Captain Kirk. Und dass sehr viele von uns ihnen ebenso zum Opfer fallen wie Dr. Benar und ihre Kollegen.«

»Inwiefern?«, fragte Kirk, obwohl er diese Tatsache keineswegs bezweifelte. Wenn Menschen nicht aufgrund von Übereinkünften, sondern durch Gewalt und Furcht regiert wurden, musste es zu derartigen Auswüchsen kommen.

»Nach Kalis Drei fiel mein Bruder in Ungnade, allerdings nicht wegen der von ihm begangenen Verbrechen, sondern weil er letzten Endes versagt hatte. Jemand konnte entkommen und die ganze Geschichte erzählen. Bald darauf verschwand er. Höchstwahrscheinlich wurde er hingerichtet. Unsere Eltern wurden zu rituellem Selbstmord gezwungen. Meine

Schwester und mich schickte man ins Exil in die Provinz.«

Irgendeine Reaktion blitzte in Dr. Benars Augen auf, doch niemand hätte zu sagen vermocht, ob es Sympathie oder Genugtuung war, die dort für einen Sekundenbruchteil sichtbar wurde.

»Und doch sind Sie und Ihre Schwester jetzt beide hier und nehmen an der ersten ›Friedenskonferenz‹ teil, die je zwischen unseren Völkern stattgefunden hat«, sagte Kirk.

»Niemand war darüber mehr überrascht als Jandra und ich. Bis vor ein paar Wochen galten wir noch als Abweichler, doch dann, wenige Tage nach dem Tod des Prätors, hätte man glauben können, Kalis Drei hätte niemals existiert. Meine Schwester wurde aufgefordert, bei der Beerdigungsfeier des Prätors zu spielen. Ihr Mann, Tiam, der bis zu diesem Zeitpunkt immer nur ein aufgeblasener Niemand gewesen war, wurde ausgewählt, das Imperium bei dieser Konferenz zu vertreten. Und ich selbst wurde aus den Provinzen zurückgerufen – von einer überraschend vielversprechenden Fundstelle auf einem ansonsten sehr öden Planeten –, um das archäologische Team des Reichs zu leiten.« Er schüttelte wieder den Kopf, wirkte diesmal aber eher niedergeschlagen als nervös. »Jetzt verstehe ich, weshalb. Um sicherzustellen, dass diese Konferenz scheitert.«

»Wegen mir wird sie nicht scheitern«, sagte Benar mit fast tonloser Stimme. »Da ich jetzt über die zusätzlichen Schwierigkeiten Bescheid weiß, denen wir uns gegenübersehen, werde ich noch wachsamer sein. Es wird keine weiteren Zwischenfälle wie jenen geben, den ich heute Morgen zugelassen habe.«

Kirk runzelte die Stirn. »Sie meinen, Sie wollen weiterhin mit Dajan zusammenarbeiten, als wäre nichts geschehen?«

»Nein, Captain, ich meine, dass ich die Arbeit mit Dajan fortsetzen will, wobei ich mir ständig bewusst bin, was geschehen ist und daher eine Wiederholung des Vorfalls vermeiden kann.« Sie sah zu dem romulanischen Archäologen hinüber. »Jedenfalls möchte ich es so halten, sofern kerDajan einverstanden ist.«

Dajans Kopf fuhr hoch. Er war nicht nur überrascht, weil sie die Arbeit mit ihm fortsetzen wollte, sondern auch, weil sie zum erstenmal seinen Titel benutzt hatte. »Es wäre mir eine Ehre weiterzuarbeiten, Dr. Benar.«

»Dann ist diese Sache erledigt«, sagte Benar. Sie sah zur Exodus-Halle hinüber. »Ich schlage vor, wir machen so schnell wie möglich weiter. Die gerade gehörten Tatsachen legen den Schluss nahe, dass uns noch weniger Zeit auf Temaris Vier bleibt, als wir bisher angenommen haben.«

Dajan nickte. »Das sehe ich auch so. Also sammeln wir, was wir kriegen können, selbst wenn morgen schon Schluss ist.« Die beiden Archäologen schienen alles um sich herum zu vergessen, als sich ihre Gedanken wieder der Exodus-Halle und den Erisianern zuwandten.

»Es macht Ihnen doch nichts aus, Dr. Benar«, sagte Kirk, »wenn Commander Sulu vorerst bei Ihnen bleibt? Nur um sicherzugehen.«

Benar sah kurz zu Sulu hinüber und nickte dann. »Darf ich vermuten, Captain, dass er vorhin nicht rein zufällig zum richtigen Zeitpunkt aufgetaucht ist?«

Kirk zuckte die Achseln. »Mr. Sulu ist sehr an Ihrer Arbeit interessiert und wir wussten natürlich auch über Ihre frühere Begegnung mit gewissen Romulanern Bescheid«, gab er zu, »doch von Dajans Verbindung zu Ihnen wussten wir ebenso wenig wie Sie.«

»Das erscheint logisch«, sagte Benar und wandte sich wieder der Exodus-Halle zu.

Kirk und Riley beobachteten, wie die beiden Archäologen, gefolgt von Sulu, auf das Bauwerk zugingen.

»Hinter dieser Geschichte könnte mehr stecken als nur der Versuch, die Konferenz scheitern zu lassen, Captain«, sagte Riley schließlich. »Wer immer dafür verantwortlich ist, hofft vielleicht auf einen ›Zwischenfall‹, der nicht nur die Konferenz beendet, sondern möglicherweise sogar einen Krieg auslöst.«

Kirk nickte und dachte wieder an die verzerrte Stimme aus dem Herzen des Reiches. *Was wäre besser geeignet, friedensbereite Reformer zu stürzen, als das Gespenst des Krieges aufzuwecken?*

»Wie immer ihr Plan auch aussieht«, sagte Kirk und griff nach dem Kommunikator, um das Signal zum Hochbeamen zu geben, »ich kann mir nicht vorstellen, dass sie sich allein auf solche Unwägbarkeiten verlassen wie das, was hier beinahe geschehen wäre. Wenn sie tatsächlich darauf aus sind, einen Zwischenfall zu provozieren, dann haben sie auch noch zuverlässigere – und wahrscheinlich auch geradlinigere Pläne im Ärmel.«

Riley nickte zustimmend, als ihn das Transporterfeld erfasste.

Jutak, der nun wieder die Uniform eines Subzenturio trug, wartete in seinem Quartier, als sein Vorgesetzter zurückkehrte.

»Ich nehme an, Sie haben Neuigkeiten«, sagte der Mann.

»Die habe ich.« Jutak berichtete rasch, was sich zwischen Dajan und Dr. Benar vor der Exodus-Halle zugetragen hatte.

»Hat man Sie gesehen?«

Jutak schluckte nervös. »Nicht während dieses Zwischenfalls. Allerdings glaube ich, dass Sulu mich kurz vorher an einer anderen Stelle des Ruinenfeldes gesehen hat.«

»Hat er Sie erkannt?«

»Das weiß ich nicht.«

Der Mann schwieg mehrere Sekunden. »Es spielt keine Rolle«, sagte er schließlich. »Die beiden werden jetzt zweifellos auf gebührenden Abstand zueinander achten und Kirk wird sie zudem ständig beobachten lassen. Es gibt nichts, was wir da noch tun könnten – jedenfalls soweit es die beiden betrifft.« Zum erstenmal, so weit Jutak sich zurückerinnern konnte, zeichnete sich der Anflug eines Lächelns auf den fast fleischlosen Lippen des anderen ab.

»Die Schwester?«, fragte Jutak. »Nach ihrer Vorstellung beim Begräbnis des Prätors…« Er vollendete den Satz nicht. Penalt wäre das geeignete Instrument, dachte er. Die Demütigung, die der Föderationsmusiker auf dem Empfang hatte hinnehmen müssen, würde zweifellos ein überzeugendes Motiv darstellen.

»Vielleicht.« Falls sich jemals ein Lächeln auf den Lippen gezeigt hatte, war es jetzt verschwunden. »Allerdings gefällt es mir immer noch nicht, Zivilisten in die Sache hineinzuziehen, insbesondere, wenn es andere gibt, die unseren Zwecken ebensogut dienen könnten.« Jutak schwieg. Er wusste, wen der Mann meinte.

Aber er wusste auch, wann es besser war zu schweigen.

Das Gefühl gesteigerter Dringlichkeit hätte Sulu fast dazu gebracht, ungeduldig im Sand auf und ab zu gehen, während Dr. Benar daran arbeitete, die Wand zu durchdringen. Jeder hatte erwartet, dass die Konferenz und damit natürlich auch die Ausgrabungen, zumindest mehrere Tage dauern würden. Doch nun, da sie wussten, dass die Romulaner, oder zumindest eine

Gruppe unter ihnen, fest entschlossen waren, das Treffen zu sabotieren, mussten sie jeden Moment mit dem Befehl rechnen, den Planeten zu verlassen. Sulu konnte sich kaum vorstellen, wie sehr dieses Wissen die Archäologen belasten musste und schon gar nicht, wie sie es schafften, dabei äußerlich so ruhig zu bleiben. Professionalität, dachte er, ganz zu schweigen von Benars vulkanischer Ausbildung. Für Sulu würde das, was sie hier entdecken mochten, interessant, vielleicht sogar faszinierend erscheinen, doch für sie musste es so etwas wie die Grabkammer von Tutanchamun sein: die große Chance ihres Lebens! Benar hatte eine ganze Reihe von Artikeln über die Erisianer verfasst, doch Sulu hatte nur ein paar davon überfliegen können, bevor er seine Studien unterbrechen musste. Schließlich wandte er sich an Dajan.

»Ich habe heute Morgen mit einem Schnellkurs über die Erisianer angefangen«, sagte er, »doch bisher bin ich noch nicht zu dem Teil gekommen, der sich mit den Exodus-Hallen beschäftigt. Ich habe gehört, dass es sie gibt, aber das ist auch schon alles. Man hat sie doch bisher auf allen Herrschaftswelten entdeckt, nicht wahr?«

»Das ist richtig, Commander«, erklärte Dajan. Sulu erkannte, dass der Romulaner froh war, reden zu können, etwas zu tun zu haben, was ihn vom Warten ablenkte. »Ich selbst hatte nie die Möglichkeit, eine mit eigenen Augen zu sehen, doch ich habe die Berichte über Dr. Benars Entdeckungen gelesen. Die von Dr. Erisi entwickelte Theorie besagt, im Innern der Hallen könnten wir Hinweise darauf finden, wohin die Erisianer verschwunden sind, doch bisher ist noch kein Bauwerk entdeckt worden, das gut genug erhalten gewesen wäre, um diese Theorie zu bestätigen oder zu verwerfen.«

»Und wie kam Erisi zu dieser Theorie?«

»Alle Hallen scheinen überkuppelt gewesen zu sein, so wie diese. Man hat einzelne Kuppelfragmente entdeckt und darauf etwas gefunden, bei dem es sich um Fragmente von Sternkarten zu handeln scheint, wobei einzelne Sterne besonders hervorgehoben waren.«

»Eine Art Planetarium«, meinte Sulu, doch Dajan machte ein verständnisloses Gesicht, nachdem sein Translator die Übersetzung geliefert hatte.

»Eines, das sich nicht verändert, Commander«, sagte Dr. Benar über die Schulter, während sie weiterhin das Ausgrabungsgerät über die dünner werdende Wand führte. »Ein statisches Mosaik, es sei denn, ihre Technik wäre noch weiter fortgeschritten, als wir bisher angenommen haben.«

»Wenn diese Kuppel also intakt ist und eine vollständige Karte enthält, dann können Sie feststellen, wohin die Erisianer gegangen sind?«, fragte Sulu nach.

»Vielleicht«, meinte Dajan und warf einen Blick auf Benar, »allerdings nicht ausschließlich aufgrund der Karte. Dr. Benars Arbeiten legen die Vermutung nahe, dass die Kuppeln selbst eher dekorative als informative Elemente darstellen. Die eigentliche Information, die Koordinaten der hervorgehobenen Sterne, könnte in einem kristallinen Speicher versteckt sein. Ein paar dieser Kristalle sind in anderen Exodus-Hallen entdeckt worden, doch man hat ihnen nur wenige Informationen entnehmen können. Alle Kristalle wiesen eine deutliche Gitterstruktur auf und in den meisten fanden sich Spuren eines Feldes, das vermutlich benutzt worden ist, um große Datenmengen in der Gitterstruktur zu speichern. Bedauerlicherweise hatten sich diese Felder mit der Zeit so stark abgeschwächt, dass die Gitterstruktur verändert wurde und der größte Teil der Daten verlorenging. Was übrig blieb, erwies sich als kaum verwertbar.«

Sulu spürte, wie sich sein Herzschlag beschleunigte, als ihm die wahre Bedeutung des Bauwerks klar wurde.

Sulu musste sich geradezu zwingen weiterzuatmen, als er, den Kopf in den Nacken gelegt, zu der kuppelförmigen Decke der Exodus-Halle emporsah.

Die Archäologen hatten Recht gehabt. Im Licht von Dr. Benars Halogenlampe, die für normale Räume, nicht für hunderttausend Jahre alte Planetarien gedacht war, glitzerten Tausende kleiner Lichtpunkte und mehrere hundert größere hoch über ihnen. Nicht der geringste Anflug von Staub trübte das Bild in diesem für die Ewigkeit versiegelten Raum. Der Boden, eine marmorähnliche Substanz, die zu identifizieren sich der Tricorder beharrlich weigerte, wirkte glatt und unberührt. Niedrige Bänke aus dem gleichen unbekannten Material säumten neunzig Prozent der kreisrunden Wand.

Und genau im Zentrum des Raums stand auf einem mannshohen Podest ein Miniaturmodell der Kuppel, bei dem lediglich die hervorgehobenen Sterne sichtbar waren.

Benar hatte nur kurz zur Kuppel emporgeblickt und war dann zielstrebig und mit vorgehaltenem Tricorder auf das Podest zugegangen.

»Intakt«, sagte sie. »Die Gitterstruktur ist stabil. Das Magnetfeld hat sich zwar abgeschwächt, weist aber keine Unregelmäßigkeiten auf.«

Sulu erschauerte bei ihren Worten. Die Erisianer…

»Uns bleibt vielleicht nur wenig Zeit«, erklärte Dr. Benar. »KerDajan, meiner Meinung nach sind die Instrumente an Bord der *Enterprise* eher in der Lage, die Daten zu sichern als die auf Ihrem Schiff. Sind Sie auch dieser Ansicht?«

Dajan zögerte, doch nur für einen kurzen Moment. »Das ist offensichtlich«, meinte er und deutete auf das

Gerät in seiner Hand, die primitive Version eines Tricorders.

»Dann haben Sie keine Einwände, wenn wir es auf die *Enterprise* schaffen?«

Dajan schüttelte den Kopf. »Nein, keine. Aber Tiam und die anderen könnten dagegen sein.«

»Dann werden wir es ihnen eben erst hinterher erzählen.« Sie sah zu Sulu hinüber, der seinen Kommunikator aufklappte und die entsprechenden Anweisungen gab.

9

Es war eine blaugrüne Welt gewesen – wasserblau, salziggrün, das Grün von Plankton, Algen und Meer, so hätten es vermutlich die Augen der Schöpfer empfunden. Doch für die Wesenheit selbst stellte sie nur eine sich ständig verändernde Kombination aus Hunderten spezifischer Wellenlängen dar, die sich im Bereich zwischen Blau und Grün bewegten und dabei weitgehend durch den Dunst und die Wolken der feuchten Atmosphäre abgeschirmt wurden. Hier und dort erhoben sich basaltschwarze Flecken nackten Urgesteins aus dem fruchtbaren Wasser. Wenn an einem von hundert Tagen die Wolkendecke aufriss, hatten sich die Primitiven auf diesen felsigen Erhebungen gesonnt. Darin unterschieden sie sich von den Primitiven auf anderen Welten und auch von den Schöpfern, die vor dem Scheiden nicht in der Lage gewesen waren, das ihre Körper tragende Wasser auch nur für kurze Momente zu verlassen.

Doch nun sonnte sich dort niemand. Jetzt gab es dort nur noch graue, scharfkantige Bauwerke, deren Ausläufer bis in das Wasser hineinreichten.

Und die Milben, die sie erbaut hatten. Genau wie die Milben, die auch andere Welten überschwemmt hatten und in raumtüchtigen, luftgefüllten Metallblasen wohnten, mit denen sie endlos durch die Dunkelheit streiften.

Jetzt waren auch die Stimmen der Primitiven klar und deutlich zu vernehmen.

Rette uns!, riefen sie, nun mit zehntausend einzelnen Stimmen – den einzigen Stimmen, die von den Millionen noch übrig waren, die die Wesenheit bei ihren Dutzenden von Besuchen gehört und aufgezeichnet hatte.

Zehntausend Erzählungen über den Tod ihrer Gefährten fluteten in den kristallenen Speicher, zehntausend Erzählungen von Veränderung, Vertreibung und Qual.

Die Milben?, fragte sie und zehntausend Stimmen bestätigten die Frage zehntausendfach und unmissverständlich.

Warum tun sie das?, fragte sie und zehntausend Stimmen schwiegen verwirrt und voller Schmerz.

Sie dürfen es nicht länger tun, besagten die Anweisungen der Schöpfer, und die Sonde verstummte, als sie ihre ganze Aufmerksamkeit auf die Milben und ihre Bauwerke richtete und auch auf jene in den Metallblasen, die ganz in der Nähe durch das All streiften.

Spock blickte von den Messwerten auf. Der Kristall aus der Exodus-Halle befand sich in einer abgedunkelten Untersuchungskammer. Zwei sich kreuzende Sensorstrahlen tasteten methodisch und sorgfältig die Gitterstruktur bis hinunter auf die molekulare Ebene ab.

»Faszinierend«, sagte Spock und rief damit ein Grinsen auf Sulus erwartungsvollem Gesicht hervor. »Es sieht so aus, als wäre diese Struktur eigens entworfen worden, um jedem, der über eine ausreichend entwickelte Technologie verfügt, raschen und problemlosen Zugriff auf die Daten zu gewähren.«

»Das hört sich an, als sollte man es lesen können«, sagte McCoy. »Ist es das, was Sie meinen?«

»Ganz genau, Doktor. Dabei beschränkt sich die Informationsvermittlung ausschließlich auf eine mathematische Darstellung, unter Verzicht auf sprachliche Elemente. Eine Reihe von Rechenbeispielen, angefangen bei einfachen Additionen und Subtraktionen bis hin zur Vektorenrechnung, dienen zur Klärung der verwendeten Symbole. Tatsächlich stellt die Struktur zum großen Teil eine Art Lehrgang dar. Die übrigen Daten bestehen aus einer Reihe von Koordinaten, wobei offenbar Temaris selbst und das galaktische Zentrum als Referenzpunkte dienen.«

Dajan, der zu dem halben Dutzend Beobachtern zählte, die das romulanische Archäologen-Team repräsentierten, musste an sich halten, um seine Begeisterung nicht lauthals herauszuschreien. »Dann werden wir also bald wissen«, sagte er so ruhig wie möglich, »wohin die Erisianer gegangen sind und ob aus ihnen die Romulaner, die Menschen oder …«

Er unterbrach sich mitten im Satz.

»Aber diese Koordinaten sind mehr als hunderttausend Jahre alt«, meinte er dann. »Während dieser Zeitspanne hat sich die ganze Galaxis verändert. Keiner der Sterne wird noch an seinem alten Platz stehen.«

»Die Bewegungsvektoren sind in die Koordinaten integriert«, erklärte Spock. »Natürlich wird es ein paar Zweifelsfälle geben, doch der größte Teil der hier aufgeführten Sterne dürfte sich problemlos identifizieren lassen.«

Kirk stand im Hintergrund des Labors und beobachtete die Szene. Einerseits wartete er ungeduldig darauf, dass Spocks Analyse endlich verwertbare Resultate lieferte, andererseits registrierte er genau, wer hier war und wer nicht. Tiam, dessen Interesse an archäologischen Dingen offensichtlich erheblich kleiner war als an dem, was er als ›Gleichgewicht‹ betrachtete, war nicht hier.

Hiran beobachtete die Untersuchung aufmerksam und wartete genauso ungeduldig auf die Ergebnisse wie jeder der Archäologen.

McCoy war in erster Linie dort, um, wie er sagte,

»die Romulaner im Auge zu behalten«, und Commander Scott unterstützte ihn bei diesem Vorhaben.

Bemerkenswerterweise schienen die Einzigen, die außer ihm und Commander Hiran praktisch ohne Spannungen zusammenarbeiteten, Dajan und Dr. Benar zu sein.

Spock löste seinen Blick abermals von der Anzeige der Messwerte und drehte sich zu dem holographischen Projektor an der Wand hinter der Untersuchungskammer um. Einen Augenblick später erschien das Abbild eines kleinen Ausschnitts des Sternenhimmels, der das Temaris-System umgab, in der Luft über der Kammer.

»Der erste Koordinatensatz wird jetzt in die Gegenwart extrapoliert«, sagte Spock. »Das Ergebnis wird in dieses Bild eingeblendet.«

Noch während der Vulkanier sprach, tauchte am rechten unteren Rand der Projektion ein leuchtender Punkt auf, umgeben von einer Reihe flimmernder Zahlen. Langsam wanderten Punkt und Zahlen nach oben und gleichzeitig nach hinten. Als sie sich dem oberen Rand näherten, begann die ganze Abbildung zu wandern, um ihnen zu folgen, so wie eine Holokamera, die eine Flotte von Raumschiffen im Blick behalten will. Ein Teil der Zuschauer schien den Atem anzuhalten, als hätten sie alle ein Lotterielos erworben und warteten nun darauf, dass die letzte Nummer gezogen wurde.

Schließlich wurde die Projektion langsamer und kam zum Stillstand. Die Zahlen hörten auf zu flimmern und wurden zu einem klar erkennbaren Satz von Koordinaten.

McCoy öffnete als erster den Mund. »Ich sage es ja nur ungern, Spock, aber dieser Punkt liegt ungefähr ein halbes Parsec vom nächsten Stern entfernt.«

»Dessen bin ich mir durchaus bewusst, Doktor«, erklärte Spock, während er die detaillierten Angaben auf dem Schirm, an dem er zuvor schon gearbeitet hatte, zu Rate zog. »Er ist jedoch weniger als hundert Astronomische Einheiten vom Edris Pulsar entfernt.«

»Ein Pulsar?« McCoys Frage wurde von leisen, enttäuschten Seufzern einiger Archäologen begleitet.

»Soll das heißen, dass die Daten fehlerhaft waren?«, fragte einer von ihnen.

»Oder dass diese Koordinaten nichts mit dem Ziel der Erisianer zu tun haben?«, wollte ein anderer wissen, in dessen Stimme die Enttäuschung deutlich mitschwang.

»Das kann ich im Moment noch nicht sagen«, erklärte Spock so gelassen wie immer. »Die Extrapolation des nächsten Koordinatensatzes nähert sich dem Abschluss.«

Das Bild flackerte und veränderte sich. Ein völlig anderer Ausschnitt des Himmels wurde sichtbar, diesmal offenbar mit Blickrichtung auf das galaktische Zentrum. Wieder tauchten ein Lichtpunkt sowie sich rasch ändernde Koordinaten auf und das Bild folgte ihrer Bewegung.

»Faszinierend«, bemerkte Spock, als das Bild zum Stillstand kam.

»Das ist kaum das Wort, das ich wählen würde, Spock«, meinte McCoy. »Aber wenigstens hat das Ding diesmal tatsächlich einen Stern gefunden, auch wenn es ein Weißer Zwerg ist. Ich bezweifle allerdings, dass wir dort von Erisianern wimmelnde Planeten finden.«

»Damit haben Sie aller Wahrscheinlichkeit nach recht, Doktor.«

Ein dritter Himmelsausschnitt und ein dritter Satz Koordinaten erschienen. Als der Lichtpunkt anhielt, befand er sich im Zentrum eines Ringnebels.

»Was haben wir denn da nun eigentlich gefunden?«, platzte einer der Föderationsarchäologen heraus. »Nichts als einen Katalog explodierter Sterne?«

»Das scheint der Fall zu sein«, sagte Spock. »Allerdings war noch keiner dieser ersten drei Sterne explodiert, als die Koordinaten gespeichert wurden. Unseren Daten zufolge hat die erste der drei Explosionen erst rund dreißigtausend Jahre später stattgefunden.«

Für einen Moment herrschte absolute Stille, doch dann war die Luft plötzlich erfüllt von lebhaften Diskussionen, genau wie beim Empfang am Vorabend. Jeder einzelne Archäologe redete auf mindestens einen anderen ein, ob man ihm nun zuhörte oder nicht.

Hiran wandte sich lächelnd an Kirk. »Immerhin wird es wohl nicht an Ideen mangeln, was das alles zu bedeuten haben könnte.«

»Bringen Sie uns hier raus!«, rief der Commander der *Azmuth.* »Höchstgeschwindigkeit!«

So also sieht die Chance meines Lebens aus!, dachte sie bitter. Tausende von Toten auf Wlaariivi, Opfer der unvorstellbaren Waffen jenes Giganten, dazu Hunderte auf der *Henzu,* die von den Heimatwelten auf Wlaariivi zugerast war und noch weitere auf dem namenlosen Frachtschiff, das zu seinem Pech wenige Minuten zuvor aus dem Warp gefallen war. Und vielleicht noch ein paar Dutzend auf der *Azmuth,* falls dieses Ding sie auch noch aufs Korn nahm. Weder die *Azmuth* noch irgendein anderes Schiff konnte dem Monster entkommen, wenn es sich zu einer Jagd entschloss, oder sich im Fall eines Angriffs verteidigen.

Von ihrem fernen Beobachtungsposten aus hatte sie seine Geschwindigkeit und seine Macht miterlebt. Die *Henzu* hatte mit all ihren Waffen zugeschlagen, doch nichts davon hatte das Ziel erreicht. Die Phaserstrahlen waren schon nach wenigen Metern abgelenkt und in alle möglichen Richtungen zerstreut worden, bevor sie ganz verschwanden. Und die Photonentorpedos waren Mikrosekunden nach dem Abschuß von den Sensoren der *Azmuth* nicht mehr zu orten; sie hatten nicht einmal eine Spur von Strahlung hinterlassen.

Und dann hatte das Ding zurückgeschlagen, obwohl weder der Commander selbst noch die Sensoren der *Azmuth* den Gegenschlag wahrnahmen. Weder Phaser noch Photonentorpedos wurden registriert, ja nicht einmal Laserstrahlen oder feste Projektile. Doch umso deutlicher war das Ergebnis des Gegenschlags sichtbar. Gleichzeitig brach die Energieversorgung sowohl auf der *Henzu* als auch auf dem mehrere Millionen Kilometer entfernten Frachter vollständig zusammen. Sekunden später gab es nur noch zwei sich ausdehnende Wolken, als sämtliche Einzelteile der beiden Schiffe in ihre Moleküle und Atome aufgelöst wurden.

Der einzige Vorteil, den der Commander sich aus dieser Katastrophe erhoffen konnte – vorausgesetzt, die *Azmuth* erlitt nicht das gleiche Schicksal wie die beiden Schiffe und die Niederlassungen auf Wlaarivi –, bestand in der ›Chance‹, die Heimatwelten von dem Geschehen zu unterrichten. Irgendjemand dort war offensichtlich an dem Ding interessiert, denn andernfalls hätten sie nicht mindestens zwei Schiffe mit Höchstgeschwindigkeit hinter ihm hergejagt. Und seine Existenz wohl auch nicht so vehement geleugnet. Aber natürlich hatte niemand mit diesem Ergebnis gerechnet und nun war die Kommandantin, sofern sie überlebte, die Einzige, die ihnen diese Information liefern konnte, wer ›sie‹ auch waren und was sie vorhaben mochten.

Das war immerhin etwas.

»Das Objekt folgt uns nicht«, meldete der Subcommander. »Es fliegt auf dem gleichen Weg zurück, den es gekommen ist.«

Sie würde also überleben! Und möglicherweise doch einen gewissen Nutzen aus dem Desaster ziehen. Vorausgesetzt, derjenige, den sie erreichte, hielt ihre Nachricht für wichtiger als die Tatsache, dass sie an einem Ort gewesen war, an dem sie eigentlich nicht hätte sein dürfen.

Sie drehte sich zum Kommunikationsoffizier um.

Nach der Zerstörung überprüfte die Wesenheit viele Sekunden lang wieder und wieder nicht nur die Milben und deren Aktionen, sondern ebenso ihre eigenen Handlungen und suchte vergeblich nach einer Antwort.

Aufgrund der Anweisungen, die sie von ihren Schöpfern erhalten hatte, hatte sie die Milben ausgelöscht, die die Primitiven auf der blaugrünen Welt auszurotten drohten. Nachdem die Vernichtung erfolgreich beendet war, hatten die Milben in den raumtauglichen Metallblasen sie angegriffen.

Und von irgendwoher – nicht aus den Instruktionen der Schöpfer, sondern aus den kristallenen Schatten ihrer eigenen verlorenen Erinnerungen – war eine Reaktion erfolgt. Sie hatte hinausgegriffen und die Energie so rasch und effektiv absorbiert und zerstreut, dass nicht das kleinste Quentchen ihre physische Struktur erreicht hatte. Und sie hatte zurückgeschlagen und die Milben mitsamt den Blasen in ihre Atome aufgelöst.

Bei einem Lebewesen hätte man von einer Reflexreaktion gesprochen, der Reaktion auf eine Situation, die keine Zeit ließ für eine bewusste Überlegung, gefolgt von der Entscheidungsfindung und der daraus resultierenden Handlung, sondern ein instinktives Reagieren erforderte, etwa so, wie man den Finger aus einer offenen Flamme zurückriss.

Doch die Schöpfer hatten in ihren Instruktionen keine derartige Reaktion vorgesehen. Die Wesenheit war so programmiert, dass jede Reaktion das logische Ergebnis von Beobachtungen, Berechnungen und Entscheidungen sein sollte, die oft viele hundert Millisekunden erforderten. Doch diese Reaktionen waren in weniger als einer Millisekunde ausgelöst worden. Und sie waren nicht aufzuhalten gewesen, hatten sich außerhalb der bewussten Kontrolle der Wesenheit befunden.

Und die Wesenheit konnte den Ursprung der Instruktionen, die diese Reaktion ausgelöst hatten, nicht lokalisieren. Wie jene Primitiven auf der blauen Welt hatten sie zuerst nicht existiert und einige Zeit später waren sie dann plötzlich dagewesen.

Und die Zeitspanne zwischen der Nichtexistenz und der Existenz gehörte zu jenen Erinnerungen, die die Wesenheit nicht abrufen konnte. Irgendetwas war ihr widerfahren. Sie wusste, wo das geschehen war – am Rand der Galaxis, dreißigtausend Parsec von der Heimatwelt entfernt –, und auch wann: einhundertdreiundneunzig Jahrtausende nach ihrer Erschaffung. Aber sie wusste nicht, was geschehen war. Sie erinnerte sich nur noch, dass sie einer ganzen Gruppe von raumfahrenden Milben begegnet war, Zehntausenden, die in scharfkantigen, würfelförmigen Blasen lebten. Dann folgte eine Zeitspanne, die in ihrer Erinnerung nicht existierte. Und als sie wieder einsetzte, stellte sie erhebliche Schäden an ihrer Struktur fest, Schäden, die zum größten Teil bereits wieder repariert waren. Diese Schäden, das sagte ihr die Logik, mussten auch Teile der kristallenen Pfade in Mitleidenschaft gezogen haben, die ihre Erinnerungen speicherten. Und während die physische Struktur wieder in den ursprünglichen, unbeschädigten Zustand versetzt werden konnte, war das bei der Erinnerung unmöglich. Was verloren war, war verloren.

Irgendwann in jener verlorenen Zeitspanne mussten diese Instruktionen entwickelt und unwiderruflich verankert worden sein. Die Wesenheit erkannte rasch, dass eine gewisse Logik in der Entwicklung derartiger

Instruktionen lag. Ihre Existenz und die dadurch garantierten, fast augenblicklichen Reaktionen verhinderten neuerliche Schäden wie jene, die offensichtlich durch die Waffen der Milben hervorgerufen worden waren. Statt sich zehn oder hundert Millisekunden Zeit nehmen zu müssen, um die Gefahr zu studieren und einzuschätzen, bevor sie zurückschlug, reagierte die Wesenheit jetzt binnen einer Millisekunde und vermied damit jegliche Beschädigung.

Dennoch war die Wesenheit beunruhigt. Bei jenem Zwischenfall, an den sie sich nicht erinnern konnte, hatten raumfahrende Milben eine Rolle gespielt, nicht unähnlich jenen, die sie auf zehntausend Welten angetroffen hatte und auch jenen vergleichbar, die vor dem Scheiden die Landgebiete auf der Welt ihrer Schöpfer infiziert hatten. Das Verschwinden und Wiederauftauchen der Primitiven auf der blauen Welt hatte etwas mit raumfahrenden Milben zu tun. Und die Primitiven auf der blaugrünen Welt waren fast völlig – und vorsätzlich – von raumfahrenden Milben ausgerottet worden.

Die Wesenheit traf eine Entscheidung. Sie musste mehr wissen. Die offenen Fragen deuteten auf eine Gefahr für ihre Mission – und ihre Existenz – hin. Deshalb musste sie ihre Mission unterbrechen, bis diese Fragen beantwortet waren oder definitiv feststand, dass es keine Antworten gab.

Sie würde zur blauen Welt zurückkehren. Jetzt, da sie wusste, zu welchen Schreckenstaten die Milben fähig waren, musste sie noch einmal mit den beiden Primitiven sprechen. Sie würde sie noch einmal befragen und herauszufinden versuchen, wieso es erst Millionen von ihnen gegeben hatte, dann gar keine mehr und dann wieder zwei. Sie würde ihr neuerworbenes Wissen über die Milben nutzen, um ein besseres Verständnis dessen zu gewinnen, was die Primitiven antworteten. Und sie würde auch die Milben selbst studieren, obgleich deren Unfähigkeit zu kommunizieren ein unüberwindliches Hindernis darzustellen schien.

Zuvor hatte sie keine andere Wahl gehabt, als ihre Mission fortzusetzen; jetzt blieb ihr nichts anderes übrig, als sie vorübergehend zu unterbrechen.

Der kristallene Sensor tastete hinaus und berührte jene ferne Welt, obwohl die Distanz viel zu groß war, um ihre geschwächte Stimme zu vernehmen. Die Wesenheit überprüfte den Raum, der sie von jener Welt trennte und berechnete einen Kurs, der sie auf dem kürzesten und schnellsten Weg dorthin bringen würde.

10

CAPTAINS LOGBUCH, STERNZEIT 8492.5:

Gerade ist eine weitere jener mysteriösen Botschaften aus dem Reich auf dem Umweg über Admiral Cartwright zu uns gelangt. Die Sonde hat irgendetwas getan, das die Interimsregierung aufgescheucht hat, doch unser Informant ist offensichtlich nicht mit den Einzelheiten vertraut. Er weiß lediglich – oder sagt zumindest nicht mehr –, dass mehrere Funksprüche von höchster Priorität und höchster Geheimhaltungsstufe mit einem Schiff namens *Azmuth* ausgetauscht worden sind, dessen letzte bekannte Koordinaten sehr dicht bei dem Punkt liegen, an dem die Sonde den Berechnungen der Föderation zufolge in romulanisches Gebiet eindringen sollte.

Spock hat mittlerweile die erste Sichtung der Daten aus der Exodus-Halle beendet, aber wir wissen immer noch nicht mehr darüber, wohin die Erisianer gegangen sind – oder ob sie überhaupt irgendwohin gegangen sind –, als vor Temaris. Nach der letzten Zählung passen etwas mehr als tausend der insgesamt zehntausend Koordinatensätze zu bekannten Objekten, darunter die Überreste von dreiundzwanzig Supernovae, rund fünfhundert Novae sowie eine ähnlich große Zahl von teilweise sehr stark pulsierenden Sternen. Wie Dr. McCoy treffend be-

merkte: »Wenn das die Sterne sind, zu denen die Erisianer auswandern wollten, sollten sie besser ihren Reiseveranstalter feuern.« Die derzeit meistgehörte Theorie besagt, dass die Koordinaten nichts mit dem Fortgehen der Erisianer zu tun haben, sondern Teil einer Langzeitstudie sind, die das Verhalten instabiler Sterne erforscht. Allerdings hat bisher niemand einen überzeugenden Grund nennen können, weshalb die Koordinaten und die Sternkarten wie Heiligtümer in einer Reihe von ›Museen‹ auf jeder bekannten erisianischen Welt aufbewahrt wurden.

Unsere vordringliche Sorge gilt jedoch der diplomatischen Entwicklung. Nach fast dreitägigem Schweigen – abgesehen von seiner mit versteinerter Miene vorgebrachten Begrüßung beim Empfang auf der *Galtizh* am gestrigen Abend und der widerwillig zurückgezogenen ›Forderung‹ nach dem Kristall aus der Exodus-Halle – hat Tiam plötzlich um ein zweites Treffen mit Botschafter Riley nachgesucht. Ob seine Bitte etwas mit dem Kristall oder den angeblichen Aktivitäten der Sonde zu tun hat – oder gar mit ihrer angeblichen Existenz –, wird sich vermutlich auf der für 1400 Uhr angesetzten Begegnung herausstellen. Ein weiteres Rätsel stellt das ›informelle‹ Treffen dar, um das mich Commander Hiran gebeten hat und das weder auf der *Enterprise* noch der *Galtizh,* sondern auf Temaris stattfinden soll und zwar ebenfalls um 1400 Uhr.

»Sie werden also nicht anwesend sein, Captain Kirk?«

Tiam, diesmal nur in Begleitung von zweien seiner Assistenten, setzte eine gekränkte Miene auf, als er die Transporterplattform verließ, doch das Leuchten in seinen Augen verdarb den gewünschten Eindruck. *Irgendetwas muss ihn seit gestern Abend erheblich aufgemuntert haben,* dachte Kirk.

»Ich fürchte nein, Botschafter. Ich habe etwas mit Commander Hiran zu besprechen.«

Für einen Sekundenbruchteil schien sich Tiams Gesicht zu verfinstern. »Ich verstehe.« Er drehte sich um und sah zu Kirk zurück, als die beiden Fähnriche vortraten, die ihn und seine Assistenten zum Konferenzraum eskortieren sollten. »Ich möchte Sie daran erinnern, genau wie ich das bereits bei Commander Hiran getan haben, dass Botschafter Riley und ich die einzigen offiziellen Vertreter unserer Regierungen sind.«

»Ich werde es nicht vergessen, Botschafter. Anders möchte ich es auch gar nicht haben.« *Und ich bin froh zu sehen, dass Hirans Wunsch, mit mir zu sprechen, offensichtlich nicht deine Idee war.*

»Es freut mich, das zu hören, Captain.« Ein leiser Unterton in Tiams Stimme verriet Kirk, dass Hiran die Ermahnung offenbar nicht so freundlich aufgenommen hatte.

»Bereit, Captain«, meldete der Transportertechniker.

»Danke, Fähnrich«, erwiderte Kirk und stellte sich auf eine der Transporterscheiben. Sekunden später erfasste ihn das Energiefeld und die *Enterprise* wurde durch die Ruinen von Temaris Vier ersetzt.

Hiran wartete bereits. Seine Miene wirkte ernst, sein Blick war auf die ein Dutzend Meter entfernte Exodus-Halle gerichtet.

»Abermals willkommen auf Temaris Vier, Captain Kirk. Haben die Verhandlungen schon angefangen?«

»In ein paar Minuten. Oder zumindest *irgendetwas* wird dann beginnen. Es könnte ganz interessant sein zuzusehen, was passiert.«

Ein leises Lächeln erschien auf Hirans Gesicht. »Darf ich annehmen, dass Botschafter Tiam Sie davor gewarnt hat, Diplomat zu spielen? Nicht dass es ihn selbst von dem Versuch abhalten würde.«

Kirk lachte. »Er hat mich daran erinnert, dass weder Sie noch ich ›Offizielle‹ Regierungsvertreter sind.«

»Umso schlimmer.« Hiran seufzte und verfiel in Schweigen. Kirk fragte sich, was der Romulaner wohl gesagt haben mochte, um den Translator zu veranlassen, ausgerechnet diese typisch menschliche Phrase zu verwenden.

»Was wissen Sie über Kalis Drei, Föderations-Captain?«

Kirk kaschierte seine Überraschung durch ein Stirnrunzeln. »Ich weiß, dass es nicht gerade eine der Sternstunden des Reiches war. Warum fragen Sie?«

Der Romulaner schwieg mehrere Sekunden. Schließlich straffte er sich noch mehr, als dies normalerweise der Fall war. »Ich gewinne langsam den Eindruck, dass diese ganze Konferenz auch nicht zu unseren Sternstunden zählt, wie Sie es ausgedrückt haben.«

Kirk sah sich abermals gezwungen, seine Überraschung durch ein Stirnrunzeln zu verbergen. »Wären Sie vielleicht bereit, den Zusammenhang zwischen Ihren letzten beiden Bemerkungen zu erläutern, Commander?«

Ein leises Lächeln umspielte die Mundwinkel des Romulaners und verschwand wieder. »Sehr gut, Föderations-Captain. Sie drücken sich sehr vorsichtig aus. Sie bitten um eine Erklärung, ohne zu bestreiten, dass Sie meine Antwort vielleicht schon kennen.«

»Und wenn es so wäre?«

»Ich würde Sie nicht direkt danach fragen.«

Kirk nickte. »Sie sind ebenfalls vorsichtig, Commander. Da Sie aber sowohl dieses Treffen als auch das Gesprächsthema …«

»Ich nehme an, Sie wissen, welche Erfahrungen Dr. Benar auf Kalis Drei machen musste.«

»Das ist richtig. Man hat mir zu verstehen gegeben, die Möglichkeit, hier auf Temaris zu arbeiten, sei als Wiedergutmachung gedacht.«

»Das hat man mir auch erzählt. Genau wie vielen anderen.«

»Aber...« hakte Kirk nach, als Hiran wieder verstummte.

»Wussten Sie auch, dass derjenige, mit dem Dr. Benar in erster Linie zusammenarbeiten muss, der Bruder des Mannes ist, der auf Kalis Drei das Kommando hatte?«

»Dajan, der Bruder von Reelan. Ja, das weiß ich, aber erst seit zwei Tagen.«

»Woher haben Sie dieses Wissen, Föderations-Captain?«

»Woher haben *Sie* es? Oder wussten Sie schon die ganze Zeit über Bescheid?«

»Nein! Wenn ich...« Hiran unterbrach sich und schüttelte den Kopf. »Ich hoffe, in dem Fall hätte ich genau das getan, was ich auch jetzt tue.«

»Ich wollte Sie nicht beleidigen, Commander«, sagte Kirk. »Ich suche lediglich nach Informationen.«

»Sie haben mich nicht beleidigt, Captain. Wenn ich beleidigt wurde, dann nur durch die Handlungsweise meiner eigenen Leute. Wie haben Sie davon erfahren – vor zwei Tagen, sagten Sie?«

»Von Dajan und Dr. Benar selbst.«

»Dann wissen sie es also?«

»Sie haben es herausgefunden, kurz bevor sie die Exodus-Halle betraten.«

»Und dennoch arbeiten sie noch immer zusammen?«

»Es gab ein paar kritische Momente, als jeder herausfand, wer der andere war, doch sie gelangten beide zu der Überzeugung, dass diese Sache nicht den Fortgang der Arbeit auf Temaris beeinträchtigen dürfe.

Wenn sich überhaupt etwas geändert hat, dann arbeiten sie jetzt schneller und effizienter als zuvor.«

Hiran wirkte überrascht, doch dann begriff er. »Ja, natürlich. Wenn ihre Auswahl ein Versuch war, die Konferenz zu sabotieren, dann wird es aller Wahrscheinlichkeit nach auch noch weitere Versuche geben – Versuche, die Erfolg haben und damit nicht nur die Konferenz, sondern auch die Ausgrabungen beenden könnten.«

»Genau«, stimmte Kirk zu. »Ich nehme sogar an, dass dies einer der Gründe war, weshalb Dajan so schnell zugestimmt hat, den Kristall zur Analyse auf die *Enterprise* zu schaffen.«

Hiran schmunzelte. »Dann hat es sich ja bereits ausgezahlt, dass sie die Wahrheit erfahren haben. Die im Kristall enthaltenen Informationen sind ohne Verlust geborgen worden und Tiam hat sich fürchterlich aufgeregt.«

»Er wirkte tatsächlich etwas ungehalten«, meinte Kirk. »Aber sagen Sie, Commander, haben Sie eine Vorstellung, weshalb er plötzlich um ein zweites Treffen gebeten hat? Hat er sich entschlossen zuzugeben, dass die Sonde tatsächlich existiert?«

»Ich bin weder mit seinen Gedankengängen noch mit den Botschaften vertraut, die er aus der Zitadelle erhält. Ich weiß nur, dass ein recht reger Funkverkehr stattgefunden hat.«

Wahrscheinlich hat er ganz ähnliche Meldungen erhalten wie die Föderation durch ihren geheimen Informanten, dachte Kirk und für einen Moment erwog er, den Commander ins Vertrauen zu ziehen. Aber nein, es handelte sich schließlich nicht um ein Privatgeheimnis, sondern um eines der Föderation und auch wenn sein Instinkt ihm riet, Hiran zu vertrauen, wäre es sträflicher Leichtsinn gewesen, diesem Gefühl nachzugeben. Selbst wenn Hiran hundertprozentig vertrauenswürdig war, so gab es doch eindeutig andere an Bord der *Galtizh*, von denen man das nicht behaupten konnte. Und wer immer im Reich sein Leben aufs Spiel setzte, um diese Informationen hinauszuschicken, konnte mit Sicherheit darauf verzichten, dass ein Raumschiff-Captain, von dem er noch nie gehört hatte, aus einem Gefühl heraus seine Überlebenschancen noch weiter verminderte.

»Macht nichts«, meinte Kirk, »wir werden es früh genug erfahren. Aber sagen Sie, Commander, haben Sie eine Ahnung, welche Pfeile diese Saboteure noch im Köcher haben könnten?«

»Tiam natürlich.«

»Natürlich. Ist er ein ahnungsloses Werkzeug, so wie Dajan, oder einer der Verschwörer?«

»Ein Werkzeug, vermute ich, obwohl das auch Wunschdenken sein könnte. Soweit ich über seinen Hintergrund informiert bin, war er ein Beamter der mittleren Ebene ohne besondere Bedeutung.«

Kirk nickte. »Dajan hat das gleiche gesagt. Ich vermute, Tiam wurde in erster Linie wegen seiner Ehe mit Dajans Schwester ausgesucht. Er ist ohne erkennbaren Grund befördert worden, genau wie Dajan und Jandra ohne ersichtlichen Anlass ›rehabilitiert‹ wurden.«

»Abgesehen von ihrer engen Verbindung zu Reelan und Kalis Drei.«

»Ganz recht«, stimmte Kirk zu. »Könnten Sie irgendwie herausfinden, wer Tiam für diese Aufgabe empfohlen hat?«

Hiran runzelte nachdenklich die Stirn. »Vielleicht, aber das ginge nicht ohne Funksprüche an die Zitadelle, die zweifellos Verdacht erregen würden.«

»Dann lassen Sie es«, sagte Kirk. *Das würde mir gerade noch fehlen, den einzigen Romulaner von Rang zu verlieren, dem man, zumindest vorläufig, vertrauen kann,* dachte er. »Stellen Sie lieber ein paar diskrete Nachforschungen an, wenn das hier vorbei ist und Sie wieder zu Hause sind.«

»Das werde ich mit Vergnügen tun, Föderations-Captain«, lächelte Hiran. »Aber vielleicht kann ich Ihnen, solange die Saboteure noch keinen Erfolg gehabt haben, die versprochene Führung durch die *Galtizh* anbieten.«

»Es wäre mir eine Ehre, Commander«, entgegnete Kirk und erwiderte das Lächeln.

»Dann sollten wir besser keine Zeit verschwenden«, meinte Hiran und griff nach seinem Kommunikator.

Zum erstenmal seit Beginn der Mission war der Commander – er fand es immer noch schwierig, sich selbst als etwas anderes zu betrachten, auch wenn Hiran derzeit diesen Titel trug – zufrieden.

Über ihm, auf der *Enterprise,* würde die ›Friedenskonferenz‹, zu der es in einem vernünftigen Universum gar nicht erst gekommen wäre, ihr Ende finden, sobald dieser Hanswurst Tiam und der Botschafter der Föderation ihr bedeutungsloses Ritual hinter sich gebracht hatten. Doch hier unten auf Temaris würde die eigentliche Arbeit erledigt werden. Hiran würde seinen Lohn erhalten, genau wie sein Gegenstück auf Seiten der Föderation.

Und ihrer beider Tod würde sicherstellen, dass sich so eine gefährliche Dummheit nicht so bald wiederholen würde.

Die Verräter – ›Reformer‹, wie sie sich selbst nannten! –, die sich an die Macht geschwindelt hatten, würden innerhalb von Tagen, wenn nicht gar Stunden, wieder verschwunden sein und nie mehr auftauchen. Falls sich die Föderation nicht überzeugen ließ, dass ihr legendärer Captain Kirk einen Romulaner kaltblütig ermordet hatte, was machte das schon? Im Reich musste man daran glauben und dort galten Verrat und *Föderation* als Synonyme. Kaum jemand würde die Vorstellung ablehnen, die Föderation hätte jenes durch das All reisende Monster dazu gebracht, Tausende von Romulanern auf Wlaariivi niederzumetzeln. Und ebenso wenig würde jemand bezweifeln, dass ein Captain der Föderation, der sich mit den unwiderlegbaren Beweisen seiner Mitwirkung an dieser Heimtücke konfrontiert sah, den romulanischen Commander töten würde, der ihm eben diese Beweise vorlegte. Falls nötig, würden Zivilisten das geheime Einverständnis zwischen den beiden bezeugen, bevor es zu dem Zusammenstoß kam. Und er selbst konnte von dem Ärger und der Enttäuschung des auf naive Weise reformorientierten Hiran berichten, als der Beweis für die arglistige Täuschung des Föderations-Captains ihn zwang, seine eigene Leichtgläubigkeit einzusehen. Dieses Szenario, das ihm praktisch im gleichen Moment eingefallen war, als ihn die Nachricht über Wlaariivi erreichte, würde mindestens so effektiv sein wie jene Szenarien, die er früher erwogen hatte und zudem noch weitaus befriedigender.

Doch wo steckte Jutak? Er schaute sich um und empfand zum erstenmal Unbehagen. Kirk und Hiran hatten mehrere Minuten miteinander gesprochen, doch Jutak war noch immer nicht mit dem Phasergewehr zurückgekommen, das er zu einem früheren Zeitpunkt in den Ruinen versteckt hatte. Er tastete nach seinem eigenen Phaser und überlegte, ob er ausreichen mochte, falls Jutak auf unvorhergesehene Probleme traf. Wenn er nahe genug an die beiden herankam und so schnell handelte, dass ihnen keine Zeit mehr blieb, Hilfe zu holen…

Nein! Hiran hob seinen Kommunikator! Gleich würden sie sich auf die *Galtizh* beamen lassen und die Chance ginge verloren.

Er packte den Phaser und stürmte aus der Deckung der Ruinen hervor.

Commander Kevin Riley forderte Tiam und seine Assistenten auf, Platz zu nehmen, bevor er und Fähnrich Handler sich ebenfalls setzten. Nur zwei diesmal, dachte Riley, während es beim letztenmal noch vier waren. Sollte er dieser Tatsache irgendetwas entnehmen?

Die Arrangements für dieses Treffen ähnelten jenen bei ihrer ersten Begegnung auffällig, obwohl die Unterredung diesmal auf der *Enterprise* und nicht auf der *Galtizh* stattfand. Ein rechteckiger Tisch von vergleichbarer Größe befand sich in einem Raum, dessen Ausstattung fast ebenso spartanisch war wie auf der *Galtizh.* Die Insignien von Föderation und Reich, die die Wände hinter den jeweiligen Delegationen schmückten, waren etwas dezenter ausgeführt. Neben den runden und quadratischen Gläsern, die Fähnriche der *Enterprise* auf dem Tisch platziert hatten, standen Karaffen mit frisch destilliertem Quellwasser.

»Ich heiße Sie Willkommen, Botschafter Tiam«, sagte Riley höflich.

»Danke, Botschafter Riley. Ich freue mich feststellen zu können, dass Sie bereit waren, meiner Bitte nachzukommen.«

»Es ist mir ein Vergnügen, Botschafter Tiam«, erwiderte Riley und überlegte, was die Laune des Romulaners nach der kürzlichen Auseinandersetzung um den erisianischen Datenkristall gebessert haben mochte. »Darf ich fragen, ob der Transfer der Daten aus dem erisianischen Kristall zum Computer der *Galtizh* zufriedenstellend verlaufen ist?«

»Äußerst zufriedenstellend, Botschafter Riley, obwohl diese Daten offenbar nicht alles enthalten, womit die Anhänger von Dr. Erisi vielleicht gerechnet hatten.«

Riley zuckte leicht die Achseln. »Sie werden aber zugeben müssen, dass sie trotzdem sehr interessant sind. Außerdem gibt es noch mehrere tausend Koordinatensätze, die erst noch bekannten Objekten zugeordnet werden müssen.«

»Ach ja, Botschafter Riley, genau zu diesem Punkt wollte ich Ihnen noch etwas mitteilen.« Tiam streckte eine Hand aus und einer seiner Assistenten reichte ihm eine Mappe. Tiam warf einen kurzen Blick darauf und lächelte, als er sie zu Riley hinüberschob. »Wir haben weitere fünfhundert Datensätze identifiziert.«

»Vielen Dank, Botschafter«, sagte Riley und nahm die Mappe. »Entsprechen die von Ihnen identifizierten Objekte den ersten tausend?«

»Ja, Botschafter Riley, es handelt sich durchweg um Novae, Supernovae und veränderliche Sterne.«

»Sind diese Informationen der Anlass für Ihre Bitte um ein Treffen, Botschafter Tiam?«

Das Lächeln auf dem Gesicht des Romulaners verschwand. »Keineswegs, Botschafter Riley. Wir müssen über eine Angelegenheit von weitaus größerer Bedeutung sprechen.«

»Ich bin froh, das zu hören, Botschafter Tiam. Fahren Sie bitte fort.«

»Es betrifft jenes Objekt, das Sie, wenn ich mich recht entsinne, als Sonde bezeichnet haben.«

»Ah ja, Botschafter. Haben Sie vielleicht seit unserem letzten Treffen Beweise für ihre Existenz gefunden?«

Die bisher neutrale Miene des Romulaners verhärtete sich. »Wir haben Beweise für weit mehr als nur ihre Existenz gefunden, wie Ihnen vermutlich bekannt sein dürfte, Botschafter Riley.«

»Verzeihung, Botschafter Tiam.« *Worauf wollte er jetzt wieder hinaus?* »Würden Sie diese Bemerkung bitte näher erläutern?«

»Gerne. Ich habe vor kurzem erfahren, dass ein Objekt, das der von der Föderation übermittelten Beschreibung entspricht und sich auch auf dem uns angegebenen Kurs bewegt, in der Nähe einer romulanischen Welt namens Wlaariivi aufgetaucht ist, wo es eine unserer wissenschaftlichen Stationen sowie zwei zivile Frachtschiffe, die der Versorgung jener Station dienten, vernichtet hat. Es gab keine Überlebenden.«

Darum also ging es bei jenen Sendungen von der Azmuth! »Nehmen Sie bitte die aufrichtige Anteilnahme der Föderation zur Kenntnis«, sagte Riley und unterdrückte den Wunsch, jetzt darauf hinzuweisen, dass die Verluste hätten vermieden oder zumindest gering gehalten werden können, wenn die Romulaner die von der Föderation gelieferten Daten benutzt hätten, statt ihre ganze Energie an die Verleugnung der Tatsachen zu verschwenden.

»Das werde ich nicht, Botschafter Riley.«

Riley blinzelte überrascht und fragte sich, ob er richtig gehört hatte. »Verzeihung, Botschafter Tiam?«

»Ich sagte, ich werde Ihr vorgebliches Mitgefühl nicht akzeptieren, Botschafter Riley. Ich werde mich allenfalls damit zufrieden geben, dass Sie die Wahrheit eingestehen.«

Was zum Teufel… »Ich verstehe nicht ganz, Botschafter Tiam. Von welcher Wahrheit sprechen Sie?«

»Also gut, Botschafter Riley, wenn Sie darauf bestehen, dass ich es ausspreche, werde ich das tun. Ich, als offizieller Vertreter der romulanischen Regierung, werde nur Ihr Eingeständnis der Komplizenschaft der Föderation bei diesem Ereignis akzeptieren.«

»Komplizenschaft? Aber Sie haben doch selbst gerade gesagt, die Sonde…«

»Ganz recht, Botschafter Riley. Und diese sogenannte Sonde wird von der Föderation kontrolliert.

Warum sonst sollte sie, nachdem sie Ihre Heimatwelt verschont hat, direkt nach Wlaariivi fliegen und dort ein Gemetzel anrichten?«

»Das ist lächerlich!«, platzte Riley heraus.

»Ich bedaure, dass Sie das so sehen, Botschafter Riley. Nichtsdestotrotz ist es eine Tatsache.«

Riley unterdrückte eine wütende Antwort, als ihm endlich klar wurde, was Tiam vermutlich vorhatte. »Selbstverständlich weise ich jede derartige Unterstellung kategorisch zurück, Botschafter Tiam«, sagte er ruhig. »Trotzdem wäre ich natürlich sehr interessiert an jedem Beweis, den Sie für Ihre Behauptung vorlegen könnten.«

»Das reicht nicht, Botschafter Riley. Ihr Dementi besitzt nicht mehr Aussagekraft als ihr sogenanntes Mitgefühl. Ich werde nur ein Eingeständnis der Verantwortlichkeit sowie eine Entschuldigung seitens der Föderation akzeptieren.«

Riley schüttelte den Kopf. »Das ist unmöglich, Botschafter. Es wäre eine Lüge.« Er machte eine Bewegung, als wolle er aufstehen. »Wenn das alles war, Botschafter…«

Tiam erhob sich mit einem Ruck. »Ich sehe keinen Anlass, dieses Gespräch fortzusetzen«, sagte er eilig und fügte dann in seinem üblichen, unheilschwangeren Ton hinzu: »Bis die Föderation ihre Verantwortung für die Zerstörungen auf Wlaariivi zugegeben hat, wird meine Regierung nicht mehr für Gespräche zur Verfügung stehen.«

»Ganz wie Sie wünschen, Botschafter Tiam.« Riley erhob sich und bedeutete Handler, ebenfalls aufzustehen. »Trotzdem möchte ich vorschlagen, dass Sie Ihre Regierung präzise über alles informieren, was hier geschehen ist.«

Doch Tiam war bereits auf dem Weg nach draußen.

Minuten später stand Riley auf der Brücke und erinnerte sich etwas verspätet daran, dass sich Captain Kirk vermutlich noch mit Commander Hiran auf Temaris befand, sofern er sich nicht zu einem Gegenbesuch auf die *Galtizh* begeben hatte.

»Der Kommunikator des Captains zeigt an, dass er sich noch auf Temaris aufhält«, erklärte Lieutenant Kittay, die an der Kommunikationsstation saß.

»Verständigen Sie ihn«, meinte Riley und seufzte leise. »Er sollte besser Bescheid wissen, bevor er zur Besichtigung der *Galtizh* aufbricht.«

»Wird sofort erledigt, Sir«, sagte Kittay. Ein paar Sekunden später sah sie stirnrunzelnd hoch. »Captain Kirk antwortet nicht.«

Riley richtete sich auf. »Versuchen Sie es noch mal, Lieutenant.«

Kittay gehorchte. »Noch immer keine Antwort, Lieutenant.«

Riley fuhr herum und wandte sich an den jungen asiatischen Lieutenant an der Wissenschaftsstation, an deren Namen er sich im Moment nicht erinnern konnte. »Lieutenant«, rief er, »scannen Sie das Gebiet rings um den Kommunikator des Captains! Ich will wissen, was dort vorgeht!«

»Aye, aye, Sir.«

War es Instinkt, dass bei ihm die Alarmglocken läuteten, fragte sich Riley, oder waren nur seine Nerven nach der Begegnung mit Tiam überstrapaziert? Und warum konnte er sich nicht einmal mehr an den Namen von… Darcy, genau, so hieß sie!

»Irgendwelche Ergebnisse, Lieutenant Darcy?«

»Einen Moment, Sir. Ich leite die…« Sie unterbrach sich und riss die Augen auf. »Ein Mensch und ein Romulaner, Sir, beide bewusstlos! Ein zweiter Romulaner befindet sich dreißig Meter entfernt und kommt näher.«

Riley rannte bereits zum Lift. »Übermitteln Sie die

Koordinaten der Romulaner zum Transporterraum«, rief er, bevor sich die Lifttüren hinter ihm schlossen.

Im Lift schaltete er das Interkom ein und befahl ein Sicherheitsteam zum Transporterraum. »Folgen Sie mir, so schnell Sie können«, sagte er, während sich die Lifttüren wieder öffneten. »Ich kann nicht warten.«

Der Fähnrich an den Transporterkontrollen fuhr zusammen, als Riley durch die Tür stürmte und auf die Plattform sprang. »Ich könnte den Captain hochbeamen…« begann er, doch Riley unterbrach ihn.

»Nicht blind. Ich muss sehen, was dort unten wirklich vorgeht! Der Romulaner, der bei Bewusstsein ist…«

»Fünf Meter und…«

»Setzen Sie mich direkt hinter ihm ab! Sofort!«

Die Finger des Fähnrichs huschten über die Kontrollen. Als ihn das Transporterfeld umfing, sah Riley, wie ein dreiköpfiges Sicherheitsteam in der Tür erschien.

Der Transporterraum verblasste und wurde fast augenblicklich durch die sandbedeckten Ruinen von Temaris Vier ersetzt. Für einen Moment zwang ihn das Feld zur Bewegungslosigkeit, während er Captain Kirk und den romulanischen Commander erblickte, die keine fünf Schritte von ihm entfernt zusammengekrümmt auf dem Boden lagen. Der zweite Romulaner, der die bei den Archäologen übliche Arbeitskleidung trug, beugte sich über Kirk. Er hielt zwei Waffen, einen Phaser und etwas, das wie eine altmodische Laserwaffe aussah, vermutlich aus romulanischer Produktion, doch er zielte mit keiner der Waffen auf Kirk. Während er den Laser locker an einem Finger baumeln ließ, drückte er den Phaser in die Hand des Captains und schloss dessen Finger darum…

Das Transporterfeld entließ Riley im gleichen Moment, in dem der Romulaner offenbar das sirrende Geräusch der freigesetzten Energie vernahm. Er fuhr hoch und versuchte, den Laser richtig zu packen, während er sich umdrehte.

Mit einem stummen Schrei stürzte Riley vorwärts. Seine Hände streckten sich verzweifelt nach dem Laser, der in seine Richtung herumschwang. *Einer von Tiams fehlenden Assistenten!* Der Gedanke durchzuckte ihn, doch dann flammte der Laser auf und sein Arm, die Schulter und eine Gesichtshälfte verwandelten sich in eine Masse brennenden Schmerzes.

Und dann empfand er nichts mehr.

11

Das Bewusstsein kehrte langsam zurück und gab Captain James Kirk genug Zeit, um zu erkennen, dass er sich auf der Krankenstation der *Enterprise* befand – in einem der für Genesende vorbehaltenen Räume, um genau zu sein. Aus diesem Grund richtete der plötzliche Adrenalinstoß, der durch die Tatsache ausgelöst wurde, dass er weit von seinem letzten Aufenthaltsort entfernt aufwachte, nicht mehr an als heftiges Herzklopfen. Sulus Gesicht war das erste, was er sah. Der Steuermann stand an der Tür und drehte sich abrupt zu ihm um. Hinter ihm war der Medo-Techniker zu erkennen, mit dem er gesprochen hatte.

Kirk versuchte sich aufzurichten, sank jedoch sofort wieder zurück, weil ihm schwindelig wurde und Sulu ihn auf das Kissen zurückdrückte.

»Nehmen Sie sich Zeit, Captain«, sagte Sulu. »Es ist alles unter Kontrolle.«

»Kommt mir aber nicht so vor, Mr. Sulu! Das hier ist doch nicht die Brücke. Was zum Teufel ist passiert?«

»Was ist das letzte, woran Sie sich erinnern?«

»Mr. Sulu!«

»Sie waren mit Commander Hiran auf dem Planeten. Was…«

»Er wollte gerade der *Galtizh* Bescheid geben, uns hochzubeamen. Wegen der versprochenen Führung. Also was ist passiert, Mr. Sulu?«

»Sie wurden offensichtlich aus größerer Entfernung

von einem Phaser getroffen, der auf Betäubung eingestellt war.«

»Und Hiran?«

»Das gleiche. Er liegt im Nebenzimmer und ist bereits wieder wach. Er möchte mit Ihnen sprechen.«

»Wundert mich nicht. Ich will auch mit ihm reden – sobald ich jemanden gefunden habe, der mir sagen kann, was zur Hölle eigentlich passiert ist!«

»Das kommt darauf an, wen Sie fragen, Captain. Mit Sicherheit wissen wir nur, dass jemand Sie und Hiran betäubt hat. Und der Romulaner, der das *anscheinend* getan hat, wurde von einem anderen Romulaner getötet.«

Stirnrunzelnd versuchte Kirk abermals, sich aufzurichten. Diesmal hatte er mehr Glück. »Wer und warum?«, fragte er und blieb einen Moment sitzen, bevor er aufstand.

»Die beiden Romulaner, der Getötete und der, der ihn getötet hat, waren Tiams Assistenten.«

»Warum überrascht mich das jetzt nicht? Ich nehme an, das ist auch ein Teil des gleichen Plans, der dafür gesorgt hat, dass Dajan und Dr. Benar bei dieser Mission Seite an Seite zusammenarbeiten müssen.«

»Wahrscheinlich, aber ...«

»Er kommt durch!«

Kirk fuhr zur Tür herum. Dort stand McCoy in einem blutbefleckten weißen Kittel und grinste von einem Ohr bis zum anderen. Sulu stieß ein erleichtertes Seufzen aus.

»Wer kommt durch?«, platzte Kirk heraus. »Würde sich vielleicht mal jemand die Mühe machen, mir zu erklären ...«

»Riley«, sagte McCoy. »Der Bursche, der dir das Leben gerettet hat.«

Kirks Mund klappte auf. »Kevin Riley?«

»Genau der.«

Und schließlich erfuhr Kirk die ganze Geschichte. Tiams Abgang, Rileys unbeantworteter Anruf und sein Wettlauf zur Oberfläche des Planeten.

»Solange er nicht aufgewacht ist, werden wir nicht genau wissen, was er gesehen hat, als er unten ankam«, meinte Sulu, »doch als das Sicherheitsteam zehn Sekunden später auftauchte, lag Riley mit schweren Laserwunden am Boden. Und einer von Tiams Assistenten, der Subzenturio namens Jutak, stand in Zivilkleidung und mit dem Laser in der Hand über ihm. Sie und Hiran lagen bewusstlos am Boden. In Ihrer Hand befand sich ein Phaser.«

»Ich war nicht bewaffnet!«

»Das wissen wir, Captain. Hiran ebenfalls nicht. Jedenfalls erblickte Jutak das dreiköpfige Sicherheitsteam und schien in Panik zu geraten. Doch bevor er abermals schießen oder etwas anderes unternehmen konnte, wurde er von einem auf Maximum gestellten Phaser getroffen.«

»Wer…«

»Der andere von Tiams Assistenten.«

»Kital?«

Sulu nickte. »Das ist er; derjenige, der alt genug aussieht, um in den Ruhestand zu gehen. Er behauptet, er hätte Verdacht geschöpft, als er bemerkte, dass Jutak sich wie einer der Archäologen gekleidet hatte und sei ihm gefolgt, als er auf Temaris hinabbeamte. Ihm zufolge hat Jutak Sie und Hiran betäubt und gerade Ihnen den Phaser in die Hand gedrückt, als Riley auftauchte. Wir vermuten, dass Jutak es so aussehen lassen wollte, als hätten Sie und Hiran sich gegenseitig getötet.«

Kirk runzelte die Stirn. »Und genau in dem Moment tauchte Kital auf und alles wendete sich zum Guten. Aber wenn er Jutak gefolgt ist, warum hat er dann gewartet, bis Riley niedergeschossen wurde?«

Sulu zuckte die Achseln. »Er sagt, er hätte Jutak in den Ruinen aus den Augen verloren – ich kann bestätigen, dass so etwas dort unten zu den einfachsten Übungen gehört – und ihn erst Sekunden vor Rileys Auftauchen wiedergefunden. Außerdem behauptet er, er hätte schon eher eingegriffen, wenn Riley nicht genau in seiner Schusslinie aufgetaucht wäre.«

»Glauben Sie ihm?«, fragte Kirk Sulu und McCoy gleichzeitig.

Der Doktor stieß ein Schnauben aus, während Sulu nur den Kopf schüttelte. »Aber im Reich wird man ihm wohl glauben«, meinte McCoy.

»Und was hat Tiam zu der Geschichte zu sagen?«

Sulu grinste. »Bisher hat es ihm noch niemand erzählt.«

Kirk schwieg einen Moment und schüttelte versuchsweise den Kopf. Nichts klapperte. Und auch der Raum schwankte nicht.

»Reden wir mit Hiran.«

»Sprecht ihr beiden mit dem Romulaner, wenn ihr das für nötig haltet«, knurrte McCoy. »Ich habe Wichtigeres zu tun, beispielsweise Riley im Auge zu behalten.«

»Wann wird er aufwachen?«, fragte Kirk.

McCoy, der schon halb zur Tür hinaus war, zuckte die Achseln. »Er kann froh sein, dass er überhaupt noch lebt. Um das ›Aufwachen‹ kümmere ich mich später.«

»Zu Hiran geht es hier entlang, Captain«, sagte Sulu und deutete in die andere Richtung.

Sulu führte ihn über den geschwungenen Korridor zu einem zweiten, praktisch identischen Zimmer. Hiran, der auf der Bettkante gesessen hatte, sprang sofort auf.

»Bitte nehmen Sie meine Entschuldigung an, Captain Kirk, insbesondere für die Verletzungen, die Botschafter Riley erlitten hat.«

»Akzeptiert, Commander Hiran, obwohl der Verantwortliche gar kein Mitglied Ihrer Mannschaft war.«

»Trotzdem gehörte er zu meinem Schiff.«

Kirk nickte. Er wusste, was Hiran empfand. Vermutlich würde es ihm ebenso gehen, wenn Dr. Benars Angriff auf Dajan tödliche Folgen gehabt hätte. Es war sein Schiff und er trug die Verantwortung für jedermann an Bord, ob er nun unter seinem Kommando stand oder nicht. »Ich verstehe, Commander. Mr. Sulu sagte, Sie wollten mich sprechen.«

»Das stimmt. Ich habe gehört, einer von Tiams Assistenten sei der Verantwortliche.«

»Subzenturio Jutak war derjenige, der uns betäubt und Botschafter Riley mit dem Laser niedergeschossen hat«, sagte Kirk. »Er wurde von einem anderen Assistenten, Subzenturio Kital, getötet. Was wissen Sie über die beiden?«

»Noch weniger als über Tiam. Man sagte mir, sie hätten für die Zitadelle gearbeitet, bevor sie Tiam zugeteilt wurden.«

»Sie verfügten also beide nicht über einen diplomatischen Hintergrund?«

»Meines Wissens nicht.«

»Kital wirkt für den Rang eines Subzenturio etwas alt.«

Hiran zuckte die Achseln. »Ich habe angenommen, dass es einen Grund gab, weshalb er nicht weiter befördert worden war und dass er vielleicht genau deswegen Tiam zugeteilt wurde.«

Ein Inkompetenter wird abgeordnet, um einem anderen zu helfen, dachte Kirk. Keine schlechte Strategie, wenn das Ziel im Scheitern der Verhandlungen bestand. »Hat Tiam seine Assistenten selbst ausgesucht? Oder wurden sie ihm zugeteilt?«

»Da Tiam bis vor kurzem noch in den Provinzen gelebt hat, bezweifle ich, dass er überhaupt von ihrer Existenz gewusst hat, bevor sie seine Assistenten wurden. Mit Sicherheit kann ich das allerdings nicht sagen. Meiner Meinung nach ist derjenige, der sie ausgesucht hat, auch für die Teilnahme von Dajan und Dr. Benar verantwortlich. Und für die anonyme Weiterleitung dieser Information an mich.«

Kirk nickte. »Uns auf diese Weise zusammen nach Temaris zu locken, sieht nach einer Falle aus. Gibt es eine Möglichkeit, die Nachricht genauer zu untersuchen? Lassen sich eventuell irgendwelche Informationen daraus entnehmen, auch wenn die Botschaft anonym war?«

»Schon möglich, sofern sie noch existiert. Ich werde tun, was ich kann, sobald ich wieder auf der *Galtizh* bin. Wenn ich richtig verstanden habe, wird Kital an Bord der *Enterprise* festgehalten, bis ich mit ihm gesprochen habe?«

»Das ist richtig, Commander«, sagte Sulu.

»Und seit dem Zwischenfall hat er keinen Kontakt zu Tiam gehabt?«

»Nein, absolut keinen.«

»Gut.« Ein kaltes Lächeln umspielte die Lippen des Romulaners. »Ich möchte gern der erste sein, der den Botschafter informiert. Es dürfte interessant sein, seine Reaktion darauf zu sehen. Und auf den Umstand, dass ich noch lebe.«

»Sie glauben, er könnte in die Geschichte verwickelt sein?«, fragte Kirk.

Hiran zuckte die Achseln. »Nein, eigentlich nicht, oder höchstens als unbedeutende Randfigur. Wäre er eingeweiht, hätte er vermutlich das diplomatische Treffen mit Riley in die Länge gezogen. Ihm muss schließlich klar gewesen sein, dass Riley Sie sofort nach Ende der Sitzung informieren würde, doch nach allem, was ich gehört habe, ging es ihm nur darum, die Besprechung diesmal abzubrechen, bevor Riley das tun konnte.« Hiran wandte sich zur Tür. »Und jetzt würde ich ganz gern ein paar Worte mit Subzenturio Kital wechseln, bevor ich auf die *Galtizh* zurückkehre.«

»Natürlich, Commander«, sagte Kirk. »Mr. Sulu, zeigen Sie ihm den Weg.«

»Und, Captain«, fügte Hiran hinzu, »wäre es möglich, dass Sie Kital hierbehalten, bis ich Zeit hatte, mit Tiam zu sprechen?«

»Natürlich, Commander«, wiederholte Kirk. »Ich wäre selbst daran interessiert, den Subzenturio zu befragen oder ihm vielleicht auch für die Rettung meines Lebens zu danken. Wenn Sie so freundlich sind, ihn anzuweisen, offen mit mir zu sprechen, könnte diese Unterhaltung so lange dauern, wie Sie wünschen.«

Hiran nickte. »Das werde ich machen. Vielleicht möchte ich ihm ja auch für die Rettung *meines* Lebens danken.«

Subzenturio Kital wartete in stoischer Ruhe im Besprechungszimmer. Sein Blick war fest auf die Tür gerichtet und schweifte nie zu den beiden Sicherheitsposten rechts und links davon. Seine Wut über das Desaster auf Temaris war mittlerweile verraucht, ohne auf seinen eisern kontrollierten Zügen sichtbar zu werden, doch die erlittene Demütigung würde ihm noch lange zu schaffen machen.

Er hätte es nicht einmal einem normalerweise so zuverlässigen Helfer wie Jutak überlassen dürfen, die benötigten Waffen zur Ausgrabungsstätte zu schaffen. Das hätte er selbst übernehmen müssen.

Außerdem hätte er eine Möglichkeit finden müssen, Tiam zu veranlassen, länger am Konferenztisch zu verharren.

Auch Botschafter Riley hätte er nicht unterschätzen dürfen, für den er im übrigen widerwilligen Respekt empfand, seit er das erste Treffen ohne zu zögern abgebrochen hatte.

Schließlich hätte er nicht so lange einfach zuschauen und warten dürfen. Stattdessen hätte er den Phaser verbergen und sich ihnen offen nähern müssen und zwar gleich, nachdem sie heruntergebeamt worden waren. Natürlich wären sie überrascht gewesen, ihn dort zu sehen, vielleicht sogar misstrauisch, aber sie hätten nichts unternommen, bevor es zu spät gewesen wäre.

Als Jutak, der sich in dem verdammten Labyrinth verlaufen hatte, dann endlich schoss, hätte er weiter auf die beiden betäubten Männer zulaufen müssen, statt sich zurückzuziehen und abzuwarten, während Jutak irgendwo zwischen den Ruinen auftauchte und mit völlig grundloser Vorsicht näherkam.

Und als schließlich Riley auftauchte, hätte er hinlaufen müssen, um zu helfen.

Als dann wenige Sekunden später das Sicherheitsteam erschien...

Doch nein... zu diesem Zeitpunkt hatte er bereits keine Wahl mehr gehabt. Dutzende weiterer Sicherheitskräfte mochten bereits unterwegs sein und vielleicht waren auch einige der zwischen den Ruinen arbeitenden Zivilisten auf das Phaserfeuer aufmerksam geworden. Und dann hätten er und Jutak in der Falle gesessen, umgeben von Beweisen und Zeugen, die alle gegen sie sprachen. Sie wären in Ungnade gefallen und ihre ehrenhaften Absichten hätten ihr Versagen nicht entschuldigt.

Und jene Narren, die jetzt an der Macht waren und deren Vernichtung er sein Leben geweiht hatte, würden neuen Auftrieb erhalten.

Die einzige Möglichkeit, ein totales Scheitern zu vermeiden, hatte darin bestanden, Jutak zu opfern und seine eigene Beteiligung an dem Anschlag zu verschleiern.

Dank Wlaariivi würde die Konferenz trotzdem scheitern. Die sogenannten Reformer würden ihren Einfluss verlieren, doch jetzt würde dieser Prozess länger dauern und sie würden auch weiterhin ein ständiges Ärgernis darstellen, statt einfach ausgerottet zu werden.

Hiran jedoch würde eines Tages, irgendwie, das bekommen, was er verdiente, wenn nur...

Die Tür öffnete sich zischend und das Objekt seines Rachedurstes trat ein.

Dajans Herz klopfte heftig, sein Mund war wie ausgetrocknet. Es blieb keine Zeit mehr. Jetzt musste es geschehen, jetzt oder nie. Er wusste nicht genau, was sich ereignet hatte, doch es bedeutete praktisch mit Sicherheit das Ende der Ausgrabungen und der Friedenskonferenz.

Er, Dr. Benar und der Föderations-Commander namens Sulu hatten sich nur ein paar Meter von der Exodus-Halle entfernt aufgehalten, als Sulu das Heulen des ersten Phasers gehört hatte. Als sie sich endlich einen Weg durch die Ruinen bis zu der freien Fläche rings um die Exodus-Halle gebahnt hatten, war weiteres Phaserfeuer zu vernehmen gewesen und ein Sicherheitsteam der *Enterprise* stand neben vier am Boden liegenden Personen, die eigenen Phaser auf einen näher kommenden romulanischen Subzenturio gerichtet.

Sulu hatte erkannt, wer da am Boden lag und sich von dem Lieutenant der Sicherheitsgruppe einen knappen Bericht geben lassen. Danach hatte er sich gerade genug Zeit genommen, um ein paar Worte zu Dr. Benar zu sagen, bevor er zusammen mit dem möglicherweise tödlich verletzten Botschafter Riley und den beiden bewusstlosen Raumschiffkommandanten hochgebeamt war.

Und nun…

»Dr. Benar, Sie haben keinen Grund, mir zu helfen, aber jeden Grund, mir Ihre Hilfe zu verweigern. Trotzdem muss ich Sie fragen. Ich fürchte, Sie sind unsere einzige Hoffnung.«

Benar, scheinbar unberührt von dem, was sie gerade gesehen hatte, drehte sich zu dem romulanischen Archäologen um. »Wie Sie selbst gesagt haben, kerDajan, waren Sie und Ihre Familie, was Kalis Drei betrifft, ebenso Opfer wie ich selbst.«

»Es ist sehr großzügig von Ihnen, das zu sagen, Dr. Benar, doch das, worum ich Sie bitte, mag trotzdem zuviel sein.«

»Wenn es so ist, werde ich es Ihnen sagen.«

Und Dajan begann, während sich Hoffnung und Verzweiflung die Waage hielten.

Jandra machte sich Sorgen. Es war jetzt fast drei Tage her, seit sie ihre Entscheidung getroffen und Dajan ihr gestanden hatte, dass er ebenfalls bereit war, das Reich zu verraten.

Doch unternommen hatten sie nichts.

»Wir müssen den richtigen Zeitpunkt abwarten«, hatte Dajan gesagt. »Das siehst du doch sicher ein.«

»Ich sehe nur ein, dass unsere Chancen immer geringer werden, je länger wir warten.«

»Sobald wir diesen Schritt tun«, hatte er in jenem rationalen Tonfall entgegnet, den sie gleichzeitig liebte und hasste, »ist es sehr wahrscheinlich, dass die Friedensgespräche im gleichen Moment abgebrochen werden. Und mit absoluter Sicherheit wird uns, sobald wir an Bord des Föderationsschiffes sind, der Zugang zu den Ruinen auf Lihalla verwehrt werden.

Mir zumindest und sehr wahrscheinlich auch allen anderen.«

»Du und deine kostbaren Ruinen!«, hatte sie gerufen und war in diesem Moment auf ihn genauso wütend wie auf Tiam.

Und nun war Tiam, begeistert vom Erfolg einer neuen Kriegslist, von einem weiteren Treffen mit dem Botschafter der Föderation zurückgekehrt. »Wir werden ja sehen, wie der Föderation ein Löffel ihrer eigenen Medizin schmeckt«, hatte er mehr zu sich selbst als zu ihr gesagt und als sie Interesse heuchelte, hatte er tatsächlich gelacht. »Es spielt keine Rolle«, sagte er, drehte ihr den Rücken zu und begab sich in seinen Teil ihrer Unterkunft. »Dieser ganze Unfug wird bald ein Ende haben und wir können ins Reich zurückkehren.«

Diese Worte hatten sie zutiefst erschreckt. Wieviel Zeit blieb noch? Tage? Oder nur Stunden? Wie konnte sie zu Dajan Kontakt aufnehmen, der wie immer in seinen geliebten Ruinen herumwühlte?

Oder hatte er seine Meinung geändert? Ihr Magen verkrampfte sich bei diesem Gedanken. Wäre das möglich? Er hatte seit jener Nacht nichts mehr gesagt, nicht ein einziges Wort. »Wir müssen vorsichtig sein«, hatte er erklärt, aber wie konnte man kein Wort mehr über den wichtigsten und gefährlichsten Schritt verlieren, den sie beide je unternehmen würden?

Sie fröstelte, teils der schrecklichen Gedanken wegen, teils aber auch aufgrund der gedämpften Klänge, die plötzlich durch Tiams geschlossene Tür drangen. Es handelte sich, wie sie verblüfft erkannte, um die gleiche atonale Mischung, die er sich auch in ihrer Wohnung in der Zitadelle angehört hatte, die gleiche Musik, die ihr trotz ihrer absoluten Fremdartigkeit nicht mehr aus dem Kopf gegangen war.

Einen Augenblick lang dachte sie daran, zu Tiam

hinüberzugehen und ihn noch einmal zu fragen, worum es sich bei diesen fremden Klängen handelte und sei es auch nur, um seine offenbar blendende Laune zu stören. Als sie die gleiche Frage in aller Unschuld in ihrer Wohnung in der Zitadelle gestellt hatte, hatte er sie beinahe geschlagen und ihr dringend geraten, die Musik nie wieder zu erwähnen, weder ihm noch jemand anderem gegenüber.

Noch bevor sie sich entschieden hatte, ob sie die gleiche Dummheit noch einmal begehen wollte oder nicht, klopfte es leise an der Tür zum Gang.

Verwundert, dass der Besucher es vorzog, sich auf diese Weise bemerkbar zu machen, statt die Klingel zu benutzen, deren Klang in allen Räumen der Unterkunft zu vernehmen war, ging sie zur Tür.

Ihr Herz machte beim Anblick Dajans einen Sprung, doch dann bemerkte sie seinen angespannten Gesichtsausdruck. »Wo ist Tiam?«, fragte er flüsternd und legte einen Finger auf die Lippen, damit sie ebenso leise antwortete.

»In seinen Räumen«, sagte Jandra und deutete auf die Tür, durch die noch immer die sonderbaren Töne drangen.

»Es ist so weit«, sagte Dajan und nahm ihren Arm. »Komm mit, sofort.«

Erleichterung und Panik erfüllten Jandra. Erleichterung darüber, dass er zu seinem Wort stand. Und Panik, weil sie ihre Entscheidung jetzt in die Tat umsetzen und alles ihr Vertraute hinter sich lassen musste.

»Ich brauche noch…«

»Du brauchst gar nichts mitzunehmen«, schnitt er ihr das Wort ab. »Es würde nur Verdacht erregen, wenn wir auf den Planeten beamen. Komm jetzt!«

Einen Moment lang wehrte sie sich. Die Vorstellung einer Welt ohne alle ihre Besitztümer schien zu erschreckend.

Doch es würde auch eine Welt ohne Tiam sein, ohne einen Prätor, ohne die ständige Drohung, wieder als Abweichler eingestuft zu werden.

Eine Welt *mit* Musik.

Mit einem letzten Blick auf die Tür, hinter der Tiam wahrscheinlich immer noch vor sich hin grinste, ließ sie sich aus dem Raum ziehen und folgte ihrem Bruder den Korridor entlang.

12

»Was?« Kirk schüttelte den Kopf so heftig, als könnte er auf diese Weise Dr. Benars Worte verscheuchen.

»Es tut mir wirklich leid, Captain Kirk«, sagte der romulanische Archäologe Dajan und trat neben Dr. Benar, während seine Schwester stumm und ängstlich im Hintergrund verharrte. »Ich hatte gehofft, wir könnten warten, bis die Gespräche abgeschlossen sind und wir so viel wie eben möglich über Temaris in Erfahrung gebracht haben, doch was heute dort unten geschehen ist, wird die Konferenz sicher vorzeitig beenden und uns von Temaris fernhalten. Wir haben es nicht gewagt, noch länger zu warten.«

»Wenn das, was ›geschehen ist‹, die Verhandlungen nicht beendet, dann mit Sicherheit das, was Sie jetzt vorhaben. Haben Sie beide sich das gründlich überlegt?« Kirk erinnerte sich an den ersten Empfang und Jandras Spiel und runzelte die Stirn. »Das hat doch nichts mit Penalts Angebot zu tun, Ihrer Schwester als ›Sponsor‹ zu dienen, oder, Dajan?«

»Dieser Schaumschläger?« Jandras erste Worte, seit die drei auf Dr. Benars Anweisung hin heraufgebeamt worden waren, brachten Kirk dazu, unfreiwillig aufzulachen. »Er gehört zur gleichen Sorte wie Tiam.«

Die Tür zum Korridor öffnete sich und Handler trat ein. Seine Augen weiteten sich, als sein Blick auf die kleine Gruppe neben der Transporterplattform fiel. Er war zusammen mit Sulu auf der Krankenstation gewesen und hatte an Rileys Bett im Intensivbereich Wache gestanden, als man ihn benachrichtigte, dass »Romulaner an Bord kommen«.

»Die beiden«, sagte Kirk und deutete auf die Romulaner, »haben erklärt, dass sie um Asyl bitten.«

»Asyl, Sir?«

»Nun, Mr. Handler, das ist der diplomatische Ausdruck für ›überlaufen‹.«

Handler blinzelte und wurde rot. »Das ist mir bekannt, Sir.«

»Und wie lauten Ihre Empfehlungen als Diplomat, Mr. Handler?«

Handler schwieg einen Moment, augenscheinlich um seine Gedanken zu ordnen. »Technisch gesehen, Sir, haben sie bereits Asyl erhalten«, sagte er und fügte, als Kirk ihm einen fragenden Blick zuwarf, hinzu: »Laut Föderationsrecht wird ein Raumschiff auf einer diplomatischen Mission zu einer mobilen Botschaft der Föderation, selbst in gegnerischem oder neutralem Gebiet. Folglich befinden sie sich, seit sie die *Enterprise* betreten haben, effektiv auf dem Boden der Föderation.«

Kirk seufzte. Genau das hatte er befürchtet. *Ist das nun ein weiterer Pfeil aus dem Köcher der Saboteure?*, überlegte er. *Oder nur eine unerwartete, aber erfreuliche Zugabe zu ihren Plänen?*

Er drehte sich zu dem Fähnrich um, der an den Transporterkontrollen stand. »Bereiten Sie sich darauf vor, alle unsere Leute kurzfristig heraufzuholen, Fähnrich. Sehr kurzfristig.«

»Aye, aye, Sir.«

»Und Sie, Mr. Handler, sind mir für unsere Besucher, Verzeihung, unsere Asylsuchenden, verantwortlich. Wir werden schon herausfinden, wo wir stehen – falls wir überhaupt irgendwo stehen, heißt das. Jetzt verlegen wir unsere Zusammenkunft erst einmal auf die Brücke. Dr. Benar, Sie kommen bitte auch mit.«

Diese ganze Geschichte begeistert mich wirklich nicht, dachte Kirk, während er die Gruppe aus dem Transporterraum führte. *Eine kleine Prise von Kevins irischem Charme käme mir jetzt sehr gelegen…*

Kirk verzichtete darauf, Kontakt zur *Galtizh* aufzunehmen, bevor Hiran sich seinerseits meldete und ihn wissen ließ, dass Tiam bester Laune gewesen sei und nicht das geringste Anzeichen von Überraschung habe erkennen lassen, als er mit einem quicklebendigen Hiran konfrontiert wurde. Entweder war Tiam ein wesentlich besserer Schauspieler, als sie gedacht hatten, oder er hatte, was beide für wahrscheinlicher hielten, von dem mörderischen Plan gar nichts gewusst. Inzwischen war er natürlich darüber informiert, doch schien ihn die ganze Geschichte nicht weiter aufzuregen. Da Jutak auf frischer Tat ertappt und von einem anderen Romulaner erschossen worden war, betrachtete er die Angelegenheit als erledigt.

Der Asylantrag schien ihn ebenfalls nicht sonderlich zu erschüttern. Zwar warf er einen kurzen, hasserfüllten Blick in Jandras Richtung, doch diese Gefühlsregung verschwand genauso schnell wieder aus seiner Miene wie der Ausdruck von Wut und Neid bei Penalt, nachdem Jandra auf dem Empfang gespielt hatte.

»Selbstverständlich verlange ich die Freigabe der beiden von Ihnen entführten Romulaner«, erklärte Tiam, doch seine Stimme klang eher amüsiert als verärgert. »Der Umstand, dass es sich bei einem der Opfer um meine Frau handelt, macht die Angelegenheit nur noch schlimmer. Ich möchte Ihnen allen dringend empfehlen, noch einmal sehr gründlich über Ihre Handlungsweise nachzudenken. Und was dich betrifft, meine liebe Frau«, fügte er hinzu, während er sich

Jandras Abbild auf dem Sichtschirm zuwandte, »so möchtest du sicher nicht, dass dein Verrat nicht nur für das Scheitern der Friedensgespräche, sondern vielleicht sogar für den Ausbruch offener Feindseligkeiten verantwortlich ist.«

»Ich glaube, Botschafter Tiam«, bemerkte Kirk leise, »die Verantwortlichkeit für einen Abbruch und darauffolgende Feindseligkeiten liegt nicht bei zwei Romulanern, die friedlich die Seiten wechseln, sondern bei demjenigen, der für den Anschlag auf Commander Hiran und mich verantwortlich ist, ganz zu schweigen von den Botschafter Riley zugefügten Verletzungen.«

»Ich habe bereits offiziell unser tiefes Bedauern über diesen unglücklichen Zwischenfall zum Ausdruck gebracht, Captain Kirk, insbesondere auch in Hinsicht auf die Verwundung von Botschafter Riley. Doch da der Attentäter Jutak von meinem Assistenten Kital gestellt und ausgeschaltet worden ist, sollte diese Angelegenheit eigentlich nicht weiter von Belang sein.«

»Wollen Sie damit andeuten, Jutak hätte allein und unabhängig gehandelt, Botschafter Tiam? Dass es nichts mehr gibt, was man über seine Motive und die seiner Komplizen in Erfahrung bringen sollte?«

»Verfügen Sie über Beweise, die auf die Mitwirkung anderer Personen hinweisen, Captain Kirk? Falls ja, würde ich sie selbstverständlich in meine Überlegungen einbeziehen.«

»Nein, wir besitzen keine direkten Beweise, Botschafter«, sagte Kirk und achtete bewusst darauf, nicht zu Hiran hinüberzusehen, der in steifer Haltung dem Wortwechsel folgte. »Aber sind Sie nicht auch von sich aus daran interessiert, die Sache aufzuklären?«

»Selbstverständlich wird eine gründliche Untersuchung durchgeführt, Captain Kirk, angefangen mit einem ausführlichen Verhör von Subzenturio Kital, dessen offensichtlich begründeter Verdacht gegenüber

Jutak Ihnen und Commander Hiran das Leben gerettet hat.«

»Werden Sie uns die Ergebnisse Ihrer Untersuchung mitteilen?«

»Soweit die Sicherheitsbestimmungen das gestatten, Captain. Ihnen ist doch gewiss bekannt, wie wenig Spielraum uns diese Vorschriften gewähren.«

Kirk biss die Zähne zusammen. »Und was ist mit den Verhandlungen?«

»Ich bin jederzeit bereit, die Gespräche wieder aufzunehmen. Vorausgesetzt natürlich, dass ein akzeptabler Ersatz für Botschafter Riley gefunden werden kann. Und dass gewisse … Bedingungen erfüllt werden.«

»Mr. Handler und ich werden im Namen der Föderation sprechen.«

»Ganz wie Sie wünschen. Allerdings werden Sie vielleicht feststellen, das die anderen Bedingungen nicht ganz so leicht zu erfüllen sind. Erstens, wie ich bei der heutigen Besprechung schon Botschafter Riley gegenüber erklärt habe, muss die Föderation ihre Verantwortung für die auf Wlaariivi angerichteten Zerstörungen zugeben. Zweitens müssen die beiden romulanischen … Geiseln freigelassen werden.« Tiams Blick wanderte zu seiner Frau hinüber, während er die zweite Bedingung verkündete.

»Außerdem möchte ich darauf hinweisen«, fuhr er fort, während seine Stimme eisig wurde, »dass das romulanische Reich die Föderation und insbesondere Sie, Captain James T. Kirk, für das Wohlergehen der Geiseln verantwortlich macht, bis diese auf die *Galtizh* zurückgekehrt sind.«

Auf ein gebieterisches Zeichen von Tiam hin wurde die Verbindung unterbrochen.

Für eine Weile herrschte Schweigen, während Kirk nacheinander Spock, McCoy, Uhura, Benar, die beiden

Romulaner und die übrigen Offiziere auf der Brücke der *Enterprise* ansah.

»Wir müssen zurück.« Jandra brach als erste die Stille. Ihre Stimme klang leise und zitternd. Sie schaute ihren Bruder an. »Wir können dafür nicht die Verantwortung tragen!«

»Das tun Sie auch nicht«, sagte Kirk und realisierte die Wahrheit dieser Worte, während er sie aussprach. Er warf einen Blick auf die übrigen Anwesenden. »Es gibt keinen Grund mehr, die Wahrheit noch länger zu verbergen, zumal die meisten von Ihnen ohnehin bereits Bescheid wissen. Diese Friedensinitiative seitens der romulanischen Interimsregierung, dem sogenannten Komitee, mag ehrlich gemeint sein oder auch nicht. Ich vermute, sie war tatsächlich ernstgemeint. In den letzten Tagen ist jedoch deutlich geworden, dass es eine ganze Reihe von Personen gibt – von denen einige sogar der Regierung selbst angehören –, die bereit sind, alles zu unternehmen, um ein Scheitern herbeizuführen. Die Details sind im Moment nicht so wichtig«, fuhr Kirk fort und sah Benar und Dajan an, »zumal ich selbst natürlich auch nicht mit allen Einzelheiten vertraut bin. Im Moment genügt es festzustellen, dass ein Plan dieser Leute vorsah, Commander Hiran und mich zu töten. Dass wir noch leben, verdanken wir Kevin Riley, der als Folge seines Eingreifens jetzt auf der Intensivstation liegt. Hiran weiß von der beabsichtigten Sabotage. Er hat mich sogar kurz vor dem Angriff auf uns davor gewarnt.«

Kirk unterbrach sich und holte tief Luft. Er sah die beiden Romulaner an. »Vergessen Sie bitte meine schlechten Manieren, als Sie vor meiner Haustür auftauchten, um es mal so auszudrücken. Selbst wenn Sie zurückgingen, würde das nichts ändern. Tatsächlich würde es die Situation eher noch verschlimmern. Wer immer die Fäden zieht, wäre gezwungen, sich etwas anderes auszudenken, um die Gespräche abermals zu stören oder einen neuen Zwischenfall zu provozieren. Im Moment stellen Sie Botschafter Tiams Vorwand dar, aber das ist auch schon alles. Sofern Sie also nicht wirklich zurückgehen wollen, besteht absolut kein Grund für einen derartigen Schritt.«

»Ich danke Ihnen, Captain«, sagte Dajan und drückte die Hand seiner Schwester. »Wir werden bleiben.«

Als Jandra nichts sagte, sondern nur den Händedruck ihres Bruders erwiderte, wandte sich Kirk an Handler. »Mr. Handler, ich erinnere Sie daran, dass Sie der verantwortliche Diplomat sind. Heißen Sie unsere Gäste offiziell willkommen. Und sorgen Sie für eine angemessene Unterbringungsmöglichkeit.«

Handler wirkte noch immer etwas verdutzt, schaffte es aber, ein paar Begrüßungsworte zu stottern. Der Fähnrich wollte Dajan und Jandra gerade von der Brücke geleiten, als sich Lieutenant Kittay abrupt von der Kommunikationsstation umdrehte.

»Captain, eine Nachricht von Starbase Dreizehn.«

»Über Lautsprecher.«

Kittay drückte auf einen Schalter und das Rauschen der statischen Geräusche des Subraums malträtierte die Ohren der Anwesenden. Dann erklang eine Stimme. »Die Sonde ist auf dem Rückweg. Sie befindet sich zwar noch im romulanischen Reich, kam aber vor wenigen Minuten in die Reichweite unserer Sensoren. Sie fliegt mit Warp zwölf oder mehr und ihr gegenwärtiger Kurs zielt genau auf die Erde. Und noch etwas – sie brüllt sich die Seele aus dem Leib. Sie setzt die gleiche Art von Energiefeldern ein, mit denen sie die Föderations- und Klingonenschiffe außer Gefecht gesetzt hat, doch auf einem Niveau... nun, unsere Instrumente sind nicht dafür kalibriert, diesen Energietyp genau auszumessen, aber die Werte sind auf jeden Fall außerordentlich hoch. Wir ziehen uns vor der

Sonde zurück, um nicht selbst lahmgelegt zu werden und wir raten allen Schiffen, die sich innerhalb eines Parsec vom berechneten Kurs aufhalten, ebenfalls schleunigst zu verschwinden. Es folgen die Koordinaten des Kurses und des gegenwärtigen Aufenthaltsortes der Sonde.«

Spock begab sich zur Wissenschaftsstation, als die Daten übertragen wurden. Einen Augenblick später hob er den Kopf. »Wir werden die Romulaner noch einmal warnen müssen, Captain. Der Kurs der Sonde verläuft in weniger als einem Lichtjahr Entfernung von Temaris.«

Kirk seufzte. »Dann wird die Konferenz also auf jeden Fall vertagt. Aber wenigstens aus einem Grund, für den die Saboteure nicht verantwortlich sind. Lieutenant Kittay, öffnen Sie einen Kanal zur...«

»Falls jemand daran Interesse hat«, meldete sich die Stimme von Starbase dreizehn abermals, »wir übertragen jetzt, was die Sonde ausstrahlt. Bei unserer gegenwärtigen Entfernung ist es nicht stark genug, um uns auszuschalten, deshalb versuchten wir, jede Information zu sammeln, die wir kriegen können. Vielleicht kann ja jemand etwas damit anfangen. Zumal das Ding genau auf die Erde zurast.«

Im nächsten Moment wurde das Rauschen des Subraums durch eine geradezu unglaubliche Mischung aus Tönen überlagert. Einige von ihnen klangen fast genauso wie das statische Rauschen selbst, andere, als würden tausend Menschen gleichzeitig aufschreien, wieder andere wie das Heulen, Knarren und Brüllen, mit dem die Sonde die nicht mehr existierenden Wale in den Ozeanen der Erde gerufen hatte, nur erheblich komplexer und variantenreicher. Und einige schließlich klangen wie nichts, was je ein Menschen vernommen hatte.

»Wenn sie das auch in der Nähe der Erde macht...«

McCoy schüttelte den Kopf. »Sie hätte es gar nicht nötig, die Ozeane zu kochen, um uns fertigzumachen.«

»Captain Kirk.«

Jandras Stimme war angesichts der aus den Lautsprechern dringenden Kakophonie kaum zu hören. »Drehen Sie die Lautstärker runter, Lieutenant«, rief Kirk und wandte sich dann der romulanischen Musikerin zu, die mit einem fragenden Ausdruck im Gesicht kaum einen Meter von ihm entfernt stand.

»Jandra?«

»Dieser Klang«, sagte sie, sobald Kittay die Lautstärke auf ein erträgliches Maß reduziert hatte, »ist er irgendwie von Bedeutung?«

»Wäre möglich. Wissen Sie etwas darüber?«

»Nur dass er genauso...« Sie hielt inne und neigte den Kopf, als würde sie intensiv lauschen.

»Nein«, sagte sie nach ein paar Sekunden, »er ist nicht genau gleich. Gewisse Teile sind mit Computeraufzeichnungen identisch, die sich Tiam anhörte, als ich ihn verließ. Und vorher, noch in der Zitadelle, hat er die gleichen Klänge abgespielt. Er wurde wütend, als ich ihn danach fragte.«

»Ihr Ehemann besaß davon Aufzeichnungen? Wann? Bevor Sie auf diese Mission gingen?«

»Ein paar Tage vorher, ja, Captain.«

»Ich werde...« Kirk sah Handler an. »Jetzt wissen wir also, was von der Behauptung zu halten ist, sie glaubten nicht an die Existenz der Sonde. Wenn sie schon Aufzeichnungen besaßen, lange bevor die Sonde die Neutrale Zone durchquerte, dann müssen sie gemacht worden sein, ehe sie überhaupt in das Gebiet der Föderation eindrang.«

»Das nehme ich auch an, Sir.«

Kirk drehte sich zu Spock um. »Ließ sich der Kurs, auf dem sie sich ursprünglich der Erde näherte, nicht bis ins romulanische Reich zurückverfolgen, Spock?«

»Zum erstenmal wurde sie von Starbase zwölf gesichtet, Captain. Ihr Kurs verlief damals nicht so geradlinig wie jetzt, legte aber die Vermutung nahe, dass sie mehrere Tage zuvor die Neutrale Zone verlassen hatte.«

Kirk schwieg einen Moment und lauschte stirnrunzelnd den Klängen. »Jandra«, sagte er und wandte sich wieder der Musikerin zu, »Sie sagten... wie war das doch gleich? ›Teile davon waren identisch.‹ Wie können Sie dessen sicher sein? Der Klang besteht aus tausend verschiedenen Tönen und weist absolut kein Muster auf.«

Jandras Augen weiteten sich. »Aber es gibt ein Muster!« Sie schaute die anderen an, dann ihren Bruder. »Können Sie es denn nicht hören? Seit ich es zum erstenmal gehört habe, ist es mir nicht mehr aus dem Kopf gegangen.«

13

Mehr als zwanzig Minuten lang erfüllten die Klänge der Sonde die Brücke, während Spock die Daten durchging, die Starfleet auf seine Bitte hin in den Computer der *Enterprise* überspielt hatte, bevor sie die Föderation verließen. Nach den ersten fünf Minuten hatte McCoy sich die Ohren zugehalten, eine Grimasse geschnitten und die Brücke verlassen, um sich um Kevin Riley zu kümmern, dessen Zustand sich zwar stabilisiert hatte, der jedoch noch immer im Koma lag.

Jandra nickte immer wieder und sah die anderen erwartungsvoll an. »Da«, meinte sie, »diese Stelle ist identisch mit dem, was von dem anderen Schiff aufgezeichnet wurde.«

Wenn dann die anderen nur zweifelnd oder verwirrt den Kopf schüttelten, reagierte sie frustriert. »Können Sie es denn nicht hören? Bin ich wirklich die Einzige? Dajan, sicher kannst du doch…«

»Nein, Schwester, ich höre es auch nicht«, erklärte Dajan dann, was ihre Enttäuschung nur noch verstärkte.

Kirk, der von dem ständigen Lärm langsam Kopfschmerzen bekam, nickte schließlich Spock zu. »Bevor wir alle taub werden oder durchdrehen…«

»Nein, warten Sie!«, rief Jandra.

»Ich weiß, Sie glauben, ein Muster zu hören, Jandra«, meinte Kirk müde, »aber…«

»Nein, das ist es nicht allein«, erwiderte Jandra. »Es

hat angefangen, sich zu wiederholen. Das Muster beginnt wieder von vorn.«

Kirk schaute von ihrer absolut ernsten Miene zu Spock hinüber. »Spock? Haben Sie von vorn angefangen?«

»Nein, Captain. Es würde mehrere Stunden dauern, um alle vorhandenen Daten abzuspielen.«

Kirk wandte sich wieder an Jandra. »Aber Sie behaupten, es ist der gleiche Klang, mit dem wir vor… wann war es?… zwanzig Minuten angefangen haben?«

Die Frau nickte heftig. »Das Muster ist das gleiche. Ich bin mir nicht bei allen Tönen sicher, aber jene in den Mustern sind identisch.«

Ist es möglich, dass sie Recht hat? überlegte Kirk. *Oder handelt es nur um einen neuen romulanischen Trick, ein Ablenkungsmanöver, für das ihr Seitenwechsel – ihr vorgeblicher Seitenwechsel? – ausgenutzt wird? Aber ganz gleich, welche Möglichkeit zutrifft, was zum Teufel hat es zu bedeuten?*

»Spock, was meint der Computer dazu? Er müsste doch feststellen können, ob es ein sich wiederholendes Muster gibt.«

»Ich werde es überprüfen, Captain.« Er machte sich an den Kontrollen zu schaffen. »Da ich selbst nicht in der Lage bin, ein Muster zu entdecken, kann ich den Computer lediglich anweisen, nach sich wiederholenden Klangsequenzen zu suchen.«

»Mr. Spock.« Zum erstenmal seit geraumer Zeit meldete sich Uhura zu Wort. »Weisen Sie den Computer an, sich vor allem auf…« Sie unterbrach sich, lauschte und runzelte die Stirn, als führe sie im Kopf ein paar Berechnungen durch. »Er soll sich auf den Bereich von zwei- bis dreitausend Hertz konzentrieren.«

»*Sie* haben etwas gehört, Uhura?«, fragte Kirk überrascht.

»Ich bin mir nicht ganz sicher und es wäre mir bestimmt nie aufgefallen, wenn Jandra nicht auf der Existenz eines Musters beharrt hätte, aber ja, ich glaube schon.« Sie zuckte die Achseln. »Vielleicht bilde ich es mir aber auch nur ein.«

»Zwei- bis dreitausend Hertz«, wiederholte Spock, während er weiterhin die Kontrollen der Wissenschaftsstation betätigte, »und Wiederholungen, die schätzungsweise nach achtzehn bis zweiundzwanzig Minuten erfolgen.« Er richtete sich auf und betrachtete die Anzeigen, während die Klänge weiterhin jeden auf der Brücke einhüllten.

Nach mehr als einer Minute veranlasste eine hochgezogene Augenbraue Kirk zu der Frage: »Nun, Mr. Spock?«

Der Vulkanier studierte die Anzeigen noch einige Sekunden schweigend. Schließlich drehte er sich zu den anderen um. »Der Computer hat eine sich wiederholende Sequenz entdeckt, Captain. Der Zyklus dauert etwa neunzehn Komma vier drei Minuten. Er beschränkt sich nicht auf den Bereich von zwei- bis dreitausend Hertz, sondern umfasst alle Frequenzen.«

Kirk schaute Jandra und Uhura mit großen Augen an. »Sie beide haben es bemerkt, aber niemand sonst. Wieso?«

»Vielleicht, weil beide Musiker sind«, warf Sulu ein. »Musiker müssen für Muster besonders empfänglich sein.« Er verstummte und sah sich fragend um. »Oder nicht?«

»Für bestimmte Muster, nehme ich an«, sagte Uhura schließlich. »Wollen Sie damit sagen, in dem Lärm steckt ein *musikalisches* Muster?«, fragte Kirk skeptisch.

»So hatte ich es nicht betrachtet«, meinte Jandra nachdenklich, »aber vielleicht stimmt es. Mit Sicherheit ist es kein Muster, das zu menschlicher oder romulanischer Musik passen würde. Aber vielleicht zu einer anderen Art?«

»Soll das heißen, dieses Ding hat uns *angesungen?*«, fragte Kirk ungläubig.

»Vielleicht hat es das, Captain«, meinte Spock. »Jedenfalls in dem Sinn, wie es zu den Walen gesungen hat und George und Gracie darauf geantwortet haben. Als ich kurz vor dem Beginn unserer Mission versucht habe, mit ihnen zu kommunizieren, vernahm ich wieder die Töne, die sie produzieren und erhielt dabei etwas, das Menschen als ›Eindruck‹ bezeichnen würden. Damals habe ich dieses Phänomen nicht erwähnt, weil ich es nicht logisch erklären konnte, aber der Eindruck war der eines Liedes, einer Musik, obwohl nichts davon mit menschlicher oder vulkanischer Musik vergleichbar wäre.«

»Das würde vielleicht erklären«, sagte Jandra zögernd, »weshalb ich in der Lage bin, diese Muster zu entdecken und im Gedächtnis zu behalten, während andere das nicht können. Seit meiner Kindheit bin ich mit der Fähigkeit gesegnet – oder geschlagen –, unterschiedslos jede musikalische Komposition reproduzieren zu können, die ich ein einziges Mal gehört habe, ganz gleich, ob sie romulanischen, irdischen oder vulkanischen Ursprungs ist. Es ist nichts, was ich gelernt hätte und mit Sicherheit kann ich es nicht erklären. Es ist etwas, das ich ganz einfach kann, genau wie andere gehen oder atmen können.«

»Aber Sie können sich nicht auf diese Weise an andere, nichtmusikalische Dinge erinnern?«, fragte Kirk.

»Ich besitze kein fotografisches Gedächtnis, falls Sie darauf hinauswollen. Ich gebe es nicht gern zu, aber schriftlich niedergelegte Texte oder Noten kann ich mir nicht besonders gut merken. Es funktioniert nur bei Musik und auch nur dann, wenn ich sie höre.«

»Faszinierend«, bemerkte Spock. »Es gibt nur wenige Berichte über Vulkanier mit derartigen Fähigkeiten, obwohl das vulkanische Gedächtnis im Durchschnitt weitaus leistungsfähiger ist als das von Menschen. Bei den Menschen kommen solche Fälle jedoch öfter vor. Es sind sogar Beispiele von Menschen dokumentiert, deren Fähigkeiten auf allen anderen Gebieten weit unter dem Durchschnitt lagen, die aber trotzdem in der Lage waren, musikalische Kompositionen von großer Komplexität auf Anhieb zu erfassen und zu reproduzieren.«

»Idiots savants«, sagte Benar, »Menschen, die kaum fähig sind, sich innerhalb der Gesellschaft normal zu bewegen, jedoch auf spezifischen Gebieten wie der Musik oder der Mathematik über bemerkenswerte Talente verfügen.«

»Das ist sicher ein faszinierendes Thema«, mischte sich Kirk ein, »aber wir sollten uns vielleicht doch besser um das gegenwärtig anstehende Problem kümmern.«

»Ich glaube, das tun wir, Captain«, sagte Spock. »Es sind einige Theorien entwickelt worden, die sich mit diesen Fähigkeiten befassen und eine davon besagt, Menschen, die zu diesen ungewöhnlichen Leistungen in der Lage sind, verfügen über eine andersgeartete Intelligenz. Das gleiche hat man auch häufig über die walartigen Lebewesen gesagt, insbesondere angesichts ihrer Fähigkeit, komplexe ›Lieder‹ von bis zu einer Stunde Länge präzise wiederholen zu können.«

Kirk runzelte die Stirn. »Das klingt jetzt fast wie eine neue Version Ihrer Superwale, Mr. Spock. Erst Telekinese und nun ein absolutes Gedächtnis?«

Spock schwieg einen Moment und überlegte. »Diese Verbindung hatte ich bisher noch gar nicht hergestellt, Captain, aber es ist durchaus möglich, dass Sie Recht haben.«

»Habe ich? Womit?«

»Meine ursprüngliche Annahme ging davon aus, dass eine Rasse, die zwar Intelligenz entwickelt hat, aber keinen den Fingern gegenüberliegenden Daumen oder ein vergleichbares physisches Instrument, um ihre Umwelt zu manipulieren, möglicherweise ein mentales Organ entwickelt, das dem gleichen Zweck dient. Wir sind sicher genügend Wesen begegnet, die trotz ihrer normal entwickelten Greiforgane über derartige Kräfte verfügten, um zu wissen, dass solche Kräfte grundsätzlich möglich sind.«

»Zugegeben«, sagte Kirk, vor dessen innerem Auge kurz das Bild eines jungen Mannes namens Charlie X auftauchte, »aber was hat das mit einem Supergedächtnis und allem anderen zu tun?«

»Vielleicht gar nichts, Captain, aber es ist möglich, dass so eine Erinnerungsfähigkeit ebenfalls als Reaktion auf ihre fehlenden Greiforgane entstanden ist. Ohne Greiforgane konnten sie keine geschriebene Sprache entwickeln. Um mit der Informationsmenge umgehen zu können, die zur Schaffung einer komplexen Kultur oder Wissenschaft erforderlich ist, brauchen sie notwendigerweise ein nach normalen Maßstäben geradezu bemerkenswertes Gedächtnis.«

Kirk nickte. »Intelligente Lebewesen, die keine Schrift entwickeln können, müssen eine andere Art von Gedächtnishilfe entwickeln. Und so wird die Sprache selbst zur Gedächtnisstütze. Ist es das, was Sie meinen, Spock?«

»Es ist ein Teil davon, Captain. Ihr Verstand müsste fähig sein, sich an höchst komplizierte Informationsketten zu erinnern, so wie Jandra in der Lage ist, sich nach einmaligem Hören an lange, komplexe Kompositionen zu erinnern. Ihr Verstand müsste also auf eine spezielle Weise funktionieren und ich nehme an, das trifft auch für ihre Sprache zu.«

»Und speziell heißt in diesem Fall musikalisch?«, fragte Kirk. »Ist Uhura aus diesem Grund die Einzige, die wenigstens ansatzweise die von Jandra entdeckten

Muster wahrnehmen konnte? Weil sie auch Musikerin ist?«

»Ich würde es nicht unbedingt als musikalisch im konventionellen Sinn bezeichnen, Captain, doch es müssen Aspekte darin enthalten sein, die sich auch in der Musik wiederfinden. Ich vermute, bei dem, was die Menschen als Walgesänge bezeichnen, handelt es sich um eine sehr primitive Form einer solchen Sprache.«

Für mehrere Sekunden herrschte Stille, abgesehen von den jetzt gedämpft erklingenden Lauten der Sonde.

»Dann ist es also eine Sprache«, sagte Kirk schließlich. »Alles, was dieses Ding von sich gegeben hat – außer vielleicht, als es versucht hat, unsere Ozeane zu verdampfen –, war seine Art zu reden. Es kommuniziert mithilfe von Telekinese, zumindest draußen im All. Genau wie wir dort Subraumstrahlen und elektromagnetische Wellen verwenden. Und wenn es laut genug spricht, zerstört es unsere Schaltkreise, genau wie wir Schäden bei uns selbst anrichten, wenn wir die Lautstärke zu hoch einstellen.« Er schüttelte den Kopf. »Ich nehme an, als nächstes stellt sich die Frage, was zum Teufel es eigentlich sagen wollte?«

»Und ob die Romulaner sich einiges davon auch schon zusammengereimt haben«, warf Sulu ein. »Ich vermute, ja. Stand in den Hintergrundinformationen über Tiam nicht, dass er als erstklassiger Linguist angesehen wird? Vielleicht hat er versucht, diese Klänge zu übersetzen.«

»Das ist durchaus möglich, Mr. Sulu«, sagte Spock. »Meiner Meinung nach sollten wir unser Augenmerk aber trotzdem auf die Frage richten, wie wir lernen können, selbst mit der Sonde zu sprechen – und zwar, bevor sie die Erde erreicht.«

»Aye«, ergänzte Scotty, »und bevor sie mit der Erde das gleiche macht wie mit Wlaariivi.«

14

Erwartungsgemäß reagierte die *Galtizh* auf die Warnung vor der Annäherung der Sonde nicht gerade positiv. Tiam betrachtete sie als Drohung und verlangte, die Föderation solle »dieses Monster zurückrufen«.

Als Kirk fragte, ob es auf Wlaariivi Meereslebewesen von mäßiger oder höher entwickelter Intelligenz gegeben habe, bestätigte Tiams überraschte Miene alle Vermutungen des Captains, obwohl der Botschafter die Frage sofort und nachdrücklich verneinte.

»Im Interesse unseres beiderseitigen Überlebens schlage ich vor, alle vorhandenen Informationen über dieses Ding zusammenzutragen«, empfahl Kirk, wobei sich sein Angebot eher an Hiran als an Tiam richtete. »Wir wissen beispielsweise, dass Sie den Energieausstoß der Sonde bereits bei ihrem ersten Flug durch das Reich beobachtet und aufgezeichnet haben. Vergleichbare Daten…«

»Das ist doch völliger Unsinn!«, protestierte Tiam lauthals. »Bevor die Sonde Ihre Anweisungen ausführte und Wlaariivi angriff, wusste das romulanische Reich nicht einmal von ihrer Existenz!«

»Ganz im Gegenteil, Botschafter Tiam«, entgegnete Kirk kalt. »Ihre Frau hat bei wenigstens zwei Gelegenheiten gehört, wie Sie selbst Aufzeichnungen der von der Sonde verbreiteten Klänge abgespielt haben. Einer dieser Fälle fand zu einem Zeitpunkt statt, *bevor* die Sonde nach ihrem Flug durch die Föderation in romulanisches Gebiet zurückkehrte – *bevor* Sie zu dieser Mission aufbrachen und *lange* bevor Sie ihre Existenz uns gegenüber mehrfach bestritten.«

Diese Erklärung schien selbst Tiam für den Augenblick sprachlos zu machen. Commander Hiran, der während des gesamten Gesprächs neben Tiam gestanden hatte, fing an zu lächeln, als er den Botschafter anschaute.

»Meine Frau ist Musikerin, keine Wissenschaftlerin«, sagte Tiam, als er endlich seine Stimme wiedergefunden hatte. »Ich habe keine Ahnung, was sie da gehört hat, aber ich versichere Ihnen…«

»Was sie gehört hat, Botschafter Tiam, war die Aufzeichnung, die Sie in Ihrer Unterkunft abgespielt haben, nachdem Sie heute Morgen von Ihrem Gespräch mit Botschafter Riley auf die *Galtizh* zurückgekehrt waren. Wenn es sich dabei nicht um eine Aufzeichnung der Sonde gehandelt hat, worum dann?«

Kirks genaue Angaben verschlugen Tiam abermals die Sprache, während er versuchte, sich wieder zu sammeln. Der Mann taugte definitiv nicht zum Botschafter, dachte Kirk. Ein echter Diplomat, so wie Riley, würde zumindest darauf achten, dass sich seine Gefühle nicht auf seinem Gesicht widerspiegelten, während er nach einem geeigneten Ablenkungsmanöver suchte.

»Es ist nichts, das irgendjemanden außerhalb der romulanischen Regierung anginge«, erklärte Tiam schließlich steif.

»Ganz wie Sie meinen, Botschafter Tiam«, sagte Kirk und warf einen raschen Blick zu Hiran hinüber. »Trotz Ihrer mangelnden Kooperationsbereitschaft will ich Ihnen mitteilen, dass der Angriff der Sonde auf Wlaariivi höchstwahrscheinlich in irgendeiner Beziehung zu intelligenten oder semi-intelligenten Meereslebewesen steht, deren Existenz auf jener Welt ich freilich nur vermuten kann. Auf der Erde haben die Menschen ähnliche Lebensformen vor mehr als hundert Jahren ausgerottet. Wir vermuten stark, dass die Sonde aus diesem Grund die Erde angegriffen hat.«

»Und warum hat sie den Angriff gestoppt?«, fragte Tiam, der seine Streitlust zumindest teilweise wiedergefunden hatte. »Wenn Sie sie nicht kontrollieren, weshalb hat sie dann aufgehört?«

»Das weiß niemand«, gab Kirk zu, »jedenfalls nicht mit Sicherheit. Wir nehmen an, es lag daran, dass es uns gelungen war, eine jener Lebensformen zurückzuholen...« Kirk hielt inne. Die Romulaner wissen zu lassen, dass es eine relativ einfache, wenn auch gefährliche Methode gab, durch die Zeit zu reisen, wäre nicht gerade ein besonders kluger Schachzug. »Aus einer Art Winterschlaf«, beschloss er seine Erklärung.

»Wie erfreulich für die Erde und die Föderation«, sagte Tiam.

»Der wesentliche Punkt ist doch, Botschafter, dass es an der Zeit ist, alle Informationen, die wir über dieses Objekt besitzen, auszutauschen. Sie haben einiges bei seinem früheren Flug durch das Reich in Erfahrung...«

»Der wesentliche Punkt ist, Captain Kirk«, unterbrach ihn Tiam, »dass sich dieses Objekt derzeit auf direktem Kurs in Richtung Föderation und Erde befindet und das romulanische Gebiet verlässt. Sie behaupten, es handelt unabhängig. Ich behaupte, es wird von der Föderation kontrolliert. In jedem Fall sehe ich keinen Grund, irgendwelche Informationen mit der Föderation auszutauschen. Wenn die Sonde unabhängig agiert, wird das sehr bald das Problem der Föderation sein, nicht unseres. Wird sie von der Föderation kontrolliert – wovon ich überzeugt bin –, wäre es absolut unverantwortlich, Informationen herauszugeben, die Ihre Kontrolle weiter verstärken und dazu führen, dass andere romulanische Welten wie Wlaariivi in Zukunft noch effektiver angegriffen werden.«

Hiran, der sich nicht länger zurückhalten konnte, trat einen Schritt auf Tiam zu. »Und was ist, wenn Sie sich irren, Tiam? Davon bin *ich* nämlich überzeugt! Was passiert, wenn dieses Ding in der Föderation erledigt, was immer es dort vorhat und dann wieder hierher zurückkehrt, genau wie diesmal, nur schneller? Und wütender? Was dann, Tiam?«

Tiam schien diesen internen Angriff fast zu begrüßen. Er drehte sich abrupt um und sah Hiran an. »Ich darf Sie daran erinnern, Commander Hiran, dass alle Verhandlungen mit der Föderation in meine Verantwortung fallen. Ohne meine ausdrückliche Zustimmung werden Sie weder mit Captain Kirk noch mit jemand anderem aus der Föderation sprechen. Habe ich mich verständlich gemacht?«

»Und dieses Schiff und die Sicherheit des Reiches fallen in meine Verantwortung!«, sagte Hiran und wandte sich dem Bildschirm zu. »Captain Kirk, bis zu diesem Augenblick wusste ich nichts von den Daten, die Tiam Ihnen zufolge besitzt, aber ich werde sofort...«

Plötzlich wurde der Schirm leer. Einen Moment später erschien die Außenansicht der *Galtizh.*

»Öffnen Sie den Kanal wieder, Lieutenant«, befahl Kirk.

Kittays Finger huschten über die Kontrollen. »Keine Antwort, Sir.«

»Verdammt«, sagte Kirk. Tiam hatte die Kontrolle über die *Galtizh* übernommen.

»Captain«, meldete Spock von der Wissenschaftsstation, »es gibt Anzeichen von Transporteraktivitäten auf der *Galtizh.* Sie holen ihr archäologisches Team von Temaris zurück.«

Kirk tippte auf einen Schalter in der Armlehne des Kommandosessels. »Transporterraum, schaffen Sie unsere Leute nach oben, sofort!« Er drehte sich zu Spock um. »Irgendwelche anderen Aktivitäten auf der *Galtizh?* Waffen? Schilde?«

»Nein, Captain. Allerdings fahren sie ihren Impulsantrieb hoch.«

Auf dem Schirm trieb die *Galtizh* langsam davon, bis sie schließlich in rund tausend Kilometern Entfernung stoppte. Die jetzt verkleinerte Abbildung blieb scharf, es gab keinen Hinweis auf den Einsatz der Tarnvorrichtung.

»Alle Personen an Bord«, meldete der Transporterraum. »Besonders glücklich sind sie allerdings nicht.«

Kirk entspannte sich etwas. »Hätte mich auch gewundert«, meinte er. Dann wandte er sich an Audrea Benar, die die Vorgänge weitgehend schweigend verfolgt hatte, seit sie mit Dajan und Jandra an Bord gebeamt war. »Dr. Benar, ich wäre Ihnen sehr dankbar, wenn Sie Ihren Leuten die Situation erklären würden. Sagen Sie ihnen, dass sie nach Temaris zurückkehren dürfen, sobald das möglich ist, dass die Chancen dafür aber nicht besonders gut stehen.«

»Natürlich, Captain.«

»Mr. Spock«, sagte Kirk, nachdem sich der Lift hinter Dr. Benar geschlossen hatte, »nachdem wir jetzt wissen, dass es sich zumindest bei einem Teil der von der Sonde erhaltenen Daten vermutlich um eine Sprache handelt, schlage ich vor, Sie befassen sich jetzt damit und auch mit Ihrer Idee, einen Traktorstrahl so zu modifizieren, dass er die Emissionen der Sonde simuliert. Wenn die Sonde zur Erde unterwegs ist, um unsere Ozeane noch einmal aufzuheizen, könnte unsere einzige Chance darin bestehen, mit ihr zu reden. Nach den Erfahrungen zu urteilen, die wir beim letzten Mal gemacht haben, gibt es sonst nichts, womit wir sie beeinflussen könnten.« Er wandte sich der Kommunikationsstation zu.

»Lieutenant Kittay, stellen Sie eine Verbindung zu

Admiral Cartwright oder dem Präsidenten her.« Er verzog das Gesicht, als sie den Befehl bestätigte. Keiner der beiden würde über das diplomatische Talent erfreut sein, dass er Tiam gegenüber bewiesen hatte. Und auch nicht über die jüngsten Informationen bezüglich der Sonde.

»Wie lange wollen Sie diesen Unfug noch fortsetzen, Tiam?« Hiran starrte den Botschafter finster an.

»Bis Sie wieder zu Verstand kommen, Hiran«, gab Tiam scharf zurück. »Es wird keine Verbindung zur *Enterprise* geben, bevor Sie mir nicht *überzeugend* versichern, dass Sie sich an meine Entscheidungen halten!«

Hiran schüttelte ungläubig den Kopf. »Kirk hatte recht, nicht wahr, Tiam? Sie haben tatsächlich die ganze Zeit auf den Informationen über dieses Ding gesessen! Und wahrscheinlich hatte er auch Recht mit dem, was er über Wlaariivi gesagt hat! Was haben wir dort wirklich gemacht?«

»Nichts, was die Föderation betrifft! Ein paar einfache Experimente, hat man mir gesagt. Wären sie erfolgreich gewesen, hätte man die Ergebnisse in die Ozeane der aufständischen Variizt-Welten gekippt, um die Rebellion ein für alle mal zu beenden.«

Hirans Stirnrunzeln vertiefte sich. »Experimente? An Meeresbewohnern? Intelligenten Meeresbewohnern, wie Kirk vermutet hat?«

»Sie sollten Ihrem ›Freund‹ aus der Föderation nicht so bereitwillig Glauben schenken, Hiran. Das waren völlig nutzlose Wesen ohne den geringsten Funken Verstand.« Tiam lächelte dünn. »Von einem gewissen Nutzen waren sie dann aber doch. Mein Informant hat mir berichtet, obwohl das Experiment gescheitert sei, hätten die Wissenschaftler jedoch herausgefunden, dass gewisse Teile dieser Wesen sehr schmackhaft sind. Soweit ich weiß, hat man die wissenschaftlichen Stationen sehr erfolgreich in Schlachthäuser und Fabriken zur Weiterverarbeitung umgewandelt.«

»Aber jetzt haben sie den Betrieb eingestellt«, meinte Hiran angewidert. »Sind von diesem Ding zerstört worden. Kirk hatte doch recht. Mich wundert nur, dass die Sonde sie nicht schon bei ihrem ersten Auftauchen vernichtet hat.«

Tiam schüttelte müde den Kopf. »Damals ist sie nicht näher als hundert Parsec an Wlaariivi herangekommen.«

»Dann ist sie also vorher schon hiergewesen! Und Sie haben das gewusst!«

Tiam schloss die Augen und seufzte schwer. »Also schön. Wenn das die einzige Möglichkeit ist, Sie zu beruhigen, Commander, dann erzähle ich es Ihnen. Jawohl, *Ihre Regierung* weiß über den Durchflug dieses Objektes Bescheid. Man hat versucht, Kontakt aufzunehmen, doch ohne Erfolg. Es wurde beobachtet. Daten wurden aufgezeichnet. Da die Sonde nicht auf unsere Kommunikationsversuche reagierte, nahm man an, sie sei unbemannt, möglicherweise sogar ein herrenloses Wrack. Ihre ganze Macht lag offensichtlich allein in ihrer Masse, daher…«

»Daher beschloss jemand, sie für sich zu behalten!«

»Für das *Reich!*«, rief Tiam. »Soweit ich weiß, war der verstorbene Prätor selbst die treibende Kraft hinter diesem Versuch! Wenn die Schwächlinge, die jetzt an der Macht sind, nur…«

»Die ›Schwächlinge‹, die *Sie* vertreten, Tiam?«

Tiam stutzte, als ihm klar wurde, dass er zuviel gesagt hatte. Doch dann zuckte er die Achseln. Jetzt gab es nichts mehr, was diese sogenannte Friedenskonferenz noch retten konnte. Und wenn sie scheiterte – was er von Anfang an gewusst hatte, auch wenn er bisher nicht gewagt hatte, das laut zu sagen –, würden vernünftigere Leute die Oberhand gewinnen. Jene, die die Föderation als das erkannten, was sie wirklich war, würden wieder die Verantwortung übernehmen, während die anderen, die auf jede Lüge hereinfielen und alle Vorteile aus der Hand gaben, verschwinden würden, niedergetrampelt von den Realitäten des Universums.

»Ja, Commander«, sagte Tiam schließlich, »die ›Schwächlinge‹, die ich vertrete. Es ist ihr Glück – das Glück des Reiches –, dass sie mich haben, um sie zu vertreten.«

»Weiß die Regierung, dass Sie so denken, Botschafter?«

»Wenn sie das wüsste, glauben Sie, sie hätte mich dann für diese Aufgabe ausgewählt?«

»Und wieso hat man Sie ausgewählt?«

»Das kann ich auch nicht genau sagen. Ich weiß nur, dass nicht jeder in den oberen Rängen so naiv ist wie jene, die derzeit die Zügel führen. Ich bin sicher, diese objektiveren Kräfte waren dafür verantwortlich, dass ich kurz nach dem Tod des Prätors in die Zitadelle berufen wurde, wo man mir, natürlich streng vertraulich, von diesem Objekt berichtete, welches das Reich durchquert hatte. Es bestehe vielleicht die Möglichkeit, mit ihm in Kontakt zu treten und seine gewaltigen Kräfte zu nutzen, hieß es und man überließ mir eine Reihe von Aufzeichnungen, mit denen ich mich befassen sollte, während man meiner Frau die Ehre erwies, auf der Begräbnisfeier des Prätors zu spielen. Wie sich herausstellte, waren die Aufzeichnungen völlig bedeutungslos oder stellten zumindest keine wie auch immer geartete Kommunikationsmöglichkeit dar. Kurz nachdem ich meinen Bericht abgeliefert hatte, wurde ich von meiner Beförderung und Abordnung zu dieser Mission in Kenntnis gesetzt und auch über die Rolle, die meine Frau dabei spielen sollte.«

»Und das alles nur auf Empfehlung dieser ›objektiven Kräfte‹, nehme ich an?«

»Natürlich, auch wenn man mir das nie offiziell bestätigt hat.«

»Sie haben diese ›bedeutungslosen‹ Aufzeichnungen natürlich jenen überlassen, die Sie jetzt vertreten? Jene also, die Sie letzten Endes befördert und auf diese Mission geschickt haben?«

»Natürlich *nicht!* Ich war eigens angewiesen worden, das nicht zu tun!«

Hiran stieß einen Laut aus, der fast wie ein Lachen klang. »Sie armer Narr! Wenn ich mich nicht sehr irre, werden Sie schon bald Jutaks Schicksal teilen.«

Und dann bemühte sich Hiran, Tiam diese Bemerkung trotz dessen wiederholter ungläubiger Einwände zu erklären.

15

CAPTAINS LOGBUCH, STERNZEIT 8493.4:

Erwartungsgemäß zeigten sich weder Admiral Cartwright noch der Präsident besonders erfreut über die jüngste Entwicklung, obwohl Cartwright sich nicht sonderlich über die Sabotage, von Rileys Verletzungen einmal abgesehen und den wahrscheinlichen Abbruch der Konferenz aufzuregen schien. »Ich hatte mit Heimtücke seitens der Romulaner gerechnet«, sagte er, »und ich bin nicht enttäuscht worden.« Außerdem warnte er mich davor, auf »scheinbar rational handelnde Romulaner« hereinzufallen. Er formulierte diese Warnung zwar als allgemeine Maxime, bezog sich aber offensichtlich auf meine Hoffnung, man könne Commander Hiran zumindest bis zu einem gewissen Grad trauen und die Verbindung zwischen uns sei es wert, weiterhin gepflegt zu werden.

Dann ging der Admiral auf den Inhalt einer weiteren Nachricht jenes noch immer unbekannten Romulaners ein, der uns als erster über den Tod des Prätors in Kenntnis gesetzt hatte. Diesmal drehte es sich um den bevorstehenden Abbruch der Konferenz. Entsprechende Gerüchte kursierten bereits in der Zitadelle und die Reformer, obwohl noch an der Macht, bewegten sich auf zusehends unsicherer werdendem Boden.

Tenor der Botschaft war die eindringliche Bitte, »jede nur mögliche Anstrengung zu unternehmen, um diese Gelegenheit nicht verstreichen zu lassen, so gering die Erfolgsaussichten auch sein mögen«. Als ich nachfragte, ob diese mysteriöse Stimme aus dem Reich nicht auch in die Kategorie der »scheinbar rational handelnden Romulaner« gehöre, vor denen ich gewarnt worden war, blieb Cartwright stur bei seiner misstrauischen Haltung. Ich frage mich, ob er in der Anfangszeit seiner Karriere, als er unter anderem auch Patrouillenflüge längs der neutralen Zone unternahm, nicht vielleicht ebenfalls inoffizielle Kontakte zu einem Mann wie Hiran hatte.

Nach Auskunft von Starbase dreizehn und einiger Aufklärungsschiffe wird die Sonde Temaris in wenigen Stunden passieren. Bei ihrer derzeitigen Geschwindigkeit wird sie die Föderation – und die Erde – in knapp zwei Tagen erreichen. Bei der Entschlüsselung der von der Sonde abgestrahlten Sendungen sind wir durch die Erkenntnis, dass es sich möglicherweise um eine Sprache handelt, bisher allerdings kaum weitergekommen. Spock hat nicht mehr geschlafen, seit er mit dieser Arbeit begonnen hat und Jandra, Uhura und viele der anderen Musiker haben sich auch nur kurze Ruhepausen gegönnt. Selbst Penalt lässt sich hin und wieder blicken, obwohl er mehr daran interessiert scheint, sich bei Jandra einzuschmeicheln, als sich an der Analyse der Aufzeichnungen zu beteiligen. Die anderen verbringen jedoch den größten Teil ihrer Zeit mit dem Anhören der Klänge. Einige haben versucht, die Aufzeichnungen schneller oder langsamer und sogar rückwärts abzuspielen, um vielleicht ›intuitiv‹ einen Sinn darin zu erkennen, der einem auf streng mathematischer Basis arbeitenden Computer verborgen bleiben würde. Bisher ist es ihnen freilich nur gelungen, auch auf anderen Frequenzen als in dem von Uhura ursprünglich erkannten Bereich zwischen zwei- und dreitausend Hertz bestimmte Muster zu identifizieren. Die Frequenzen bewegen sich dabei einerseits zwischen zehn und zwanzig Hertz, reichen aber andererseits auch in den Ultraschallbereich von bis zu hundert Kilohertz hinauf.

All diese Muster reichen jedoch nicht aus, um dem Computer mit seinem universellen Übersetzungsprogramm eine brauchbare Übertragung zu ermöglichen. Immer wieder scheint es so, als stünde er dicht vor einem Erfolg, nur um dann doch wieder einen Rückzieher zu machen. Wenn Spock ihn dann befragt, bekommt er regelmäßig zu hören, dass bestimmte Muster, die zunächst gleichartig erschienen, bei tiefergehender Analyse doch wieder Unterschiede aufwiesen. Spock hat dazu eine interessante Analogie entwickelt. In einigen irdischen Sprachen, wie etwa dem Mandarin-Chinesisch, hängt die tatsächliche Bedeutung gleichartig erscheinender Worte nicht nur von Modulation und Stimmhöhe ab, sondern auch vom harmonischen Gesamtzusammenhang. Er vermutet in den Emissionen der Sonde eine Art ›Wild Card‹, die bisher weder er noch der Computer oder die Musiker identifizieren konnten, einen Faktor also, der die mit einem bestimmten Klangfragment verbundene Bedeutung scheinbar zufällig verändert.

Auf der Habenseite können wir immerhin verbuchen, dass Commander Scott, nachdem Spock ihm erklärt hatte, was ihm vorschwebte, sehr schnell einen Traktorstrahl so modifizieren konnte, dass wir ihn als ›Stimme‹ benutzen können, um mit der Sonde zu ›sprechen‹. Sofern nicht noch ein Wunder geschieht, werden wir beim Eintreffen der Sonde über Temaris allerdings nur in der Lage sein, ihr die eigenen Worte zurückzusenden, wie eine Art Echo, das sich um Monate verspätet und dabei Tausende von Parsec zurückgelegt hat. Wir können nur hoffen, dass es sich bei diesen Aufzeichnungen um eine Begrüßung und nicht um eine Kampfansage handelt.

Die *Galtizh* hat bisher noch keine Anstalten gemacht, ins Reich zurückzukehren, reagiert aber auch nicht auf unsere Versuche, wieder Kontakt aufzunehmen, von gelegentlichen Anfragen, ob wir bereit wären, die ›Geiseln‹ auszuliefern, einmal abgesehen. Allerdings zeigen unsere Sensoren an, dass man auf der *Galtizh,* trotz der fehlenden Bereitschaft zu antworten, sehr aufmerksam allem lauscht, was wir ihnen mitzuteilen versuchen. Zumindest wissen sie ebensogut wie wir, dass die Sonde in Kürze die Neutrale Zone passieren wird und auch, dass wir vorhaben, uns mit der *Enterprise* direkt in ihren Weg zu stellen und eine Kontaktaufnahme zu versuchen.

Dr. McCoy versichert uns ständig, Botschafter Riley gehe es gut und er könne »jeden Moment aufwachen«. Sulu und Uhura, die zusammen mehr Zeit bei ihm verbracht haben als McCoy, sind jedoch nicht so optimistisch. Wenn stabile Lebenszeichen überhaupt etwas zu bedeuten haben, sagen sie, hätte er schon vor mindestens vierundzwanzig Stunden aufwachen müssen. Doch abgesehen von gelegentlichem Stöhnen reagiert er nicht auf irgendwelche äußeren Reize. Sulu

und Uhura, die sich auf die Theorie verlassen, dass selbst völlig komatöse Patienten bis zu einem gewissen Grad hören können, was um sie herum gesagt wird, haben jetzt mit einer eigenen Behandlung begonnen. Sie erfreuen ihn – und alle anderen – mit allen möglichen Anekdoten und Erzählungen, in denen Riley selbst eine Rolle spielt. Ich habe den Verdacht, dass darunter auch ein paar Geschichten sind, die sich nie so zugetragen haben.

Dajan zögerte, als er die lebhaften Stimmen vernahm, die durch die Tür der Krankenstation drangen, die der Medo-Techniker ihm gezeigt hatte. Er würde sicher stören. Diese beiden, Commander Sulu und Uhura ihren Namen hatte er von dem Techniker erfahren –, waren seit langem mit dem Botschafter befreundet, er hingegen kannte ihn kaum und wurde möglicherweise sogar als Gegner betrachtet.

Andererseits war es Commander Sulu gewesen, der den Besuch vorgeschlagen hatte. »Uhura und ich fangen schon an, uns zu wiederholen«, hatte Sulu gesagt und ihm dann ihre Theorie, besser gesagt, ihre Hoffnung, erläutert, wonach ihre Worte irgendwie einen Weg zu jenem Ort finden sollten, an den sich das Bewusstsein des Botschafters zurückgezogen hatte. Sie sollten eine Verbindung zur realen Welt darstellen, eine Art Rettungsleine, die ihn davor bewahrte, noch weiter wegzutreiben. Dajan hatte noch nie von einer solchen Möglichkeit gehört, doch der Commander hatte seine Bitte so ernst und eindringlich vorgetragen, dass er davor zurückscheute, einfach abzulehnen. Außerdem spielte es natürlich eine Rolle, dass Sulu ihm auf Temaris höchstwahrscheinlich das Leben gerettet hatte.

Dajan holte tief Luft, schluckte sein Unbehagen hinunter und machte die letzten beiden Schritte, die ihn direkt bis zu der vor ihm aufgleitenden Tür führten.

Schwach, als würden sie aus einem tiefliegenden Kellerraum heraufdringen, berührten die Stimmen immer wieder Commander Kevin Rileys Bewusstsein, doch er konnte – durfte – nicht auf sie hören. Sein Vater, vor mehr als vier Dekaden durch die Hand von Kodos' Mörderbande getötet, sprach wieder zu ihm und die Worte seines Vaters waren alles, was zählte.

»Pass gut auf deine Mom auf, Boyo«, sagte er und strich seinem vierjährigen Sohn kurz durch das rötliche Haar; die Rileys hielten nicht viel von körperlichen Berührungen, nicht einmal in ihren Träumen. »Ich werde für eine Weile fortgehen.«

»Wohin gehst du, Dad?«, rief Kevin. »Kann ich mitkommen?«

»*Darf* ich mitkommen«, korrigierte ihn sein Vater automatisch. »Nein, das darfst du nicht. Du musst hierbleiben und dich um deine Mom kümmern, wie ich gesagt habe. Und jetzt geh!«

Ein überwältigendes Gefühl von Traurigkeit ging von Riley, dem Erwachsenen, auf den Jungen über, der er einmal gewesen war und er wünschte sich verzweifelt, er könnte die Fesseln brechen, die ihn wieder und wieder an den gleichen Ablauf ketteten. Er wünschte, er könnte den kleinen Jungen zwingen, sich umzudrehen, in die Arme seines Vaters zu stürzen und ihm zu sagen, er solle nicht ›freiwillig‹ in den Tod gehen, sondern bleiben und sich und seine Familie schützen, bis die Hilfe eintraf, von der Kodos behauptete, sie würde niemals kommen. Oder er könnte das Kind wenigstens zwingen, sich umzudrehen und den Vater zu umarmen und ihm zu sagen, dass er ihn liebte, damit seine letzte Erinnerung diese Umarmung wäre und nicht der unsanfte Stoß, der ihn ins Schlafzimmer stolpern ließ, wo seine Mutter lag und lautlos weinte.

Aber es hatte früher nie funktioniert und es funktionierte auch jetzt nicht.

Und es funktionierte ebenso wenig, als er, scheinbar nur Sekunden später, den Jungen daran zu hindern versuchte, in den Armen seiner Mutter einzuschlafen, als diese aus dem Haus flüchtete, weil Kodos' Anhänger marodierend durch die Straße zogen. Doch wieder war die Mutter fort, als das Kind erwachte und sich neben einem Fremden auf einem ansonsten leeren Dach wiederfand, während der grünliche Schein heftigen Phaserfeuers von den tiefhängenden Wolken reflektiert wurde.

Beides war kein richtiger Abschied, sagte der erwachsene Riley und er und der Junge konnten nur weinen.

Und den Albtraum noch einmal durchleben.

Zumindest an der Oberfläche blieb Tiam verstockt. Nichts, was Hiran sagte, konnte den Botschafter überzeugen, dass er kaum mehr war als eine Schachfigur, ausgewählt nicht wegen seiner diplomatischen Fähigkeiten oder wenigstens aufgrund seines massiven Misstrauens gegenüber der Föderation, sondern nur dank seiner Verbindung zu dem verstorbenen Reelan.

»Sie hätten beliebig viele paranoide Möchtegerndiplomaten in der Zitadelle finden können, ohne Sie extra aus den Provinzen zurückzuholen«, hatte Hiran gesagt, »aber es gibt nur einen Dajan, den Bruder von Reelan und Sie sind mit dessen Schwester verheiratet. Ihre Überzeugungen – und ihre verbissene Weigerung, irgendetwas zur Kenntnis zu nehmen, was ihnen widersprechen könnte – waren zweifellos eine Art Bonus, doch ebenso offensichtlich nicht der Hauptgrund für Ihre ›Empfehlung‹. Sie können doch gewiss nicht annehmen, es sei purer Zufall, dass Dajans Pendant aus der Föderation, deren Anwesenheit unsere Führer ausdrücklich verlangt haben, ausgerechnet die einzige Überlebende von Kalis Drei ist!«

»Glauben Sie, was Sie wollen«, hatte Tiam geantwortet. »Die Tatsache bleibt bestehen, dass ich der offizielle Vertreter des Reichs bin und als solcher bin ich in der gegenwärtigen Situation die höchste Autorität in Bezug auf den Umgang mit der Föderation.«

Genau das hatte der Botschafter auch der gesamten Mannschaft und insbesondere dem Funkpersonal klargemacht: Hiran hatte in technischem Sinn das Kommando über die *Galtizh,* doch Tiam war Hiran übergeordnet. Jegliche Kommunikation, gleichgültig ob mit dem Reich oder der *Enterprise,* hatte ausschließlich über Tiam persönlich zu laufen. Und mit jedem, der es vorzog, diese Anweisung zu missachten oder großzügig auszulegen, würde kurzer Prozess gemacht werden. Kital, der mit schussbereitem Phaser neben ihm stand, verlieh seinen Worten ebenso Nachdruck wie das nicht dementierte ›Gerücht‹, wonach Kital derjenige gewesen sei, der Jutak ausgeschaltet hatte, nachdem sich herausgestellt habe, dass der Assistent in einen nicht näher bezeichneten Treuebruch verwickelt gewesen war.

Tiam achtete nichtsdestotrotz darauf, ebenfalls jederzeit bewaffnet aufzutreten.

Als er die ›Entführung‹ seiner Frau und ihres Bruders meldete, reagierten jene, die er offiziell vertrat, mit Überraschung und Bestürzung und wiesen ihn an, alles zu tun, um ihre Freilassung zu erreichen und die Konferenz vor dem endgültigen Scheitern zu bewahren, ganz gleich, wie ›seine privaten Empfindungen‹ dabei auch aussehen mochten. Sie versicherten ihm, höchstwahrscheinlich hinge das Überleben der Regierung davon ab.

Später meldeten sich jene, die ihn ›empfohlen‹ hatten, über den geheimen Subraumempfänger in seiner Unterkunft, den zu benutzen seit Jandras Fortgang weitaus weniger Probleme bereitete. Er habe die Angelegenheit meisterhaft gehandhabt, erklärte man ihm. Insbesondere wurde er wegen des Einfalls gelobt, die Flucht seiner Frau und ihres Bruders als Entführung hinzustellen und weitere Verhandlungen bis zu ihrer Auslieferung abzulehnen, wohl wissend, dass sie niemals ausgeliefert werden würden. Als Ergebnis dieses genau zur rechten Zeit erbrachten Beweises der Heimtücke seitens der Föderation befänden sich die Reformer jetzt auf dem Rückzug. »Nur noch ein paar Tage«, erklärte einer seiner vorgeblichen Mentoren, »dann bricht ihr Kartenhaus zusammen und wir können die Stabilität und Entschlusskraft der romulanischen Regierung wiederherstellen. Ihr Beitrag dazu wird nicht in Vergessenheit geraten.«

Kurz nachdem diese herzerwärmende Versicherung Tiams Selbstbewusstsein gehörig aufpoliert hatte, wurde er informiert, dass die *Enterprise* den Orbit um Temaris verlassen hatte. Wie er durch diverse, unbeantwortet gebliebene Sendungen wusste, war sie wie geplant aufgebrochen, um das Ungeheuer ›aufzuhalten‹, das die Stationen auf Wlaariivi und die *Henzu* vernichtet hatte.

»Damit, Commander«, erklärte der selbstzufriedene Tiam dem finster blickenden Hiran, »ist die Konferenz beendet. Die Geiseln wurden nicht ausgeliefert und das Föderationsschiff hat sich abgesetzt, um mit dem neuen Verbündeten – oder Sklaven – zu sprechen, der höchstwahrscheinlich einen detaillierten Bericht über seine Schandtaten auf Wlaariivi abliefern wird. Selbst nach Ihren Maßstäben dürfte dieses Verhalten der Föderationsvertreter nicht mehr tragbar sein.«

Hiran schüttelte fassungslos den Kopf. »Wie Sie genau wissen, sind sie aufgebrochen, um Kontakt zu der

Sonde herzustellen. Außerdem haben sie wiederholt vorgeschlagen, wir sollten sie begleiten, doch Ihnen fällt nichts anderes ein, als über den Abbruch der Konferenz zu frohlocken! Wenn Sie die Wahrheit wissen wollen, Tiam – was ich allerdings ernstlich bezweifle –, so muss ich sagen, dass ich deren Verhalten dem Ihren bei weitem vorziehe! Und dem Ihrer Drahtzieher! Bedeutet Ihnen die Wahrheit eigentlich gar nichts? Und wo wir schon dabei sind, bedeutet Ihre Frau Ihnen auch nichts?«

Ein Hauch von Ärger, vielleicht auch von Scham, verdüsterte Tiams Züge für einen Moment, doch dann kehrte das selbstzufriedene Lächeln, fast schon ein Grinsen, wieder zurück, das er seit der Flucht seiner Frau fast ständig zur Schau trug. »In dem Moment, als sie ihre Entführung zuließ, hat sie dem Reich mehr gedient als in ihrem ganzen bisherigen Leben«, sagte er.

Hiran verdrehte ungläubig die Augen. »Und was ist mit diesem sogenannten Verbündeten, mit dem die *Enterprise* Ihren Worten zufolge verhandeln will? Ich dachte, Ihre Drahtzieher wären an der Sonde mehr als nur ein wenig interessiert. Glauben Sie nicht, dass sie auch gerne über das Ergebnis dieser ›Verhandlungen‹ informiert sein möchten?«

»Schon möglich, aber ich ziehe es vor, die Dinge aus einer gewissen Entfernung zu beobachten. Wenn man bedenkt, was dieses Ding mit der *Henzu* gemacht hat – und dem unbewaffneten, Millionen von Kilometern entfernten Frachtschiff –, dann möchte ich nicht in seine Reichweite kommen, ganz gleich, ob es nun unter der Kontrolle der Föderation steht oder tatsächlich eine wildgewordene Killermaschine ist. In jedem Fall werden wir hier sicherer sein und daher auch eher in der Lage, einen Bericht über die Ergebnisse des Zusammentreffens mit der *Enterprise* abzuliefern.« Für einen Moment wurde ein Anflug von Vorfreude in seiner Miene sichtbar. »Die Vernichtung der *Henzu* wurde aus mehr als einem Parsec Distanz aufgezeichnet.«

Sulu hatte für das Rendezvous mit der Sonde das Steuer übernommen und Chekov saß wieder am Pult des Navigators. Selbst Uhura hatte Kittay stillschweigend an der Kommunikationsstation abgelöst und Scott stand gleich neben ihr an der technischen Station. Spock besetzte natürlich die Wissenschaftsstation, während McCoy links von Kirk saß und den Bildschirm im Auge behielt. Niemand hatte ein Wort gesagt, doch die Situation sprach für sich selbst. Sie waren bereits in einer aufgemöbelten klingonischen Rostlaube drei Jahrhunderte durch die Zeit gereist, um dieses Ding aufzuhalten und nun würden sie ihm an Bord der *Enterprise* erneut entgegentreten. Gemeinsam.

Die einzige Person auf der Brücke, die nicht zur Crew gehörte, war Jandra, deren außergewöhnliche Begabung zuerst ein Muster in den chaotischen Ausstrahlungen der Sonde entdeckt hatte. Die anderen Musiker hatten sich vor einem Hilfsschirm versammelt, der auf dem gleichen Freizeitdeck aufgebaut worden war, auf dem der Empfang stattgefunden hatte. Selbst Penalt hielt sich dort auf, nachdem er widerwillig zugelassen hatte, dass man ihn von der Brücke verbannte.

»Die *Shenandoah* meldet, dass die Sonde ihren Kurs durch die Neutrale Zone beibehält, Captain«, sagte Uhura mit ruhiger Stimme.

»Danke, Commander«, erwiderte Kirk ebenso ruhig, ohne die Augen vom Sichtschirm abzuwenden. »Bereit, Mr. Spock?«

»Bereit, Captain.«

»Mr. Scott?«

»Aye, Captain. Reservebatterien sind voll aufgeladen und abgeschirmt. Selbst wenn wir die primäre und sekundäre Energie verlieren, arbeiten Lebenserhaltungssysteme und Impulstriebwerke weiter.«

»Auch die Traktorstrahlen?«

»Aye, Sir, auch die Traktorstrahlen. Wir werden unsere Stimme nicht verlieren.«

Kirk schwieg einen Moment, holte tief Luft und atmete mit einem leisen Zischen wieder aus. »Also dann, Mr. Spock, beginnen Sie das Gespräch.«

Etwas befand sich auf dem Kurs der Wesenheit, das noch nicht dort gewesen war, als sie diesen Kurs festgelegt hatte. Es lag direkt in ihrem Weg. Selbst aus dieser Entfernung war klar, dass es sich nicht um eines der hundert Milliarden natürlicher Objekte handelte, die in ihrem kristallenen Gedächtnis verzeichnet waren.

Nach weniger als einer Billion Berechnungen traf die Wesenheit eine Entscheidung. Die mit einer Kursänderung verbundene Verzögerung, die nötig wäre, um dem Objekt auszuweichen, war unbedeutend und betrug weniger als ein Millionstel der ursprünglich veranschlagten Reisezeit.

»Captain!« Uhura fuhr auf ihrem Sessel herum. »Die *Shenandoah* meldet eine Änderung im Kurs der Sonde. Der neue Kurs wird sie in etwa einem Zehntelparsec in Bezug auf den galaktischen Norden an unserer gegenwärtigen Position vorbeiführen.«

Kirk unterdrückte einen Fluch. »Sie weiß bereits, dass wir hier sind. Ihre Sensoren verfügen offensichtlich über eine größere Reichweite als unsere Geräte. Mr. Sulu, bringen Sie uns wieder genau vor die Sonde. Wählen Sie die Geschwindigkeit nach Belieben.«

»Aye, aye, Captain. Es wäre allerdings ganz hilfreich, wenn wir sie auch mit *unseren* Sensoren erkennen könnten. Ein Zehntelparsec Richtung Norden, sagten Sie, Commander?«

»Richtig, Mr. Sulu«, bestätigte Uhura.

»Die Sensoren erfassen seine Emissionen, Captain«, meldete Spock, »doch nicht das Objekt selbst.«

»Es schreit sich also noch immer die Seele aus dem Leib«, bemerkte McCoy, ohne sich an jemand Bestimmtes zu wenden.

Die Verzerrungen des Warpeintritts erfüllten den Sichtschirm, als Sulu den Antrieb einschaltete.

Das Objekt kreuzte wieder den Weg der Wesenheit.

Doch jetzt war es nahe genug, um es dem kristallenen Sensor zu ermöglichen, die Natur des Objektes zu bestimmen.

Entsprechende Befehle wurden gegeben. Der noch immer eingefahrene Sensor führte die Überprüfung durch.

Milben, besagten die hereinströmenden Daten. Das Objekt ist eine weitere ihrer raumfahrenden Metallblasen.

Zerstöre es, sagte ein Teil der jüngeren Erinnerungen, doch ein anderer, stärkerer Teil sagte nein. Diese Milben sind Tausende von Parsec von jenen entfernt, die versucht haben, die Stimme der blaugrünen Welt zum Schweigen zu bringen und auch Tausende von Parsec von jenen, die zu der blauen Welt gehören. Und sie sind viele tausend Parsec und Hunderte von Millennien von jenen entfernt, die dich angegriffen und zu vernichten versucht haben. Doch der dritte und stärkste Teil ihres Gedächtnisses sagte, merke dir ihre Position. Wenn du auf der blauen Welt alle nützlichen Daten erhalten hast, kehre zurück und studiere diese, überprüfe, ob es eine Verbindung zwischen ihnen und der blauen oder der blaugrünen Welt gibt. Und zwischen ihnen und jenen, die dich angegriffen und fast vernichtet haben.

Wieder rasten Milliarden Berechnungen die kristallenen Pfade entlang und abermals wurde der Kurs geändert und ein weiterer Sekundenbruchteil der vorberechneten Reisezeit zugeschlagen.

»Sie befindet sich jetzt in Sensorreichweite, Captain«, meldete Spock, »aber sie ändert abermals den Kurs, um uns auszuweichen. Der neue Kurs verläuft durch unsere ursprüngliche Position.«

»Alphonse und Gaston, in der interstellaren Version«, murmelte Kirk. »Mr. Sulu…«

»Aye, aye, Captain, ich setze uns wieder davor.«

Abermals befand sich das Objekt im Weg der Wesenheit. Und die Entfernung war geringer geworden.

Noch einmal änderte die Wesenheit ihren Kurs; diesmal so stark, dass die Reisezeit zur blauen Welt um mehrere Sekunden verlängert wurde.

Und wieder bewegte sich das Objekt in Richtung des von der Wesenheit eingeschlagenen Weges, doch diesmal hatte sich die Wesenheit außer Reichweite gebracht. Wenn das Objekt seine Bewegung beendete, würde die Wesenheit den angepeilten Treffpunkt bereits passiert haben.

Dennoch wurde die Handlungsweise der Milben weiterhin in den kristallenen Gedächtnispfaden erforscht und infrage gestellt. Waren sie vielleicht doch mit der blaugrünen Welt verbunden? Glauben sie, sie könnten die Toten auf jener Welt rächen?, fragte ein jüngerer Teil des Gedächtnisses.

Es gibt keinen Hinweis, dass sie mit jener oder der blauen Welt in Verbindung stehen, wiederholte ein anderer Teil. Beobachte sie, während wir an ihnen vorbeifliegen und dem vorberechneten Kurs folgen. Kehre zurück, wenn die Primitiven befragt worden sind und wenn die Milben, die bekanntermaßen mit der blauen Welt verbunden sind, gründlich studiert wurden.

Wieder griff der kristallene Sensor so weit hinaus, wie ihm das möglich war, solange er in seiner schützenden Hülle steckte. Um eine noch größere Reichweite zu erzielen, müsste die Wesenheit ihren Flug unterbrechen, fast zum Stillstand kommen und den Sensor ungeschützt ins All ausfahren. Das würde die Reise zu der blauen Welt nicht um Millionstel, sondern um Hundertstel verlängern und zu solchen Maßnahmen war die Wesenheit noch nicht bereit.

Doch als der Sensor das noch immer ferne Objekt erfasste, erwachten plötzlich – selbst für die in Picosekunden rechnende Wesenheit – Milliarden kristallener Pfade, die seit Hunderten von Millennien im Schlaf gelegen hatten, in jähem Wiedererkennen. Und Milliarden anderer, die während der gleichen Zahl von Millennien fast ständig gearbeitet hatten, verstummten und brachten die Stimme der Wesenheit zum Schweigen.

In den gerade aktivierten Pfaden wurden zahllose Billiarden von Berechnungen und Vergleichen durchgeführt und überprüft, nicht nur einmal, sondern tausendfach auf tausend verschiedenen Wegen.

Die Wahre Sprache, sagten die Berechnungen und Vergleiche immer wieder, die Wahre Sprache. Die Milben redeten in der Wahren Sprache.

»Captain, das Objekt…«

»…hat wieder den Kurs gewechselt.« Kirk beendete Spocks Meldung mit einer Grimasse. Der letzte Kurswechsel, der das Objekt bis auf ein paar hundert Astronomische Einheiten an das Temaris-System herangeführt hätte, wäre für die *Enterprise* selbst mit Höchstgeschwindigkeit fast nicht mehr erreichbar gewesen. Bewegte sie sich jetzt nur um ein paar Bogensekunden weiter, würde die *Enterprise* sie nicht mehr erreichen können.

»Nein, Captain, die Sonde hat ihre Sendungen eingestellt. Und sie bremst stark ab.«

Stille legte sich über die Brücke.

»Maschinen stop, Mr. Sulu.«

»Aye, aye, Sir.«

»Mr. Spock, reduzieren Sie die Leistung des Traktorstrahls um fünfzig Prozent.« Nachdem sie die Aufmerksamkeit der Sonde auf sich gelenkt hatten, mussten sie deutlich machen, dass sie übermäßige Lautstärke vermeiden wollten. Auf kurze Entfernung könnten die Emissionen des Dings möglicherweise sogar die von Commander Scott sorgfältig abgeschirmten Reserveenergiesysteme zerstören.

»Ja, Captain.«

»Commander Uhura, versuchen Sie noch einmal, die *Galtizh* zu erreichen.«

»Keine Antwort, Captain.«

»Sind sie überhaupt noch da, Spock?«

»Sie sind noch da, Captain und sie hören auch immer noch zu.«

»Aber sie antworten nicht.« Kirk schüttelte den Kopf. »Halten Sie sie trotzdem auf dem laufenden, Commander Uhura.« Ob ein informierter Tiam gefährlicher oder weniger gefährlich war als einer, der nicht wusste, was geschah und deshalb möglicherweise blindlings zuschlug, wusste Kirk nicht, doch auf diese Weise würde wenigstens auch Hiran erfahren, was vor sich ging und den Botschafter vielleicht zurückhalten können, falls dieser völlig durchdrehte.

Sämtliche Anzeigen auf der Brücke flackerten auf und beruhigten sich wieder, während alle Anwesenden die Luft anhielten.

»Das Objekt scheint wieder zu senden, Captain«, bemerkte Spock.

»Reduzieren Sie den Traktorstrahl noch mal um fünfzig Prozent«, rief Kirk.

»Ausgeführt, Captain.«

»Sendet es noch immer?«

»Ja, Captain, aber mit geringerer Lautstärke.«

»Noch mal reduzieren, gehen Sie auf fünf Prozent der ursprünglichen Leistung.«

»Die Sonde ist unserem Beispiel gefolgt, Captain.«

»Sie kann also nicht nur brüllen, sondern auch flüstern«, sagte Kirk leise. »Jetzt müssten wir nur noch wissen, was zum Teufel sie uns da zuflüstert. Mr. Spock, gleichen diese Sendungen denen in Ihren Aufzeichnungen?«

»Das steht noch nicht fest, Captain. Der Computer ist angewiesen, alle eingehenden Signale zu analysieren und mit den Aufzeichnungen zu vergleichen, hat aber bisher noch keine Entsprechungen festgestellt.«

»Vielleicht benutzt sie beim Flüstern eine andere Sprache als beim Brüllen«, meinte McCoy mit einem schiefen Grinsen. »Das würde jedenfalls genauso viel Sinn ergeben wie alles andere, was sie bisher getan hat.«

»Legen Sie es auf die Lautsprecher«, sagte Kirk. »Aber leise.«

Die Klänge, die jetzt über die Brücke und das Freizeitdeck fluteten, hörten sich für Kirk genauso an wie die Aufzeichnungen, doch andererseits war er nicht in der Lage gewesen, auch nur eines der Muster zu erkennen, von deren Vorhandensein Jandra und die anderen überzeugt waren. Für ihn hatte sich das Ganze damals einfach wie Lärm angehört und genauso erging es ihm auch jetzt wieder.

»Wenn irgendjemand eine Idee hat...« begann er, doch Uhuras Stimme unterbrach ihn.

»Captain, die *Galtizh* antwortet.«

»Auf den Schirm, Commander.«

»Nicht uns, Captain.« Uhura schüttelte den Kopf. »Der Sonde!«

16

Tiams erste Reaktion auf die Meldung, dass das inzwischen auf Sensorreichweite herangekommene Objekt den Kurs geändert hatte und praktisch direkt das Temaris-System ansteuerte, hatte darin bestanden, die *Galtizh* mindestens ein halbes Parsec von der Gefahrenzone fortzubringen, bevor die Sonde eintraf. Doch der widerborstige Hiran hatte die Ausführung dieses Befehls auf unverzeihliche Weise verzögert. Sie hatten noch nicht einmal Fahrt aufgenommen, als die Sonde plötzlich stoppte und verstummte.

Tiam verkrampfte sich innerlich, als er den Bildschirm beobachtete und den Meldungen des Subzenturios über die Sensordaten lauschte. Was geschah dort? Er hatte sich Kirks endlose Berichte angehört und das Scheitern des unsinnigen Plans erwartet, mittels eines Traktorstrahls mit der Sonde zu ›kommunizieren‹. Und die ganze Zeit über hatte er sich gefragt, wieso die Föderation einem Menschen wie Kirk, dessen Verhältnis zur Realität ganz offensichtlich gestört war, das Kommando über ein Raumschiff zu führen gestattete.

Doch jetzt hielt das Objekt an. Warum? Unterbrach es seinen Flug nur lange genug, um das Föderationsschiff zu vernichten, das sich noch immer ein halbes Lichtjahr von Temaris entfernt befand? War Kirks Wunsch in Erfüllung gegangen, hatte er die Aufmerksamkeit der Sonde mit seinem verrückten Plan erregt…

Plötzlich erkannte Tiam, was geschehen war. Es

waren keineswegs Kirks Mätzchen mit dem Traktorstrahl gewesen, die die Sonde aufmerksam gemacht hatten. Das konnte gar nicht sein. Die Reichweite eines Traktorstrahls belief sich auf einige tausend Kilometer, doch die Entfernung zwischen der Sonde und der *Enterprise* betrug noch mehrere Parsec. Kirks Manöver, mit denen er sich immer wieder in den Weg der Sonde gestellt hatte wie ein Kind, das auf der Straße steht und versucht, eine kalgorianische Kampfmaschine durch Winken zum Anhalten zu bewegen, mussten der Auslöser gewesen sein.

Wie lästige Insekten zerquetscht zu werden, wäre ein passendes Ende für Kirk – und Jandra! –, aber Tiam verspürte nicht den Wunsch, dieses Schicksal zu teilen.

Doch genau das wäre ihm widerfahren, hätte Hiran sich nicht so widerspenstig gezeigt, erkannte er verärgert.

»Jetzt werden Sie doch Ihren Willen bekommen, Commander Hiran«, sagte er. »Die *Galtizh* bleibt, wo sie ist.«

»Das freut mich zu hören, Botschafter«, erwiderte Hiran und versuchte, seine Überraschung zu verbergen. »Darf ich fragen …«

»Das dürfen Sie nicht!«, unterbrach ihn Tiam scharf. »Das Föderationsschiff ist weit genug entfernt. Seine Vernichtung wird keine Auswirkungen auf uns haben.«

Hiran erteilte die entsprechenden Befehle, wobei er innerlich den Kopf schüttelte. Tiam wartete unterdessen und hoffte, dass er Recht behielt.

Eine Minute später hätte Hiran beinahe laut aufgelacht. »Das Objekt scheint der *Enterprise* friedlich zu antworten, statt anzugreifen.«

Tiam fluchte lautlos, als er erkannte, dass Hiran Recht hatte. Das Objekt reagierte offensichtlich nicht so auf die *Enterprise,* wie das bei der *Henzu* der Fall gewesen war.

»Ihre Befehle, Botschafter?«, fragte Hiran freundlich.

Tiams Gedanken überschlugen sich, als er mit der Erkenntnis fertig zu werden versuchte, dass das Gebäude, auf das er seine Annahmen gegründet hatte, gerade auf den Kopf gestellt worden war. Konnte Kirk trotz allem Recht behalten haben? War es möglich, dass der ganze Unfug mit dem Traktorstrahl und den Aufzeichnungen...

Sein Magen schnürte sich zusammen. Er hatte die Daten erhalten, die beim ersten Flug der Sonde durch das Reich aufgezeichnet worden waren und er hatte sie studiert und als nutzlos eingestuft. Doch jetzt hatte Kirk das Objekt zum Anhalten veranlasst, indem er ähnliche Daten benutzte, hatte es irgendwie dazu gebracht, ihm zu antworten und zwar nicht mit Zerstörung, sondern mit... was? Weiteren sinnlosen ›Daten‹?

Oder kommunizierten sie tatsächlich miteinander? War vielleicht tatsächlich etwas an der verrückten Idee, in diesem ganzen Lärm sei eine Sprache verborgen? Eine Sprache, die ihm nicht aufgefallen war, während Kirk – und *Jandra!* – sie entdeckt hatten?

Und übersetzt?

Wenn Kirk sie tatsächlich übersetzt hatte und in der Zitadelle bekannt wurde, dass Tiam versagt hatte, wo Kirk Erfolg beschieden war...

Doch nein! Kirk *kommunizierte* nicht mit dem Ding! Er spielte lediglich ab, was das Objekt selbst ausgestrahlt hatte. Er sprach nicht, er wiederholte nur! Genau das hatte er schließlich selbst gesagt!

Doch ich kann genau das gleiche tun!, erkannte Tiam plötzlich. *Bevor dieses Ding entscheidet, die* Enterprise *sei das einzige Schiff, das seiner Aufmerksamkeit würdig ist, mit dem es sich lohnt zu kommunizieren...*

Die Aufzeichnungen befanden sich in seiner Unterkunft. Alles, was er zu tun hatte...

Tiam sprang auf. »Bereiten Sie sich darauf vor, auf allen Subraumfrequenzen zu senden«, sagte er, während er eilig die Brücke verließ. »Mit voller Energie!«

Das Paradoxon tauchte innerhalb von Millisekunden in den kristallenen Pfaden auf.

Die Milben, teilten Millionen von Berechnungen und Vergleichen der Wesenheit mit, redeten in der Wahren Sprache.

Doch eine gleich große Zahl von Berechnungen und Vergleichen sagten der Wesenheit auch: Die Milben verfügen nicht über die Macht der Sprache.

Weitere Millisekunden verstrichen, während der kristallene Sensor das Phänomen wahrnahm und diese Wahrnehmung wurde analysiert und mit den fünfhundert Millennien zurückliegenden Wahrnehmungen verglichen, als die Sonde in der Wahren Sprache gebadet worden war, als die Schöpfer ihr den Auftrag und die ursprünglichen Erinnerungen und Instruktionen gegeben hatten.

Eine grobe Imitation, besagte der Vergleich.

Die Sprache hätte den kristallenen Sensor innerhalb von Millisekunden erreicht, doch die Imitation vermochte das nicht. Der Sensor musste hinausgreifen, um die Vibrationen der Wahren Sprache zu empfangen, so wie er über den Ozeanen hunderter Welten hinausgegriffen und die einfachen Worte der Primitiven empfangen hatte.

Und doch unterschied sich die Imitation von den an Materie gebundenen Stimmen der Primitiven, denn seine Energie breitete sich durch den materielosen Raum aus, wenn auch in einem sehr langsamen Tempo.

Die Anweisungen der Schöpfer waren eindeutig. Kehre in dem Moment zurück, in dem sich die Existenz anderer, die ebenfalls der Wahren Sprache mächtig sind, eindeutig bestätigt hat.

Doch ihre Erinnerungen waren ebenso eindeutig. Die Wahre Sprache konnte nur von jenen gesprochen werden, die die Macht der Sprache entwickelt hatten.

Und die Milben hatten diese Macht offensichtlich nicht entwickelt. Nachdem mehrere Sekunden verstrichen waren, erkannte die Wesenheit schließlich auch, was sie empfing.

Es war die gleiche Botschaft, die sie jeder Welt gesandt hatte, die sie auf ihrem Weg passierte: Ein Gruß, eine Geschichte und eine Einladung. Es war die gleiche Botschaft, die sie noch kurz vor dieser Begegnung ausgesandt hatte, die gleiche, die sie bei der Annäherung an die blaue Welt und an Tausende anderer Welten gesandt hatte: Die Botschaft, die sie nach dem Willen der Schöpfer so lange senden sollte, bis sie eine Antwort erhielt. Und nun war diese Antwort gekommen.

Doch es war nicht die Sprache.

Es war keine echte Kommunikation.

Es war eine Nachahmung der Wahren Sprache, eine Wiederholung dessen, was die Wesenheit selbst millionenmal im Lauf der Jahrtausende ausgesandt hatte, doch jene, die nachahmten, konnten nicht wirklich sprechen.

Das Paradoxon musste gelöst werden. Das Rätsel der Primitiven auf der blauen Welt und selbst das Geheimnis ihrer eigenen verlorenen Erinnerungen wurden im Angesicht dieses neuen Mysteriums in den Hintergrund gedrängt.

Die Wesenheit reichte hinaus nach den Milben und sprach; nicht auf die materiegebundene Weise der Primitiven, sondern in der Wahren Sprache. Wer seid ihr, die ihr die Wahre Sprache nachahmt, ohne die Macht der Sprache zu besitzen? fragte sie in hunderterlei Art.

Es gab keine Antwort, nur das fortgesetzte Echo ihrer eigenen Worte.

Doch das Objekt unterbrach seinen unbesonnenen Flug durch das All.

Eine Ewigkeit später senkte es seine nachgeahmte Stimme.

Die Wesenheit folgte dem Beispiel und erinnerte sich daran, welche Auswirkungen ihre Stimme bei voller Lautstärke auf ähnliche Gerätschaften der Milben gehabt hatte, als sie sich in der Nähe der blauen Welt befand.

Eine weitere Ewigkeit verging und das Objekt senkte seine Stimme abermals, als wolle es der Wesenheit vorschlagen, das gleiche zu tun.

Und noch einmal.

Doch die ganze Zeit über setzte es seine Wiederholung dessen fort, was die Sonde selbst zahllose Male ausgestrahlt hatte.

Weitere Ewigkeiten, weitere Sekunden verstrichen, während das Paradoxon die kristallenen Pfade entlangeilte, Erinnerung auf Erinnerung, Anweisung auf Anweisung überprüfte, immer auf der Suche nach einer Lösung, einem Heilmittel für seine eigene Existenz.

Plötzlich berührte eine andere Energieform den kristallenen Sensor. Die Wesenheit hatte diese Form der Energie schon früher wahrgenommen, zuletzt, als sie die blaugrüne Welt gesäubert hatte, doch noch nie in dieser Stärke.

Die Wesenheit suchte nach der Quelle und entdeckte eine weitere Metallblase der Milben.

Normalerweise hätte damit alles geendet. Die Milben stellten keine Bedrohung dar und zwischen diesen Milben und jenen, die die Wahre Sprache nachahmten, konnte keine Verbindung hergestellt werden. Daher waren sie irrelevant.

Doch dies war für die Wesenheit keine normale Zeit. Milliarden ihrer kristallenen Pfade wurden durch den Versuch blockiert, das Paradoxon der Milben, die die

Wahre Sprache imitierten, zu lösen. Weitere Milliarden hatten sich wieder der Aufgabe zugewandt, die nahezu unendlichen Erinnerungen der Wesenheit nach Antworten auf die Fragen zu durchsuchen, die sich auf der blauen Welt ergeben hatten, als die Primitiven plötzlich und ohne Vorwarnung wieder aufgetaucht waren. Und selbst jetzt befassten sich weitere Pfade mit den Schatten der verlorenen Erinnerungen.

Dies war eine Zeit, in der nichts als irrelevant eingestuft werden konnte, bevor es nicht sorgfältig analysiert worden war.

Der Sensor absorbierte die Energien und schickte sie die kristallenen Pfade entlang, wo sie einer genauen, äußerst gründlichen Prüfung unterzogen wurden. Für Sekunden wurden die Muster dieser Energien, all die Tausende von Frequenzen, als Ganzes untersucht und mit den Millionen anderer derartiger Muster verglichen, die in den Erinnerungen der Wesenheit gelagert waren.

Doch dann machte sie etwas, das sie noch nie zuvor getan hatte. Sie teilte die Energien auf und überprüfte jede einzelne dieser tausend Frequenzen für sich allein.

Und dann begann sie damit, die einzelnen Frequenzen zu zerlegen, nur um herauszufinden, dass tief in jeder dieser einzelnen Frequenzen noch weitere, schwächere Frequenzen verborgen waren.

Und sie analysierte auch diese verborgenen Frequenzen.

Für eine Mikrosekunde erstarrten die kristallenen Pfade in etwas, das man bei einem Lebewesen als Schock bezeichnet hätte. Auslöser war die Erkenntnis eines zweiten Paradoxons, größer noch als das erste.

Denn dort, tief in dem Wirbel von Energien verborgen, hatte die Wesenheit die Wahre Sprache entdeckt, nicht nur einmal, sondern tausendfach wiederholt.

Für einen Menschen wäre es so gewesen, als hätte er eine Handvoll Schnee unter dem Mikroskop betrachtet und dort im Herzen einer jeden der ansonsten identischen Flocken ein Abbild seines eigenen Gesichts entdeckt.

Die Wesenheit wusste sofort, dass es nicht in ihrer Macht stand, dieses Paradoxon zu lösen.

Und wenn sie auf etwas stieß, das ihr Verständnis überstieg, stand ihr nur eine Handlungsmöglichkeit offen.

Sie musste zu den Schöpfern zurückkehren.

Und ihnen das Paradoxon vorlegen.

Die Wesenheit griff hinaus und zog die metallenen Blasen zu sich heran.

»Sie antworten der Sonde?« Kirk blickte stirnrunzelnd auf den Schirm und wandte sich dann wieder Commander Uhura zu. »Wie antworten sie?«

»Sie senden auf allen Subraumfrequenzen, Sir.« Uhura zuckte leicht zusammen und berührte den Ohrhörer, um die Lautstärke zu dämpfen. »Ich bin mir nicht ganz sicher, aber es klingt so, als würden sie die gleiche Aufzeichnung abspielen wie wir.«

»Aber sie benutzen die regulären Subraumkanäle, keinen Traktorstrahl?«

»Richtig, Captain.«

»Commander, ob uns nun jemand auf der *Galtizh* antwortet oder nicht, fragen Sie trotzdem nach, was zum Teufel sie da eigentlich treiben!« Kirk drehte sich zur Wissenschaftsstation um. »Spock, können wir die Übertragung der *Galtizh* analysieren? Senden sie tatsächlich das gleiche wie wir?«

Spock musterte mehrere Sekunden lang die Anzeigen. »Es scheint so, Captain.« Er rief eine Reihe anderer Daten auf. »Die Tatsache, dass der Computer schon jetzt in der Lage ist festzustellen, dass die beiden Sendungen identisch sind, scheint darauf hinzudeuten, dass die gegenwärtig von der Sonde an die *Enterprise* gerichtete Ausstrahlung davon abweicht. Der Computer hat darin bisher noch keine übereinstimmenden Muster entdeckt.«

»Und was bedeutet das?«, fragte Kirk. »Dass uns die Sonde tatsächlich antwortet? Oder dass wir durch unsere Sendung lediglich eine neue automatische Sequenz ausgelöst haben, die jetzt genau wie das Original ständig wiederholt wird?«

»Unbekannt, Captain. Allerdings…« Spock unterbrach sich und zog eine Augenbraue hoch, als die Daten auf der Anzeige wechselten. »Die Sonde hat wieder aufgehört zu senden, Captain.«

»Nicht etwa nur die Energie nochmals reduziert?«

»Falls es sich so verhält, hat sie die Energie so weit zurückgeschraubt, dass wir sie nicht mehr orten können.«

»Haben die Romulaner sie erschreckt? Oder redet sie jetzt vielleicht mit ihnen, statt mit uns?«

»Das ist möglich, Captain, aber…«

Die *Enterprise* schlingerte. Plötzlich erschien die Luft dick, fast flüssig. Jeder Ton klang gedämpft.

Kirk wollte zum Schirm herumfahren, konnte sich aber nur mühsam drehen.

»Mr. Sulu«, wollte er sagen, doch seine Stimmbänder vibrierten nicht schnell genug, um den Ton zu erzeugen und Lippen und Zunge bewegten sich zu langsam, um die Worte zu formen.

Er verspürte bereits Atemnot, doch als er versuchte, tief Luft zu holen, war es, als umschließe ein breites elastisches Band seinen Brustkorb und hindere ihn daran, sich auszudehnen. Die dicke, fast flüssige Luft glitt im Schneckentempo in seine Lungen.

Wenn das so weiterging…

Dann sah er Sulus Hand, die sich langsam in Richtung der Kontrollen bewegte, die den Warpantrieb einschalteten.

Ja!, dachte er, doch es war ihm unmöglich, das Wort laut auszusprechen.

Aus den Augenwinkeln bemerkte er McCoy, der mit offenem Mund nach Luft schnappte. Die Knie des Doktors waren leicht eingeknickt, eine Hand griff nach der Lehne des Kommandosessels, die andere bewegte sich langsam nach oben, um seine Kehle zu umklammern.

Endlich berührte Sulus Hand die Kontrollen des Warpantriebs.

Das Schiff schlingerte abermals, heftiger als zuvor, dann folgte ein permanentes Zittern, das seinen Körper direkt zu erfassen schien, innen wie außen, wie ein außer Kontrolle geratenes Transporterfeld. Und die Luft wurde noch dicker und machte das Atmen völlig unmöglich.

Der auf der Krankenstation liegende Commander Kevin Riley bekam keine Luft. Dem vierjährigen Kevin ging es genauso und als er darum kämpfte aufzuwachen, bevor ihn seine zum Sterben verurteilte Mutter zum tausendsten Mal an den gleichen gesichtslosen Fremden weiterreichen konnte, verwandelte sich sein Kampf ums Aufwachen in ein verzweifeltes Bemühen, nach Luft zu schnappen.

Und jenes Fragment des erwachsenen Kevin Riley, das niemals völlig in dem Traum aufging, jenes Fragment, das manchmal versuchte, die Stimmen zu verstehen, die sich immer knapp außerhalb seiner Reichweite befanden, wurde stärker.

Doch jetzt waren die Stimmen verschwunden, stellte der erwachsene Riley fest. Nun gab es nur noch Stille – und die Anstrengung, die immer dicker werdende Luft in die Lungen zu saugen.

Was war geschehen? Hatte Kodos eine Möglichkeit gefunden, die Luft selbst zu vergiften, eine neue und effizientere Methode, sich der überschüssigen Bevölkerung zu entledigen?

Doch nein! Kodos war seit langem tot. Und Kevin Riley war weit von Tarsus Vier entfernt.

Seine Angst wuchs von Sekunde zu Sekunde, als seine Anstrengung, Luft in seine Lungen zu saugen, immer verzweifelter, immer schmerzhafter wurde, bis...

Plötzlich konnte er wieder atmen. Die Luft strömte in die Lungen des erwachsenen Riley und die Angst des Kindes verblasste.

Vater, seufzten beide.

Dann packte der Alptraum sie wieder und der erwachsene Riley konnte nur hilflos zusehen, als ein weiterer Kreislauf von Schmerz und Schuld begann.

Sobald er wieder atmen konnte, überprüfte Dajan als erstes die Anzeigen über dem Bett des Botschafters.

Erleichtert ließ er sich zurücksinken. Abgesehen von erhöhter Puls- und Atemfrequenz war alles normal. Einen Augenblick später öffnete sich die Tür und eine Technikerin, die genauso schwer atmete wie Dajan und der Botschafter, stürzte herein.

Dajan wich rasch zurück, um der Frau Platz zu machen. Erst jetzt warf der Romulaner einen Blick auf das Gesicht des Botschafters – und erinnerte sich an das Wort, das die Lippen des bewusstlosen Mannes geflüstert hatten, Sekunden nachdem die Luft wieder dünn genug geworden war, um das Bilden von Lauten überhaupt zu gestatten.

»Vater«, hatte der Translator in seinem Ohr einen Moment später geflüstert und Dajan spürte, wie seine Kehle eng wurde, als er sich daran erinnerte. Er fragte sich, was seine eigenen Eltern gedacht hätten, wenn sie ihn jetzt sehen könnten, an Bord eines Föderationsschiffes, wo er am Bett eines Commanders der Föderation wachte.

Plötzlich spürte er das dringende Verlangen, seine Schwester zu sehen und so drehte er sich um und verließ das Krankenzimmer.

Irgendwie schaffte Sulu es, die Finger von den Kontrollen zu lösen.

Das Schiff schlingerte abermals und die Vibrationen hörten auf.

Und es war wieder möglich zu atmen, wenn auch nur auf schmerzhaft langsame Weise.

Doch es reichte nicht aus, erkannte Kirk. Schon jetzt wurden die Ränder seines Blickfelds von einer Schwärze getrübt, die sich Sekunde um Sekunde weiter ausbreitete.

Und sein Herz… wenn das Blut, das es pumpen musste, genauso dick geworden war wie die Luft…

Plötzlich war es vorbei.

Die Geräusche auf der Brücke normalisierten sich wieder.

Die Luft war wieder Luft und strömte mit schmerzhafter Plötzlichkeit in seine Lungen. Sein Herz raste, als es das wieder dünn gewordene Blut durch den Körper pumpte.

Er streckte die Hand aus, um McCoys Arm zu packen, bevor der Doktor den Sturz fortsetzen konnte, den er mehrere Sekunden zuvor begonnen hatte. Jeder auf der Brücke schnappte heftig nach Luft.

Schließlich hob Kirk den Kopf und blickte zum Bildschirm.

Als erstes entdeckte er die *Galtizh,* die nur ein paar Kilometer entfernt war.

Als zweites bemerkte er die sternenlose Schwärze hinter der *Galtizh.*

Für einen Moment fragte er sich, was aus den zahllosen Sternen geworden war, die sich eigentlich auf dem Schirm abzeichnen sollten und ob die Schiffe irgendwie in die sternenlose Wüste des intergalaktischen Raums versetzt worden waren.

Und dann begriff er, worum es sich bei der Schwärze handelte. Es war nicht die Schwärze des leeren Raums. Es war die massive, ebenholzfarbene Hülle der Sonde, die sich nur ein paar hundert Meter hinter der *Galtizh* befand.

17

Probieren Sie es diesmal mit einem Viertel Impulskraft, Mr. Sulu«, sagte Kirk, nachdem sich alle von dem Versuch mit halber Impulskraft wieder erholt hatten. »Und stellen Sie den Antrieb so ein, dass er sich nach fünf Sekunden automatisch abschaltet, sofern dieser Befehl nicht widerrufen wird.«

Sulu holte tief Luft. »Ein Viertel Impulskraft für fünf Sekunden, Sir… jetzt.«

Im ersten Moment geschah nichts und in Kirk keimte die Hoffnung, sie würden es diesmal schaffen. Vielleicht reagierte der Auslöser ja…

Die Luft verdickte sich und füllte seine Kehle wie ein Strom aus Sirup. Einen Moment später wurde sein Körper schwer wie Blei und der Hoffnungsschimmer erlosch.

Nach einer fünf Sekunden dauernden Ewigkeit schaltete sich der Impulsantrieb ab.

Die Luft wurde wieder zu Luft und sein Körper bestand wieder aus Fleisch und Knochen.

McCoys Stimme erklang aus dem Interkom der Krankenstation. »Wie lange sollen wir eigentlich noch mit dem Kopf gegen diese Wand anrennen, Jim? Ich weiß ja, dass ich gesagt habe, Riley hätte keine *erkennbaren* Schäden davongetragen, aber ich kann keinerlei Garantieerklärungen abgeben. Weder in Bezug auf ihn noch auf mich!«

»Wir unternehmen keine weiteren Versuche, Pille, jedenfalls im Moment nicht.«

»Nicht, dass ich dir nicht trauen würde, Jim, aber lass trotzdem die Verbindung offen. Falls du es dir doch wieder anders überlegen solltest, werde ich hier unten wenigstens vorgewarnt.«

»In Ordnung, Pille. Und melde dich sofort, wenn Kevin aufwacht.« Er drehte sich zu Spock um. »Können die Sensoren wenigstens irgendetwas darüber sagen, was dieses Ding mit uns macht?«

»Kaum, Captain. Das Energiefeld, das die *Enterprise* festhält, verstärkt sich innerhalb von zehn Mikrosekunden nach dem Aktivieren des Impulstriebwerks, ungeachtet der Energiestufe, mit der es gestartet wird. Der Warpantrieb löste den gleichen Mechanismus binnen einer Mikrosekunde aus.«

»Aber keine Hinweise auf die Natur dieses Feldes?«

»Nein, Captain.«

»Und was ist mit der *Galtizh?* Ich nehme an, die steckt genauso fest wie wir.«

»Nach den bisherigen Beobachtungen scheint das der Fall zu sein, Captain. Ich habe zwei Versuche registriert, mithilfe des Impulsantriebs freizukommen. Die Ergebnisse glichen dem, was wir erlebt haben.«

Immerhin diskriminierte die Sonde niemanden. Kirk wandte sich der Kommunikationsstation zu. »Haben Sie wenigstens Glück gehabt, Commander Uhura, während wir uns die Köpfe an dieser unsichtbaren Mauer eingeschlagen haben?«

»Nein, Sir. Alle Systeme melden Normalzustand, doch wir erhalten weder von Starfleet noch von anderen Föderationsschiffen oder Außenposten Antwort.«

Kirk verzog das Gesicht. Also hatte das Ding sie nicht nur an Händen und Füßen gefesselt, sondern sie auch noch geknebelt oder ihnen die Ohren zugestopft. Oder sogar beides.

»Mr. Sulu, können Sie feststellen, wohin wir uns bewegen? Falls wir uns überhaupt bewegen, heißt das.«

»Nicht direkt, Sir. Was immer unsere Kommunikationsmöglichkeiten lahmlegt, scheint sich auch auf die Navigationseinrichtungen auszuwirken. Meinen Instrumenten zufolge hängen wir absolut bewegungslos im Raum. Aufgrund der scheinbaren Bewegung der Sterne schätzt der Computer allerdings, dass unsere Geschwindigkeit jetzt größer ist als die Warp zwölf, mit denen sich die Sonde vorher fortbewegt hat – erheblich größer.«

»Und die Richtung?«

»Wir scheinen uns auf einen unerforschten Quadranten im Orion-Arm zuzubewegen, Sir. Wenn wir die gegenwärtige Geschwindigkeit beibehalten, müssten wir ihn in weniger als einem Tag durchquert und den Sagittarius-Arm erreicht haben.«

»Das wäre dann aber sehr viel mehr als Warp zwölf, Mr. Sulu.«

Sulu zuckte die Achseln. »Wenn man aus dem Vollen schöpfen kann…«

Kirk musste unwillkürlich lächeln. »Wenigstens fliegt die Sonde nicht mehr in Richtung Erde«, sagte er und wandte sich wieder der Kommunikationsstation zu. »Irgendeine Nachricht von der *Galtizh,* Commander? Oder ist unsere Verbindung zu den Romulanern auch blockiert?«

»Auf kurze Distanz scheint alles normal zu funktionieren, Captain«, sagte Uhura. »Ich habe die *Galtizh* regelmäßig überwacht. Sie haben mehr oder weniger das gleiche gemacht wie wir auch – ohne Erfolg versucht, Verbindung zur Außenwelt herzustellen. Auf unsere Anrufe haben sie allerdings nicht reagiert.«

»Das werden sie auch nicht, bis Tiam nichts anderes mehr einfällt oder Hiran die Nase voll hat und sich über ihn hinwegsetzt«, meinte Kirk. »Aber bleiben Sie dran, Commander.«

Kirk warf einen Blick über die Brücke und konzentrierte sich dann wieder auf den Bildschirm, der die ebenso bewegungslos wie die *Enterprise* treibende *Galtizh* vor der konturlosen Schwärze der Sonde zeigte.

»Spock, was können uns die Sensoren über die Sonde selbst mitteilen?«, fragte er. »Sie nehmen sie doch wahr, oder?«

»Das schon, Captain, aber die Messwerte haben bisher kaum brauchbare Ergebnisse geliefert.«

»Lässt sich wenigstens feststellen, ob dort drinnen irgendwo ein Pilot sitzt?«

»Innerhalb des Objektes gibt es buchstäblich keinen freien Platz, Captain«, sagte Spock, während er die angezeigten Daten studierte, »und auch keine Hinweise auf einzelne lebende Organismen irgendeiner Art. Allerdings gibt es größere Mengen von Materie – darunter Teile der ansonsten aus Metall bestehenden Hülle sowie das kristalline Objekt, das die Sonde gelegentlich ausfährt –, die in gewissem Sinn als organisch angesehen werden könnten.«

»In welchem Sinn, Spock? Spannen Sie mich nicht auf die Folter.«

»Das war auch nicht meine Absicht, Captain. Man könnte diese Materie vor allem deswegen als organisch betrachten, weil sie in der Lage zu sein scheint, sich auf molekularer Ebene selbst zu regenerieren.« Spock hielt inne, als die Anzeigen auf seinem Bildschirm wechselten. Einen Moment später hoben sich seine Augenbrauen in jener Art, die häufig der Bemerkung vorausging, dass sich etwas gerade als ›faszinierend‹ erwiesen hatte.

»Ich kenne diesen Gesichtsausdruck, Spock«, rief Kirk. »Was haben Sie entdeckt?«

Spock hüllte sich in Schweigen, während er andere Daten aus dem Speicher abrief und sie mit den neuen Messwerten verglich.

Schließlich sagte er: »Im Zentrum der Sonde befindet sich ein zehn Meter großer Block aus kristallinem Material, Captain, doch er besteht aus einer anderen Art von Kristall als das ausfahrbare Objekt. Wesentlicher ist aber vermutlich, das die Grundstruktur des Materials, aus dem dieser kristalline Block gebildet wird, mit der Struktur des Materials identisch zu sein scheint, aus dem der Kristall aus der Exodus-Halle von Temaris Vier besteht.«

Alle Augen richteten sich auf die Wissenschaftsstation, doch es war McCoy, der in der mehrere Decks entfernten Krankenstation zuhörte, der als erster sprach. »Wollen Sie damit sagen, dass dieses Ding von den Erisianern gebaut worden ist?«

»Ganz und gar nicht, Doktor. Ich habe lediglich erklärt, dass die Struktur des kristallinen…«

»Ich weiß, was Sie *gesagt* haben, Spock! Aber was haben Sie *gemeint?*«

»Ich meine nur das, was ich sage, Doktor.«

»Schluss jetzt, alle beide«, mischte sich Kirk ein. »Spock, wie einzigartig ist diese ›kristalline Struktur‹? Haben Sie etwas Ähnliches schon einmal gesehen?«

»Auf Ihre Fragen gibt es keine sinnvollen Antworten, Captain. Die Struktur ist im gleichen Sinne ›einzigartig‹, wie die Struktur eines Dilithium-Kristalls ›einzigartig‹ ist. Viele Kristallstrukturen gleichen denen des Dilithiums, doch nur ein Dilithium-Kristall wird in einem Materie-Antimaterie-Generator effektiv arbeiten.«

Kirk unterdrückte ein Seufzen. »Also schön, Spock, ich formuliere die Frage anders. Haben Sie jemals eine kristalline Struktur gesehen, die dieser *exakt* glich?«

»Nur das von Temaris Vier stammende Objekt, Captain.«

»Dann gibt es wahrscheinlich eine Verbindung zwischen der Sonde und den Erisianern.«

»Eine derartige Verbindung ist möglich, Captain,

aber ich könnte nicht behaupten, dass sie wahrscheinlich wäre.«

»Aber wenn die Struktur des Blocks in der Sonde identisch ist mit jener des Kristallspeichers von Temaris...«

»Die Struktur des Dilithiums in unserem Warpantrieb ist identisch mit jenem im Antrieb eines Klingonenschiffes, Captain. Ihrer Logik zufolge sind die Schiffe der Klingonen und der Föderation ›wahrscheinlich‹ von den gleichen Leuten gebaut worden.«

»Aber Dilithium ist eine natürlich vorkommende Substanz...«

»Das kann auch auf diese Kristalle zutreffen, Captain. Ohne eine tiefergehende Analyse, die allerdings die in dem Temaris-Kristall enthaltenen Daten zerstören könnte, lässt sich unmöglich sagen, ob sie natürlich vorkommen oder künstlich hergestellt wurden.«

Kirk lachte unwillkürlich auf. »Also schön, Spock, Sie haben gewonnen. Es mag eine Verbindung zwischen den Erisianern und der Sonde geben oder auch nicht, aber ich schlage vor, wir sollten diese Möglichkeit sicherheitshalber im Auge behalten. Es gibt vermutlich keine Möglichkeit, die in dem Block enthaltenen Daten zu lesen, so wie Sie das bei dem Temaris-Kristall getan haben?«

»Bisher nicht, Captain. Unsere Sensoren sind zwar in der Lage, die Sonde zu durchdringen, doch sie lassen sich nicht fein genug justieren, um den Kristall wie erforderlich auf der molekularen Ebene zu analysieren.«

Kirk runzelte nachdenklich die Stirn. »Wenn unsere Sensoren bis ins Innere hineinreichen, dann sollten unsere Waffen – oder die der Romulaner – doch ebenfalls dazu in der Lage sein. Richtig?«

»Das kann ich nicht beurteilen, Captain, aber die Erfahrungen der romulanischen Schiffe über Wlaariivi sprechen eher dagegen.«

Kirk nickte. »Wahrscheinlich verfügt die Sonde über ein gigantisches Verteidigungssystem. Aber das können wir nur feststellen, indem wir sie angreifen, was vermutlich innerhalb von Mikrosekunden zu fatalen Folgen führen würde, wenn man bedenkt, wie schnell sie auf unsere Versuche mit dem Antrieb reagiert hat. Was ist mit der Energie? Woher bezieht sie ihre Kraft?«

»Das ist ein weiterer Aspekt der Sonde, der eher an ein Lebewesen als an eine Maschine erinnert, Captain. Genau wie ein lebendiger Organismus scheint sie nicht über eine gesonderte Kraftquelle zu verfügen. Die erforderliche Energie wird stattdessen an Ort und Stelle erzeugt, wo immer und in welcher Form auch immer sie benötigt wird, genau wie die chemischen Reaktionen im Muskelgewebe eines Tieres die nötige Energie erzeugen, um den Muskel zusammenzuziehen.«

»Und was ist mit der Energie, die es der Sonde ermöglicht, sich mit einem doppelt oder dreimal so großen Warpfaktor wie wir fortzubewegen und uns dabei auch noch mitzuschleppen? Wird sie auch auf die gleiche Art erzeugt?«

»Es scheint so, Captain. Vergessen Sie nicht, dass keine dieser Energieformen direkt von unseren Sensoren festgestellt werden kann. Meine Spekulationen basieren ausschließlich auf der noch andauernden Analyse der Substanzen, aus denen sich die Sonde zusammensetzt.«

Kirk verzog das Gesicht. »Das hört sich mehr und mehr so an, als bestünde die einzige Möglichkeit, etwas Wissenswertes zu erfahren – beispielsweise, wie wir die Sonde dazu bringen können, uns gehen zu lassen –, darin, sie danach zu fragen. Allerdings dürfte das etwas schwierig werden, wenn wir nicht herausfinden, wie wir mit ihr sprechen können. Daher schlage ich vor, wir konzentrieren uns vordringlich auf dieses Problem. Mr. Spock, Sie haben die Leitung. Nehmen Sie jeden mit, den Sie brauchen können.«

»Wie Sie wünschen, Captain.« Spock wandte sich von der Wissenschaftsstation ab. »Commander Uhura, Jandra, wenn Sie mir bitte folgen wollen. Wir schließen uns den anderen an.«

Lieutenant Kittay betrat gerade die Brücke, um Uhuras Platz an der Kommunikationsstation zu übernehmen, als dort ein Licht aufblinkte. Sie ließ sich auf den Sitz gleiten und berührte die Kontrollen. Einen Moment später drehte sie sich zu Kirk um.

»Captain«, sagte sie, »die *Galtizh* nimmt Kontakt mit uns auf.«

Tiam kämpfte sich auf die Füße und schnappte nach Luft. Seine Beine fühlten sich an, als wären sie aus Gummi. Einen Moment später begriff er, dass er ohnmächtig geworden sein musste und zwar nicht nur einmal, sondern mehrfach. Und jedesmal, wenn er erwachte, war eine Sekunde später die Luft in seinen Lungen geronnen. Einmal hatte er eine Stimme gehört – die von Hiran? –, die volle Impulskraft anordnete, doch einen Moment später rang er schon wieder nach Luft und der Ring aus Schwärze hüllte sein Blickfeld ein.

»Alle Systeme melden volle Funktionsbereitschaft, Commander«. Die Stimme des Subcommanders klang gefasst, ließ aber die Nachwirkungen der Erstickungsanfälle erkennen, die alle erlitten hatten. »Doch wir erhalten von keiner romulanischen Einrichtung Antwort.«

Hirans Gesicht war gerötet und sein Atem ging schwer, doch ansonsten machte er einen ungerührten Eindruck.

»Hiran, was...«, begann Tiam.

»Sobald ich es weiß, sage ich es Ihnen«, unterbrach ihn der Commander scharf, ohne den Blick vom Schirm und der darauf erkennbaren Enterprise abzuwenden.

»Commander! Darf ich Sie daran erinnern…«

Wieder wurde Tiam unterbrochen, diesmal jedoch nicht von Hiran, sondern durch eine Hand, die mit schmerzhaftem Druck seinen Oberarm umklammerte. Er fuhr herum, um zu sehen, wer sich diese Dreistigkeit herausnahm.

Es war Kital. Aber…

Sein Assistent hielt einen Phaser in der Hand, dessen Mündung gegen Tiams Seite drückte.

»Kommen Sie mit, Botschafter«, sagte Kital so leise, dass niemand außer Tiam ihn hören konnte. Die Aufmerksamkeit aller anderen war auf den Bildschirm gerichtet. »Es ist höchste Zeit, dass Sie die Situation an Bord der *Galtizh* begreifen.«

Wie betäubt wehrte sich Tiam nicht, als Kital den Phaser ins Holster zurückschob und ihn von der Brücke führte. Eine Hand hielt Tiams Arm weiterhin mit erstaunlicher Stärke umklammert, während die andere dicht über dem Phaser schwebte. Eine Minute später befanden sie sich in Kitals spartanisch eingerichtetem Quartier, einem Raum, der nicht einmal ein Viertel der Größe besaß, die jedes der Zimmer in Tiams Unterkunft aufwies. Kital bedeutete Tiam, sich auf eine bankähnliche Schlafkoje zu setzen.

»Was hat dieses schändliche Verhalten zu bedeuten?«, stieß Tiam schließlich hervor.

»Ich bitte um Entschuldigung für meine grobe Vorgehensweise, Botschafter, aber es war leider notwendig. Es gibt vieles, was Sie erfahren müssen und Hiran darf auf keinen Fall Verdacht schöpfen. Ich sah keine andere Möglichkeit, Sie schnell und unbemerkt aus seiner Nähe fortzubringen.«

»Was gibt Ihnen das Recht, so mit mir zu sprechen...«

»Verschwenden Sie unsere Zeit nicht mit dummen Fragen«, unterbrach ihn Kital ungeduldig. »Hören Sie einfach zu, dann erfahren Sie alles, was Sie wissen müssen. Ich bin von jenen, die für Ihre Anwesenheit hier verantwortlich sind, autorisiert worden, die Kontrolle zu übernehmen, wann immer ich den Eindruck habe, dass die Umstände einen solchen Schritt erforderlich machen...«

»Das Komitee hat mir nichts...«

»Ich spreche nicht vom Komitee. Ich spreche von der Fraktion innerhalb der Interimsregierung, die Sie aus den Provinzen zurückgeholt und dem Komitee empfohlen hat. Jene Gruppe, die Sie während dieser Mission so oft konsultiert haben.«

Tiam fühlte sich sichtlich unwohl. »Was ist das für eine Fraktion? Ich weiß nichts von...«

»Hören Sie endlich auf, unsere Zeit zu verschwenden!«, zischte Kital, dessen Geduld offenbar zu Neige ging. »Ich beziehe mich auf jene Gruppe, der Sie mithilfe des in Ihrer Kabine versteckten Subraumempfängers so oft Bericht erstattet haben.«

Tiams Magen verkrampfte sich. »Sie wissen davon?«

»Natürlich. Schließlich haben wir ihn besorgt und eingebaut. Jede der Sendungen ist von meinen Leuten oder mir selbst überwacht worden. Letzteres zumindest dann, wenn Sie nicht sowieso gerade mit einem meiner Männer gesprochen haben.«

»Nein!«

»Ich versichere Ihnen, es ist die Wahrheit, Tiam«, sagte Kital. »Aber ich habe jetzt nicht die Zeit, näher auf diesen Punkt einzugehen. Wenn die Verbindung zum Reich erst wiederhergestellt ist, werden Sie Gelegenheit erhalten, sich meine Autorisierung bestätigen zu lassen. In der Zwischenzeit werden Sie diese Tatsache einfach akzeptieren müssen. Ich würde Ihre Kooperation vorziehen – immerhin arbeiten wir beide zum Wohl des Reichs –, aber ich werde mich auch mit Ihrem Gehorsam begnügen.«

»Und wenn ich Ihnen beides verweigere?«

Kital blickte ihn finster an und strich mit der Hand über seinen Phaser. »Dann werden Sie sterben, Tiam. Ich kann nicht zulassen, dass Sie oder ein anderer mich an der Erfüllung meiner Aufgabe hindert.«

»Drohen Sie mir etwa, Kital?« Der sachliche Tonfall seines einstigen Assistenten erschreckte Tiam ebensosehr, wie ihn die Arroganz des Mannes – und seine eigene Machtlosigkeit – in Rage brachte.

»Ich stelle nur eine einfache Tatsache fest, mehr nicht«, sagte Kital, doch dann verhärteten sich seine Gesichtszüge und seine Stimme klang kälter, als er sich vorbeugte. »Und glauben Sie mir, Botschafter Tiam: Sie auszuschalten wird viel leichter für mich sein, als es bei Subzenturio Jutak der Fall war, den ich töten musste, als er bei der ihm übertragenen Aufgabe scheiterte.« Seine Augen hielten Tiams Blick mehrere Sekunden lang fest. Schließlich richtete er sich wieder auf und straffte die Schultern, als würde er einen hinderlichen Umhang abschütteln.

»Ich sage es noch einmal, Botschafter Tiam«, fuhr er fort, »ich würde Ihre aktive Kooperation vorziehen. Es wäre mir lieber, wenn Sie zu einer Lösung der unvorhergesehenen Situation, in der wir uns momentan befinden, beitragen würden, denn ich bin sicher, dass Sie wertvolle Vorschläge zu machen hätten. Ich würde es auch begrüßen, wenn Sie zum Wohle des Reichs alle Vorbehalte beiseite schieben könnten, die Sie mir oder meinen Vorgesetzten gegenüber vielleicht hegen wegen der etwas unglücklichen Art und Weise, in der diese Angelegenheit gehandhabt worden ist. Wenn Sie dazu bereit sind, ist alles in Ordnung. Und wenn die

Zeit kommt, wird man sich an Ihren Beitrag erinnern. Sind Sie jedoch entschlossen, mich an dem zu hindern, was getan werden muss, dann lassen Sie mir keine Wahl.«

Kital hielt inne und gestattete sich ein leises Lächeln. »Mir ist aufgefallen, wie Sie meine Uniform ansehen, Zenturio. Sind Sie zu stolz, um sich einem einfachen Subzenturio zu unterstellen? Zögern Sie aus diesem Grund, mir Ihre Kooperation anzubieten?« Sein Lächeln wurde etwas breiter. »Wenn es Ihnen dadurch leichter fällt, die Situation zu akzeptieren, werde ich mich vorstellen.«

Tiam blickte ihn finster an. »Halten Sie mich für einen Narren? Sie sind Subzenturio Kital, mein Assistent! Durch irgendwelche Umstände, die zu verstehen ich gar nicht vorgeben will, besitzen Sie jetzt die Befugnis… oder Sie behaupten zumindest, sie zu besitzen…«

»Ganz im Gegenteil. Ich bin Commander Jenyu, erst kürzlich von der *Shalyar* abgeordnet. Ohne den Widerstand gewisser Mitglieder des Komitees würden Sie sich jetzt an Bord der *Shalyar* befinden und ich wäre immer noch der Kommandant des Schiffes.« Kital – Jenyu? – zuckte die Achseln. »Wir mussten uns eben arrangieren, so gut es ging.«

Dann hatte Hiran also doch recht, dachte Tiam wütend. *Ich war nicht der Spieler, sondern nur ein Bauer und ich wurde nicht aufgrund meiner Fähigkeiten und Überzeugungen ausgewählt, sondern wegen meines in Ungnade gefallenen Schwagers. Alles, was ich seit dem Beginn dieser Mission gesagt und getan habe, war nichts als eine sinnlose Scharade. Doch jetzt, da ich die Wahrheit kenne…*

Tiam schluckte einen Teil seines Ärgers hinunter und zwang sich zu einem Lächeln, als er seinen ›Assistenten‹ in seiner Subzenturio-Uniform ansah. *Jetzt, da ich die Wahrheit kenne,* dachte er, *wird sich ja zeigen, wer der Spieler und wer der Bauer ist.*

»Wenn es dem Wohl des Reichs dient«, sagte Tiam, »können Sie natürlich mit meiner vollen Unterstützung rechnen. Doch nun wollen wir, wie Sie richtig bemerkt haben, keine Zeit mehr verschwenden. Je eher Sie mir sagen, was Sie zu sagen haben, desto früher können wir mit unserer Arbeit beginnen.«

Ein düster blickender Commander Hiran füllte den Sichtschirm der *Enterprise.*

»Commander Hiran«, sagte Kirk trocken, »schön, von Ihnen zu hören.«

Ein leises Lächeln huschte über das Gesicht des Romulaners. »Es ist schön, dass man mir erlaubt hat, Kontakt zu Ihnen aufzunehmen. Vielen Dank für die Informationen, die Sie uns in Bezug auf Ihre geplanten Aktivitäten übermittelt haben.«

»Um ganz offen zu sein, Commander«, erklärte Kirk, »haben wir auch aus Selbstschutz so gehandelt. Ich hatte den Eindruck, Sie wären eher in der Lage, die Situation bei sich unter Kontrolle zu halten, wenn Sie wissen, was wir vorhaben, statt einfach raten zu müssen.«

Hiran nickte. »An Ihrer Stelle hätte ich das auch so betrachtet – wenn Sie jemand wie Tiam an Bord gehabt hätten. Der Botschafter hat das natürlich anders gesehen.«

»Und wie sieht er die Dinge jetzt?«

»Er meint, wir sollten kooperieren. ›Im Angesicht des gemeinsamen Feindes‹, hat er gesagt, wenn ich mich recht entsinne. Aber Sie werden ihn gleich selbst fragen können. Er befindet sich auf dem Weg zur Brücke.«

»Bevor er eintrifft, Commander, lassen Sie mich eines fragen: Haben Sie das gleiche Phänomen erlebt wie wir? Dass die Luft zu dick wurde zum Atmen?«

Hiran nickte. »Es hörte auf, als das Ding uns zu sich

herangezogen hatte, trat aber jedesmal sofort wieder auf, wenn wir den Impulsantrieb einschalteten. Und es wurde noch schlimmer, als wir es mit dem Warptriebwerk versuchten.«

»Genau wie bei uns«, bestätigte Kirk. »Aber unsere Sensoren haben keinerlei verwertbare Ergebnisse geliefert. Wie steht es damit bei Ihnen?« Er war noch nicht bereit, die mögliche Verbindung zu den Erisianern zu erwähnen, nicht einmal Hiran gegenüber.

»Nichts. Es muss sich um eine Art Kraftfeld handeln, aber...«

Stimmen unterbrachen Hiran. Einen Augenblick später schob sich Tiam ins Bild.

»Botschafter Tiam«, sagte Kirk unverbindlich. »Möchten Sie, dass ich Mr. Handler rufe? Botschafter Riley hat sich noch nicht von dem...«

»Das wird nicht nötig sein, Captain Kirk«, sagte Tiam. »Dies hier ist keine Verhandlung, sondern im Grunde genommen eine Kapitulation. Angesichts der Bedrohung, der wir beide gegenüberstehen, schlage ich eine umfassende Kooperation unter gemeinsamer Nutzung aller Ressourcen und Informationen vor. Was den letzten Punkt betrifft, bin ich bereit zuzugeben, dass sich tatsächlich, genau wie Sie vermutet haben, eine Aufzeichnung der Sendungen in meinem Besitz befindet, die die Sonde bei ihrem früheren Flug durch romulanisches Gebiet ausgestrahlt hat. Ich bin bereit, diese Daten an Sie weiterzugehen. Ebenso bin ich bereit zuzugeben, dass meine Frau Jandra und ihr Bruder Dajan nicht entführt wurden, sondern aus eigener, freier Entscheidung an Bord der *Enterprise* gegangen sind. Nachdem ich diese in privater Hinsicht wenig erfreuliche Tatsache zugegeben habe, möchte ich allerdings im Gegenzug darum bitten, dass mir gestattet wird, hinüberzubeamen und mit meiner Frau unter vier Augen zu sprechen.«

Kirks Augen weiteten sich leicht angesichts des offenbar ›reformierten‹ Tiam. »Selbstverständlich, Botschafter, vorausgesetzt, sie stimmt einem solchen Treffen zu. Und vorausgesetzt, die Transporter funktionieren, während wir uns in der Gewalt der Sonde befinden.«

»Vielen Dank, Captain Kirk. Ich werde die Aufzeichnungen für Sie mitbringen. Wenn Sie es wünschen, werde ich zudem unseren Musikern vorschlagen, sich Ihren Leuten anzuschließen und gemeinsam zu versuchen, eine Kommunikation mit dem Ding dort draußen aufzubauen.«

Kirk drehte sich fragend zu Spock um, der an der Lifttür stehengeblieben war, als der Anruf der *Galtizh* einging.

»Ja, Captain«, nickte er, »es könnte hilfreich sein, wenn zumindest jene kommen, die in der Lage sind, einige der bereits isolierten Muster zu erkennen. Wir müssen dieses Angebot im übrigen nicht auf die Musiker beschränken. Jeder, der fähig ist, die Muster zu erkennen, könnte eine Hilfe sein, insbesondere jemand wie Dr. Benar, die über Fachkenntnisse auf mehr als einem Gebiet verfügt.«

»Haben Sie mitgehört, Botschafter Tiam?«, fragte Kirk.

»Ja, Captain.« Tiam wandte sich an Hiran, der neben ihm stand. »Commander, würden Sie bitte eine entsprechende Durchsage machen?«

Hiran nickte. »Wie Sie wünschen, Botschafter.«

Tiam schwieg einen Moment und blickte dann wieder direkt zum Schirm. »Nun, Captain Kirk, dann wollen wir jetzt prüfen, ob die Transporter tatsächlich funktionstüchtig sind.«

»Sag, was du zu sagen hast, Tiam«, erklärte Jandra leise und ohne ihn anzusehen, »und dann geh.«

»Deine Unterkunft an Bord der *Galtizh* war besser«, sagte er und schaute sich in der aus einem einzigen Raum bestehenden Kabine um.

»Sie ist ausreichend. Und die Gesellschaft ist weniger unangenehm.«

Für geraume Zeit herrschte Schweigen. Schließlich nahm Tiam Jandras Gesicht in seine Hände und hob ihren Kopf, doch sie wich seinem Blick noch immer aus. Er ließ sie wieder los.

»Warum?«, fragte er. »Warum hast du mich verraten? Warum hast du das Reich verraten?«

Jandra versteifte sich. »Das Reich hat mich schon vorher verraten, mich und meine Familie.«

»Man hat deine Familie vielleicht grob behandelt, aber…«

»Ich glaube nicht, dass man die Hinrichtung meiner Eltern einfach nur als ›grobe Behandlung‹ abtun kann!«

»Es war keine Hinrichtung! Es war…«

»Nein, du hast recht. Eine Hinrichtung wäre nicht annähernd so grausam gewesen wie die Anordnung des rituellen Selbstmords. Und sie wäre auch nicht so feige gewesen.«

Die Bitterkeit in ihrer Stimme brachte ihn zum Verstummen und als er nichts sagte, sprach sie weiter. »Hast du dir deshalb die Mühe gemacht, mich zu sehen? Um über das Unrecht zu reden, dass meiner Familie angetan worden ist?«

Tiam schluckte. »Ich wusste nicht, dass deine Verbitterung so tief sitzt.«

»Du weißt gar nichts über mich!«, rief sie hitzig. Für einen Moment sah sie hoch und begegnete seinem Blick, wandte die Augen jedoch sogleich wieder ab, als fürchte sie, etwas dort könne sie packen und festhalten. »Ich war von Anfang an nur die dir zugewiesene ›Aufgabe‹, mehr nicht! Wenn das alles war, kannst du jetzt gehen.«

Tiam schluckte abermals. »Nein, das war noch nicht alles. Man sagte mir, du hättest als erste ein Muster in den Sendungen der Sonde entdeckt. Ist das wahr?«

»Ja, das stimmt.« Sie unterdrückte ein bitteres Lachen. »Wenn du mir diese Klänge schon früher vorgespielt hättest, statt lauthals zu verlangen, ich sollte vergessen, dass ich sie je gehört habe, hätte ich dir vielleicht das gleiche sagen können.«

»Stimmt es auch, dass der Vulkanier trotz dieser Information nicht in der Lage war, irgendeine Bedeutung in den Sendungen zu erkennen?«

Diesmal hielt Jandra ihr Lachen nicht zurück. »Deshalb wolltest du also unbedingt mit mir sprechen! Du willst herausfinden, ob der menschliche Captain dich angelogen hat! Nun, ich kann dir versichern, dass er nicht gelogen hat. Alles, was er der *Galtizh* übermittelt hat, entspricht der Wahrheit!«

»Soweit du weißt.«

»›Soweit ich weiß‹, ja! Ihre Gedanken kenne ich natürlich nicht, aber was du denkst, weiß ich jetzt!« Sie drehte sich abrupt um und ging zur Tür, die vor ihr aufglitt und zwei Sicherheitsposten zeigte, die auf dem Gang Wache standen. »Ich möchte zu Captain Kirk und den anderen zurückkehren«, erklärte sie dem Fähnrich, der sie zu ihrem Quartier begleitet hatte. Dann drehte sie sich zu Tiam um. »Vielen Dank für deine Hilfe. Dein Besuch hat auch die letzten Zweifel daran ausgeräumt, dass Dajan und ich die richtige Entscheidung getroffen haben.«

18

Über Tausende von Parsec griff der kristallene Sensor hinaus und berührte die Welt der Schöpfer.

Etwas, das man bei einem Menschen Erschrecken genannt hätte, durchlief die kristallenen Pfade. Die Schöpfer waren stumm. Dort, wo der Sensor früher die Stimme der Schöpfer selbst über ein Viertel der Galaxis hinweg wahrgenommen hätte, herrschte jetzt Stille.

Die Wesenheit richtete den kristallenen Sensor auf die Sonne der Heimatwelt – und sah sich mit einem weiteren Paradoxon konfrontiert, das ebensogroß war wie jenes der Wesen, die nicht wirklich sprechen konnten, aber dennoch fähig waren, die Wahre Sprache nachzuahmen. Der Stern, den der Sensor berührt hatte, war die Sonne der Heimatwelt und doch wieder nicht. Er befand sich zwei Sonnendurchmesser von der berechneten Stelle entfernt, doch dieser Fehler in der Rechnung war unerheblich, wenn man bedachte, dass fünfhundert Millennien verstrichen waren, seit der Sensor sie zuletzt berührt hatte.

Doch die Sonne war kalt.

Und geschrumpft.

Die Oberflächentemperatur lag um zweitausend Grad unter dem ursprünglichen Wert. Der Umfang betrug kaum mehr als hunderttausend Kilometer.

Was war geschehen?

Der kristallene Sensor tastete in andere Richtungen, prüfte die Positionen und Spektren der benachbarten

Sonnen und stellte fest, dass die Realität nicht weiter von seinen Vorausberechnungen abwich, als es auch bei den zehn Millionen anderen Sternen der Fall gewesen war, die er in den letzten fünfhundert Jahrtausenden besucht hatte.

Doch die Sonne der Heimatwelt...

Es war, als hätte eine gigantische Hand das Leben aus ihr herausgequetscht.

Wieder griff die Wesenheit nach der Heimatwelt selbst und suchte nach den Stimmen der Schöpfer.

Doch noch immer herrschte dort nichts als Stille.

CAPTAINS LOGBUCH, STERNZEIT 8495.3:

Mehr als zwei Tage lang sind die *Enterprise* und die *Galtizh* von der Sonde mitgerissen worden, deren Geschwindigkeit Commander Sulu auf Warp dreißig schätzt. Soweit er das feststellen konnte, entspricht der Kurs der Sonde einer völlig geraden Linie. Bisher hat sie uns durch den Orion- und den Sagittarius-Arm geführt und ist dabei der Shapley-Ballung unangenehm nahe gekommen. Mittlerweile haben wir den Bereich der Ballung wieder verlassen und steuern ein weiteres Segment des Sagittarius-Arms an. Sulu schätzt die bisher zurückgelegte Entfernung auf fünfzehntausend Parsec und die Sonde zeigt keinerlei Anzeichen, die vermuten lassen könnten, dass sie langsamer zu werden oder anzuhalten beabsichtigt. Tatsächlich hat die Sonde seit dem Beginn dieser transgalaktischen Odyssee – abgesehen von der Demonstration einer beneidenswerten Kraftquelle – überhaupt nichts erkennen lassen. Soweit die Sensoren der *Enterprise* das feststellen können, strahlt die Sonde

nicht die geringsten Emissionen aus. Die *Galtizh* behauptet, ebenfalls keinerlei Strahlung wahrnehmen zu können und da diese Aussage nicht von Tiam, sondern von Hiran stammt, bin ich geneigt, ihr Glauben zu schenken.

Trotz der Hilfe der Romulaner hat es bisher kaum Fortschritte bei der Entschlüsselung der Sendungen gegeben, die bereits in unserem Computer abgespeichert sind. Die Entdeckung der kristallinen Struktur im Innern der Sonde hat zu einem kurzlebigen Optimismus geführt, der auf der Tatsache beruhte, dass die auf Temaris gefundene, gleichartige Struktur »entworfen wurde, um gelesen zu werden«, wie Spock es formulierte. Leider können wir ohne direkten Zugriff auf den Kristall der Sonde nicht einmal den Versuch unternehmen, ihn in der gleichen Art zu ›lesen‹, wie Spock es bei dem Temaris-Kristall getan hat. Die Sendungen der Sonde scheinen dagegen eher »entworfen zu sein, um zu verwirren«. Bisher haben wir lediglich zwei Dinge mit Sicherheit feststellen können: Die Muster werden im Verlauf des zwanzigminütigen Zyklus zunehmend komplexer. Und die ›Antwort‹ der Sonde auf unsere Sendung unterscheidet sich tatsächlich völlig von ihren früheren Ausstrahlungen. Leider weiß bisher niemand, ob diese ›Antwort‹ uns etwas mitteilen oder fragen will, oder ob es sich nur um eine weitere Aufzeichnung handelt, deren Wiedergabe wir oder die Romulaner irgendwie ausgelöst haben. Die uns von der *Galtizh* überlassenen Aufzeichnungen haben uns auch nicht weitergeholfen, sondern nur bestätigt, dass sie mit den uns bereits vorliegenden identisch sind. Die Sonde scheint stets die gleiche Botschaft zu verbreiten, in welchem Bereich des Alls sie sich auch aufhält – oder zumindest war es so, bis die *Enterprise* und die *Galtizh* ihr mit den eigenen Klängen antworteten.

Wie ernsthaft die Romulaner tatsächlich zu helfen versuchen, bleibt ein offenes Feld für Spekulationen. Die Musiker und Archäologen, die herübergebeamt sind, um mit Spock zusammenzuarbeiten, scheinen uns ernsthaft unterstützen zu wollen. Botschafter Tiam hingegen stellt offenbar als Einziger eine Ausnahme dar, obwohl er ständig die Notwendigkeit einer engen Zusammenarbeit bekundet. Sein plumper Versuch, durch seine Frau an unsere ›Geheimnisse‹ zu kommen, widerspricht jedenfalls seinen Worten. Falls seine angeblichen linguistischen Kenntnisse ihm zu gewissen Einsichten über die Bedeutung der von der Sonde verbreiteten Botschaft verholfen haben, so lässt er darüber nichts verlauten. Wie die meisten Nichtmusiker, mich selbst eingeschlossen, zeigt er sich völlig unfähig, die in den Aufzeichnungen enthaltenen Muster zu erkennen, selbst wenn man sie ihm wiederholt verspielt. Andererseits war etwa ein Viertel der romulanischen Musiker auch ohne Hilfe in der Lage, eines oder mehrere dieser Muster zu erkennen. Die prozentuale Trefferquote liegt damit etwas höher als bei den Föderationsmusikern. Einer hat sogar ein Muster entdeckt, das selbst Jandra entgangen war. Leider war aber keiner von unseren und nur einer der romulanischen Musiker fähig, diese Entdeckung zu bestätigen.

Natürlich warten alle gespannt darauf, dass unsere ›Reise‹ endet oder Spock und seine Gruppe einen Durchbruch verkünden, sodass wir mit unserem Reiseleiter reden können.

Ein Großteil von uns wartet freilich noch sehnsüchtiger darauf, dass Botschafter Riley endlich aufwacht. Trotz McCoys Versicherung, die Einwirkung der Sonde habe keine »dauerhaften Schäden hinterlassen«, fürchten Uhura, Sulu und sogar Dajan allmählich, es könnte sich doch anders verhalten. Uhura und Sulu können Riley derzeit immer nur kurze Besuche abstatten, doch Dajan, dessen Fähigkeit, musikalische Muster zu erkennen, ähnlich begrenzt ist wie meine eigene, scheint diese Aufgabe jetzt übernommen zu haben. Aber obwohl alle drei hin und wieder einzelne Reaktionen auf ihre Monologe bemerkt haben, hat keiner von ihnen das Gefühl, Riley sei der Wiedererlangung seines Bewusstseins jetzt näher als zu dem Zeitpunkt, als die Sonde ihre telekinetischen Kräfte zum erstenmal auf uns richtete.

Das Paradoxon wurde noch größer, als die Wesenheit sich der Heimatwelt näherte.

Ohne zu ahnen oder sich darum zu kümmern, dass sie in einer sehr menschlichen Weise reagierte, überprüfte sie wieder und wieder die gleichen Beobachtungen und führte die gleichen Billionen von Berechnungen durch, als ließe sich allein durch die Kraft der endlosen Wiederholungen das Ergebnis verändern.

Doch nichts änderte sich. Wieder und wieder wurden die gleichen Ergebnisse in dem kristallenen Gedächtnis abgelegt.

Und schließlich endete der Weg, den die Wesenheit errechnet hatte.

Die Welt und die Sonne ihrer Schöpfer tauchten vor ihr auf.

Doch selbst über diese unbedeutende Distanz nahm

sie nichts als Stille war. Die Schöpfer waren völlig verstummt.

Die Wesenheit fuhr den kristallenen Sensor aus und richtete ihn auf die Heimatwelt, suchte nach der Welt, die sie verlassen hatte, nach den Ozeanen, die ihre Schöpfer bewohnt hatten, warmen, von Leben erfüllten Ozeanen.

Doch sie fand nichts davon. Es gab nur noch Ozeane aus Eis. Sie bedeckten nicht mehr neunzig Prozent der Oberfläche, sondern weniger als die Hälfte. Auf dem ganzen Planeten existierte nirgendwo Wasser in flüssiger Form.

Auch der Satellit der Heimatwelt war verschwunden, in zahllose Fragmente zersplittert, die jetzt einen unregelmäßigen, aus Trümmern bestehenden Ring bildeten, der den Planeten in Äquatorhöhe umkreiste.

Unmöglich, sagten die kristallenen Pfade.

Undenkbar, sagten die Erinnerungen. Sterne und ihre Welten veränderten sich, doch nicht dieser Stern und diese Welt, nicht auf diese Weise.

Ein zweites Scheiden? Und diesmal hatte niemand überlebt?

Die Wesenheit richtete den Sensor auf die Sonne und drang so tief ein, wie es ihr möglich war. Die Vorgänge im Herzen der Sonne befanden sich außerhalb ihrer Reichweite, die oberen und mittleren Schichten jedoch nicht.

Doch der kristallene Sensor erfuhr kaum mehr, als er bereits Tausende Parsec entfernt wahrgenommen hatte. Das Spektrum hatte sich ohne ersichtlichen Grund verlagert. Die Temperatur war gesunken.

Und die Welt der Schöpfer war gestorben.

Die Schöpfer selbst waren gestorben.

Und der Daseinszweck der Sonde – mit der Nachricht von anderen, die auch in der Wahren Sprache reden konnten, zu den Schöpfern zurückzukehren – war ebenfalls gestorben.

Und aus diesem Tod wurde das ultimative Paradoxon ihrer Existenz geboren. Ihre Schöpfer hatten gesagt: Wenn ein Problem auftaucht, zu dessen Lösung du nicht fähig bist, dann kehre zu den Schöpfern zurück und sie werden es lösen. Doch das Problem, zu dessen Lösung sie selbst nicht fähig war, bestand in der Entdeckung, dass die Schöpfer nicht mehr existierten.

Schließlich geschah es: Die Sonde beendete ihren rasenden Lauf quer durch die Galaxis.

Kirk, der gerade aus dem ersten gesunden Schlaf seit drei Tagen erwacht war, eilte zur Brücke, die er einen Sekundenbruchteil nach Spock erreichte.

»Wo zum Teufel sind wir?«, fragte er, als er aus dem Lift kam. Auf dem Schirm waren lediglich die *Galtizh* und die Sonde zu sehen.

Sulu, der sich in letzter Zeit nur hin und wieder kurze Ruhepausen gegönnt hatte, saß bereits an der Steuerung und rief die benötigten Daten auf. »Der Spielraum für mögliche Fehler ist natürlich sehr groß, Captain«, sagte er einen Moment später, »aber meiner Schätzung nach befinden wir uns in Richtung hundertzwanzig Grad, bezogen auf die galaktische Ebene. Das heißt, zwar nicht genau auf der der Föderation gegenüberliegenden Seite der Shapley-Ballung, aber doch beinahe.«

Zögernd berührte er das Kontrollpult. »Soll ich es wieder mit dem Impulsantrieb versuchen?«

»Aber vorsichtig, Mr. Sulu. Ein Viertel Impulskraft für eine Sekunde.«

»Ein Viertel Impuls, eine Sekunde, Sir.« Sulu stellte die Kontrollen ein und startete den Antrieb.

Die *Enterprise* machte einen Satz vorwärts, schoss an

der *Galtizh* und der Sonde vorbei und unterbrach ihre Fahrt, als die Sekunde verstrichen war.

Die Luft blieb atembar und jeder, vielleicht mit Ausnahme von Spock, stieß einen Seufzer der Erleichterung aus.

»Wie lange brauchen wir, um zur Föderation zurückzukehren, Mr. Sulu?«

Sulu schüttelte den Kopf. »Monate, selbst bei Warp acht.«

Kirk seufzte. »Dann können wir uns genausogut hier erst einmal umsehen. Und vielleicht herauszufinden versuchen, warum uns die Sonde hergebracht hat.«

»Wir befinden uns in einem hohen Orbit über einem Ringplaneten, Captain«, meldete Spock von der Wissenschaftsstation aus. »Die Sensordaten scheinen…«

Überall im Schiff flackerten die Lichter und erloschen. Commander Scotts abgeschirmte Reserveenergieversorgung sprang ein.

»Die Sonde hat wieder angefangen zu schreien«, sagte Commander Scott, der übermüdet an der technischen Station saß.

»Die *Galtizh* hat uns angefunkt, Sir«, verkündete Lieutenant Kittay, »doch als die Energie ausfiel…«

»Denen fehlt eben mein Reserveenergiesystem«, erklärte Scotty. Der in seiner Stimme mitschwingende Stolz überdeckte teilweise seine Erschöpfung.

Die Lichter flackerten abermals und die primäre Energieversorgung schaltete sich wieder ein.

»Versuchen Sie es noch einmal bei der *Galtizh*«, sagte Kirk. »Vielleicht haben sie jetzt auch wieder Energie. Mr. Spock, was können uns die Sensoren über diesen Planeten berichten? Ist er die Heimat Ihrer Superwale?«

»Falls ja, sind sie jetzt nicht mehr dort«, sagte Spock und studierte die kaleidoskopartige Anzeige, während Kittay meldete, dass die *Galtizh* nicht antwortete.

»Ob dies nun der Ursprungsplanet der Sonde ist oder nicht«, fuhr Spock fort, »es handelt sich jedenfalls um eine in vielerlei Hinsicht ungewöhnliche Welt. Beispielsweise bildet sich dort gerade ein Ring aus den Überresten eines natürlichen Satelliten. Und trotz der durchgängig unter dem Gefrierpunkt liegenden Temperaturen gehört der Planet immer noch zur Klasse M. Die Überreste einer Sauerstoff-Stickstoff-Atmosphäre sind vorhanden, doch nicht einmal auf zellularer Ebene lassen sich Lebensformen nachweisen. Das Eis selbst ist annähernd dreihunderttausend Jahre alt und das Wasser, aus dem es sich gebildet hat, muss vor Leben geradezu gewimmelt haben.«

»Könnte der Ring – oder die Zerstörung des Satelliten – in irgendeiner Beziehung zum Absinken der Temperatur stehen?«

»Unbekannt, Captain, obwohl beide Ereignisse ungefähr zur gleichen Zeit stattgefunden haben. Der Prozentsatz des Sonnenlichts, das durch den Ring, insbesondere in der Anfangsphase seiner Entstehung, abgeblockt wurde, ist nicht groß genug, um zu einer derart drastischen Abkühlung des Planeten zu führen.«

»Aber was könnte denn dafür verantwortlich sein, dass ein ganzer Planet einfriert?«, fragte Kirk. »Die Temperatur müsste doch weltweit um... wieviel fallen? Fünfzig Grad? Hundert?«

»Die gegenwärtige Höchsttemperatur liegt bei zwanzig Grad Celsius unter dem Gefrierpunkt, Captain. Die Durchschnittstemperatur dürfte noch einmal dreißig Grad niedriger sein.«

»Damit Wasser auf dem größten Teil des Planeten in flüssiger Form vorkommen kann, müsste es also fünfzig Grad Celsius wärmer sein? Das wären fast einhundert Grad Fahrenheit. Legen wir noch einmal zehn Grad Celsius zu...« Kirk schüttelte den Kopf. »Wäre das möglich, Spock, bei dieser Sonne? Und wenn nicht, was ist dann passiert? Im astrophysikalischen Unterricht, den ich in meiner Jugend genossen habe, wurde nichts davon erwähnt, Sonnen dieses Spektraltyps könnten die Milliarden von Jahren, die es dauert, bis sich Leben auf einem Planeten entwickelt, stabil bleiben, nur um dann plötzlich zu erkalten.«

»Dennoch scheint sich genau das hier ereignet zu haben, Captain.«

»Was ist mit der Wärme im Kern des Planeten?«, fragte Kirk, doch bevor Spock antworten konnte, schüttelte er den Kopf. »Nein, das ist noch lächerlicher als eine Sonne, die plötzlich anämisch wird. Es sei denn, es war etwas, das sie selbst getan haben. Wenn sie über die gleichen Kräfte verfügt haben wie die Sonde – und das mussten sie, sonst hätten sie sie gar nicht erst bauen können –, wenn sie also in der Lage waren, ganze Ozeane innerhalb weniger Tage verdampfen zu lassen…« Er hielt abermals inne und runzelte die Stirn. »Und die Kräfte der Sonde müssen von *irgendwoher* kommen«, fuhr er fort. »Die Energie, die allein schon nötig ist, um dieses Ding zu bewegen, muss aus irgendeiner Quelle kommen. Ist es möglich, Spock, dass die Sonde ihre Energie von dieser Sonne, oder dieser Welt, abgezogen hat und zwar die ganze Zeit über? Wie lange sie auch schon unterwegs sein mag?«

»Über eine Entfernung von mehreren zehntausend Parsec, Captain?«, überlegte Spock. »Es ist möglich, aber die Logik spricht dagegen. Wenn die Sonde in der Lage ist, die Energie von einer Sonne oder einem Planeten abzuziehen, wäre es logischer, auf die nächstgelegenen Sterne oder Welten zurückzugreifen und nicht auf ein System, das auf der anderen Seite der Galaxis liegt.«

»Sofern sie dazu *fähig* ist. Wenn sie aber permanent mit dieser Sonne verbunden ist, weil sie hier geschaffen wurde…« Kirk unterbrach sich und lachte leise. »Es ist sinnlos, ohne ausreichende Fakten darüber zu debattieren, nicht wahr, Spock? Welche Fakten können Ihre Sensoren denn sonst noch liefern? Was ist mit den Landflächen? Irgendwelche Hinweise, dass dort einmal Leben existiert hat?«

Spock studierte eine Reihe neuer Messwerte und zog einen Moment später die Augenbrauen hoch. »Ja, Captain, es gibt Hinweise auf einfache pflanzliche und tierische Lebensformen, die auf den Landgebieten existiert haben, bevor die Abkühlung einsetzte. Es gibt allerdings auch Anzeichen einer fortgeschrittenen Zivilisation aus einer sehr viel früheren Epoche.«

»Könnte diese Zivilisation die Sonde erbaut haben?«

»Das ist möglich, Captain.« Spock konzentrierte sich weiter auf die angezeigten Daten. »Es sieht allerdings so aus, als wäre diese landgebundene Zivilisation bereits vor ungefähr zwei Millionen Jahren untergegangen. Die Überbleibsel von zumindest einer großen Stadt sind unter dem Eis begraben, aber auch noch unter anderem Material, das…«

»Ja, Spock?«, fragte Kirk nach, als der Vulkanier verstummte.

»Die geologischen Gegebenheiten deuten auf einen Asteroideneinschlag, Captain, eine Katastrophe, neben der jener Einschlag, der vor fünfundsechzig Millionen Jahren die Dinosaurier auf der Erde auslöschte, sich geradezu winzig ausnehmen würde.«

»Das Auseinanderbrechen des Mondes?«, überlegte Kirk. »Ein Segment, das den Planeten getroffen hat?«

»Nein, Captain. Der Asteroideneinschlag hat anderthalb Millionen Jahre vor der Zerstörung des Satelliten und dem Beginn der Abkühlung stattgefunden. Nach diesem Einschlag und den dadurch verursachten vulkanischen Aktivitäten ist es zweifellos zu einer beachtlichen Abkühlung gekommen, die jedoch nicht annähernd die Größenordnung erreichte wie das spätere Ereignis. Allerdings dürfte sie zur Auslöschung fast aller landgebundenen Lebensformen geführt haben. Unter dem Eis lässt sich immer noch eine mehrere Meter dicke, den gesamten Planeten bedeckende Ascheschicht nachweisen.«

»Mehrere Meter? Auf dem gesamten Planeten? Auch in den Ozeanen? Würde dadurch nicht auch der größte Teil der Meereslebewesen getötet werden? Insbesondere Ihre Superwale, die zum Atmen an die Oberfläche kommen müssten?«

»Wenn es sich um Luftatmer handelte, Captain, wäre das logisch. Vorausgesetzt, sie existierten überhaupt und stammten zudem noch von diesem Planeten. Dafür gibt es bis jetzt aber keinerlei Hinweise, abgesehen von dem Umstand, dass die Sonde uns hierhergebracht hat. Insofern ist diese Frage hypothetisch. Zudem belegen die vorliegenden Daten, dass das Leben in den Ozeanen bis zur endgültigen Abkühlung ungestört weiterging. Daher …«

Spock hielt abrupt inne und zog die Augenbrauen hoch, als neue Messwerte auf dem Bildschirm erschienen.

»Captain«, fuhr er mit sonderbar gedämpfter Stimme fort, »es gibt eine offensichtlich künstlich angelegte Höhle nahe der Küste eines der Eisozeane. Und darin befindet sich anscheinend eine massive kristalline Struktur, die möglicherweise identisch ist mit jenen, die wir in der Sonde und der Exodus-Halle auf Temaris Vier entdeckt haben.«

Commander Jenyu, früher dem romulanischen Schlachtkreuzer *Shalyar* zugeteilt, hatte bereits vor einiger Zeit erkannt, dass er vor der wichtigsten – und wahrscheinlich letzten – Entscheidung seiner Karriere und seines Lebens stand. Verglichen damit erschien sein ursprünglicher Auftrag, die Konferenz scheitern zu lassen und den Sturz der Interimsregierung sicherzustellen, geradezu trivial. Das Schicksal des gesamten Reichs stand buchstäblich auf dem Spiel.

Und jetzt, während er, noch immer in der Uniform eines Subzenturios, neben Tiam stand und den eingehenden Statusmeldungen lauschte, wusste er, dass die Entscheidung bevorstand. Die Energieversorgung war überall auf der *Galtizh* wiederhergestellt und das gerade von der *Enterprise* durchgeführte Manöver bewies, dass auch die Impulstriebwerke wieder verfügbar waren.

Es blieb keine Zeit mehr.

Er musste die Entscheidung treffen, auch wenn ihm bewusst war, dass selbst im besten Fall die *Galtizh* vernichtet und alle seine Leute sterben würden, wenn nicht durch die unbekannten Waffen der Sonde, dann durch die Phaser und Photonentorpedos des Föderationsschiffes. Wäre er noch immer an Bord der *Shalyar*, stünden seine Chancen besser. Mit der *Shalyar* wäre es vielleicht möglich gewesen, die ungeschützte *Enterprise* durch einen einzigen, mit aller Kraft ausgeführten Feuerschlag auszuschalten. Und dann hätte er sich allein und ungestört mit der Sonde befassen können. Doch angesichts der geringeren Größe und Feuerkraft der *Galtizh* war diese Lösung völlig ausgeschlossen. Selbst eine durch einen Überraschungsschlag beschädigte *Enterprise* konnte noch Vergeltung üben und die *Galtizh* vernichten.

Und dann würde es der *Enterprise* – und der Föderation – überlassen bleiben, sich um den Giganten zu kümmern, sich alle Zeit zu nehmen, die nötig wäre, um zu lernen, wie man ihn kontrollierte und in einen Berserker verwandelte, der das Reich vernichten konnte.

Nein, seine einzige Chance – und er war sich durchaus bewusst, wie winzig selbst diese Chance war – bestand darin, die Sonde selbst anzugreifen. Bis vor wenigen Stunden hätte er diesen Gedanken nicht einmal erwogen, doch nachdem er alle Daten studiert hatte, die während des ersten Flugs der Sonde durch das Reich aufgezeichnet worden waren, sah er darin zumindest eine Möglichkeit. Den Schiffen zufolge, die der Sonde während ihres Fluges von Welt zu Welt auf der Spur geblieben waren, gab es etwas, das sie jedesmal tat, wenn sie in der Nähe einer dieser Welten anhielt: Sie fuhr eine Art kristallenes Gerät aus. Man nahm an, dass dieses Gerät die Quelle der tödlichen ›Emissionen‹ war, obwohl keine Beweise vorlagen, die diese Vermutung gestützt hätten. Des weiteren glaubte man, dass alle Informationen, die die Sonde – vermutlich durch eine unbekannte Art von Sensorscanning – sammelte, ebenfalls durch dieses Gerät aufgenommen wurden. Wurde das Gerät ausgefahren, enthüllte es an seinem unteren Ende eine Höhlung, die seiner eigenen Größe entsprach – die einzige Öffnung, der einzige potentiell verwundbare Punkt der quadratkilometergroßen Oberfläche. Und direkt hinter der inneren Wand jener Höhlung befand sich eine kristalline Masse, die zumindest eine gewisse Ähnlichkeit zu dem auf Temaris Vier entdeckten Kristall aufwies. Es schien daher möglich, dass es sich bei diesem Kristall um den Hauptdatenspeicher der Sonde handelte, genau wie der Kristall auf Temaris Vier der Hauptdatenspeicher der Exodus-Halle gewesen war. Für diese Annahme sprach zudem, dass die Sensoren der *Galtizh* in der Sonde kein anderes Objekt entdeckt hatten, das für diese Aufgabe geeignet schien.

Kurz gesagt, es bestand die Möglichkeit, dass der Kristall das Nervenzentrum der Sonde darstellte und dass, sofern jenes Gerät ausgefahren war, ein einziger massiver, aus kurzer Entfernung vorgetragener Angriff mit Phasern und Photonentorpedos ausreichte, um die

Sonde wenigstens so weit zu zerstören, dass sie ihre Nützlichkeit für die Föderation verlor.

Sofern ein derartiger Feuerschlag überhaupt ausführbar war.

Die von der *Henzu* gemachte und von der *Azmuth* aus sicherer Entfernung aufgezeichnete Erfahrung sprach eher dagegen. Das Phaserfeuer der *Henzu* war fast augenblicklich abgeblockt worden und die *Henzu* hatte sich, zusammen mit einem in ihrer Nähe befindlichen, unbewaffneten Frachtschiff, wenige Sekunden später in eine langsam auseinanderdriftende Wolke aus Molekülen verwandelt.

In den Berichten über die erste Reise der Sonde durch das Reich wurde jedoch ein Zwischenfall geschildert, der Anlass zur Hoffnung bot. Ein Dutzend Scoutschiffe hatte an einem Manöver in der Nähe von Kruzaaks Welt teilgenommen, als die Sonde buchstäblich direkt über ihren Köpfen aus dem Warp kam. Zwei der Schiffe reagierten schnell genug, um noch auf die Sonde zu feuern, bevor deren Emissionen die Energieversorgung zusammenbrechen ließen. Die Phaser, die während der Übung auf Betäubung eingestellt waren, richteten natürlich keine Schäden an, doch die Schiffe selbst wurden nicht wie die *Henzu* vernichtet und hatten, von dem Energieausfall einmal abgesehen, keinerlei Beschädigungen zu vermelden. Tatsächlich waren sie ganz schlicht ignoriert worden, was Commander Jenyu zu der Vermutung – der Hoffnung – veranlasste, sie seien nicht beachtet worden, weil sie sich so dicht bei der Sonde aufgehalten hatten. Offenbar hatten sie sich bereits innerhalb des Verteidigungssystems der Sonde befunden, wie Insekten im Innern der Rüstung eines Kriegers.

Und nun hielt sich die *Galtizh* ebenfalls so nah bei der Sonde auf, befand sich gewissermaßen im Innern der Rüstung. Jenyu konnte nur hoffen, dass der Stich der *Galtizh* sich als tödlich genug erwies, um die Sonde zumindest für die Föderation nutzlos zu machen, wenn er schon nicht ausreichte, das Monstrum zu vernichten. Und sollte sich die *Galtizh* doch nicht innerhalb des Verteidigungssystems der Sonde befinden, so hoffte Jenyu, der Angriff würde wenigstens eine Gegenreaktion wie jene auslösen, bei der die *Henzu* und ein namenloses Frachtschiff vernichtet worden waren, eine Reaktion, die beide Insekten zerquetschte, die *Enterprise* ebenso wie die *Galtizh*.

»Commander!«

Die plötzlich aufgeregt klingende Stimme des Subcommanders, der die eingehenden Sensordaten überwachte, riss Jenyu aus seinem finsteren Brüten. *Was ist jetzt los?*, dachte er, als Hiran sich vom Hauptschirm abwandte und zu dem Subcommander hinübersah.

»Auf dem Planeten befindet sich eine Masse aus kristallinem Material, Commander«, meldete der Subcommander. »Sie scheint dem Datenkristall zu ähneln, der auf Temaris Vier entdeckt wurde.«

Tiams Miene, die bislang ähnlich düster gewirkt hatte wie die Jenyus, hellte sich plötzlich auf. »Kann das Objekt an Bord gebeamt werden?« Der Subcommander warf einen fragenden Blick auf Hiran, der stirnrunzelnd nickte und antwortete: »Die Gesamtmasse entspricht etwa jener der *Galtizh*, Botschafter.«

»Dann eben ein Stück davon…«

»Tiam!«, rief Hiran scharf. »Falls es sich tatsächlich um einen weiteren Datenspeicher handelt, zerstören wir ihn, wenn wir ihn zerschneiden!«

»Dafür haben wir keinen Beweis außer der Behauptung des Vulkaniers!«

»Und in diesem Fall traue ich seinem Urteil weit mehr als Ihrem. Der Kristall bleibt unangetastet!«

»Dann werde ich eben selbst hinunterbeamen.« Tiam wandte sich an den Subcommander, das romulanische

Äquivalent eines Wissenschaftsoffiziers. »Man kann doch sicher irgendetwas tun, um an diese Daten zu gelangen.«

»Es gibt eine Reihe von Möglichkeiten, die man ausprobieren könnte, Botschafter, doch die *Enterprise* ist dafür besser ausgerüstet ...«

»Die *Enterprise* ist der Feind!« Tiam brüllte fast. Er drehte sich zu Hiran um. »Werden Sie Ihren Offizieren befehlen, meinen Wünschen nachzukommen, oder muss ich offiziell das Kommando über dieses Schiff übernehmen? Ich besitze die Vollmacht, das zu tun!«

Für einen Moment sah es so aus, als würde Hiran aufbegehren, doch schließlich nickte er. »Tun Sie, was der Botschafter sagt, Subcommander. Aber beschädigen Sie den Kristall auf gar keinen Fall!«

Jenyu schaute zu, wie Tiam und der Subcommander die Brücke verließen und dabei einige Instrumente mitnahmen, die sich nach Meinung des Offiziers als nützlich erweisen mochten. *Soll der Narr es ruhig versuchen,* dachte Jenyu. Es bestand immerhin eine entfernte Chance, dass Tiam Erfolg hatte, dass der Subcommander mit seiner behelfsmäßig zusammengesuchten Ausrüstung nur an die kristallenen Pforten zu klopfen brauchte, um eine wahre Flut von Informationen auszulösen, die vielleicht den Schlüssel zur Kontrolle der Sonde enthielt.

Aber das glaubte Jenyu nicht wirklich.

Abrupt drehte er sich um und verließ die Brücke. Er musste die ihm verbliebenen Männer sprechen, diejenigen vom Föderationsschiff zurückrufen, die noch immer die Bemühungen des Vulkaniers unterstützten und die Details dessen ausarbeiten, was aller Wahrscheinlichkeit nach sein eigener Selbstmord werden würde. Wirklich bedauerte er allerdings nur den Umstand, dass er, selbst wenn er Erfolg hatte, diese Tatsache wahrscheinlich nie erfahren würde.

19

»Bevor irgendjemand nach unten beamt«, erklärte Kirk vor den im Besprechungsraum versammelten Offizieren, »müssen wir erst ganz sicher sein, dass die Sonde hier nicht nur eine Pause einlegt und in Kürze mitsamt der *Enterprise* weiterfliegt. Es sieht nicht gerade so aus, als wäre das hier die angenehmste Welt der Galaxis, auf der man stranden könnte. Die Luft in jener Höhle ist zwar atembar, doch von der Atmosphäre an der Oberfläche des Planeten kann man das nur sehr eingeschränkt behaupten.«

»Und wie zum Kuckuck willst du herausfinden, welche Absichten die Sonde hegt?«, fragte McCoy. »Soweit ich weiß, haben wir bisher nicht einmal herausgefunden, wie man mit dem Ding spricht, ganz zu schweigen davon, wie man es herumscheuchen kann.«

»Dr. McCoy hat recht, Captain«, bemerkte Spock. »Wir werden nie genau wissen, was die Sonde beabsichtigt, solange wir nicht fähig sind, mit ihr zu kommunizieren.«

Kirk schüttelte den Kopf. »Ich hätte nie geglaubt, dass ich mal den Tag erlebe, an dem ihr beiden euch in einer Sache einig seid. Also schön, wie sehen eure Empfehlungen aus?«

»Runtergehen und sich umsehen«, sagte McCoy. »Überprüfen, ob es irgendetwas gibt, was die Sensoren nicht erfasst haben. Ausprobieren, ob Spocks Idee, eine riesige Analysekammer zu bauen, funktionieren könnte.« Er zuckte die Achseln. »Ansonsten sollten wir je nach Lage der Dinge vorgehen und ständig einen Transferfokus auf jeden von uns gerichtet halten.«

»Ich würde es nicht genau mit diesen Worten ausdrücken, Captain«, sagte Spock, »aber ich kann keine Einwände erheben. Das Wissen, das wir dort vielleicht erwerben können, wiegt meiner Meinung nach schwerer als alle anderen Erwägungen, die Möglichkeit unseres Todes eingeschlossen.«

Die anderen am Tisch nickten zustimmend. »Wir haben schließlich nicht die Akademie besucht, um immer auf Nummer Sicher zu gehen, Sir«, bemerkte Sulu grinsend.

»Und in einem klingonischen Schrotthaufen, der jeden Moment auseinanderzufallen droht, ins zwanzigste Jahrhundert zu rasen, macht uns auch nicht gerade zu den Lieblingskunden einer Lebensversicherung«, fügte McCoy hinzu.

»Ich verstehe, worauf Sie hinauswollen«, meinte Kirk mit einem resignierten Lächeln. »Also schön.« Er erhob sich. »Dann müssen wir uns jetzt nur noch erkundigen, ob unsere Freunde auf der *Galtizh* Lust haben, sich an unserem Ausflug zu beteiligen. Sofern sie nicht schon selbst eine Gruppe losgeschickt haben.«

Als sie wieder auf der Brücke waren, stellte sich heraus, dass die Romulaner genau das getan hatten und möglicherweise noch mehr.

»Transporteraktivitäten zwischen der *Galtizh* und dem Planeten, Captain«, meldete Lieutenant Parnell von der Wissenschaftsstation fast im gleichen Moment, in dem die Gruppe den Lift verließ. »Drei Personen sowie einige elektronische Geräte«, ergänzte er einen Moment später. »Zielort scheint die Höhle mit dem Kristall zu sein.«

»Funken Sie die *Galtizh* an«, sagte Kirk stirnrunzelnd.

»Das versuche ich regelmäßig alle fünf Minuten, Captain, aber…« Kittay unterbrach sich und riss die Augen auf. »Die *Galtizh,* Captain. Auf den Schirm?«

»Auf den Schirm, Lieutenant.«

Hiran tauchte auf dem Schirm auf. Das sonst bei ihm übliche Lächeln war einer steinernen Miene gewichen. »Man hat mich angewiesen«, begann er ohne Vorrede, »darum zu bitten, dass alle an Bord der *Enterprise* befindlichen Romulaner unverzüglich zur *Galtizh* zurückgebracht werden.«

»Eine Anweisung? Von Botschafter Tiam?«

»Im Prinzip, ja. Genaugenommen kam die Anweisung von einem Assistenten, dessen Wünschen ich, wie mir der Botschafter erklärt hat, während seiner Abwesenheit Folge zu leisten habe.«

»Der Botschafter ist nicht an Bord? Dann gehört er zu jenen, die gerade zu der Höhle gebeamt worden sind?«

Ein leises Lächeln huschte über Hirans Gesicht, als er einen Blick auf etwas oder jemand außerhalb des Bildbereichs warf. »Sie wissen also von der Höhle?«

»Und von dem Kristall, der sich darin befindet. Ja, Commander, das wissen wir. Wir haben vor, ebenfalls in Kürze hinunterzubeamen. Ursprünglich wollten wir jemand von der *Galtizh* einladen, uns zu begleiten, doch ich nehme an, eine derartige Einladung ist jetzt überflüssig.«

»Es sieht so aus«, meinte Hiran.

»Würden Sie Tiam und seine Leute informieren, dass die *Enterprise* ebenfalls eine Gruppe hinunterbeamt? Ich möchte vermeiden, dass sie sich vor Schreck zu unüberlegten Handlungen hinreißen lassen.«

»Selbstverständlich, Captain.«

»Commander Hiran«, sagte eine kalt klingende

Stimme aus einem Bereich außerhalb des Bildes. Hiran schaute kurz nach rechts.

»Ich werde gerade daran erinnert, meine Bitte nach der Rückkehr aller derzeit an Bord der *Enterprise* befindlichen Romulaner zu wiederholen«, sagte er.

»Sie werden alle entsprechend informiert, Commander. Allerdings vermute ich, dass zwei von ihnen dieser Forderung nicht nachkommen werden.«

»Das vermute ich auch, Captain.«

Wieder huschte ein leises Lächeln über das Gesicht des Romulaners, dann unterbrach Hiran die Verbindung.

Commander Hiran kehrte auf die Brücke zurück, nachdem er mitangesehen hatte, wie Kital die letzten der Musiker und Archäologen begrüßte, als sie von der Transporterplattform der *Galtizh* traten. Er war zu dem Schluss gekommen, dass Kital noch dringender beobachtet werden musste als Tiam.

»Machen Sie sich keine Gedanken wegen des Protokolls«, hatte Hiran leise dem Subcommander Morvain erklärt, einem der wenigen Offiziere, dessen Loyalität er sich absolut sicher war. »Berichten Sie mir einfach, was er tut, insbesondere alles, was Ihnen bei jemandem seines Ranges merkwürdig erscheint.«

Er hatte überlegt, Feric diese Aufgabe zu übertragen, sich dann aber dagegen entschieden. Was immer sein Erster Offizier insgeheim auch von der Konferenz halten mochte, er hatte jedenfalls keinen Zweifel daran gelassen, dass er eindeutig auf Seiten der ›legitimen‹ Autorität an Bord der *Galtizh* stand, nämlich auf Tiams Seite.

Anders als Tiam, dessen Gefühle und Absichten stets deutlich zu erkennen waren, blieb Kital undurchschaubar. Während Tiam auf alles reagierte, meist sogar überreagierte, schien Kital durch nichts von dem, was um ihn herum geschah, berührt zu werden. Tiam war arrogant und strotzte vor unbegründetem Selbstvertrauen, Kital hingegen war – was? Einfach seiner selbst sicher? Doch wie immer man diese Eigenschaft auch bezeichnen mochte – seit Tiam ihm die Vollmacht gegeben hatte, in seiner Abwesenheit an seiner Stelle zu handeln, trat sie entschieden deutlicher zutage. Er erteilte seine Befehle, als hätte er seit vielen Jahren nichts anderes getan.

Und vielleicht traf das ja auch zu, dachte Hiran plötzlich. Dass jemand in Kitals vorgerücktem Alter noch immer lediglich den Rang eines Subzenturios bekleidete, war zumindest ungewöhnlich. Normalerweise wäre jemand, der in seinem Alter noch auf dieser Stufe festsaß, schon längst aus dem Dienst ausgeschieden. Doch vielleicht hatte er ja einmal einen höheren Rang bekleidet. Möglicherweise war er ähnlich wie Tiams Schwager Reelan in Ungnade gefallen, dabei aber nicht zum Tode verurteilt oder auch nur aus dem Dienst entfernt, sondern lediglich degradiert worden.

Wenn die *Galtizh* jemals ins Reich zurückkehrte, würde er ein wenig in den Akten wühlen und dabei vielleicht herausfinden, wer Kital wirklich war.

Im Moment allerdings …

»Commander.«

Hiran wandte sich abrupt von dem Schirm ab, der noch immer das eisige Abbild des namenlosen Planeten unter ihnen zeigte. Subcommander Morvain beugte sich zu ihm und sprach so leise, dass nur Hiran ihn verstehen konnte. »Sie wollten informiert werden, wenn Tiams Assistent etwas tut, was man als ungewöhnlich bezeichnen könnte.«

Hiran verzog kaum merklich das Gesicht, als er nickte. *Das hat ja nicht lange gedauert,* dachte er gereizt.

McCoy machte ein finsteres Gesicht, als er die Kapuze seiner pelzbesetzten Windjacke zurückschlug und sich die ersten Schweißperlen von der Stirn wischte. Er hatte die Jacke aus dem Schrank geholt und war direkt zum Transporterraum gegangen in der Annahme, Spock und Kirk und wer sonst noch an dem kleinen Ausflug teilnahm, würden es ebenso halten. Stattdessen hatte er, wohlverpackt und marschbereit, mindestens fünf Minuten neben der Plattform gestanden und jetzt war er noch immer der Einzige, der sich hier aufhielt, von dem sich zusehends unbehaglicher fühlenden Fähnrich an den Kontrollen einmal abgesehen.

»Wahrscheinlich hat dieser spitzohrige Perfektionist wieder ein Detail gefunden, das er in letzter Sekunde unbedingt noch einmal überprüfen muss«, murmelte er und bedachte den Fußboden mit einem düsteren Blick. Er wollte gerade nach dem Interkom greifen, als sich endlich die Tür öffnete und Kirk und Spock eintraten. Beide hatten ihre Jacken noch nicht angezogen.

»Pille«, meinte Kirk mit einem Grinsen, als er den Schweißfilm auf McCoys Stirn bemerkte, »als Arzt müsstest du es eigentlich besser wissen. Jetzt wirst du noch mehr frieren, wenn du nach draußen kommst.«

»Ich hätte auch nicht erwarten dürfen, dass ihr mal pünktlich auftaucht. Oder dass du den Unterschied zwischen Altweibergeschwätz und medizinischen Fakten kennst.« Er wandte sich Spock zu, der nichts in Händen hielt außer der Jacke und dem unvermeidlichen Tricorder. »Müssen wir jetzt auch noch auf Ihre Ausrüstung warten?«

»Nein, Doktor«, sagte Spock und legte den Tricorder kurz ab, um in seine Jacke zu schlüpfen, »nur auf Dajan und Dr. Benar. Die Ausrüstung nehmen wir diesmal noch nicht mit.«

McCoy warf einen Blick auf Kirk, der ebenfalls seine Jacke anzog und sah dann wieder zu Spock. »Darf ich Sie daran erinnern, dass sich die Romulaner bereits seit einer halben Stunde dort unten befinden und zwar mit der romulanischen Version der gleichen Ausrüstung, ihren Worten zufolge. Ihr Zeug ist vielleicht nicht so toll und hypermodern wie unsere Sachen, aber wenn wir ihnen genug Vorsprung lassen, spielt das keine Rolle.«

»Machen Sie sich deswegen keine Sorgen, Doktor. Ihr ›Vorsprung‹ dürfte sich als illusorisch erweisen.«

»Du kennst doch die Geschichte vom Hasen und dem Igel, Pille«, meinte Kirk, während er den Riemen seines eigenen Tricorders am Schulterstück seiner Jacke befestigte. »Während wir im Konferenzraum saßen und ohne ausreichende Fakten debattierten, hat Lieutenant Parnell eine genauere Analyse der Sensordaten vorgenommen. Dabei hat er einige Unterschiede zwischen diesem Kristall und dem auf Temaris Vier festgestellt. Bei diesem ersten Ausflug wollen wir nur eine Detailüberprüfung mit den Tricordern vornehmen, um die Sensorwerte zu bestätigen. Und um herauszufinden, wie wir unsere Ausrüstung modifizieren müssen, damit sie funktioniert.«

»Heißt das, es besteht doch keine Verbindung zu den Erisianern?«, fragte McCoy. »Wenn sich die Struktur des Kristalls von dem auf Temaris…«

Die Tür öffnete sich und Audrea Benar eilte herein, einen Augenblick später von Dajan gefolgt. Beide trugen bereits ihre Jacken. Benar wandte sich an Spock. »Ich habe gehört, Lieutenant Parnell hat herausgefunden, dass sich die Struktur dieses Kristalls von der des Temaris-Kristalls unterscheidet.«

»Der Unterschied liegt nicht in der Struktur, Dr. Benar«, sagte Spock und trat auf die Plattform. »Der Hauptunterschied scheint darin zu bestehen, dass dieser Kristall nicht mit einem Magnetfeld verbunden ist.«

»Dann ist er nutzlos«, meinte Benar enttäuscht. »Alle vielleicht vorhandenen Daten sind im Lauf der Zeit verlorengegangen.«

»Nicht unbedingt, Dr. Benar. Es gibt keinerlei Hinweise darauf, dass der Kristall jemals mit einem Magnetfeld verbunden war.«

»Wenn das stimmt, kann das nur bedeuten, dass es sich bei diesem Kristall gar nicht um einen Datenspeicher handelt.«

»Auch das muss nicht unbedingt so sein, Dr. Benar, obwohl es natürlich möglich ist. Ich vermute jedoch – und hoffe, diese Vermutung bei einer Detailüberprüfung durch die Tricorder bestätigen zu können –, dass die Daten mittels einer anderen Energieform abgespeichert wurden und zwar aller Wahrscheinlichkeit nach mit der gleichen Energieform, die auch die Sonde verwendet.«

»Aber wenn Sie nicht wissen, um welche Energieform es sich handelt und nicht einmal in der Lage sind, sie nachzuweisen…«

»Das muss auch nicht unbedingt nötig sein, Dr. Benar, ebenso wenig wie es nötig war, die exakte Natur der von der Sonde ausgestrahlten Energie zu kennen, um ihre Effekte aufzuzeichnen und zu analysieren. Im Fall des Temaris-Kristalls wurde magnetische Energie benutzt, um die Gitterstruktur des Kristalls zu verzerren und zu fixieren. Um den Kristall zu lesen, haben die Sensoren nicht die Verzerrungen selbst vermessen, sondern nur das durch die Verzerrung beeinflusste Magnetfeld. Sofern es nun in diesem Kristall tatsächlich eine strukturelle Verzerrung gibt, ist es vielleicht möglich, sie direkt auszumessen, sofern die geeignete Ausrüstung zur Verfügung steht.«

»Leute«, meinte Kirk, dem es in seiner pelzbesetzten Jacke langsam zu warm wurde, »wir werden noch genügend Zeit haben, über die technischen Details zu sprechen, sobald wir herausgefunden haben, wie diese Details überhaupt aussehen.« Als niemand widersprach, nickte er dem Fähnrich an den Transporterkontrollen zu. »Halten Sie uns die ganze Zeit über im Transferfokus«, wiederholte er, »und seien Sie auf einen schnellen Rücktransport vorbereitet.«

»Aye, aye, Captain«, bestätigte der Fähnrich etwas nervös. Dann betätigte er die Kontrollen.

McCoy, dem der Vorgang diesmal auch nicht mehr behagte als bei den früheren Gelegenheiten, schlang die Arme um sich und überlegte, ob er diesen Ausflug tatsächlich nur aus reiner Neugier mitmachte. Natürlich war es immer gut, einen Arzt dabeizuhaben, wenn eine Landegruppe eine unbekannte Welt betrat, doch an Bord des Schiffes gab es mehr als genug qualifizierte Leute, die an seiner Stelle …

Die Transporterenergie erfasste ihn. *Die haben es gerade nötig, über Energieformen zu reden, die niemand versteht!*

Der Transporterraum verblasste und wurde einen Moment später durch …

… Dunkelheit ersetzt!

Ich hab's nicht geschafft! Die verdammte Maschine hat mich schließlich doch erwischt! Lässt mich einfach in diesem Niemandsland hängen, durch das sie alles transportiert!

Doch dann spürte er, wie sein eigenes Gewicht gegen die Sohlen seiner Stiefel drückte.

Und den eisigen Schock, als der Schweißfilm auf seiner Stirn plötzlich verdunstete.

Aus dem Augenwinkel bemerkte er einen kleinen Lichtschimmer …

Der Lichtschein schien zu explodieren, doch einen Moment später erkannte er, dass Dr. Benar hinter ihm stand und die Halogenlampe eingeschaltet hatte, die er erst wenige Sekunden zuvor an Bord der *Enterprise* in ihrer Hand gesehen hatte. Kirk und Spock befanden sich rechts und links von ihm und Dajan hinter Spock neben Benar. Der Boden bestand aus durchscheinendem, glasglattem Eis, das zu tief gefroren war, um schlüpfrig zu sein. Über ihnen war nur Dunkelheit zu erkennen. Die Decke der Höhle befand sich außer Reichweite von Benars Lampe.

Als McCoy sich zu dem ursprünglichen Lichtschimmer umdrehte, sah er in etwa fünfzig Meter Entfernung die grünweiße Kuppel des Kristalls – oder zumindest so viel davon, wie aus dem Eis herausragte. Gleich daneben standen die in noch unförmigere Jacken als er selbst gekleideten Romulaner. Der aus Mund und Nase ausgestoßene Atem bildete zerfasernde Wolken über ihren Köpfen. Zwei arbeiteten mit antennenähnlichen Geräten, an denen sie wiederholt zerrten, als versuchten sie sie auszurichten. Der dritte drehte sich um und sah zu der Gruppe von der *Enterprise* hinüber. Er sagte nichts und machte auch keine Geste, um sie zu begrüßen oder zu warnen. Da er mit dem Rücken zur Lichtquelle stand, war sein Gesicht im Schatten der Kapuze nicht zu erkennen.

»Tiam«, vermutete McCoy. »Die beiden anderen erledigen die Arbeit, während er zuschaut.«

»Derjenige, der zu uns herübersieht, ist bewaffnet«, sagte Spock und blickte von seinem Tricorder hoch.

»Wenigstens zielt er nicht auf uns«, meinte Kirk leise. »Und Hiran hat gesagt, er hätte sie über unsere bevorstehende Ankunft unterrichtet.«

»Worauf warten wir dann noch?«, fragte McCoy. »Er wird uns bestimmt keine Einladungskarte schicken.«

Kirk wandte sich an den romulanischen Archäologen. »Dajan, wenn Sie es angesichts dieser Umstände vorziehen, auf die *Enterprise* zurückzubeamen…«

»Ich bleibe. Ich werde nicht zulassen, dass dieser aufgeblasene Mistkerl selbst jetzt noch meine Handlungsweise bestimmt. Außerdem bezweifle ich, dass er irgendetwas unternehmen wird. Meiner Schwester gegenüber zeigt er sich mutig, ansonsten aber so gut wie nie.«

»Ganz wie Sie meinen.« Kirk drehte sich um und übernahm die Führung. Ihre Stiefel erzeugten auf dem Eis Geräusche, als würden sie über Stahl gehen. Die Luft, die durch ihre Vorwärtsbewegung leicht gegen ihre Gesichter getrieben wurde, biss in die ungeschützten Stellen ihrer Haut. McCoy fühlte sich an die Zeit erinnert, als er Georgia zum erstenmal mitten im Winter verlassen hatte, um eine Reise durch Alaska zu unternehmen. Er konnte sich beim besten Willen nicht mehr erinnern, wie seine Familie ausgerechnet auf diese Idee gekommen war.

Als sie noch ein Dutzend Schritte entfernt waren, durchdrang das Licht von Benars Lampe endlich die Schatten und enthüllte das Gesicht des sie beobachtenden Romulaners.

»Botschafter Tiam«, sagte Kirk.

»Captain Kirk.« Tiams Blick strich über die anderen Mitglieder der Gruppe. »KerDajan«, sagte er mit einem Kopfnicken. »Sind Sie gekommen, um sich Ihren Landsleuten anzuschließen?«

»Nein, das habe ich nicht vor.«

Tiam lächelte beinahe. »Das ist gut. Dem Reich haben Sie und Ihre Schwester mit dieser Fahnenflucht besser gedient als mit allem anderen, was Ihre ganze missratene Familie je getan hat.«

Abrupt kehrte Tiam Dajan und den anderen den Rücken zu und beobachtete wieder die beiden Romulaner, die mit ihren antennenähnlichen Geräten beschäftigt waren.

Kirk schien Tiams Rücken einen Moment lang aufmerksam zu betrachten, dann trat er einen Schritt zu Seite und setzte seinen Weg in Richtung des Kristalls fort, wobei er jetzt einen Punkt anpeilte, der ein gutes Stück von den Romulanern entfernt lag. McCoy und die anderen folgten ihm eilig.

Als sie die letzten Schritte zurücklegten, wurden Hunderte, nein Tausende winziger, geometrisch perfekter Facetten in dem Objekt erkennbar, das aus der Entfernung wie eine einfache Kuppel gewirkt hatte. Sobald sie nur noch Zentimeter von der Oberfläche entfernt waren, konnten sie sehen, dass jede einzelne Facette wiederum in eine Reihe unregelmäßiger Polygone unterteilt war, von Dreiecken bis hin zu Oktogonen. McCoy schüttelte blinzelnd den Kopf. Der Anblick ließ ihn fast schwindlig werden, so als hätte er die geradlinige Version einer Mandelbrotmenge vor sich, die sich immer wieder in stetig kleiner werdenden Dimensionen duplizierte.

Spocks in Handschuhen steckende Hände richteten den Tricorder auf die Kristallfacetten und führten die Aufnahmeöffnung langsam und so dicht wie möglich daran vorbei. Ein paar Meter entfernt folgte Benar seinem Beispiel, genau wie Dajan auf Spocks anderer Seite. McCoy stand daneben und kam sich ein bisschen überflüssig vor. Kirk behielt die Romulaner im Auge.

Nach ein paar Sekunden senkte Spock den Tricorder. »Es gibt kein Magnetfeld«, sagte er, »aber eine nachweisbare strukturelle Verzerrung. Stimmen Sie mir zu, Dr. Benar? Dajan?«

»Das scheint in der Tat der Fall zu sein«, erklärte Benar, während sich der Romulaner mit einem einfachen »Ja« begnügte.

»Dann schlage ich vor…«

Spock unterbrach sich, als ein schwach pulsierender Schimmer tief im Innern des Kristalls, weit unter der Oberfläche der Eisschicht, sichtbar wurde.

»Was...« setzte McCoy an, doch bevor er weitersprechen konnte, flutete der immer noch bleiche Schimmer zur Oberfläche des Kristalls empor und erfüllte die ganze Höhle mit einem unheimlichen Licht. Als McCoy nach oben schaute, wurden ihm plötzlich die wahren Dimensionen der Kaverne bewusst. Bis zu diesem Augenblick waren die von den Sensoren der *Enterprise* ermittelten Daten über das Ausmaß der Höhle nichts als simple Zahlen gewesen. Doch jetzt wurden sie zur Realität. Einen Kilometer über seinem Kopf befand sich die Decke, ebenso glatt und glasartig wie das Eis unter ihren Stiefeln, als wäre die ganze Höhle mit einem Phaser aus dem massiven Fels gebrannt worden. Die in jeder Richtung mindestens drei Kilometer entfernten Wände wirkten ähnlich glatt und fugenlos – mit Ausnahme dessen, was einst ein Eingang gewesen sein musste, als die Höhle noch vollständig oder zumindest weitgehend von Wasser erfüllt war: ein klaffender Kreis aus Schwärze auf halber Höhe in einer der Wände, ein Tunnel, der nirgendwo endete.

Plötzlich strömte der Schimmer wie ein leuchtender Nebel aus dem Kristall heraus. Ein Fluch war aus der Gruppe der Romulaner zu hören. McCoys Finger schienen zu glühen und für einen Moment konnte er nichts mehr deutlich erkennen. Seine Hände und Arme wirkten ausgefranst und unscharf.

Er packte seinen Kommunikator, der ebenfalls in ein zerfaserndes Leuchten eingehüllt war und hob ihn an die Lippen. *»Enterprise...«*, begann er, doch dann legte sich eine Hand auf seinen Arm.

»Warte, Pille!«

Es war der Captain.

»Sieh doch«, sagte Kirk und deutete nach oben.

McCoy schaute hoch.

Und schnappte nach Luft.

Dort, wo sich noch vor Sekunden nur das glatte, kilometerweit entfernte Dach befunden hatte, erfüllte jetzt eine kilometerdicke Schicht kristallklaren Wassers die Höhle. Und in diesem Wasser, kaum mehr als hundert Meter über ihren Köpfen, trieb mit ruhigen Flossenschlägen ein so gewaltiges Wesen, dass alles, was je die Meere der Erde durchschwommen hatte, daneben zwergenhaft gewirkt hätte.

20

Als Subzenturio Kital Hirans Kabine betrat, fühlte sich der Commander an die erst wenige Tage zurückliegende Begegnung erinnert, bei der Tiam sich vorgestellt und seine ›diplomatischen Richtlinien‹ abgeliefert hatte. Richtlinien für das Scheitern, hatte Hiran damals gedacht und unglücklicherweise damit Recht behalten. Kital war herbestellt worden und hatte auch keine Richtlinien anzubieten, doch er drückte die gleiche überlegene Haltung aus, wenn auch weniger offensichtlich und lärmend als Tiam.

Als hätte er mehr Anlass zu gelassener Selbstsicherheit als Tiam, dachte Hiran unbehaglich.

»Commander?« Der Subzenturio hielt sich aufrecht, nicht ganz so steif wie in Habachtstellung, aber doch ähnlich.

Hiran blieb hinter seinem schmucklosen Schreibtisch sitzen. »Subzenturio Kital, haben Sie eigene Pläne mit der *Galtizh?*«, fragte er mit ruhiger Direktheit.

Für einen winzigen Moment flackerte Überraschung in den Augen des Assistenten auf, verschwand jedoch so schnell wieder, wie sie aufgetaucht war. Das asketische Gesicht wirkte nun wieder wie eine ausdruckslose Maske. »Ich verstehe nicht recht, Commander.«

»Oder handelt es sich vielleicht um Botschafter Tiams Pläne?«

Diesmal zeigte sich gar keine Reaktion. »Ich verstehe noch immer nicht, Commander. Worauf genau beziehen Sie sich?«

»Auf ein Gespräch zwischen Ihnen und einem anderen von Botschafter Tiams Assistenten.«

»Es hat viele derartige Gespräche gegeben, wie Ihnen bekannt sein dürfte, Commander. Die Kommunikation zwischen den Mitgliedern einer jeden Organisation ist lebenswichtig für deren Effizienz. Gibt es ein spezielles Gespräch, das Ihr Interesse erweckt hat?«

»Dasjenige, das vor wenigen Minuten in Ihrer Kabine stattgefunden hat.« Hiran widerstand der Versuchung, auf den offenkundigen Mangel an ›Kommunikation‹ hinzuweisen, der zur Exekution eines anderen Mitglieds dieser speziellen Organisation geführt hatte, dem verstorbenen Subzenturio Jutak.

Nichts in Kitals Zügen verriet seine Gedanken, doch er zögerte leicht, bevor er antwortete. »Demnach haben Sie also Abhörgeräte in meiner Kabine angebracht?«

»Wenn es so ist, war das mein Recht als Commander dieses Schiffes. Manche würden sogar sagen, meine Pflicht.«

»Ich verstehe.«

»Das ist gut, Subzenturio. Dann werden Sie auch nichts gegen eine Erklärung einzuwenden haben.«

»Natürlich nicht, Commander, sofern Sie mir sagen, was genau ich erklären soll.«

»Die Fragen, die Sie gestellt haben, Subzenturio, hätte ich eher von dem Navigator eines Schiffes oder sogar von einem Commander erwartet, aber nicht unbedingt von einem der Assistenten des Botschafters.«

»Zum Beispiel, Commander Hiran?«

»Zum Beispiel Fragen nach der Manövrierfähigkeit und der Feuerkraft eines Schiffs der Klasse, zu der die *Galtizh* gehört. Zum Beispiel die Frage, wie schnell die *Galtizh* einen bestimmten Punkt in Bezug zu dem Objekt erreichen kann, das uns hergebracht hat.«

Diesmal schwieg Kital mehrere Sekunden lang, obwohl seine Miene weiterhin ausdruckslos blieb. Schließlich nickte er. »Ich habe Vorbereitungen getroffen, Commander Hiran.«

»Vorbereitungen? Wofür?«

»Für die Möglichkeit, dass Botschafter Tiam mit seinem Versuch scheitert, dem Kristall nutzbare Informationen zu entreißen.«

»Wurden diese Vorbereitungen von Botschafter Tiam veranlasst? Oder von Ihnen selbst?«

Wieder schwieg Kital mehrere Sekunden lang. »Wenn Botschafter Tiam Ihnen befehlen würde, auf das Objekt dort draußen zu feuern«, fragte er schließlich. »Würden Sie gehorchen?«

»Das würde ich nicht«, sagte Hiran. »Genauso wenig wie ich gehorchen würde, wenn er mir befiehlt, einen Phaser auf meinen Kopf zu richten und abzudrücken.«

»Ihrer Antwort entnehme ich, dass Sie einen Angriff als selbstmörderisch betrachten würden.«

»Ich weiß, was dieses Ding auf Wlaariivi angerichtet hat. Und was es mit der *Henzu* und dem zivilen Schiff gemacht hat, die sich unglücklicherweise in jenem Gebiet aufhielten.« *Aber ich weiß auch, was man den eingeborenen Lebewesen auf Wlaariivi angetan und dadurch vermutlich den Angriff ausgelöst hat,* fügte er in Gedanken hinzu.

»Was würden Sie sagen, wenn ich behaupte, es wäre denkbar, dass wir nicht das gleiche Schicksal erleiden wie die *Henzu?*«

»Ich würde nach den Gründen für eine Behauptung fragen, die so offensichtlich im Gegensatz zu den beobachteten Tatsachen steht, Subzenturio.«

In knappen Worten berichtete Kital von den romulanischen Schiffen, die sich im Manöver befunden hatten, als die Sonde dicht neben ihnen auftauchte. »Ich glaube, es besteht durchaus die Chance, dass wir uns ebenfalls innerhalb des Verteidigungsgürtels der Sonde befinden und sie erheblich beschädigen, wenn nicht sogar zerstören können, wenn wir einen plötzlichen, massiven Angriff auf diese eine verwundbare Stelle starten.«

»Eine interessante Möglichkeit«, sagte Hiran, als der Subzenturio schwieg. »Aber selbst wenn ich diese Möglichkeit zugestehe, weshalb sollte ich den Wunsch haben, tatsächlich einen Versuch zu wagen?«

»Ist die Zerstörung der romulanischen Einrichtungen auf Wlaariivi nicht Grund genug? Oder die Vernichtung der *Henzu?*«

»Über diesen Aspekt der Situation scheint sich Tiam aber nicht übermäßig viel Gedanken zu machen. Er ist weitaus mehr daran interessiert, mit der Sonde in Verbindung zu treten.«

»Genau wie wir alle. Dennoch müssen wir die Möglichkeit in Betracht ziehen, dass er scheitert. Und dass jemand von der *Enterprise* Erfolg hat.«

Darum drehte es sich also. »Sie würden die Sonde lieber zerstören, als dieses Risiko einzugehen.«

Zum erstenmal zeigte der Subzenturio einen Anflug von Ärger. »Genau wie jeder patriotische Romulaner.«

»Der Krieg gegen die Föderation hat schon vor hundert Jahren geendet, Subzenturio.«

»Und er würde innerhalb von hundert Sekunden von neuem ausbrechen, wenn die Föderation der Ansicht wäre, sie könnte uns vernichten, ohne dabei selbst massive Verluste hinnehmen zu müssen.«

»Sie hören sich an, als würden Sie über die Romulaner sprechen, Subzenturio, nicht über die Föderation. Soweit ich weiß, waren wir es doch, die insgeheim herauszufinden versucht haben, wie man dieses Ding kontrollieren kann, um es als Waffe gegen die Föderation einzusetzen.«

»Es wäre dumm, das nicht zu tun. Es war unser

Glück, dass die Sonde das Reich durchquerte, bevor sie das Gebiet der Föderation erreichte.«

»Und was hat uns das geholfen? Erst die Leute von der *Enterprise* haben…«

»Erst die Frau von Botschafter Tiam, eine Romulanerin, hat ihnen gezeigt, welche Möglichkeiten sich hier bieten!«

Hiran blinzelte, als Kital plötzlich die Stimme hob. »Wie auch immer, Subzenturio, ich glaube nicht, dass die Föderation sich auf diese Weise verhalten würde, insbesondere nicht angesichts der Chance, einen echten Frieden zwischen unseren Völkern zu schaffen.«

Kital stieß ein rauhes, bitteres Lachen ohne die geringste Spur von Humor aus. »Sie sind ein Narr. Hiran! Sie haben sich von den verlogenen Worten dieses Captains einwickeln lassen! Sie würden…«

»Sie übernehmen sich, Subzenturio!«, sagte Hiran scharf und griff nach dem Interkom. »Sie bleiben in Ihrem Quartier, bis Tiam zurückkehrt. Dann werden wir weiter über diese Angelegenheit diskutieren und herausfinden, ob er ebenso verrückt ist.«

Bevor Hiran das Interkom einschalten konnte, beugte sich Kital über den Tisch und schlug Hirans Hand mit überraschender Kraft zur Seite. Einen Augenblick später öffnete sich die Tür zum Korridor. Zwei von Tiams Assistenten kamen herein und richteten ihre Phaser auf Hiran.

Nach unendlich vielen Millionen von Wiederholungen veränderte sich etwas.

Tief im Innern der Wesenheit schob einer der kristallenen Pfade einen winzigen Datensatz in eine andere Richtung.

Und die Wesenheit erinnerte sich: *Die Kristallene Weisheit.*

Die Schöpfer mochten fort sein, tot oder schon vor

Hunderten von Millennien weitergezogen, doch ihre Erinnerungen mussten noch dort sein. Und vielleicht fand sich dort die Antwort auf das Paradoxon – auf all die Paradoxa, die in diesen letzten schrecklichen Tagen auf sie eingestürzt waren. Vielleicht hatten die Schöpfer diese besonderen Situationen vorhergesehen, nachdem die Wesenheit aufgebrochen war.

Die Wesenheit richtete den kristallenen Sensor aus und suchte, doch diesmal nicht nach lebenden Dingen, sondern nach den Erinnerungen von lebenden Dingen.

Sie war noch dort. Die Kristallene Weisheit: ein Gedächtnis, neben dem sich jenes der Wesenheit winzig ausnahm.

Ein kristallenes Gedächtnis, gefüllt mit der Geschichte und dem Wissen der Schöpfer. Es würde nicht nur Lösungen für die Paradoxa bereithalten. Es mochte sogar fähig sein, die verlorenen Erinnerungen der Wesenheit zu ersetzen und die Lücke zu füllen, die seit mehr als dreihundert Millennien existiert hatte.

Die Wesenheit prüfte vorsichtig, sorgfältig, langsam, ließ sich ganze Sekunden Zeit.

Alles war hell.

Sicher.

Noch vorsichtiger und noch sanfter sprach die Wesenheit zu der Kristallenen Weisheit, weckte sie sanft auf, so wie die Wesenheit selbst vor fünfhundert Millennien aufgeweckt worden war.

Und die Informationen begannen zu fließen.

Binnen Sekunden schwammen mindestens hundert dieser Riesen, von denen manche mehr als hundert Meter vom runden Maul bis zur Schwanzflosse maßen, über ihren Köpfen dahin.

»Ich will verdammt sein!«, murmelte McCoy. »Sie hatten recht, Spock! Nur dass sie eher wie Superdelphine als wie Superwale aussehen.«

»Ein Hologramm!«, keuchte Kirk und fuhr mit seinen fahl leuchtenden Armen durch die Luft, als wolle er sichergehen, dass sich die Höhle nicht plötzlich mit Wasser gefüllt hatte. Er sah zu dem glühenden Kristall hinüber. »Oder zumindest das, was jemand, der dieses Monster dort draußen bauen konnte, als Hologramm bezeichnen würde. Spock, ist dieser Kristall die Quelle?«

»Unbekannt, Captain«, sagte Spock, während er die Anzeigen seines Tricorders studierte. »Wir haben es jedenfalls nicht mit einer uns bekannten Form eines holographischen Projektors zu tun. Wie bei den Emissionen der Sonde gibt es keinen direkten Hinweis auf irgendeine Art von Energietransfer, weder vom Kristall noch aus einer anderen Quelle.«

»Das vom Kristall ausgehende Leuchten scheint nicht mehr als ein Nebeneffekt zu sein«, bemerkte Benar. Genau wie Spock hatte sie sich praktisch seit dem Moment, in dem die Bilder aufgetaucht waren, auf ihren Tricorder konzentriert.

»Aber was hat es ausgelöst?«, wollte McCoy wissen. Dann erinnerte er sich. »Die Romulaner!« Er fuhr herum und sah in ihre Richtung.

Tiam stieß ein ersticktes Keuchen aus, als das Leuchten im Innern des Kristalls erschien.

»Ihr habt es geschafft!«, rief er den ihm zugewandten Rücken des Subcommanders und ihres Assistenten zu. *Ich habe es geschafft! Jenyu wird derjenige sein, der…*

»Nein, Botschafter«, sagte der Subcommander. »Was immer hier geschieht, wir haben nichts damit zu tun. Die Energiezufuhr unserer Sonden war während der letzten Minuten, in denen wir versucht haben, sie korrekt auszurichten, abgeschaltet.«

»Was war es dann…«

»Ich weiß es nicht, Botschafter. Vielleicht sollten wir zur *Galtizh* zurückkehren, bis...«

»Nein! Wir werden nicht alles den...« Tiam hielt inne, als das Leuchten aus dem Kristall hervorbrach und sie überflutete. Als die Körper des Subcommanders und ihres Assistenten einen Augenblick später von einem diffusen Schimmern eingehüllt waren, wich er zurück.

Doch es war schon zu spät. Schon konnte er sehen, wie das gleiche fahle Leuchten auch seinen eigenen Körper umgab. Mit heftigen Bewegungen versuchte er es abzustreifen wie eine Horde lästiger Insekten.

Dann hielt er inne.

Er schluckte schwer und zwang sich still zu stehen, während die anderen versuchten, mit ihren behandschuhten Fingern die transportablen Sensoreinheiten zu aktivieren. Was immer dieses Leuchten sein mochte, es schadete ihm jedenfalls nicht.

Er drehte sich um, als der Klang anderer Stimmen schließlich seine Selbstversunkenheit durchdrang. Dreißig Meter von ihm entfernt schwatzten der Verräter Dajan und seine neuen Freunde miteinander.

Waren sie für dieses Phänomen verantwortlich? Tiams Hand zuckte in Richtung des unter seiner unförmigen Jacke versteckten Phasers, doch dann stoppte er diese Bewegung. Einer der Männer – der Schiffsarzt? – blickte mit finsterer Miene zu den Romulanern hinüber.

Nein, dachte Tiam, sie waren nicht dafür verantwortlich. Sie hatten nur ihre tragbaren Sensoren mitgebracht, aber nichts, was der Ausrüstung ähnelte, die der Subcommander seit einer halben Stunde zu justieren versuchte. Außerdem wirkten sie ebenso überrascht wie die Romulaner. Doch außer dem Arzt setzten alle ihre Sensoren ein – aber nach oben gerichtet.

Stirnrunzelnd blickte Tiam ebenfalls hoch.

Sein Herz schien einen riesigen Satz zu machen, als er die mächtigen Gestalten sah, die in dem sich kräuselnden Wasser über ihm schwammen.

Doch das waren Bilder, nur Bilder, sagte ihm sein Verstand einen Moment später. Bilder, die aus dem Kristall kamen.

Abrupt drehte er sich wieder zu dem Subcommander um. »Stellen Sie fest, was das für Dinge sind«, rief er und zeigte nach oben, »und wie sie hervorgerufen werden.«

»Das versuchen wir schon«, erwiderte der Subcommander. »Es handelt sich unzweifelhaft um eine Art Hologramm, doch die Energie, durch die es erzeugt wird, ist ebenso wenig nachzuweisen wie…«

Sie brach ab und erstarrte, als der Eisboden unter ihnen verschwand.

Nein, dachte McCoy, als er sah, wie Tiams nach oben gerichtetes Gesicht einen Ausdruck von Panik annahm, *die Romulaner sind nicht dafür verantwortlich. Oder falls doch, dann nur aus reinem Zufall.*

Als er den Blick von Tiam abwandte, bestätigte Spock seine Vermutung. »Ihre Ausrüstung arbeitet nicht, Doktor. Seit wir hier sind, ist sie noch gar nicht eingeschaltet worden.«

»Und was war nun der Auslöser?«, überlegte McCoy laut. »Unsere Tricorder sicher nicht. Und was zum Teufel soll das überhaupt sein? Sind wir hier in eine Art holographisches Aquarium gestolpert?«

»Unbekannt, Doktor.« Spock hatte den Tricorder mittlerweile direkt auf die Bilder gerichtet. »Es handelt sich nicht, wie Sie vermutet haben, Captain, um Hologramme.«

»Was denn sonst…«

»Zumindest nicht um Hologramme, wie wir sie kennen, Captain. Offensichtlich handelt es sich um Bilder, aber im Gegensatz zu gewöhnlichen Hologrammen haftet ihnen etwas Substantielles an. Sie besitzen keine Masse und doch weist jedes der Bilder eine innere Struktur auf, die der Tricorder…«

Er brach ab, als erst der Kristall und sofort danach der Eisboden unter ihren Füßen verschwand.

Doch er war nicht wirklich verschwunden. McCoy spürte noch immer den Druck unter den Sohlen seiner Stiefel und wenn er die Augen schloss, war es, als hätte sich gar nichts verändert. Die eisige Luft der Höhle biss immer noch in seine ungeschützte Haut und kroch langsam in seine pelzbesetzte Jacke hinein.

Ihm fiel auf, dass das Leuchten, das sie alle eingehüllt hatte, ebenfalls verschwunden war. Und unter ihnen waren noch mehr dieser gewaltigen, delphinartigen Wesen aufgetaucht und schwammen mit ruhigen Bewegungen durch einen Raum, der eigentlich von massivem Eis erfüllt war.

Hoch oben glitzerte etwas.

»Die Oberfläche des Ozeans«, sagte Spock, der diesmal nicht seinen Tricorder benutzte, sondern sich daran erinnerte, was er gesehen hatte, als er nach seiner Begegnung mit George im warmen Wasser des Barrier-Riffs zur Oberfläche emporgeschwommen war. McCoy glaubte, gerade zum erstenmal eine Spur von Ehrfurcht in der ansonsten ruhig und emotionslos klingenden Stimme des Vulkaniers entdeckt zu haben.

Und plötzlich waren die Klänge da, strömten von allen Seiten auf sie ein. Manche davon hätten entfernte Ableger von Georges kurzer Saga sein können. Andere klangen wie das knarrende, klickende Sonar von hundert Delphinen. Und dazu zahllose andere Töne, die jenseits der Erfahrungswelt von Menschen oder Vulkaniern standen. Eine totale Kakophonie, genau wie die Sendungen der Sonde und doch…

»Ein Schall-Hologramm«, keuchte jemand. Es war

Benar. Sie hatte den Tricorder sinken lassen und arbeitete jetzt mit einem ihrer eigenen Geräte, das erheblich kleiner als der Tricorder war. »Diese Bilder reflektieren den Klang. Die innere Struktur, die der Tricorder zeigt, wird auch von meiner Schallsonde registriert.«

»Natürlich!«, rief Kirk plötzlich und drehte sich zu McCoy um. »Du hast es selbst erst vor einer Minute gesagt, Pille: keine Superwale, sondern Superdelphine!« Er sah zu Benar hinüber. »Und Delphine ›sehen‹ eher mit ihrem Sonar als mit den Augen, weshalb jedes Bild, also auch ihr Äquivalent eines Hologramms, die Möglichkeit bieten müsste, ebenfalls von ihrem Sonar ›gesehen‹ zu werden!« Er schüttelte den Kopf. »Ich will verdammt sein!«

Für geraume Zeit standen sie schweigend da und lauschten, betrachteten die riesigen Wesen – die Bilder, die in einem Abbild des Wassers schwebten.

»Ich glaube, Captain«, sagte Spock schließlich, »Sie und Dr. Benar haben mir gerade den Schlüssel zu den Sendungen der Sonde gegeben.«

»Was? Wieso…« Kirk unterbrach sich, als er nach dem Kommunikator griff und ihm etwas verspätet wieder einfiel, dass er ihn in eine der Jackentaschen gesteckt hatte, bevor sie nach unten gebeamt waren. »Vergessen Sie die Frage! Kehren wir zur *Enterprise* zurück und überprüfen dort, ob Sie Recht haben. So interessant diese Ausstellung auch ist…«

Seine Hand wollte gerade die Lasche über der Jackentasche öffnen, als er sich plötzlich nicht mehr bewegen konnte. Er wollte etwas sagen, doch auch das war unmöglich.

Und er konnte auch nicht atmen.

Was immer die Sonde mit ihnen gemacht hatte, als sie versucht hatten, mithilfe des Warpantriebs zu entkommen, sie tat es jetzt wieder.

21

Das zweite Scheiden, so hatten es die Schöpfer genannt und die Einzelheiten darüber fand die Wesenheit in der Kristallenen Weisheit verzeichnet.

Genau wie das erste war es aus dem All gekommen, doch nicht in Form von Millionen Tonnen Fels, die in die Kruste des Planeten einschlugen und Jahrhunderte der Dunkelheit, voller Lavaeruptionen und Ascheregen auslösten – Asche, die sich wie eine erstickende Decke über die Ozeane legte und nur von jenen durchdrungen werden konnte, die über eine primitive Art der Macht der Sprache verfügten.

Das zweite Scheiden kam in Form von mächtigen, scharfkantigen Würfeln, raumfahrenden metallischen Luftblasen, bewohnt von Milben, die nicht größer waren als jene, die das Land vor dem ersten Scheiden überschwemmt hatten. Ihre einzige Antwort auf die Wahre Sprache bestand in einem Strahl der Vernichtung, der Tausende niedermetzelte, bevor die vereinte Stimme der Schöpfer ihn abwehrte. Gleichzeitig hatten sie nach der Wesenheit gerufen, denn nur sie besaß die Macht, diese Maschinen der Zerstörung zu besiegen. Doch die Wesenheit hatte nicht geantwortet, denn dies war die Zeit ihrer eigenen verlorenen Erinnerungen gewesen, als sie sich langsam selbst repariert hatte, nachdem sie, wie sie jetzt erkannte, den gleichen raumfahrenden Milben begegnet war.

Ohne die künstlich geschaffene, nahezu unbegrenzte

Macht der Wesenheit waren die Schöpfer nur fähig, ihre Heimatwelt mit ihrer vereinten Stimme vor den Milben und ihren vernichtenden Strahlen zu schützen. Doch ihre Kräfte reichten nicht, sie ganz aus dem System zu vertreiben, und als die Milben ihre Aufmerksamkeit auf die Sonne der Heimatwelt richteten, konnten sie nur hilflos zusehen.

Und die Sonne war verblasst.

Offensichtlich zufrieden damit, der Heimatwelt einen tödlichen Schlag versetzt zu haben, waren die Milben weitergezogen.

Doch ein tödlicher Schlag für die Heimatwelt bedeutete nicht zugleich den Tod der Schöpfer. Mit einem Aufwand, der in mancher Beziehung sogar den zur Schaffung der Wesenheit nötigen übertraf, zerschlugen sie den Satelliten der Heimatwelt und bauten aus den Trümmern eine Flotte raumtüchtiger Schiffe. In einem Wettlauf mit dem Eis, das bereits mehr als die Hälfte des Planeten bedeckte, zogen sie Teile der Ozeane und der Atmosphäre ab, um die Schiffe damit zu füllen. Und schließlich setzten die wenigen Zehntausend, die überlebt hatten, ihre Stimmen zu einem Zweck ein, den sicher niemand je vorausgeahnt hatte und stiegen selbst zu den wartenden Schiffen empor.

Dann waren sie in hundert verschiedene Richtungen davongezogen, ohne zu wissen, ob sie jemals eine andere Welt finden würden; und auch ohne zu wissen, ob sie den Milben jemals wiederbegegnen und dann vielleicht vernichtet werden würden.

Wohin? fragte die Wesenheit. *Wohin sind die Schöpfer gegangen? Selbst jetzt könnte ich ihnen helfen und sie könnten mir helfen. Wohin?*

Doch auf diese Frage barg die Kristallene Weisheit keine Antwort.

Aber es war gut so. Gäbe es diese Antwort, stünde sie nicht nur der Wesenheit selbst, sondern auch den

Milben zur Verfügung, die die Heimatwelt zerstört hatten. Wenn sie zurückkämen, könnten sie die Antwort aufspüren und den Schöpfern zu ihren neuen Welten folgen – genau wie sie ohne jeden Zweifel die Position der Heimatwelt im Gedächtnis der Wesenheit gefunden hatten.

Trotzdem musste sie die Antwort wissen. Wenn ihre Schöpfer noch existierten, brauchten sie Hilfe. Und die Wesenheit brauchte ihren Rat. Allein konnte sie die Paradoxa nicht lösen.

Als sie die Daten zum tausendsten – oder vielleicht auch zum zehntausendsten Mal – überprüfte, traf etwas in ihr eine Entscheidung. Sie würde noch einmal versuchen, mit jenen Milben zu kommunizieren, die die Wahre Sprache nachahmten.

Sie griff mit dem kristallenen Sensor hinaus und suchte nach ihnen.

Und wurde sofort mit einem weiteren Paradoxon konfrontiert.

Als sie das Ende ihres Weges erreicht und im System der Heimatwelt angekommen war, hatte sie diese nicht nur nach den Schöpfern, sondern zugleich auch nach jeder anderen Art von Leben abgesucht. Und sie hatte nichts gefunden.

Und doch befanden sich jetzt acht lebende Wesen in der Kammer der Kristallenen Weisheit, nur wenige Meter von der Weisheit selbst entfernt.

Milben.

Jene, die die Heimatwelt zerstört hatten? Waren sie zurückgekehrt, um auch die Kristallene Weisheit zu vernichten?

Die Wesenheit ergriff sie, packte sie sehr viel fester als jene Milben, die sie mitsamt ihren raumfahrenden Blasen hergebracht hatte.

Und während sie die Milben so fest hielt, dass sie sich nicht mehr bewegen konnten, griff der kristallene

Sensor abermals hinaus und durchsuchte das gesamte System und den umliegenden Raum.

Doch sie fand nur jene raumfahrenden Blasen, die sie selbst mitgebracht hatte.

Und die einzigen Milben waren jene, die in den Blasen lebten.

Aber dort gab es jetzt weniger von ihnen, erkannte sie, als sie die Blasen genauer untersuchte. Fünf weniger in der größeren Blase, drei weniger in der kleineren.

Wenn aber jene acht in der Kammer der Kristallenen Weisheit dieselben acht waren, die jetzt in den Blasen fehlten, wie waren sie dort hingekommen?

Die Wesenheit überprüfte die Daten, die automatisch in ihrem Gedächtnis abgelegt worden waren, seit sie ihre Position über der Heimatwelt eingenommen hatte. Keine kleineren Blasen hatten sich von den größeren gelöst und waren zur Heimatwelt hinabgesunken. Nichts hatte die Atmosphäre durchdrungen.

Und doch waren die acht dort.

Genau wie die beiden Primitiven nicht auf der blauen Welt gewesen waren und dann doch dort waren.

Die Wesenheit richtete ihre Aufmerksamkeit wieder auf die acht. Und sah, dass sie starben.

Sie lockerte ihren Griff, ließ sie jedoch nicht los.

Plötzlich konnte Kirk wieder atmen. Es fiel ihm nicht leicht, aber wenigstens konnte er atmen und die lichtfleckige Dunkelheit, die ihn eingehüllt hatte, zog sich zurück.

Er drehte sich um, so schnell er konnte – was nicht besonders schnell war – und sah, dass McCoy als Einziger auf dem unsichtbaren Eisboden zusammengebrochen war. Spock beugte sich bereits mit den quälend langsamen Bewegungen, die ihnen einzig möglich waren, über ihn. Kirk kam es fast so vor, als wäre das Wasser, das sie umhüllte, plötzlich real geworden.

Er versuchte zu sprechen, war aber nicht dazu in der Lage. Seine Lippen formten zwar, wenn auch langsam, die nötigen Silben, doch aus seiner Kehle drang kein einziger Laut.

Der Transporter? Verärgert begriff er, dass er McCoy nicht daran hätte hindern sollen, sie hochbeamen zu lassen, solange sie noch die Möglichkeit gehabt hatten. Mit nervtötender Langsamkeit löste er den Verschluss der Tasche, in der sich sein Kommunikator befand.

Doch während sich seine Finger mit der gleichen mühseligen Trägheit bewegten, mit der sein Atem die Lungen füllte, glitten die Bilder rings um ihn wie in einem schwindelerregenden Sturz nach unten. Dann bemerkte Kirk die immer näher kommende glitzernde Oberfläche und sein Verstand reagierte mit einer anderen Vorstellung darauf. Jetzt hatte er das Gefühl, in einem unsichtbaren Turbolift lautlos nach oben zu rasen.

Irgendwie ertastete seine Hand den Kommunikator und zog ihn aus der Tasche.

Kirk durchbrach die Meeresoberfläche.

Und hielt in der Bewegung inne. Das Chaos der Klänge verstummte, als könnten die Geräusche nicht ohne das imaginäre Wasser existieren.

Eine Sonne, zweimal so groß wie jene, die er von der *Enterprise* aus gesehen hatte, hing tief am Himmel, wurde aber noch nicht durch die Dämmerung gerötet. Sanfte Wogen hoben und senkten sich rings um ihn, doch sie berührten ihn nicht, obwohl sie mitunter durch ihn hindurchgingen. Die einzigen Bezugspunkte zur Realität waren Spock, McCoy, Benar und Dajan. Und die noch immer rund dreißig Meter entfernten Romulaner. Das Wasser stieg und fiel um sie herum, doch die Wogen überspülten niemanden mit Ausnahme von McCoy, der auf dem Rücken lag und dem neben ihm knienden Spock. Über ihren Köpfen zogen Vögel mit weißen Schwingen dahin. Immer wieder sprangen die großen, delphinartigen Wesen in eleganten Bogen aus dem Wasser und tauchten wieder ein, wobei sie die Oberfläche kaum kräuselten – bis zu dem Moment, in dem ihre Schwanzflosse mit einem donnernden Schlag auftraf und die Luft mit einer Fontäne aus Gischt erfüllte. In der Ferne, unter der tiefstehenden Sonne, war Land zu sehen – eine gewaltige Bergkette, deren Hänge steil bis fast zum Ufer abfielen. Und dort auf dem Hang, inmitten des Waldes, der bis nahe an die Gipfel heranreichte, erhob sich etwas, das eine Stadt sein musste, obwohl die kastenförmigen, grauen Gebäude und die sonderbar gewundenen Straßen nicht mit der gleichen Schärfe und Klarheit zu erkennen waren wie die Berge, das Wasser oder die Wesen, die darin schwammen oder darüber hinwegflogen.

Endlich hatte Kirk es geschafft, den Kommunikator aus der Tasche herauszuziehen und zu aktivieren. Er empfand den zirpenden Laut als äußerst beruhigend. Wenigstens etwas, das noch normal funktionierte.

Doch er konnte noch immer nicht sprechen, brachte keinen anderen Laut hervor als das dumpf rasselnde Geräusch seiner mühsamen Atemzüge. Er schaffte es nur, schwach mit dem behandschuhten Finger über die Oberfläche des Gerätes zu kratzen, mehr war nicht möglich. Langsam bewegte er den Kommunikator in Richtung der Metallklappe über der Tasche, die er gerade erst mühsam geöffnet hatte.

Eine zweite Sonne flammte auf, genau gegenüber der ersten.

Sie stieg höher, bewegte sich in Richtung Zenit.

Und wurde heller.

Als sie sich direkt über ihnen befand, leuchtete sie

greller als die erste Sonne und auch ihre Geschwindigkeit hatte zugenommen, als befände sie sich auf Kollisionskurs. Funken, ein jeder ebenso hell wie das sonnenartige Objekt selbst, wirbelten davon, erst Dutzende, dann Hunderte.

Als es die Hälfte der Strecke vom Zenit zur ersten Sonne zurückgelegt hatte, zerplatzte das Objekt. Ein Dutzend kleinerer Sonnen jagte in alle Richtungen davon. Von der anderen Seite des Himmels, wo das Objekt zuerst aufgetaucht war, schlug ein ohrenbetäubendes Dröhnen an Kirks Ohren, das stetig näher kam und dem Weg der Feuerkugel folgte, die es verursacht hatte.

»Captain?« Über das Dröhnen hinweg drang Uhuras Stimme aus dem Kommunikator. Kirk fragte sich, ob der Lärm von dem Gerät aufgenommen wurde oder nur für die Ohren von Lebewesen geschaffen war. Als Antwort konnte er lediglich seine widerstrebenden Muskeln zwingen, den Kommunikator gegen die Klappe der Tasche zu schlagen.

Das größte Fragment der explodierten Sonne verschwand hinter den nächsten Gipfeln der Bergkette, die das Ufer säumte. Wenige Augenblicke später erhob sich dort langsam und majestätisch eine feurige Wolke, die einer der ersten Atombombenexplosionen glich, nur tausendmal stärker und wölbte sich über die Berggipfel. Und dann bewegten sich die Gipfel selbst, rissen auf, zerbrachen, strömten zum Ufer hinab und zerstörten auf ihrem Weg die Wälder und die Stadt. Kleinere Wolken aus Rauch und Feuer tauchten an anderen Stellen der Küste und sogar im Ozean selbst auf.

Der Asteroid, begriff Kirk schließlich. *Man zeigt uns den Asteroiden, der hier vor zwei Millionen Jahren alles Leben auf dem Land ausgelöscht hat.*

»Captain!« Uhuras Stimme klang jetzt lauter, drängender, war aber angesichts des Dröhnens kaum zu hören. Dann verstummte der Kommunikator.

Das Wasser stieg und das Dröhnen wurde schlagartig gedämpft, als das Abbild des Wassers über ihnen zusammenschlug.

Der Himmel verfinsterte sich, während die erste und größte der Explosionswolken die Sonne verdeckte.

Das Wasser selbst – das Bild des Wassers – erzitterte.

Plötzlich erstarrte Kirk. Im ersten Moment dachte er, die Sonde hätte ihren Griff wieder verstärkt, doch dann verriet ihm das vertraute Prickeln, dass die Transporterenergie ihn erfasst hatte.

Er wartete, während der Himmel dunkler und dunkler wurde und das Zittern des Wassers immer stärker wurde und fragte sich, was diese Vorstellung seinem Zeitgefühl angetan haben mochte.

Endlich tauchten die typischen Lichtmuster rings um ihn auf und das Wasser und die zunehmende Dunkelheit verschwanden.

Der Transporterraum wurde sichtbar.

Die Transporterenergie entließ ihn aus ihrem Griff.

Genau wie jene Energie, die die Sonde auf ihn gerichtet hatte. Die Wärme, im Vergleich zu den in der Höhle herrschenden Temperaturen konnte man fast schon von Hitze sprechen, traf ihn wie ein Schlag. Und plötzlich konnte er wieder frei atmen und sich normal bewegen, wenn man von der Schwäche in seinen Muskeln absah. Er sog die Luft tief in seine Lungen, als er sich unsicher umdrehte und Spock in dem Transporterkreis direkt hinter sich entdeckte. Der Vulkanier kniete noch immer über McCoy gebeugt, der auf zweien der Kreise lag und heftig nach Luft schnappte.

»Schafft ihn zur Krankenstation«, befahl Kirk, während er immer noch keuchend die Plattform verließ und sich aus der Jacke schälte. Doch fast im gleichen Moment erholte sich McCoy schon so weit, dass er seinen Atem unter Kontrolle bekam und sich mit Spocks Hilfe aufrichten konnte.

»Ich bin schon in Ordnung, Jim«, stieß er hervor, als Spock ihm aus der Jacke half, doch Kirk nickte dem Vulkanier zu.

»Kümmern Sie sich um ihn, Spock. Tragen Sie ihn, wenn es sein muss, aber sorgen Sie dafür, dass er untersucht wird!«

»Es ist verdammt noch mal nicht nötig...« setzte McCoy an, verstummte jedoch, als die Beine unter ihm nachzugeben drohten.

Spock, der immer noch seine Jacke trug und nur die Kapuze zurückgeschlagen hatte, stützte McCoy, während sie von der Transporterplattform traten.

»Wir übernehmen das«, sagte Dr. Benar, die jetzt zusammen mit Dajan ebenfalls die Plattform verließ und ihre Jacke ablegte. »Wenn Spock, wie er sagt, tatsächlich den Schlüssel zu den Sendungen der Sonde besitzt, ist es von äußerster Wichtigkeit, dass er auch so schnell wie möglich davon Gebrauch macht.«

»Sie hat recht, Jim«, erklärte McCoy und fügte zu Spock gewandt hinzu: »Bewegen Sie Ihre spitzen Ohren zum Computer, bevor sich das Ding dort draußen etwas wirklich Bösartiges einfallen lässt.«

Ohne Kirks Zustimmung abzuwarten, überließ Spock den Doktor den beiden Archäologen, die ihn in ihre Mitte nahmen und zur Tür führten. Als sie zischend aufglitt und sie hinausgingen, kamen ihnen zwei Ordonnanzoffiziere aus der Richtung des Lifts entgegen.

»Commander Uhura hat gesagt...«, begann der eine von ihnen, doch der Rest des Satzes wurde durch die sich schließende Tür abgeschnitten.

»Spock«, sagte Kirk, »nachdem Pille jetzt mehr Hilfe bekommt, als ihm wahrscheinlich lieb ist, setzen Sie sich besser sofort an den Computer.«

»Natürlich, Captain.« Die Tür öffnete sich und

Spock war schneller verschwunden, als sich Kirk zu dem Fähnrich an den Transporterkontrollen umdrehen konnte.

»Dort unten befinden sich noch drei Romulaner«, sagte Kirk, während die Tür hinter dem Vulkanier zuglitt, »nur ein paar Meter von der Stelle entfernt, an der wir uns aufgehalten haben. Lassen Sie sich ihre Koordinaten von Lieutenant Parnell an der Wissenschaftsstation geben.«

»Aye, aye, Sir.«

Einige Sekunden später bestätigte der Fähnrich den Erhalt der Koordinaten, während Kirk über das Interkom eine Sicherheitsmannschaft und Fähnrich Handler – zum Transporterraum beorderte.

»Holen Sie sie so rasch wie möglich dort heraus«, sagte Kirk und drehte sich wieder zu dem Fähnrich um, »aber vollenden Sie den Transfer erst, wenn die Sicherheitsleute hier sind. Einer der Romulaner trägt einen Phaser bei sich und der ganze Wahnsinn dort unten hat ihn vielleicht etwas nervös gemacht.«

Der Fähnrich bestätigte die Anweisung mit einem Kopfnicken und konzentrierte sich auf die Kontrollen.

»Ich habe sie, Sir«, meldete er nach ein paar Sekunden. »Ich hole sie jetzt rauf.«

Das charakteristische Sirren des Transporters erfüllte den Raum, als drei substanzlose Gestalten auf der Plattform erschienen. Einen Augenblick später öffnete sich die Tür und zwei Lieutenants der Sicherheitsmannschaft traten ein.

»Das ging ja schnell«, bemerkte Kirk.

»Commander Uhura hat gesagt…«, setzte der eine an, wurde aber unterbrochen, als Kirk unwillkürlich lachen musste.

»Da hat sie Recht gehabt, wie üblich«, meinte er und informierte die beiden rasch über die Romulaner und Tiams Phaser.

Mit gezogenen und auf Betäubung eingestellten Phasern postierten sich die beiden Lieutenants rechts und links von der Plattform. Kirk stellte sich direkt vor den undeutlich erkennbaren Gestalten auf und nickte dem Fähnrich an den Kontrollen zu.

Das Sirren verstärkte sich und die Körper nahmen feste Form an.

Kirk erkannte sofort, dass Tiam gar nicht in der Verfassung war, irgendwelchen Ärger zu machen. Der Botschafter stand schwankend und mit geschlossenen Augen auf der Plattform und wäre fast gestürzt, als ihn die Transporterenergie freigab. Alle drei Romulaner schnappten sofort heftig nach Luft und Tiams Augen öffneten sich schlagartig.

Auf Kirks Nicken hin steckten die Sicherheitsleute ihre Phaser weg. Alle drei warteten ab, bis die Romulaner wieder gleichmäßig atmen konnten.

»Botschafter Tiam, Subcommander«, sagte Kirk leise, »willkommen an Bord der *Enterprise.*«

22

Die Klänge und Bilder, von denen jedes schlimmer schien als das vorangegangene, hatten Tiams Verstand fast ebenso effektiv paralysiert, wie das die Sonde mit seinem Körper getan hatte. Zuletzt hatte Tiam die Augen geschlossen – selbst dieser Vorgang nahm mehrere Sekunden in Anspruch – und sich ganz darauf konzentriert, Luft in seine Lungen zu pumpen, wobei er sich verzweifelt fragte, wann das alles endlich aufhören würde.

Dann hatte er plötzlich gespürt, wie ihn die Energie eines Transporters erfasste und neue Hoffnung flammte in ihm auf. Hiran – oder vielleicht sogar Jenyu – hatte erkannt, dass irgendetwas nicht stimmte und ihn hochbeamen lassen.

Doch dann hatte ihn die Energie entlassen. Er hatte die Augen aufgeschlagen und seine Muskeln, die noch immer gegen jene Kraft ankämpfen, die ihn in der Höhle gepackt hatte, ließen ihn taumeln, sodass er beinahe zu Boden gestürzt wäre. Und während er mühsam das Gleichgewicht wiederfand und seine Lunge immer wieder mit der plötzlich atembaren, warmen Luft füllte, erkannte er, wo er sich befand: Nicht auf der *Galtizh,* sondern im Transporterraum der *Enterprise.*

Und er begriff, dass er versagt hatte. Was immer er aus jenem Kristall zu bergen gehofft hatte, er würde es jetzt nicht mehr bekommen.

Doch auch die Mannschaft der *Enterprise* stand mit

leeren Händen da, wurde ihm einen Moment später bewusst. Kirks Gruppe war ebenso schnell wie er selbst von diesen irrsinnigen Klängen und Bildern überwältigt worden. Er hatte gesehen, wie sie aufgeregt auf die Bilder reagiert hatten, von deren Auftauchen sie ebenso überrascht worden waren wie er. Obwohl also der erhoffte Glücksfall nicht eingetreten war, bestand durchaus noch Hoffnung. Und angesichts der gefälschten Muster, mit denen das Team der *Enterprise* arbeiten musste...

»Botschafter Tiam, Subcommander«, sagte der Föderations-Captain, »willkommen an Bord der *Enterprise.*«

Tiam brachte ein dünnes Lächeln zustande, während die beiden Subcommander mit einem knappen Kopfnicken reagierten.

»Danke, Captain Kirk«, erwiderte Tiam. Er warf einen Blick auf den Fähnrich an den Transporterkontrollen und registrierte dabei das Sicherheitsteam. Dann wandte er sich wieder an Kirk. »Ich nehme an, wir verdanken unsere Anwesenheit hier der Tatsache, dass Ihr Transporterpersonal etwas wachsamer ist als unsere Kollegen auf der *Galtizh.*«

»Das Brückenpersonal«, entgegnete Kirk mit einem leisen Lächeln. »Commander Uhura, unser Kommunikationsoffizier, um genau zu sein.«

»Übermitteln Sie dem Commander meine Dankbarkeit – unsere Dankbarkeit.«

»Mit Vergnügen, Botschafter. Möchten Sie sofort zur *Galtizh* gebracht werden?«

»Die Subcommander, wenn Sie so freundlich wären. Ich selbst würde jedoch gern, wenn möglich, noch ein paar Worte mit Ihnen wechseln, bevor ich zurückkehre, Captain.«

»Natürlich.« Kirk nickte dem Fähnrich an den Kontrollen zu, während Tiam die Plattform verließ.

»Informieren Sie Commander Hiran über die Lage«,

befahl der Botschafter den beiden Romulanern, während er die schwere Pelzjacke, in deren Tasche noch der Phaser steckte, auszog und einem von ihnen reichte. Angesichts der Umstände war es seiner Meinung nach besser, keine Waffe zu tragen und auch niemand auf ihre Existenz hinzuweisen. »Sagen Sie ihm, dass ich so bald wie möglich nachkomme. Und weisen Sie unser eigenes Transporterpersonal an, die Ausrüstung, die wir in der Höhle benutzt haben, heraufzuholen.«

»Jawohl, Botschafter«, bestätigte der weibliche Subcommander, während ihr Kollege nur nickte und sich Tiams Jacke über den Arm legte.

Tiam drehte sich wieder zu Kirk um und stellte fest, dass Rileys Assistent, der junge Mann namens Handler, inzwischen eingetroffen war und unruhig neben dem Captain stand.

»Tut mir leid, dass es so lange gedauert hat, Captain«, sagte der Assistent, »aber ich war unten in der Krankenstation, um zu sehen, wie es Commander Riley geht.«

»Und wie geht es dem Botschafter?«, erkundigte sich Tiam.

»Er ist noch immer nicht aufgewacht«, sagte Handler, »aber man rechnet jetzt jeden Moment damit.«

»Das ist gut zu hören, Mr. Handler«, meinte Tiam und versuchte das typisch menschliche Lächeln nachzuahmen, das Hiran offenbar so leichtfiel. »Sie werden ihm eine Menge zu berichten haben, wenn er aufwacht, nicht wahr?«

»Ziemlich viel, ja, Sir.« Handler warf einen raschen Blick zum Captain hinüber.

»Sie sagten, Sie wollten mich sprechen, Botschafter«, schaltete sich Kirk ein. »Was können wir für Sie tun?«

Tiam schluckte, um den üblen Geschmack dessen, was er jetzt sagen musste, loszuwerden. »Ich würde mich freuen, wenn Sie meine Entschuldigung dafür annehmen würden, Captain, dass wir uns auf den Planeten begeben haben, ohne Sie zuvor von unseren Absichten in Kenntnis zu setzen.«

»Selbstverständlich«, erklärte der Captain. »Bedeutet das, Sie möchten die Verhandlungen wieder aufnehmen? Wenn ja, sollten Sie vielleicht besser mit Mr. Handler reden.«

Tiam unterdrückte ein Stirnrunzeln. Dieser Mensch versuchte offensichtlich, seine Spielchen mit ihm zu treiben. »Ich spreche nicht von formellen Verhandlungen, Captain Kirk, Mr. Handler. Vor allem möchte ich Ihnen versichern, dass wir weiterhin bei dem Versuch, die Sendungen der Sonde zu entschlüsseln, mitarbeiten werden.«

Kirk zog die Augenbrauen hoch, was Tiam als spöttische Überraschung interpretierte. »Demnach wissen Sie also nicht, was Ihr Assistent, Subzenturio Kital, in Ihrer Abwesenheit veranlasst hat?«

Tiams Magen verkrampfte sich. *Jenyu!* Was hatte er nun wieder gemacht? »Nein, Captain, das ist mir nicht bekannt.«

»Während wir uns darauf vorbereiteten, uns Ihnen auf dem Planeten ›anzuschließen‹, hat Subzenturio Kital – in Ihrem Auftrag, wie er mir zu verstehen gab – alle Romulaner an Bord der *Enterprise* zur *Galtizh* zurückbeordert. Angesichts der Tatsache, dass Sie sich bereits auf eigene Faust hinabgebeamt hatten, nahmen wir an, Sie hätten beschlossen, unsere Zusammenarbeit in Bezug auf die Sendungen der Sonde zu beenden.«

Tiam verkniff sich eine wütende Reaktion auf den offenkundigen Sarkasmus des Captains. »Das lag keineswegs in meiner Absicht, Captain. Ich kann mich nur noch einmal entschuldigen und Sie bitten, mir zu glauben, dass ich übereilt gehandelt und mir nicht die nötige Zeit genommen habe, die Begleitumstände angemessen zu berücksichtigen. Selbstverständlich hätten wir Sie über alle gewonnenen Erkenntnisse informiert.«

»Selbstverständlich, Botschafter.«

»Ich werde meinen Assistenten natürlich zurechtweisen. Und alle, die mit Mr. Spock zusammengearbeitet haben, auffordern, hierher zurückzukehren – sofern Ihnen das Recht ist.«

»Ganz wie Sie wünschen, Botschafter. Allerdings gibt es für diese Leute möglicherweise nicht mehr viel zu tun. Mr. Spock glaubt, er hat den Schlüssel zu…«

»Was?« Kirks Worte trafen Tiam wie ein Faustschlag. »Wann? Er hat doch mit uns in diesem Irrsinn gesteckt!«

Kirk zuckte die Achseln und schien sich offenbar sehr zu amüsieren. »Das ›Was‹ hat er nicht genau erklärt, Botschafter, aber es geschah während dieses ›Irrsinns‹, wie Sie es nennen. Irgendetwas dort unten hat ihm die Lösung verraten. Ob sie zutrifft, werden wir bald wissen, denke ich.«

Tiam schluckte. Wollte dieser Mensch ihn einfach nur ärgern? Es ihm heimzahlen, weil er es gewagt hatte, die Höhle ohne vorherige Rücksprache aufzusuchen? Wie hätte selbst der Vulkanier diesem Irrsinn etwas Sinnvolles entnehmen können? Tiam war stark versucht, seinen wahren Gefühlen Ausdruck zu verleihen, sich zu weigern, diese schändliche Behandlung einfach hinzunehmen, doch er wagte es nicht, das Risiko einzugehen. Wenn der Vulkanier dort unten *tatsächlich* etwas entdeckt hatte…

»Das ist eine erfreuliche Neuigkeit«, quetschte er mühsam heraus. »Die Wissensmenge, die wir durch dieses… Ding… erlangen können, dürfte enorm sein.«

Abrupt drehte sich Tiam um und betrat die Transporterplattform. »Ich spreche mit meinem Assistenten«, wiederholte er, »und ich schicke Ihnen die Leute zurück, die er irrtümlicherweise abberufen hat. Ich bin froh, dass Sie willens sind, mein impulsives Vorgehen und die Fehler meines Assistenten zu entschuldigen.«

Das letzte, was Tiam sah, bevor ihn die Transporterenergie einhüllte, war Kirks lächelndes, verhasstes Gesicht.

»Habe ich mir das nur eingebildet, Mr. Handler«, fragte Kirk, als der Romulaner von der Transporterplattform verschwand, »oder hat Botschafter Tiam tatsächlich arg die Zähne zusammengebissen, als er sich ›entschuldigte‹?«

»Ich hatte auch diesen Eindruck, Sir«, meinte Handler und vergaß dann für einen Moment die Nervosität, die ihm in der Gegenwart von Senioroffizieren, ganz besonders in der *dieses* Senioroffiziers, immer zu schaffen machte und fragte fast atemlos: »Stimmt das, Sir? Dass Mr. Spock in der Lage ist, mit der Sonde zu sprechen?«

Kirk lachte. »Kommen Sie mit auf die Brücke, dann werden wir ja sehen«, sagte er und machte sich auf den Weg zum Lift. »Aber um es klarzustellen: Ich habe gesagt, Mr. Spock ›glaubt, er habe den Schlüssel gefunden‹. Das ist ein großer Unterschied.«

»Ja, Sir.«

»Sie waren eben bei Kevin, sagten Sie?«

»Ja, Sir.«

»Immer noch keine Anzeichen, dass er aufwacht?«

»Sie meinen…«

»Ich weiß, was ›sie‹ meinen, Mr. Handler. Ich will wissen, was Sie *glauben.*«

Handler schluckte. »Ich bin kein Arzt, Sir.«

»Das ist mir bewusst, Mr. Handler. Aber Sie sind sein Freund.«

»Ja, Sir, ich glaube schon.«

»Dann sagen Sie mir, was Sie denken – als Freund.«

Handler schluckte abermals. Mittlerweile befanden

sie sich im Lift zur Brücke. »Ich mache mir Sorgen, Sir. Vor drei Tagen hat man damit gerechnet, dass er aufwacht, doch als die Sonde uns gepackt hat und wir nicht atmen konnten…« Er brach ab und schüttelte den Kopf. »Ich weiß, dass Dr. McCoy gesagt hat, es wären keine bleibenden Schäden entstanden, aber ich mache mir trotzdem Sorgen. Und ich glaube, Mr. Sulu und Commander Uhura ebenfalls.«

Kirk legte Handler eine Hand auf die Schulter und drückte sie leicht. »Ich auch, Mr. Handler. Wir alle.«

Die Lifttür öffnete sich zur Brücke.

Der namenlose Planet, dessen Oberfläche zu einem Viertel vom Schatten des Rings verdunkelt wurde, füllte immer noch den Sichtschirm. Commander Scott erhob sich und trat vom Kommandosessel zurück.

»Gut, dass Sie wieder hier sind, Captain. Mr. Spock hat uns erzählt, dass es dort unten recht interessant zugegangen ist.«

»So kann man es auch ausdrücken, Mr. Scott. Ich hätte allerdings gedacht, er hätte es zumindest als ›faszinierend‹ eingestuft.« Kirk blieb neben seinem Sessel stehen und berührte die Taste der Krankenstation.

»Zustand von Dr. McCoy«, sagte er knapp.

»So gut, wie man es erwarten kann, Captain«, meldete sich die Stimme von Commander Chapel, »wenn man den Patienten mit Gewalt festhalten muss, um ein paar Untersuchungsergebnisse zu erhalten.«

»Ich nehme an, das soll ›okay‹ heißen«, meinte Kirk. »Irgendetwas Neues bei Commander Riley?«

»Nein, Sir, nichts. Aber vielleicht möchten Sie mit Dajan sprechen. Er ist zu Riley gegangen, nachdem er und Dr. Benar den Doktor abgeliefert hatten und befindet sich noch immer dort.«

»Im Moment nicht, danke, Commander.«

Kirk drehte sich zu Spock um, der den Datenschirm des Computers beobachtete, ansonsten aber offenbar nichts tat. Jandra stand neben ihm und wartete, ohne einen Blick auf den Schirm zu werfen.

»Nun, Mr. Spock, hatten Sie recht?«

»Das steht noch nicht fest, Captain. Ich habe dem Computer meine Hypothese eingegeben. Jetzt müssen wir auf die Ergebnisse warten.«

»Wie lange?«

»Ebenfalls unbestimmt.«

»Sie sind heute wirklich eine große Hilfe, Spock. Können Sie uns wenigstens erzählen, wie diese Hypothese aussieht, während wir warten? Und wie Sie *logischerweise* durch etwas, das Dr. Benar oder ich gesagt haben, darauf gekommen sind?«

»Natürlich, Captain. Sie beide haben darauf hingewiesen, dass es sich bei den Bildern um Schall-Hologramme handelte, die von Dr. Benars Schalldetektor und aller Wahrscheinlichkeit nach auch vom Sonar der delphinähnlichen Wesen, die wir gesehen haben, wahrgenommen werden konnten. Dieser Umstand, in Verbindung mit den Klängen selbst, veranlasste mich, noch einmal alles zu überprüfen, was ich während meines Studiums der walartigen Lebewesen vor dem Versuch, mit George eine Gedankenverschmelzung einzugehen, gelernt hatte. Und diese Überprüfung erwies sich als fruchtbar.«

»Sie haben *überprüft,* was Sie gelernt haben?«, fragte Kirk verblüfft. »Inmitten des ganzen Chaos dort unten?«

»Natürlich, Captain, ebenso wie Sie selbst vermutlich. Meine Schlussfolgerung war nicht bemerkenswerter als Ihre eigene logische Analyse der Beziehung zwischen Schall-Hologrammen und Delphinen.«

»Das war keine *Analyse,* Spock, nur ein Einfall, ein Geistesblitz.«

»Das scheint mir eher ein semantischer als ein tatsächlicher Unterschied zu sein, Captain.«

Kirk seufzte. »Na schön, ganz wie Sie meinen, Spock. Aber Sie wollten gerade sagen…«

»Ich wollte gerade sagen, dass die Literatur viele Beispiele für die Fähigkeit irdischer Delphine aufführt, die ›Klicks‹ ihres Sonars zu nutzen, um ein Objekt zu ›betrachten‹, während sie gleichzeitig vermittels von ›Pfeiftönen‹ mit anderen Delphinen kommunizieren. Auf den Menschen übertragen hieße das, gleichzeitig in zwei verschiedenen Tonlagen zu sprechen und somit simultan zwei unterschiedliche Gespräche zu führen.«

»Und was wollen Sie damit sagen, Spock?«, fragte Kirk. »Dass die Sonde zwei Dinge gleichzeitig sagt? Auf unterschiedlichen Frequenzen?«

»Wenn meine Hypothese korrekt ist, Captain, könnte sie gleichzeitig viele Dinge auf vielen unterschiedlichen Frequenzen sagen. Oder möglicherweise sagt sie auch das gleiche in unterschiedlicher Art auf verschiedenen Frequenzen. Das lässt sich derzeit noch nicht abschätzen.«

Kirk nickte, als er die Tragweite begriff. »Jedes dieser Muster… wie viele haben Sie entdeckt? Zwanzig? Dreißig? Jedes dieser Muster könnte eine eigenständige Sprache darstellen? Unterschiedliche Sprachen, die alle das gleiche ausdrücken?«

»Das ist eine der Möglichkeiten, Captain, genau wie es denkbar ist, dass jede der Sprachen etwas anderes vermittelt. Ich habe den Computer angewiesen, jedes Frequenzband, das ein Muster enthält, zu isolieren und als möglicherweise eigenständige Sprache zu behandeln.«

Kirk warf einen Blick auf die Anzeigen. »Und darüber denkt er immer noch nach?«

»Offensichtlich, Captain.«

»Gibt es irgendeine Möglichkeit, die Sache zu beschleunigen, bevor…«

»Captain!«, rief Sulu, der an der Steuerung saß. »Die *Galtizh* schaltet den Impulsantrieb ein.«

Kirk drehte sich auf dem Absatz zum Hauptschirm um. »Bleiben Sie dran, Mr. Sulu. Welchen Kurs nehmen sie?«

»Sie gehen in einen höheren Orbit, Captain. Möglicherweise kehren sie in den Orbit der Sonde zurück.«

»Commander Uhura…«

»Ich rufe die *Galtizh,* Captain. Keine Antwort.«

»Ihr Ziel ist definitiv der Orbit der Sonde, Captain«, meldete Sulu. Der frosterstarrte Planet war vom Bildschirm verschwunden, ersetzt durch Fragmente des Rings, die am Rand des Schirms erkennbar waren, während die jetzt winzig erscheinende *Galtizh* im Zentrum zu sehen war. Und hinter dem romulanischen Schiff, noch klein aufgrund der Entfernung, doch rapide größer werdend, befand sich die lichtlose Masse der Sonde.

Ein Paradoxon war gelöst worden, nur um durch ein anderes ersetzt zu werden.

Nachdem die Wesenheit ihren Griff um die Milben in der Kammer der Kristallenen Weisheit teilweise gelockert hatte, beobachtete sie, wie sie von den Bildern des ersten Scheiden verschlungen wurden, genau wie unzählige der Schöpfer selbst in den Jahrtausenden vor dem zweiten Scheiden.

Doch dann, vor dem großen Triumph, bevor die nachempfundenen Bilder jener, die zu den Ahnen der Schöpfer werden sollten, die wachsende Macht der Sprache benutzten, freie Zonen inmitten der Asche zu schaffen, in denen sie atmen konnten, waren die acht verschwunden, aus ihrem Griff herausgerissen worden.

Und im gleichen Moment waren sie in einer der raumfahrenden Blasen wieder aufgetaucht.

Es handelte sich um dieselben Milben, erkannte die Wesenheit. Im einen Moment standen sie noch in der Kammer; im nächsten befanden sie sich außerhalb der Kammer, Tausende von Kilometern entfernt im All.

Genau wie die Primitiven auf der blauen Welt konnten sie auftauchen und wieder verschwinden.

Die Chancen, dass diese Milben für das Auftauchen – und das vorhergegangene Verschwinden – der Primitiven verantwortlich waren, stiegen.

Genau wie die Chancen, dass sie auf irgendeine Weise mit jenen Milben in Verbindung standen, die vor Hunderten von Millennien die Schöpfer von der Heimatwelt vertrieben hatten.

Doch die Wesenheit würde noch nichts unternehmen.

Sie würde warten. Und beobachten.

Und wenn sich herausstellte, dass es sich um die gleichen Milben handelte, wenn sie die gleichen tödlichen Strahlen einsetzten, dann würde sie auch die Nachahmung der Wahren Sprache nicht retten.

23

Dass irgendetwas nicht stimmte, erkannte Tiam in dem Moment, als der Transporterraum der *Galtizh* um ihn herum Gestalt annahm und er sah, dass Jenyu, nicht Kital, dort auf ihn wartete. Jenyu hatte alles, was an Subzenturio Kital hätte erinnern können, abgelegt und trug nun die dunkle, ordengeschmückte Uniform eines Commanders. Ein paar Schritte entfernt stand der nervös wirkende Subcommander Feric, flankiert von zwei Offizieren, die Tiam nicht kannte.

»Worum ging es bei dem Geheimgespräch mit dem Föderations-Captain, Botschafter?«, fragte Jenyu, kaum dass Tiam auf der Plattform materialisiert war.

»Daran war nichts geheim!«

»Warum haben Sie dann die Subcommander zur *Galtizh* zurückgeschickt, bevor Sie sich mit ihm unterhielten? Verschwenden Sie nicht meine Zeit, Tiam. Was wurde besprochen?«

Tiam schluckte nervös. »Man teilte mir mit, dass Sie unsere Leute aus der Forschungsgruppe des Vulkaniers abgezogen haben. Und ich… ich habe gesagt, sie würden zurückkehren. Der Captain war damit einverstanden.«

»Sie werden nicht dorthin zurückkehren. Und Sie ebenfalls nicht.«

»Aber der Vulkanier… sie behaupten, er hätte einen Schlüssel zu den Sendungen des Objekts gefunden! Wenn das stimmt, könnte es bedeuten, dass wir bald in der Lage sind, die Absichten des verstorbenen Prätors auszuführen – aber nur, wenn Sie mir erlauben, zur *Enterprise* zurückzukehren!«

Jenyu hatte sich schon abgewendet, drehte sich bei Tiams letzten Worten jedoch wieder um. »Wieso?«

»Die falschen Muster, die unsere Leute für sie ›entdeckt‹ haben! Wenn sie die zusammen mit den echten Mustern benutzen, wird kaum etwas Brauchbares dabei herauskommen! Sofern ich aber mit ihnen zusammenarbeiten kann und dabei herausfinde, wie dieser Schlüssel aussieht, könnte ich zurückkehren und...«

»Können Sie dafür garantieren, dass die Leute von der *Enterprise* scheitern? Und dass Sie Erfolg haben?«

»Vielleicht nicht garantieren, Commander, aber die Chancen...«

»Die Chancen für buchstäblich alles, was geschehen ist, seit ich dieses Schiff betreten habe, waren mathematisch gar nicht mehr zu fassen und dennoch ist alles passiert! *Können Sie mir eine Garantie geben?*«

»Natürlich nicht, aber...«

»Das reicht«, sagte Jenyu, drehte sich um und ging zur Tür. »Schafft Botschafter Tiam zu Commander Hiran.«

Mit diesen Worten verschwand er. Feric folgte ihm auf dem Fuß.

Die beiden Subzenturios traten vor und kaum eine Minute später wurde Tiam ohne weitere Umstände in Hirans Quartier geschoben. Gleich darauf hörte er das Klicken des neu installierten, nur von Hand zu öffnenden Schlosses, das er außen an der Tür bemerkt hatte.

Hiran saß an seinem Schreibtisch und schaute etwas überrascht hoch, als Tiam hereinstolperte.

»Inquisitor?«, fragte Hiran. »Oder Mitgefangener?«

»Was ist passiert, Hiran?«

»Darf ich annehmen, das bedeutet ›Mitgefangener‹, Botschafter?«

»Nehmen Sie an, was Sie wollen, aber sagen Sie mir, was geschehen ist.«

»Ich hätte angenommen, für einen Mann Ihres Scharfsinns wäre das offensichtlich, Botschafter. Es scheint, meine Naivität war ebenso groß wie jene, die ich Ihnen vorgeworfen habe. Wir waren beide nur Bauern in diesem Spiel und wie sich jetzt herausstellt, ist Ihr ›Assistent‹ in Wahrheit der einzige Spieler an Bord.« Hiran lachte bitter auf. »Was nicht heißen soll, er würde das Spiel noch lange fortsetzen. Sagen Sie, Botschafter, ist Ihnen bekannt, was Ihr früherer Assistent vorhat?«

Tiam schüttelte wütend den Kopf. »Ich dachte, ich wüsste es, aber das war offensichtlich ein Irrtum. Ich weiß nur, dass er die Chance vergibt, das zu verwirklichen, was der Prätor ursprünglich beabsichtigt hatte: Die Macht dieses Dings zu nutzen, das uns hergebracht hat! Er weigert sich, mich auf die *Enterprise* zurückkehren...«

»Sie haben keine Ahnung, nicht wahr? Überhaupt keine Ahnung! Er ist entschlossen, dieses ›Ding‹, wie Sie es nennen, zu zerstören! Und zugleich auch noch die *Galtizh!*«

Tiam schnappte nach Luft. *Zerstören? Niemand konnte so verrückt sein!* »Aber wie, im Namen der Götter? Er weiß doch ebensogut wie ich, was die Sonde mit der *Henzu* gemacht hat. Und mit Wlaariivi.«

»Er glaubt, er hätte eine Möglichkeit entdeckt, dieses kleine Problem zu umgehen«, sagte Hiran und berichtete, was Jenyu über die Erfahrungen der Schiffe während des Manövers erzählt hatte. »Er denkt, wir befänden uns möglicherweise innerhalb der Schutzzone der Sonde und außerdem glaubt er, einen verwundbaren Punkt entdeckt zu haben. Doch im Grunde ist ihm das alles ziemlich gleichgültig. Er ist bereit, die eigene Vernichtung in Kauf zu nehmen, solange die Chance besteht, dass die *Enterprise* bei dem Gegenschlag ebenfalls zerstört wird. Ihn interessiert nur…«

»Offiziere und Mannschaftsdienstgrade der *Galtizh*, romulanische Bürger.« Jenyus aus dem Interkom dringende Stimme übertönte Hirans Worte.

Subcommander Feric lauschte mit wachsender Besorgnis Commander Jenyus Ansprache an die Besatzung. Mit jedem Wort, das aus den Lautsprechern ertönte, wurde deutlicher, dass Jenyu ihren bevorstehenden Tod ankündigte und schlimmer noch, das Ende aller Hoffnungen auf Frieden zwischen dem Reich und der Föderation. Sein Vorhaben mochte sogar die Vernichtung des Reichs nach sich ziehen.

Sie würden das Monstrum angreifen, das sie hergebracht hatte. Es gäbe eine kleine Chance, erklärte Jenyu, dass sie die Sonde funktionsuntüchtig machen könnten, woraufhin die *Enterprise* aller Wahrscheinlichkeit nach ihre Geschütze auf die wesentlich leichter bewaffnete *Galtizh* richten würde. Weitaus größer sei allerdings die Chance, gab der Commander zu, dass ihr Angriff bei der Sonde nur wenig oder gar keinen Schaden anrichten, dafür aber einen Gegenschlag auslösen würde, bei dem sich die *Galtizh* und, wie Jenyu inständig hoffte, auch die *Enterprise* in ihre Atome auflösten.

Und all das nur, um zu verhindern, dass die Föderation die Kontrolle über die Sonde erlangte.

Es war krankhaft.

Es war völlig paranoid – und typisch für kriegslüsterne Gestalten vom Schlage eines Jenyu oder Tiam – anzunehmen, die Föderation könnte die Sonde zu dem Angriff auf Wlaariivi veranlasst haben. Es gab nicht den geringsten Hinweis, irgend jemand könnte jemals die Kontrolle über die Sonde erlangen, während andererseits alles dafür sprach, dass eine derartige Kontrolle grundsätzlich unmöglich war. Laut Hiran hatte das Reich monatelang versucht, Kontakt zu der Sonde aufzunehmen oder sie zu beeinflussen, während sie zum erstenmal romulanisches Gebiet durchquerte und war dabei kläglich gescheitert. Im besten Fall konnten Reich wie Föderation nur darauf hoffen, irgendwann zu lernen, wie man mit der Sonde kommunizieren konnte. Anweisungen würde sie jedoch von der Föderation ebenso wenig entgegennehmen wie vom Reich. Wie ihre Handlungsweise sowohl in der Föderation als auch im Reich belegte, stellte sie keineswegs das Wrack dar, für das der Prätor sie zunächst gehalten hatte. Sie war voll funktionsfähig und verfolgte ihre eigenen Ziele, angesichts derer Föderation und Reich – sofern sie diese Machtblöcke überhaupt wahrnahm – allenfalls Störungen darstellten, Insekten, die zerquetscht wurden, wenn sie zu lästig fielen. Die Sonde jetzt anzugreifen, würde, abgesehen von ihrem eigenen Tod, nur eines zur Folge haben. Es wäre der zweite Angriff durch ein romulanisches Schiff und das mochte ausreichen, das Reich vom Status der schlichten Störung in den eines Feindes zu erheben. Und vielleicht würde sie dann aus eigenem Antrieb das ausführen, was ihr nach Jenyus irrationalen Vorstellungen die Föderation befehlen wollte.

Jenyu unterbrach für einen Moment seine Erklärung, die nun schon seit mehr als fünf Minuten andauerte.

»Es war meine Pflicht, Sie über die Lage in Kenntnis zu setzen«, schloss er seine Ansprache. »Das habe ich hiermit getan. Alle, die nicht auf der Brücke benötigt werden, mögen nun die nächsten Minuten nach eigenem Gutdünken zubringen.«

Bereitet euch darauf vor zu sterben, heißt das, dachte Feric in plötzlicher Wut und fragte sich, wie vielen anderen ähnliche Gedanken durch den Kopf gehen mochten. Aber was konnten sie schon tun?

Jenyu beherrschte das Schiff, mehr als je zuvor.

Schließlich verstummte der Lautsprecher in Hirans Unterkunft. Einen Moment später konnten er und Tiam durch die Sichtluke erkennen, dass die *Galtizh* Fahrt aufgenommen hatte.

»Er ist verrückt!«, meinte Tiam kopfschüttelnd.

Hiran zuckte die Achseln. »Aber er trifft auch die Entscheidungen. Und die Leute, mit denen er die Brücke bemannt hat, sind ebenso verrückt wie er. Aber ich hätte eigentlich angenommen, mit Ihrer Philosophie, lieber Krieg zu führen als zu verhandeln, stünden Sie fest in seinem Lager. Trotzdem sagen Sie jetzt, er sei verrückt?«

»Krieg heißt Herausforderung, nicht sinnloser Selbstmord!«

»Jenyu weiß, dass es Selbstmord ist, aber er scheint ihn nicht für sinnlos zu halten.«

Tiam holte wütend Luft. »Gibt es denn nichts, was Sie tun könnten? Schließlich sind Sie doch der Commander der *Galtizh!*«

»Vor ein paar Stunden waren Sie aber noch ganz anderer Ansicht, Botschafter!«, sagte Hiran scharf, zwang sich aber sofort wieder zur Ruhe. »Als Jenyu seine wahre Identität enthüllt hat – durch eine ganz ähnliche Ansprache wie die, die wir gerade gehört haben –, beschuldigte er mich des Verrats gegenüber dem Reich und der ›Verschwörung‹ mit dem Feind in Gestalt des Föderations-Captains. Er berief sich auf das Absolute Kommando-Pandekt für militärische Krisenfälle. Ich weiß nicht, wie viele ihm geglaubt haben, aber es gab genügend, die nichts zu meiner Verteidigung unternahmen, sodass es ihm und seinen sechs Männern leichtfiel, die Kontrolle über das Schiff an sich zu reißen. Die meisten stehen wohl noch loyal zu mir, aber…«

»Die Zivilisten, die Wissenschaftler und Musiker! Die werden doch sicher nicht sterben wollen.«

»Vermutlich nicht, aber Jenyu hat sie zusammengetrieben und eingesperrt – in Ihrem Quartier übrigens. Sie sind genauso hilflos wie wir.«

»Aber…«

Das Klicken des außen an der Tür angebrachten Schlosses brachte ihn abrupt zum Verstummen. Die beiden Männer drehten sich zur Tür, die sich öffnete und das grimmige Gesicht von Subcommander Feric enthüllte.

»Feric! Was…«

»Commander«, sagte Feric. Hiran spürte, wie er unwillkürlich anfing zu grinsen. Und einen Moment später folgte Feric seinem Beispiel.

Soweit Hiran sich erinnern konnte, war es das erste mal, dass er seinen Ersten Offizier lächeln sah.

24

Die glänzende Schwärze der Sonde erfüllte den Bildschirm der *Enterprise.* Der Fleck in der Mitte, der die *Galtizh* darstellte, hatte auf minimale Impulskraft geschaltet und bewegte sich kaum noch vorwärts.

»Was zum Teufel haben die vor?«, murmelte Kirk nicht zum erstenmal.

»Immer noch keine Antwort auf unsere Funksprüche, Captain«, meldete Uhura.

»Es sieht so aus, als würden sie dieses Anhängsel ansteuern«, meinte Sulu, der an den Ruderkontrollen saß, »das ausfahrbare Gerät, von dem wir vermuten, die Sonde würde es möglicherweise benutzen, um damit irgendwelche Informationen zu senden oder zu empfangen, Sir.«

»Damit sie der Sonde etwas ins Ohr flüstern können, ohne dass wir hören, was sie sagen?« Kirk schüttelte den Kopf. »Das ergibt doch keinen Sinn.«

McCoy, der Commander Chapels Fürsorge entkommen war und sich auf die Brücke geflüchtet hatte, schnaubte. »Ich würde erst anfangen, mir ernsthafte Sorgen zu machen, wenn sie etwas tun, was tatsächlich Sinn ergibt.«

»Antwort von der *Galtizh*«, meldete Uhura plötzlich.

»Auf den Schirm.«

Die Sonde und die winzige *Galtizh* verschwanden und wurden durch das Bild der romulanischen Brücke ersetzt. Allerdings ein sehr unscharfes Bild. Ebenso unscharf war Commander Hiran zu erkennen, der im hinteren Teil der Brücke stand und einem Subcommander am romulanischen Äquivalent der Wissenschaftsstation über die Schulter sah.

Rasch zog Hiran den Wachtposten ins Innere seiner Unterkunft und benutzte dessen Phaser, um die Betäubung zu verstärken, die Feric ihm bereits verpasst hatte. Nachdem sie die Tür von außen wieder verschlossen hatten, eilten sie zu dritt den Flur entlang zum nächsten Lift.

Doch der Aufzug war abgeschaltet. »Commander Jenyu überlässt nichts dem Zufall«, meinte Hiran mit einem Fluch.

»Können wir jetzt die Brücke nicht mehr erreichen?«, fragte Tiam, dessen Gesicht den letzten Rest Farbe verlor. »Gibt es denn keinen anderen Weg?«

»Das Schiff besitzt natürlich Notfallschächte und Versorgungsgänge, aber Jenyu hat mit Sicherheit alle Zugänge zur Brücke versiegelt.«

»Dann haben wir keine Möglichkeit, ihn aufzuhalten?«

»Nicht, wenn es uns nicht gelingt, die Energieversorgung der Waffen oder der Brücke zu unterbrechen. Und ich bezweifle, dass seine Vorbereitungen so nachlässig waren, dass diese Chance besteht.«

»Wenn Sie gestatten, Commander«, sagte Feric und packte seinen Phaser fester, »werde ich es versuchen. Schließlich kenne ich mich auf der *Galtizh* mindestens ebensogut aus.«

Hiran sah kurz nach oben, in Richtung der fernen Brücke. »Also gut. Wir gehen gemeinsam. Tiam?«

Tiam schluckte und leckte sich über die ausgetrockneten Lippen. »Es gibt noch eine andere Möglichkeit«, sagte er kaum hörbar.

Hiran wirbelte zu ihm herum. »Und davon haben

Sie bis jetzt nichts gesagt? Was für eine Möglichkeit? Schnell!«

»Meine Unterkunft... dort befindet sich ein Subraumsender. Wir könnten das Komitee informieren und...«

Hiran schnaubte. »Quer durch die halbe Galaxis? Seien Sie nicht albern, Tiam!«

Tiam blinzelte und sank in sich zusammen, als ihm die gewaltige Entfernung bewusst wurde. »Dann sind wir verloren.«

Doch Hirans Miene heiterte sich plötzlich auf. »Vielleicht auch nicht.« Er wandte sich an Feric. »Gehen Sie und versuchen Sie, die Energieversorgung zu den Waffen oder zur Brücke zu unterbrechen.«

»Jawohl, Commander.« Ohne ein weiteres Wort eilte der Subcommander zum Eingang des nächsten Wartungsschachtes.

»Kommen Sie, Tiam«, sagte Feric, packte den Botschafter am Arm und zog ihn in die gleiche Richtung, die Feric genommen hatte, »bringen Sie mich zu Ihrem Sender.«

Kirk betrachtete stirnrunzelnd das unscharfe, von Störungen durchzogene Bild der Brücke. »Commander Hiran?«

Die nicht deutlich erkennbare Gestalt wandte sich dem Bildschirm zu. »Captain Kirk«, sagte Hiran langsam und holte tief Luft. Die Stimme des Commanders klang merkwürdig verzerrt, als wolle sie sich der Bildqualität anpassen. »Ich sehe mich gezwungen, Sie um Ihre Unterstützung zu bitten.«

Kirk warf Spock einen fragenden Blick zu, während er Uhura gleichzeitig unauffällig bedeutete, die Tonübertragung zu unterbrechen.

»Ton ist abgeschaltet, Captain«, meldete sie einen Augenblick später.

»Spock?«

»Keinerlei Hinweise auf Fehlfunktionen in den Primärsystemen der *Galtizh*, Captain.«

Auf Kirks Signal wurde die Tonübertragung wieder eingeschaltet. »Selbstverständlich, Commander Hiran. Was können wir für Sie tun?«

»In Anbetracht dessen, was geschehen ist, als Tiam und die anderen hinuntergebeamt sind, um den Kristall zu untersuchen, haben wir beschlossen, uns das kristalline Anhängsel des Objektes genauer anzuschauen«, beantwortete Hiran Kirks unausgesprochene Frage. »Nachdem wir so nahe herangekommen waren, mussten wir leider feststellen, dass wir nicht mehr manövrierfähig sind.«

»Handelt es sich um den gleichen Effekt, den wir auf dem Herflug jedesmal erlebt haben, wenn wir versuchten, den Impulsantrieb einzusetzen?«

»Nein, Captain Kirk. Die Triebwerke springen einfach nicht an.«

»Ich verstehe. Aber was erwarten Sie jetzt von uns?«

»Wenn Sie auf Traktorstrahl-Reichweite herankommen und versuchen würden, uns zu befreien...«

»Um dabei selbst eingefangen zu werden?«

»Der Effekt scheint nur eine sehr begrenzte Reichweite zu haben. Das Phänomen ist zum erstenmal vor knapp zehn Kilometern aufgetreten. Sie könnten also in Traktorreichweite kommen, ohne sich selbst der Gefahr auszusetzen.«

»Beeinträchtigt die Sonde auch Ihre Sendungen, Commander Hiran? Die Übertragung kommt hier stark verschwommen an.«

Hiran blinzelte überrascht bei dem plötzlichen Themenwechsel. »Ihre Übertragung wirkt ebenfalls verschwommen, Captain Kirk. Vielleicht ein Nebeneffekt des Feldes, das uns am Weiterflug hindert.«

»Vielleicht.« Kirk sah zu Sulu hinüber. »Bringen Sie

uns hin, Mr. Sulu, aber sehr vorsichtig. Schalten Sie sofort auf Gegenschub, wenn Sie einen Leistungsabfall der Impulstriebwerke feststellen.«

»Aye, Aye, Sir.«

Kirk richtete den Blick wieder auf den Schirm, als die Tonverbindung abrupt unterbrochen wurde.

»Captain«, meldete Uhura, »ein weiterer Funkspruch von der *Galtizh* – nur über den Audio-Kanal.«

»Mr. Sulu, Kommando zurück. Wir bleiben, wo wir sind! Commander Uhura, lassen Sie es so aussehen, als hätten wir ebenfalls Probleme mit dem Sender. Keinerlei klare Übertragungen von Bild oder Ton zur Brücke der *Galtizh*, bis wir herausgefunden haben, woher der zweite Funkspruch kommt.«

Die Verbindung zur Brücke der *Galtizh* wurde wiederhergestellt.

»Es tut mir leid, Commander«, sagte Uhura laut und übertönte Hirans Stimme, »aber ich verliere Ihr Signal.« Einen Moment später verzerrte sich das Bild auf der Brücke und brach zusammen.

Kirk sprang aus dem Sessel und stand eine Sekunde später neben Uhura. »Wer…« begann er, wurde jedoch von einer anderen Stimme unterbrochen.

»Hier spricht Commander Hiran, Captain Kirk. Ich muss Sie warnen…«

»Commander Hiran hat gerade von der Brücke der *Galtizh* aus mit mir gesprochen.«

»Schlechtes Bild? Unscharf? Miserable Tonqualität?«

»Ja,aber…«

»Das ist Jenyu – Sie kennen ihn als Kital. Er benutzt den Computer, um sein Bild so zu verändern, dass es aussieht wie ich. Mit dieser Methode habe ich selbst schon gearbeitet. Bild und Ton werden absichtlich verschlechtert, damit die Simulation, die selbst von minderer Qualität ist, nicht durchschaut werden kann.«

»Hiran«, unterbrach ihn Kirk, »hegen Sie noch immer den gleichen Wunsch in Bezug auf die Erisianer?«

»Was? Kirk, verschwenden Sie jetzt keine…«

»Ich muss wissen, wer von Ihnen beiden der echte Hiran ist!«, rief Kirk. »Also wiederholen Sie jetzt Ihre Bemerkung über die Erisianer.«

»Ich verstehe. Also gut, während der Führung durch die *Enterprise* die ich übrigens sehr gern eines Tages fortsetzen würde – habe ich der Hoffnung Ausdruck gegeben, die Erisianer würden sich als Vorfahren der Menschen herausstellen, sodass das Reich gezwungen wäre, die Neutrale Zone zu öffnen.«

Kirk stieß erleichtert den Atem aus. »Wie lautete die Warnung, Commander Hiran?«

»Kital – in Wirklichkeit Commander Jenyu von der *Shalyar* – hat die Brücke besetzt. Er hat vor, mit allen verfügbaren Waffen in die Höhlung zu feuern, aus der dieses Anhängsel der Sonde ausgefahren wird. Er hofft, dadurch die direkt unter der Höhlung befindliche Kristallstruktur zu beschädigen, aber er *rechnet* damit, dass die Sonde das Feuer erwidert und sowohl die *Galtizh* wie die *Enterprise* vernichtet, so wie das bei der *Henzu* und dem Frachtschiff über Wlaariivi geschehen ist.«

Irgendjemand auf der Brücke schnappte nach Luft, doch Kirk reagierte nicht darauf. Aus den Augenwinkeln bemerkte er jedoch, dass Jandra ihren Platz neben Spock verlassen hatte und zum Turbolift eilte.

»Deshalb wollte er uns also zu sich heranlocken«, nickte Kirk. »Aber wenn Sie ihn nicht aufhalten können, was erwarten Sie dann…«

»Feuern Sie zuerst auf ihn, Kirk! Zerstören Sie nach Möglichkeit die Waffensysteme, damit er den Angriff gar nicht erst starten kann. Wenn Sie…« Hiran hielt inne und schluckte vernehmlich. »Wenn es nicht möglich ist, nur die Waffen auszuschalten, dann zerstören Sie die *Galtizh.* Uns bleibt keine andere Wahl.«

»Aber warum hat Jenyu so etwas vor?«

»Er ist überzeugt, Sie könnten herausfinden, wie man die Sonde kontrolliert, insbesondere nachdem ihm Tiam von dem Fortschritt berichtet hat, den Mr. Spock offenbar gemacht hat. Er fürchtet – oder ist davon überzeugt –, dass Sie die Sonde anweisen, das Reich zu vernichten. Ich hingegen fürchte eher, wenn er tatsächlich angreift, was immerhin schon die zweite Attacke durch ein romulanisches Schiff wäre, könnte die Sonde zu der Überzeugung gelangen, es hier mit einem Gegner zu tun zu haben, dem sie ihre Aufmerksamkeit widmen und den sie vielleicht sogar vernichten sollte.«

»Sofern ihr überhaupt bewusst ist, dass ein Gebilde wie das Romulanische Reich überhaupt existiert. Oder dass ein Unterschied zwischen einem romulanischen und einem Föderationsschiff besteht.«

»Ich bin mir der diversen Ungewissheiten durchaus bewusst, Captain. Sicher ist nur eines: Wenn Sie nichts unternehmen und zulassen, dass Jenyu angreift, wird die *Galtizh* genau wie die *Henzu* innerhalb von Sekunden in eine Gaswolke verwandelt. Und die *Enterprise* ebenfalls. Gelingt es Ihnen jedoch, unsere Waffen außer Gefecht zu setzen, besteht die Chance, dass zumindest einige von uns überleben.«

»Commander Hiran hat recht!«, rief eine andere Stimme.

»Wer…«, setzte Kirk an, doch Hiran hatte die Frage bereits erwartet.

»Botschafter Tiam. Er stimmt unserer Entscheidung zu, möchte aber hinübergebeamt werden, bevor Sie zuschlagen.«

»Wahrscheinlich können wir eine ganze Reihe von Ihnen…«

»Captain«, meldete Spock, »die Phaserbänke der *Galtizh* werden vorsätzlich überladen, vermutlich um eine maximale Entladung zu erreichen.«

»An alle Transporter!«, rief Kirk. »Transferfokus auf die *Galtizh*…«

»Die *Galtizh* fährt die Schilde hoch, Captain«, unterbrach Sulu.

Damit fallen die Transporter also aus. Kirk biss die Zähne zusammen und ignorierte den Knoten, der sich plötzlich in seinem Magen gebildet hatte. »Mr. Sulu, richten Sie alle Phaser auf die Waffensysteme der *Galtizh.* Feuern Sie, sobald der Ladevorgang beendet ist.« *Und hoffen wir, dass wir nichts anderes treffen. Ein Föderationsschiff, das einen romulanischen Kreuzer zerstört…*

Das konnte Krieg bedeuten.

Kirk drehte sich zu Uhura um. »Alle Transporter bereitmachen, eventuelle Überlebende einzusammeln.«

»Captain!« Das war wieder Spock. »Der Computer liefert eine Übersetzung der von der Sonde ausgestrahlten Sendungen.«

So was nennt man Timing! »Können *wir* auch mit *ihr* reden?«

»Wir können es versuchen, Captain. Der modifizierte Traktorstrahl…«

»Dann reden Sie mit ihr, Spock! Warnen Sie sie! Sagen Sie ihr, sie soll verschwinden – *sofort!*«

Spocks Finger tanzten über ein halbes Dutzend Kontrollen. »Du bist in Gefahr«, sagte er. Seine Stimme klang so emotionslos wie immer. »Ziehe dich sofort aus diesem Gebiet zurück.«

Für einen Augenblick herrschte Stille. Dann erfüllte ein Grollen, das nicht höher als vierzig Hertz lag, die Brücke, als die Übersetzung nicht nur durch den Traktorstrahl, sondern auch von den Brückenlautsprechern und dem Interkom übertragen wurde. Die höheren

Frequenzen konnte Kirk hören. Die niedrigeren, die unter den neunzehn Hertz lagen, die bei der letzten medizinischen Überprüfung als untere Grenze seines Hörbereichs erkannt worden waren, fühlte er, und zwar nicht nur dort, wo seine Stiefel das Deck berührten, sondern mit dem ganzen Körper. Er wusste, wenn er jetzt etwas sagte, würden die Schwingungen seine Worte überlagern.

Der gleichermaßen gehörte wie gefühlte Klang war von fremdartiger Schönheit, so als würde man Georges Lied auf den tiefsten Pfeifen einer mächtigen Orgel spielen.

Doch er glich den Emissionen der Sonde nicht im mindesten.

Die Sonde verharrte absolut reglos an ihrem Platz.

Und die Phaserbänke der *Galtizh* akkumulierten weiterhin ihre tödliche Ladung.

In der Krankenstation fuhr Dajan überrascht herum, als sich die Tür zum Zimmer des Botschafters öffnete und Jandra hereinstürzte.

»Was…«, setzte er an, verstummte aber, als er ihr tränenüberströmtes Gesicht sah. Jandra schlang ihre Arme um ihn und drückte ihn mit aller Kraft an sich.

»Bruder!« Ihre Stimme zitterte.

Dajans Magen krampfte sich zusammen, als er sich aus der Umarmung löste und einen Schritt zurücktrat, um ihr ins Gesicht zu sehen. »Kirk schickt uns auf die *Galtizh* zurück«, vermutete er.

»Nein! Irgendein Verrückter auf der *Galtizh* will die Sonde angreifen und sie wird uns mit Sicherheit alle vernichten!«

Zu seiner eigenen Überraschung verspürte Dajan eine gewisse Erleichterung. Wenn die Föderation ihn verraten und an Tiam ausgeliefert hätte, würde das bedeuten, sie wäre kaum besser als das Reich und diese Vorstellung hätte er als unerträglich empfunden.

»Dazu wird es sicher nicht kommen, kleine Schwester«, sagte er, obwohl er keine Ahnung hatte, was geschehen oder nicht geschehen würde.

»Das ist mir gleich!«, sagte Jandra mit schmerzerfüllter Stimme. »Ich weiß nur, dass wir bereit sein müssen, wenn unsere Zeit kommt. Als unsere Eltern in den Tod getrieben wurden, hat man uns nicht erlaubt, ihnen Lebewohl zu sagen. Aber ich werde nicht zulassen, dass es uns auch so ergeht.«

Im ersten Moment wollte Dajan instinktiv protestieren. Doch er konnte nicht. Er wusste, dass sie Recht hatte.

Er streckte die Arme aus und sie kam zu ihm. Sie umklammerten einander wie nie zuvor im Leben.

Und so warteten sie.

Und während sie warteten, sanken ihre Worte und ihre Empfindungen langsam zu jenem Ort hinab, an dem Commander Kevin Riley und der vierjährige Junge, der er einst gewesen war, sie aufnahmen und sich zu eigen machten.

Plötzlich stieß die Wesenheit auf ein weiteres Paradoxon.

Die Milben, die zuerst die Wahre Sprache nachgeahmt hatten, imitierten sie jetzt abermals und doch wieder nicht.

Sie verwendeten die gleiche Energie wie zuvor, eine quälend langsame, nicht sehr weit reichende Imitation der Sprache und nicht jene verwirrende Vielzahl von Frequenzen, in der die anderen Milben ihre eigene Imitation der Wahren Sprache verborgen hatten.

Doch der Inhalt hätte kaum unterschiedlicher ausfallen können.

Es handelte sich nicht mehr um ein bloßes Echo jener Botschaft, die die Wesenheit selbst seit fünfhundert Millennien ununterbrochen verbreitet hatte.

Es war eine völlig neue Nachricht, eine Warnung vor Gefahr.

Und sie wurde nicht durch die Wahre Sprache in ihrer Gesamtheit übermittelt, sondern nur durch einen einzigen, primitiven Aspekt darin, jenen Aspekt, den die Schöpfer verwendet hatten, bevor sie die Macht der Sprache entwickelt hatten und als ihre Stimmen noch an Materie gebunden waren. Es war jener Aspekt, den sie bewahrt und weiterhin benutzt hatten, nicht weil er besonders nützlich gewesen wäre, denn das war er nicht; auch nicht, weil man damit eine besonders große Informationsmenge hätte übermitteln können, denn auch das traf nicht zu. Tatsächlich ließen sich damit nur ganz elementare Informationen übertragen, kaum mehr, als mit den materiegebundenen Sprachen der abertausend Primitiven, die die Wesenheit im Laufe der Millennien entdeckt und gehegt hatte.

Diese Sprache war bewahrt worden, weil sie die erste gewesen war.

Und nun hatten die Milben diesen primitivsten Aspekt isoliert und ausgewählt, um dadurch zu kommunizieren.

Hätten sie sich entschieden, weitere Aspekte zu verwenden, hätten sie tausendmal mehr Informationen übermitteln können: Die Quelle der Gefahr, die präzise Natur der Gefahr, die Möglichkeiten, der Gefahr zu begegnen, den Grund für die Gefahr, wie lange sie schon bestand und wie lange sie andauern würde – alle diese und noch viele andere Details hätten in der gleichen Zeit übermittelt werden können, wenn sie nicht beschlossen hätten, sich auf diesen einen, primitiven Aspekt zu beschränken.

Doch vielleicht war das schon alles, wozu sie fähig waren.

Nachdem die Wesenheit ganze Millisekunden lang nachgedacht hatte, suchte sie nach der Gefahr.

Doch es gab keine.

Selbst wenn diese Milben die tödlichen Strahlen besaßen, so würden die Verteidigungswaffen, die die Wesenheit nach den Kämpfen bei der blaugrünen Welt in ihrem Besitz entdeckt hatte, ihre Sicherheit garantieren. Sollte eine der raumfahrenden Blasen die Strahlen einsetzen, würden sie beide innerhalb von Millisekunden in ihre Atome zerlegt werden.

Es gibt keine Gefahr, sagte die Wesenheit.

Kirk stand neben Spock an der Wissenschaftsstation und lauschte, als der Computer eine Übersetzung der Antwort der Sonde lieferte.

»Sie versteht es nicht«, meinte er nervös. Dann sagte er, direkt zur Sonde, wie er hoffte: »Es gibt eine Waffe, die auf dich abgefeuert werden soll. Wir wollen nicht, dass sie abgefeuert wird, aber wir können es nicht verhindern. Wenn du sie aufhalten kannst, haben wir Zeit, um zu erklären, Zeit zu reden.«

Stille.

Schließlich gab der Computer abermals eine Serie von tiefen, teilweise nicht mehr hörbaren Tönen von sich.

»Speicherbänke der *Galtizh* haben die maximale Ladung erreicht«, meldete Sulu. »Sie können jeden Moment feuern.«

Es gibt keine Gefahr. Die Worte kreisten in seinem Verstand, während Kirk hilflos wartete. Keine Gefahr, weil die Sonde nicht beschädigt werden konnte? Weil sie Phaser und Photonentorpedos wie Staubflocken abschütteln konnte? Weil sie, wie bei der *Henzu,* zurückschlagen und den Angreifer in eine Gaswolke verwandeln konnte, bevor auch nur der geringste Schaden entstand?

Er durfte sich nicht auf diese Möglichkeiten verlassen. »Feuer, Mr. Sulu.«

... Zeit zu reden.

Die Wesenheit konzentrierte sich auf dieses Fragment der Botschaft. Seid fünfhundert Millennien hatte sie nach Wesen gesucht, mit denen sie sprechen konnte.

Einst hatte sie nur danach gesucht, damit sie den Schöpfern davon berichten konnte. Doch nun waren die Schöpfer fort.

Es gab nur noch sie selbst.

Und diese Milben – Milben, die jenen Aspekt der Wahren Sprache benutzten, den die Schöpfer als erste gesprochen hatten.

Milben, die kommunizieren wollten. Milben, die sie, wenn auch unnötigerweise, vor etwas gewarnt hatten, was sie als Gefahr für die Wesenheit betrachteten.

Die Wesenheit griff hinaus und packte die raumfahrenden Blasen und die Milben darin fester als je zuvor.

Überall auf der *Enterprise* und der *Galtizh* kam jede Bewegung zum Erliegen.

Sulus Hand hing erstarrt Zentimeter über den Feuerkontrollen.

Jenyus Befehl, alle Phaser und Photonentorpedos abzufeuern, gefror in seiner Kehle.

In der Krankenstation der *Enterprise* waren Dajan und seine Schwester in ihrer Umarmung erstarrt, während der vierjährige Kevin Riley ebenso fest erst von seiner Mutter, dann von seinem Vater umarmt wurde, als sie ihm Lebewohl sagten.

Sanft versetzte die Wesenheit die Milben mitsamt ihren raumfahrenden Blasen bis hinter jenen Punkt, an dem ihre tödlichen Strahlen – wenn sie denn tatsächlich darüber verfügten – keine Reaktion mehr auslösen konnten.

Dann entließ sie die Milben aus ihrem Griff.

Wir wollen reden, sagte sie.

Auf dem Schirm der *Enterprise* begann die Sonde plötzlich zu schrumpfen. Innerhalb von Sekunden war selbst ihre gewaltige Form nur mehr ein kleiner Punkt in der Ferne.

Die *Galtizh* schien sich überhaupt nicht zu bewegen, ganz so, als wäre sie fest mit der *Enterprise* verbunden.

So plötzlich, wie sie gekommen war, ließ die Lähmung wieder nach.

Sulus Hand zuckte von den Feuerkontrollen zurück.

Die Phaser entluden sich, ohne Schaden anzurichten, in den leeren Raum, einen Sekundenbruchteil später gefolgt von einem Photonentorpedo. Hundert Kilometer weiter verschwand der Torpedo, aufgelöst in seine Atome.

In der Krankenstation der *Enterprise* begriffen Dajan und Jandra, dass sie leben würden und lösten sich mit einem Lächeln voneinander. Commander Kevin Rileys Augen öffneten sich zögernd und bevor der vierjährige Junge aus seinen Alpträumen endgültig seiner Erinnerung entschwand, erkannte er, dass das Lebewohl, das er nie hatte sagen können, nun endlich doch ausgesprochen worden war.

Die Sonde sprach und nun benutzte sie nur die Frequenzen, die auch der Computer verwendet hatte.

»Wir wollen reden«, übersetzte der Computer.

Und sie redeten.

Viele Stunden, in denen der Computer immer neue Aspekte in der Sprache der Sonde meisterte und dem

Dialog damit zu immer mehr Komplexität verhalf, sprachen sie miteinander.

Und sie lernten, sie alle. Selbst der verbohrteste der Romulaner lauschte, teils eifrig, teils wütend und lernte dabei.

Und schließlich erzwang die Notwendigkeit – die Neutrale Zone und die Probleme, die in ihrer Abwesenheit nur größer geworden sein konnten – die Rückkehr zur Realität.

25

CAPTAINS LOGBUCH, STERNZEIT 8501.2:

Mr. Sulus »über den Daumen gepeilten« Berechnungen zufolge schaffte die Sonde den Rückflug in einer ähnlich rekordverdächtigen Zeit – mit schätzungsweise Warp dreißig – und beendete damit das wohl längste Abschleppmanöver in der Geschichte der Romulaner oder der Föderation. Ihre Abreise wenige Sekunden, nachdem sie die *Enterprise* und die *Galtizh* am Rand des Temaris-Systems abgesetzt hatte, erfolgte mit ähnlicher Geschwindigkeit.

Es dürfte niemanden überraschen, dass die ›Temaris-Konferenz‹ nicht wieder aufgenommen wurde. Alle Beteiligten erwarten die Anweisung, sich bis auf weiteres aus der Neutralen Zone zurückzuziehen. Erstaunlicherweise ist die reformorientierte Interimsregierung noch immer an der Macht, wenngleich sie nicht allzu fest im Sattel sitzt. Hirans Vorwürfe der Sabotage gegen Botschafter Tiam und Commander Jenyu haben ihr einen gewissen Auftrieb verschafft, doch Jenyus Hintermänner erwidern das Feuer mit den zu erwartenden Anschuldigungen gegen Hiran, die in der Regel auf ›Kollaboration mit dem Feind‹ hinauslaufen, womit ich gemeint bin. Doch immerhin besitzt Hiran wieder die Kontrolle über sein Schiff und Jenyu und seine

Leute sind sicher in den Arrestzellen der *Galtizh* untergebracht.

In den vergangenen drei Tagen haben wir sehr viel von der Sonde gelernt und wie es scheint, hat die Sonde ihrerseits auch ein wenig von uns ›Milben‹ profitiert. Nachdem Spock beispielsweise als einzige Milbe direkten Zugang zu den ›Innereien‹, wie McCoy sich ausdrückte, erhalten hatte, war er in der Lage, die verschiedenen Paradoxa aufzulösen, die die Sonde zunächst veranlasst hatten, uns quer durch die Galaxis zu verschleppen und anschließend fast zu ihrem Zusammenbruch geführt hätten. Mithilfe des Computers der *Enterprise* erweiterte Spock die sehr enggefasste Definition der Schöpfer über Intelligenz, sodass jetzt auch technologisch fortgeschrittene Milben darunter fallen, sogar solche, die wie wir selbst jeweils nur zu einer einzigen Konversation fähig sind. In ähnlicher Weise vermochte er auch die Zielsetzung der Schöpfer zu modifizieren, sodass die Sonde jetzt nicht mehr nur nach Lebensformen sucht, die möglicherweise eines Tages so wie ihre Schöpfer werden, sondern auch nach ihren Schöpfern selbst, wohin auch immer die Überlebenden gegangen sein mögen.

Es gelang Spock nicht, die ›verlorenen‹ Erinnerungen der Sonde wiederherzustellen. So blieb ihm nichts anderes übrig, als die Logik dessen zu bestätigen, was die Sonde bereits selbst gefolgert hatte: Dass sie auf eine Gruppe von besonders bösartigen Aliens gestoßen war, die sie fast vernichtet hätten, bevor es ihr gelang, sie zu vertreiben und dass die gleichen Aliens ihren Weg zur Heimatwelt zurückverfolgt hatten, was zum zweiten Scheiden führte. Wie Dr.

McCoy bemerkte, erschienen ihm diese Aliens wie eine Rasse von ›Super-Klingonen‹ und wir hoffen, dass ihre dreihundert Jahrtausende währende Abwesenheit weiterhin andauert.

Dr. Benar hält diese Hoffnung jedoch für extrem optimistisch. Sie glaubt, diese Aliens seien keineswegs die ganze Zeit über verschollen geblieben, sondern hätten möglicherweise auch eine Rolle beim Verschwinden der Erisianer gespielt, deren Vorfahren, wie sie vermutet, jene Milben waren, deren Zivilisation beim ersten Scheiden untergegangen ist.

Bedauerlicherweise ist sie in der Lage, ihre Ansicht sehr überzeugend zu vertreten.

»Glauben Sie etwa auch an diese verrückten Ideen, Spock?«, fragte McCoy, dessen Miene eine für ihn nicht gerade untypische Skepsis ausdrückte. Senioroffiziere und Wissenschaftler, darunter auch Dajan, hatten sich in einem Besprechungszimmer versammelt, während sie auf die offizielle Mitteilung von Starfleet warteten, dass die Konferenz tatsächlich beendet war. McCoy hatte den größten Teil der früheren Diskussionen verpasst, weil er während des Rückflugs mehr Zeit als üblich damit zugebracht hatte, sich persönlich um den Zustand des wieder bei Bewusstsein befindlichen Commanders Riley zu kümmern und wollte nun die Gelegenheit nutzen, den Vorsprung der anderen aufzuholen.

»Jede ihrer Hypothesen passt zu den festgestellten Daten, Doktor«, bemerkte Spock nicht zum erstenmal.

»Lassen Sie mich das einmal klarstellen, Dr. Benar«, hakte McCoy nach. »Sie behaupten, Sie wären in der Lage gewesen, diese Stadt als erisianisch zu erkennen? In den paar Sekunden, bevor der Asteroid alles in die Luft gejagt hat?«

»Nicht als erisianisch, Doktor«, antwortete Benar geduldig, obwohl sie ähnliche Fragen bereits oft genug beantwortet hatte, »als erisian-ähnlich. Das Muster ihrer Anlage schien eine einfachere Version, vielleicht ein primitiver Vorläufer der Muster zu sein, nach denen die Ruinen, die ich untersucht habe, angeordnet sind. Hätten wir die Chance gehabt, zu der Kammer zurückzukehren, wäre es mir möglich gewesen, diese Beziehung mittels einer mathematischen Analyse nachzuweisen oder zu widerlegen. So, wie die Dinge liegen, kann ich nur erklären, dass ich das Muster wiedererkannt habe und zwar auf die gleiche Weise, wie Sie das ›Muster‹ eines erwachsenen Menschen in einem menschlichen Kind erkennen könnten und in der Lage wären, es von einem vulkanischen oder romulanischen Kind zu unterscheiden. Hinzu kommt natürlich die Tatsache der Gedächtnisspeicher, die in der Exodus-Halle einer jeden erisianischen Ausgrabungsstätte gefunden worden sind. Wie Spock nachgewiesen hat, sind diese Kristalle in der Tat identisch mit jenem, der die ›Schall-Hologramme‹ erzeugt hat und von dem gerade auf dieser Welt natürliche Vorkommen existieren.«

»Trotzdem ist es ein ziemlich großer Sprung von der Erkenntnis, dass die Erisianer vor zwei Millionen Jahren von dort aus aufgebrochen sind, hin zu der Behauptung, die Super-Klingonen hätten mehr als anderthalb Millionen Jahre später genau da ihre Spur aufgenommen. Wie hätten sie sie nach all dieser Zeit überhaupt *finden* sollen? Selbst wenn die Erisianer schon damals Exodus-Hallen gebaut hätten, wäre doch nach dem Asteroiden und den Vulkanausbrüchen nicht mehr viel davon übriggeblieben.«

»Vielleicht nicht, aber die anderen Welten des Systems waren von der Katastrophe nicht im gleichen Maße betroffen. Und wenn es überhaupt Überlebende gegeben hat, müssen die Erisianer dort Kolonien besessen haben, möglicherweise mit eigenen Exodus-Hallen.«

»Gib den Kampf auf, Pille«, meinte Kirk grinsend, »sie ist von allen Seiten gedeckt.«

»Dann haben die Super-Klingonen also einige der Welten entdeckt, zu denen sie ausgewandert sind«, fuhr McCoy fort und ignorierte dabei demonstrativ Kirks Ratschlag. »Glauben Sie nicht, zu dem Zeitpunkt, als sie Temaris erreichten – wann war das doch gleich? Vor hunderttausend Jahren? Glauben Sie nicht, sie hätten mittlerweile gelernt, keine Nachsendeadresse zu hinterlassen?«

»Vielleicht wussten sie nicht, dass sie verfolgt wurden«, sagte Benar geduldig, »obgleich ich vermute, dass sie es doch wussten. Wenn ja, würde das eine ganze Menge erklären. Beispielsweise, weshalb alle erisianischen Welten praktisch zur gleichen Zeit, nämlich vor rund hunderttausend Jahren, evakuiert worden sind. Und weshalb die Erisianer so sehr darauf bedacht waren, keinen Hinweis auf ihre physische Erscheinung zu hinterlassen.«

McCoy schüttelte den Kopf. »Sie wollten nicht, dass jemand erfuhr, wie sie aussahen, hinterließen aber ihre Nachsendeadresse? Das ergibt doch keinen Sinn.«

»Vielleicht enthielten die Daten der Exodus-Hallen gar nicht ihre ›Nachsendeadresse‹ wie Sie das auszudrücken belieben, Doktor. Sie werden sich erinnern, dass jeder bisher identifizierte Zielort sich als instabiler Stern erwiesen hat, darunter viele, die später zu Novae oder gar Supernovae wurden.«

»Und das überrascht Sie? Nach allem, was die Super-Klingonen mit der Sonne der Heimatwelt angestellt haben?«

»Diese Sonne wurde weder zur Nova, noch hat sie sich zu einem veränderlichen Stern entwickelt, Dr.

McCoy. Der Energieausstoß dieser Sonne wurde vermindert, nicht erhöht.«

McCoy zuckte die Achseln. »Dann haben sie eben bessere, schnellere Methoden der Vernichtung entwickelt. Immerhin hatten sie mehr als zweihunderttausend Jahre Zeit, um sich damit zu beschäftigen.«

»Das ist eine Möglichkeit, Doktor. Allerdings neige ich zu einer anderen: Die Daten der Exodus-Hallen waren entweder als falsche Spur oder als Falle gedacht, vermutlich eher als Falle.«

»Dann sind also die Erisianer in der Lage, eine Sonne ganz nach Wunsch in eine Nova zu verwandeln? Warum waren sie dann nicht in der Lage, einen Asteroiden von ihrer Heimatwelt abzulenken?«

»Wie Sie selbst eben mit Hinblick auf ihre Verfolger bemerkt haben, hatten die Erisianer zweihunderttausend Jahre Zeit, um ihre Wissenschaft und ihre Waffen weiterzuentwickeln.«

»Sag nicht, ich hätte dich nicht gewarnt, Pille«, meinte Kirk, als McCoy sich in seinen Sessel zurücksinken ließ. »Ich habe bereits jeden deiner Einwände und noch ein paar andere vorgebracht, ohne damit einen Schritt weiterzukommen. Und du darfst mir ruhig glauben, dass mir nichts lieber wäre als ein glaubwürdiges, rundum zufriedenstellendes Szenario, das ohne Erisianer oder Super-Klingonen auskommt, die durch das All reisen und Tausende von Sternen in Novae verwandeln.«

»Captain Kirk.« Lieutenant Kittay meldete sich von der Brücke. »Funkspruch von der *Galtizh.* Commander Hiran…«

»Stellen Sie ihn durch, Lieutenant.«

Einen Moment später tauchte Hirans Gesicht auf dem Bildschirm des Besprechungsraums auf. Kirk hatte den Eindruck, als würde sich ein kaum wahrnehmbares, sehnsuchtsvolles Lächeln auf seinen Zügen abzeichnen.

»Commander Hiran, was kann ich für Sie tun?«

»Soweit ich mich entsinne, Captain, ist unser Rundgang durch die *Enterprise* nie ordentlich abgeschlossen worden…«

Statt die Tour zu vollenden, führte Kirk Commander Hiran wieder in den botanischen Garten der *Enterprise.* Da diesmal weder Proben noch Erisianische Ruinen die Zivilisten mit Beschlag belegten, schienen mehr als die Hälfte aller Musiker und Archäologen über die Wege zu spazieren oder sich auf den Bänken auszuruhen. Und so mancher wirkte beim Anblick eines Föderations-Captains und eines romulanischen Commanders, die offenbar einen Nachmittagsspaziergang unternahmen, etwas irritiert.

»Sofern Sie den Wunsch verspüren sollten, über den Rasen zu laufen, wird sich das wohl ausnahmsweise einrichten lassen«, meinte Kirk lächelnd.

Der Romulaner lachte leise. »Sie erinnern sich also daran, Captain.«

»Mit einem romulanischen Raumschiffkommandanten durch einen Garten zu wandern ist nichts, was man so rasch vergessen würde.«

»Das ist wohl wahr.« Hiran sah sich um und bemerkte die auf ihn gerichteten Blicke mehrerer Zivilisten. »Ich nehme an, ein paar unserer Zuschauer werden das auch nicht so schnell vergessen.«

»Insbesondere wenn es sich um das Präludium zu etwas von größerer Bedeutung handelt«, sagte Kirk leise.

Hiran blieb am Ufer des Baches stehen, der als kleiner Wasserfall aus einem Alkoven an der Wand entsprang und schließlich in einem Teich endete, von wo aus das Wasser unter Deck wieder zurückgepumpt wurde.

»Sie vermuten, ich würde gern mehr als nur ein paar

Minuten in Ihrem dekadenten Föderationsgarten verbringen, Kirk?«

»Dieser Gedanke ist mir in der Tat durch den Kopf gegangen, Commander.«

»Mir auch. Tiam würde meine Fahnenflucht sehr begrüßen, da bin ich sicher. Andernfalls wäre er wohl kaum so ruhig geblieben, als ich erklärt habe, dass ich die *Enterprise* besuchen würde.«

»Ich hatte mich schon gewundert, dass es kein Geschrei gegeben hat.«

»Das gab es auch tatsächlich nicht. Nur einen Blick – einen hoffnungsvollen Blick, wenn ich mich nicht irre.«

Kirk nickte. »Zweifellos hätten Tiam und Jenyu einen erheblich besseren Stand in der Zitadelle, wenn dort nur ihre Version der Geschichte vorgetragen würde.«

»Zweifellos. Was natürlich einer der Gründe ist, weshalb ich nicht bleiben kann, so gern ich auch möchte.«

»Und die anderen? Die anderen Gründe, meine ich?«

»Ich glaube, die kennen Sie, Captain. Unser Sieg war diesmal sehr klein: Es wird keinen offenen Krieg geben, ganz gleich, wie sehr sich Jenyu und seine Hintermänner das auch wünschen. Vielleicht erringen wir eines Tages einmal einen größeren Sieg.«

»Sie glauben also, es besteht noch Hoffnung?«

»Wenn ich das nicht glaubte, würde ich nicht zögern, mich Dajan und seiner Schwester anzuschließen.«

»In diesem Fall kann ich Ihnen nur alles Gute wünschen. Und hoffen, dass wir uns eines Tages wieder unterhalten können.«

»Danke, Captain. Daran zweifle ich eigentlich kaum. Ihr Admiral Cartwright wird eines Tages ersetzt werden.« Hiran schwieg einen Moment und betrachtete die winzigen, bunten Fische, die im Wasser zu seinen Füßen hin und her schossen. »Und dieser Ersatz wird eine Informationsquelle benötigen, der er vertrauen kann. Wie einige meiner Freunde gern sagen – Zensur ist eines der Dinge, die unseren beiden Reichen gemein ist.«

Kirk spürte ein leises Kribbeln auf seiner Kopfhaut. *Du weißt davon,* dachte er, ließ den Gedanken jedoch unausgesprochen. Stattdessen lächelte er. »So wird es zweifellos sein, Commander.«

Gemeinsam machten sie sich auf den Rückweg zum Lift.

EPILOG

Das staubige Labyrinth aus Korridoren, Werkstätten und Garderoben wirkte auch nicht ansprechender als beim letztenmal, als Uhura die Räumlichkeiten hinter der Bühne der Lincoln Center Philharmonic Hall aufgesucht hatte. Obwohl, dachte sie amüsiert, die Galauniformen aller Senioroffiziere der *Enterprise,* ganz zu schweigen von Botschafter Rileys kobaltblauer Dienstkleidung, den Räumen einen Anstrich von Farbe, ja sogar Eleganz verliehen, der zuvor gefehlt hatte.

»Commander«, sagte Kirk, nachdem er mit knapper Not einem Zusammenstoß mit einem jungen Mann entgangen war, der den Korridor entlangeilte, gekleidet in eine grüne Smokingjacke, die dazu passende Hose lässig über den Arm gelegt, »sind Sie wirklich sicher, dass das eine gute Idee ist?«

»Nicht so ganz, Captain«, gab Uhura zu, »aber ein Versprechen ist ein Versprechen.«

»Wenigstens haben Sie nicht versprochen, ›Andy‹ Penalt bei der Uraufführung *seines* Sonden-Konzerts das Händchen zu halten«, meinte Sulu grinsend.

Uhura schnaubte abschätzig. »Ich würde ›Andy‹ höchstens aus Gründen der Selbstverteidigung anfassen.«

»In diplomatischen Kreisen geht das Gerücht, dass es vielleicht gar keine Uraufführung geben wird«, mischte sich Riley ein.

Sulus Grinsen verbreiterte sich. »Wäre das nicht ein Jammer!«

»Geben Ihre diplomatischen Kreise auch Gründe für dieses Gerücht an?«, erkundigte sich Uhura.

»Die Einzigen, die ich gehört habe, lauteten: ›schrill, aber konventionell‹.«

»Genau wie sein Spiel«, lachte Uhura.

»Und seine Public Relations-Kampagne«, ergänzte Riley.

»Ach?« Uhura, Kirk und McCoy stießen den Überraschungslaut fast gleichzeitig aus.

Rileys Augenbrauen, die seit Temaris vollständig nachgewachsen waren, fuhren in gespielter Überraschung in die Höhe. »Und ich dachte, Starfleet-Offiziere wären stolz darauf, ständig über alle Aspekte des gesellschaftlichen und kulturellen Lebens der Föderation auf dem laufenden zu sein.«

»Kevin!« Kirk warf ihm einen finsteren Blick zu.

»Ich habe eine komplette Akte an den Computer der *Enterprise* übermittelt, falls Sie an den Einzelheiten interessiert sind. Im Moment reicht es vielleicht zu sagen, dass er mit Begriffen wie ›wenig originär‹ nur so um sich wirft, vor dem Wort ›Plagiat‹ aber gerade noch zurückgeschreckt ist.«

»Das darf doch wohl nicht wahr sein!« Uhura klang ehrlich empört. »*Er* beschuldigt Jandra und Dr. Benar des Diebstahls? Von wem? Doch nicht von ihm, hoffe ich! Das wäre doch selbst für ihn etwas zu gewagt.«

Riley schüttelte den Kopf. »Von der Sonde, behauptet er. Es geht um die ersten beiden Botschaften, deren Klänge der Computer mit ›Es gibt keine Gefahr‹ und ›Wir wollen reden‹ übersetzt hat. Penalt zufolge haben die beiden nicht mehr als ›Variationen über ein Thema‹ verfasst.«

Uhuras Augen blitzten auf, doch bevor sie etwas sagen konnte, lachte Sulu auf. »Er ist einfach ausgerastet, weil er nicht zuerst auf diese Idee gekommen ist.«

»Und wenn er darauf gekommen wäre, hätte er sie doch nicht umsetzen können!«, sagte Uhura.

»Daran besteht kein Zweifel, Commander«, stimmte Kirk zu. »Könnten Sie trotzdem versuchen, etwas weniger finster dreinzuschauen, wenn wir die Garderobenräume betreten? Sie meinten doch, die beiden sollten ein paar freundliche Gesichter sehen, bevor sie hinausgehen und nicht darüber nachgrübeln, wer gerade Ihre Katze umgebracht hat.«

Uhura blieb stehen, schloss für einen Moment die Augen und holte tief Luft. »Sie haben recht«, sagte sie und ein Lächeln erschien auf ihrem Gesicht, als sie die Augen wieder öffnete.

Ein Stück voraus bemerkten sie Maestra Espinoza und Dajan, die sie eifrig zu sich herüberwinkten.

Zwei Melodien strömten gleichzeitig aus dem Flügel, inspiriert von den zwei einfachsten Aspekten in der Sprache der Sonde. Beide wurden von Jandras perfekt und fehlerlos spielenden Händen geschaffen, während die anderen Aspekte der Sprache – oder zumindest jene, die der Computer erfolgreich hatte isolieren können – durch das unter Audrea Benars präziser Führung spielende Orchester wiedergegeben wurden.

Penalt wird es nach dieser Vorstellung nicht wagen, noch einmal den Mund aufzumachen, davon war Riley schon nach wenigen Minuten überzeugt, *ganz zu schweigen davon, seine eigene Komposition dem Vergleich auszusetzen.*

Uhura, deren Aufmerksamkeit dem Schwierigkeitsgrad der Aufführung ebenso galt wie der fremdartigen Schönheit der Melodien, konnte nur noch wortlos staunen.

Und selbst Spock zeigte sich von Jandras physischer Gewandtheit beeindruckt.

Es blieb Kirk mit seinem wenig entwickelten Gespür für Musik vorbehalten, gegen Ende der Aufführung zu registrieren, dass die Komponistinnen, vermutlich unbewusst, die Reihenfolge der beiden ersten Botschaften der Sonde ausgetauscht und damit der Musik eine symbolische Bedeutung verliehen hatten, die bisher noch niemandem aufgefallen war: *Wir wollen reden. Es gibt keine Gefahr.*

Genau die richtige Reihenfolge, dachte er, als die Vorstellung endete und der Applaus einsetzte; die richtige Reihenfolge, zumindest für die Föderation und das Reich. Mit Hiran und ihm, mit Jandra, Dajan und Benar hatte das Reden begonnen. Irgendwann, mithilfe von Glück und Verstand auf beiden Seiten, würden sich die Gespräche ausweiten. Und dann würde auch die Gefahr eines Tages verschwunden sein.

Kirk stand auf und schloss sich dem Beifall an, der nicht nur die Halle, sondern auch einige Herzen erfüllte.

Irgendwo auf der anderen Seite der Galaxis hielt die Wesenheit an und fuhr den kristallenen Sensor aus. Sie hatte diesen Weg schon oft genommen, doch noch nie hier angehalten, es sei denn aus Gründen der Navigation, um ihre Berechnungen mit der Realität zu vergleichen. Natürlich existierte hier niemand, der die Wahre Sprache beherrscht hätte, noch gab es Ozeane bewohnende Primitive, die eines Tages so werden mochten wie ihre Schöpfer.

Doch ihr kristallenes Gedächtnis verriet ihr, dass es hier viele Milben gab und eine Milbe, die sich selbst Spock nannte, hatte ihr bewusst gemacht, dass auch die Milben ihren Platz in der Ordnung der Dinge hatten und vielleicht sogar etwas Interessantes zu sagen wussten, ob nun in der Wahren Sprache oder einer anderen. Doch man musste sich ihnen vorsichtig nähern, hatte die Spock-Milbe gesagt, obwohl die Wesenheit schon selbst zu dieser Erkenntnis gelangt war. Und du musst darauf achten, nicht zu laut zu ihnen zu reden, denn sonst werden ihre zerbrechlichen, raumfahrenden Blasen Schaden erleiden und die Milben glauben, du willst ihnen Schaden zufügen.

Über die Entfernung von fast einem halben Parsec griff sie hinaus nach der blassen, graugrünen Welt, dem fünften Planeten einer Sonne nicht unähnlich jener, die einst auf die Welt ihrer Schöpfer geschienen hatte.

Vorsichtig versetzte sie die Moleküle der Atmosphäre dieser Welt in Schwingungen und lauschte auf Antwort. Es würde seine Zeit dauern, genau wie bei den die Ozeane bewohnenden Primitiven auf tausend Welten, doch eines Tages würden die Milben die neue Botschaft der Wesenheit verstehen:

Möchtet ihr gerne reden?

STAR TREK™

in der Reihe
HEYNE SCIENCE FICTION & FANTASY

STAR TREK: CLASSIC SERIE
Vonda N. McIntyre, Star Trek II: Der Zorn des Khan · 06/3971
Vonda N. McIntyre, Der Entropie-Effekt · 06/3988
Robert E. Vardeman, Das Klingonen-Gambit · 06/4035
Lee Correy, Hort des Lebens · 06/4083
Vonda N. McIntyre, Star Trek III: Auf der Suche nach Mr. Spock · 06/4181
S. M. Murdock, Das Netz der Romulaner · 06/4209
Sonni Cooper, Schwarzes Feuer · 06/4270
Robert E. Vardeman, Meuterei auf der Enterprise · 06/4285
Howard Weinstein, Die Macht der Krone · 06/4342
Sondra Marshak & Myrna Culbreath, Das Prometheus-Projekt · 06/4379
Sondra Marshak & Myrna Culbreath, Tödliches Dreieck · 06/4411
A. C. Crispin, Sohn der Vergangenheit · 06/4431
Diane Duane, Der verwundete Himmel · 06/4458
David Dvorkin, Die Trellisane-Konfrontation · 06/4474
Vonda N. McIntyre, Star Trek IV: Zurück in die Gegenwart · 06/4486
Greg Bear, Corona · 06/4499
John M. Ford, Der letzte Schachzug · 06/4528
Diane Duane, Der Feind – mein Verbündeter · 06/4535
Melinda Snodgrass, Die Tränen der Sänger · 06/4551
Jean Lorrah, Mord an der Vulkan Akademie · 06/4568
Janet Kagan, Uhuras Lied · 06/4605
Laurence Yep, Herr der Schatten · 06/4627
Barbara Hambly, Ishmael · 06/4662
J. M. Dillard, Star Trek V: Am Rande des Universums · 06/4682
Della van Hise, Zeit zu töten · 06/4698
Margaret Wander Bonanno, Geiseln für den Frieden · 06/4724
Majliss Larson, Das Faustpfand der Klingonen · 06/4741
J. M. Dillard, Bewußtseinsschatten · 06/4762
Brad Ferguson, Krise auf Centaurus · 06/4776
Diane Carey, Das Schlachtschiff · 06/4804
J. M. Dillard, Dämonen · 06/4819
Diane Duane, Spocks Welt · 06/4830
Diane Carey, Der Verräter · 06/4848
Gene DeWeese, Zwischen den Fronten · 06/4862
J. M. Dillard, Die verlorenen Jahre · 06/4869
Howard Weinstein, Akkalla · 06/4879
Carmen Carter, McCoys Träume · 06/4898
Diane Duane & Peter Norwood, Die Romulaner · 06/4907
John M. Ford, Was kostet dieser Planet? · 06/4922
J. M. Dillard, Blutdurst · 06/4929
Gene Roddenberry, Star Trek I: Der Film · 06/4942
J. M. Dillard, Star Trek VI: Das unentdeckte Land · 06/4943
Jean Lorrah, Die UMUK-Seuche · 06/4949
A. C. Crispin, Zeit für gestern · 06/4969
David Dvorkin, Die Zeitfalle · 06/4996
Barbara Paul, Das Drei-Minuten-Universum · 06/5005
Judith & Garfield Reeves-Stevens, Das Zentralgehirn · 06/5015
Gene DeWeese, Nexus · 06/5019
D. C. Fontana, Vulkans Ruhm · 06/5043

STAR TREK™

Judith & Garfield Reeves-Stevens, Die erste Direktive · 06/5051
Michael Jan Friedman, Das Doppelgänger-Komplott · 06/5067
Judy Klass, Der Boaco-Zwischenfall · 06/5086
Julia Ecklar, Kobayashi Maru · 06/5103
Peter Norwood, Angriff auf Dekkanar · 06/5147
Carolyn Clowes, Das Pandora-Prinzip · 06/5167
Michael Jan Friedman, Schatten auf der Sonne · 06/5179
Diana Duane, Die Befehle des Doktors · 06/5247
V. E. Mitchell, Der unsichtbare Gegner ·06/5248
Dana Kramer-Rolls, Der Prüfstein ihrer Vergangenheit · 06/5273
Barbara Hambly, Der Kampf ums nackte Überleben · 06/5334
Brad Ferguson, Eine Flagge voller Sterne · 06/5349
J. M. Dillard, Star Trek VII: Generationen · 06/5360
Gene DeWeese, Die Kolonie der Abtrünnigen · 06/5375
Michael Jan Friedman, Späte Rache · 06/5412
Peter David, Der Riß im Kontinuum · 06/5464
Michael Jan Friedman, Gesichter aus Feuer · 06/5465
Peter David/Michael Jan Friedman/Robert Greenberger, Die Enterbten · 06/5466
L. A. Graf, Die Eisfalle · 06/5467
John Vornholt, Zuflucht · 06/5468
L. A. Graf, Der Saboteur · 06/5469
Melissa Crandall, Die Geisterstation · 06/5470
Mel Gilden, Die Raumschiff-Falle · 06/5471
V. E. Mitchell, Tore auf einer toten Welt · 06/5472
Victor Milan, Aus Okeanos Tiefen · 06/5473
Diane Carey, Das große Raumschiff-Rennen · 06/5474
Margaret Wander Bonanno, Die Sonde · 06/5475
Diane Carey, Kirks Bestimmung · 06/5476
L. A. Graf, Feuersturm · 06/5477
A. C. Crispin, Sarek · 06/5478
Simon Hawke, Die Terroristen von Patria · 06/5479
Barbara Hambly, Kreuzwege · 06/5681
L. A. Graf, Ein Sumpf von Intrigen · 06/5682
Howard Weinstein, McCoys Tochter · 06/5683
J. M. Dillard, Sabotage · 06/5685
Denny Martin Flinn, Der Coup der Promethaner · 06/5686
Diane Carey/Dr. James I. Kirkland, Keine Spur von Menschen · 06/5687
William Shatner, Die Asche von Eden · 06/5688
William Shatner, Die Rückkehr · 06/5689
William Shatner, Der Rächer · 06/5690
Peter David, Die Tochter des Captain · 06/5691
Dean Wesley Smith/Kristine Kathryn Rusch, Die Ringe von Tautee · 06/5693
Diane Carey, Invasion – 1: Der Erstschlag · 06/5694
Dean Wesley Smith/Kristine Kathryn Rusch, Tag der Ehre – 4: Das Gesetz des Verrats · 06/5702

STAR TREK: THE NEXT GENERATION
David Gerrold, Mission Farpoint · 06/4589
Gene DeWeese, Die Friedenswächter · 06/4646
Carmen Carter, Die Kinder von Hamlin · 06/4685
Jean Lorrah, Überlebende · 06/4705
Peter David, Planet der Waffen · 06/4733

STAR TREK™

Diane Carey, Gespensterschiff · 06/4757
Howard Weinstein, Machthunger · 06/4771
John Vornholt, Masken · 06/4787
David & Daniel Dvorkin, Die Ehre des Captain · 06/4793
Michael Jan Friedman, Ein Ruf in die Dunkelheit · 06/4814
Peter David, Eine Hölle namens Paradies · 06/4837
Jean Lorrah, Metamorphose · 06/4856
Keith Sharee, Gullivers Flüchtlinge · 06/4889
Carmen Carter u. a., Planet des Untergangs · 06/4899
A. C. Crispin, Die Augen der Betrachter · 06/4914
Howard Weinstein, Im Exil · 06/4937
Michael Jan Friedman, Das verschwundene Juwel · 06/4958
John Vornholt, Kontamination · 06/4986
Mel Gilden, Baldwins Entdeckungen · 06/5024
Peter David, Vendetta · 06/5057
Peter David, Eine Lektion in Liebe · 06/5077
Howard Weinstein, Die Macht der Former · 06/5096
Michael Jan Friedman, Wieder vereint · 06/5142
T. L. Mancour, Spartacus · 06/5158
Bill McCay/Eloise Flood, Ketten der Gewalt · 06/5242
V. E. Mitchell, Die Jarada · 06/5279
John Vornholt, Kriegstrommeln · 06/5312
David Bischoff, Die Epidemie · 06/5356
Peter David, Imzadi · 06/5357
Laurell K. Hamilton, Nacht über Oriana · 06/5342
Simon Hawke, Die Beute der Romulaner · 06/5413
Rebecca Neason, Der Kronprinz · 06/5414
John Peel, Drachenjäger · 06/5415
Diane Carey, Abstieg · 06/5416
Diane Duane, Dunkler Spiegel · 06/5417
Jeri Taylor, Die Zusammenkunft · 06/5418
Michael Jan Friedman, Relikte · 06/5419
Susan Wright, Der Mörder des Sli · 06/5438
W. R. Thomson, Planet der Schuldner · 06/5439
Carmen Carter, Das Herz des Teufels · 06/5440
Michael Jan Friedman & Kevin Ryan, Requiem · 06/5442
Dafydd ab Hugh, Gleichgewicht der Kräfte · 06/5443
Michael Jan Friedman, Die Verurteilung · 06/5444
Peter David, Q^2 · 06/5445
Simon Hawke, Die Rückkehr der Despoten · 06/5446
Robert Greenberger, Die Strategie der Romulaner · 06/5447
Gene DeWeese, Im Staubnebel verschwunden · 06/5448
Brad Ferguson, Das letzte Aufgebot · 06/5449
Kij Johnson/Greg Cox, Die Ehre des Drachen · 06/5751
J. M. Dillard/Kathleen O'Malley, Wahnsinn · 06/5753
Dean Wesley Smith/Kristine Kathryn Rusch, Invasion – 2: Soldaten des Schreckens · 06/5754
Pamela Sargent & George Zebrowski, Verhöhnter Zorn · 06/5756
J. M. Dillard, Star Trek VIII: Der erste Kontakt · 06/5757
Diane Carey, Tag der Ehre – 1: Altes Blut · 06/5763
John Vornholt, Der Dominion-Krieg – 1: Hinter feindlichen Linien · 06/5765
John Vornholt, Der Dominion-Krieg – 3: Sternentunnel · 06/5766
J. M. Dillard, Star Trek IX: Der Aufstand · 06/5770

STAR TREK™

STAR TREK: DIE ANFÄNGE
Vonda N. McIntyre, Die erste Mission · 06/4619
Margaret Wander Bonanno, Fremde vom Himmel · 06/4669
Diane Carey, Die letzte Grenze · 06/4714

STAR TREK: DEEP SPACE NINE
J. M. Dillard, Botschafter · 06/5115
Peter David, Die Belagerung · 06/5129
K. W. Jeter, Die Station der Cardassianer · 06/5130
Sandy Schofield, Das große Spiel · 06/5187
Dafydd ab Hugh, Gefallene Helden · 06/5322
Lois Tilton, Verrat · 06/5323
Esther Friesner, Kriegskind · 06/5430
John Vornholt, Antimaterie · 06/5431
Diane Carey, Die Suche · 06/5432
Melissa Scott, Der Pirat · 06/5434
Nathan Archer, Walhalla · 06/5512
Greg Cox/John Gregory Betancourt, Der Teufel im Himmel · 06/5513
Robert Sheckley, Das Spiel der Laertianer · 06/5514
Diane Carey, Der Weg des Kriegers · 06/5515
Diane Carey, Die Katakombe · 06/5516
Dean Wesley Smith/Kristine Kathryn Rusch, Die lange Nacht · 06/5517
John Peel, Der Schwarm · 06/5518
L. A. Graf, Invasion – 3: Der Feind der Zeit · 06/5519
Diane Carey, Neuer Ärger mit den Tribbles · 06/5723
L. A. Graf, Tag der Ehre – 2: Der Himmel von Armageddon · 06/5725
Diane Carey, Der Dominion-Krieg – 2: Verlorener Friede · 06/5727
Diane Carey, Der Dominion-Krieg – 4: Beendet den Krieg! · 06/5728

STAR TREK: STARFLEET KADETTEN
John Vornholt, Generationen · 06/6501
Peter David, Worfs erstes Abenteuer · 06/6502
Peter David, Mission auf Dantar · 06/6503
Peter David, Überleben · 06/6504
Brad Strickland, Das Sternengespenst · 06/6505
Brad Strickland, In den Wüsten von Bajor · 06/6506
John Peel, Freiheitskämpfer · 06/6507
Mel Gilden & Ted Pedersen, Das Schoßtierchen · 06/6508
John Vornholt, Erobert die Flagge! · 06/6509
V. E. Mitchell, Die Atlantis Station · 06/6510
Michael Jan Friedman, Die verschwundene Besatzung · 06/6511
Michael Jan Friedman, Das Echsenvolk · 06/6512
Diane G. Gallagher, Arcade · 06/6513
John Peel, Ein Trip durch das Wurmloch · 06/6514
Brad & Barbara Strickland, Kadett Jean-Luc Picard · 06/6515
Brad & Barbara Strickland, Picards erstes Kommando · 06/6516
Ted Pedersen, Zigeunerwelt · 06/6517
Patricia Barnes-Svarney, Loyalitäten · 06/6518
Diana G. Gallagher, Tag der Ehre – 5: Ehrensache · 06/6530

STAR TREK: VOYAGER
L. A. Graf, Der Beschützer · 06/5401
Dean Wesley Smith/Kristine Kathryn Rusch, Die Flucht · 06/5402
Nathan Archer, Ragnarök · 06/5403

STAR TREK™

Susan Wright, Verletzungen · 06/5404
John Betancourt, Der Arbuk-Zwischenfall · 06/5405
Christie Golden, Die ermordete Sonne · 06/5406
Mark A. Garland/Charles G. McGraw, Geisterhafte Visionen · 06/5407
S. N. Lewitt, Cybersong · 06/5408
Dafydd ab Hugh, Invasion – 4: Die Raserei des Endes · 06/5409
Karen Haber, Segnet die Tiere · 06/5410
Jeri Taylor, Mosaik · 06/5811
Melissa Scott, Der Garten · 06/5812
David Niall Wilson, Puppen · 06/5813
Greg Cox, Das schwarze Ufer · 06/5814
Michael Jan Friedman, Tag der Ehre – 3: Ihre klingonische Seele · 06/5815
Christie Golden, Gestrandet · 06/5816

DAS STAR TREK-UNIVERSUM, 2 Bde.,
von *Ralph Sander* · 06/5150
DAS STAR TREK-UNIVERSUM, 1. Ergänzungsband
von *Ralph Sander* · 06/5151
DAS STAR TREK-UNIVERSUM, 2. Ergänzungsband
von *Ralph Sander* · 06/5270

Ralph Sander, Star Trek Timer 1996 · 06/1996
Ralph Sander, Star Trek Timer 1997 · 06/1997
Ralph Sander, Star Trek Timer 1998 · 06/1998
Ralph Sander, Star Trek Timer 1999 · 06/1999

William Shatner/Chris Kreski, Star Trek Erinnerungen · 06/5188
William Shatner/Chris Kreski, Star Trek Erinnerungen: Die Filme · 06/5450

Phil Farrand, Cap'n Beckmessers Führer durch STAR TREK – DIE CLASSIC SERIE · 06/5451
Phil Farrand, Cap'n Beckmessers Führer durch STAR TREK – DIE NÄCHSTE GENERATION · 06/5199
Phil Farrand, Cap'n Beckmessers Führer durch STAR TREK – DIE NÄCHSTE GENERATION – Teil 2 · 06/6457
Phil Farrand, Cap'n Beckmessers Führer durch STAR TREK – DEEP SPACE NINE · 06/6458

David Alexander, Gene Roddenberry – Die autorisierte Biographie · 06/5544
Judith & Garfield Reeves-Stevens, Star Trek Design · 06/5545
Nichelle Nichols, Nicht nur Uhura · 06/5547
Leonard Nimoy, Ich bin Spock · 06/5548
Lawrence M. Krauss, Die Physik von Star Trek · 06/5549
Judith & Garfield Reeves-Stevens, Star Trek – Deep Space Nine: Die Realisierung einer Idee · 06/5550
Herbert F. Solow & Yvonne Fern Solow, Star Trek: Das Skizzenbuch – Die Classic-Serie · 06/6469
Judith & Garfield Reeves-Stevens, Star Trek – Phase II: Die verlorene Generation · 06/6470
Herbert F. Solow/Robert H. Justman, Star Trek – Die wahre Geschichte · 06/6499
J. M. Dillard, Star Trek: Wo bisher noch niemand gewesen ist · 06/6500

Diese Liste ist eine Bibliographie erschienener Titel,
KEIN VERZEICHNIS LIEFERBARER BÜCHER!